오래된 불빛

이상규의 추억 산문집　　오래된 불빛

역락

1953년 11월 26일 나는 경북 영천 고경면 차당실이라는 산촌 마을에서 태어났다. 대구로 와서 초중등학교와 대학을 다니며 자라났다. 반은 시골 아이고 반은 도시아이였던 셈이다. 대학과 대학원을 마치고 3년의 한국정신문화 연구원 생활과 34년의 울산대와 경북대 대학교수 생활 그리고 3년간 국립국어원장, 1년간 도쿄대 객원교수 생활을 합친 41년 세월은 내 삶의 전부이다.

돌이켜보면 큰 탈 없이 대학교수로서 그리고 한때 정부의 최고위직 관료로서 줄곧 연구활동을 하며 지내 왔다. 모두 조상님과 부모님의 은덕으로 오늘에 이른 것이다. 가난하게 자랐지만 결코 주눅들지 않게 키워 주신 것은 부모님 덕분이다. 30대 젊은 시절, 아내 이정옥을 만나서 아들 둘을 낳고 그들을 모두 성혼시켜 두 며느리와 손녀 셋, 손자 하나를 두었으니 이제 10명의 대가족이 되었다. 맏아들은 변호사이고 맏며느리는 프로그래머이자 워킹맘이며, 둘째 아들과 며느리는 모두 공무원이다.

그동안 나는 내 삶의 기록을 비교적 성실하게 해 왔다. 일기나 에세이, 시를 비롯하여 소설까지도 발표하였으니 전공 논문과 저술을 제외하고도 내가 경험한 일을 빈틈없이 빼곡하게 재구성할 수 있을 정도의 기록물을 남겨 두었다. 이 책은 그러한 기록물을 간추려서 나의 삶을 되돌아본다는 측면에서 재구성해 본 것이다. 그러니까 재미나 흥미가 별로 없을지도 모르지만 개인의 눈을 통해 한 시대사를 회고하는 미시사적 관점에서 약간의 의미를 찾을 수 있을 것이다. 삶은 부조리하고 모순투성이지만 일에 쫓기다보니 불평할 틈도 없이 지내다가 어느덧 은퇴할 시점에 도달하였다. 언어로는 도저히 채울 수 없는 복잡 미묘한 삶이었지만 또한 언어라는 도구를 떠나면 더욱 더 아득하고 캄캄한 미명밖에 남질 않는다. 그래서 불완전하지만 나의 언어로 내가 경험하고 살아 왔던 중요한 장면들을 기록으로 남긴 것이다.

나의 어머님이 살아 계실 때 늘 "내가 어렵게 살아 왔던 일을 책으로 쓰면 몇 권이 될 거다"라시던 말씀이 생각난다. 남들처럼 반짝이는 창의적인 글도 아니고 내러티브한 구조를 갖지도 않은 일상의 글을 주섬주섬 모은 것이다. 이러한 개인적인 나의 기록을 남기게 된 것도 어쩌면 나의 어머니 영향인지도 모른다. 읽을거리가 별로 없었던 시절, 나의 어머니는 박종화가 쓴 소설 『자고 가는 저 구름아』를 아마도 수십 번은 더 읽었을 것이다. 그리고 이웃과 주변 사람들에게 제문과 편지 그리고 내방가사를 짓거나 베껴서 나누어 주기도 하셨다. 내 어린 시절에 나의 어머니가 이처럼 책읽기의 모범을 보여주었던 영향으로 나는 내 세대의 어떤 사람들보다 더 많은 책을 읽었다고 자부한다. 물론 내가 읽었던 역사, 사상, 문학 등 전반에 걸친 폭넓은 책은 모두 학교와 사회로 기증하였지만 그것은 바로 나의 글쓰기에 중요한 원동력이 되었던 것이라 생각한다.

내가 쓴 어설픈 글들을 다시 읽어 보니 부끄럽기도 하다. '나의 모습을 이렇게 다 세상에 내비쳐도 되는 것일까? 나와 관련된 사람들에게 허락도 안 받고 이렇게 불쑥 글로 써 내어도 될까?' 온갖 생각을 다 해 보았다. 한평생 학자로서 담론이 높은 학문의 길을 이야기한 것도 아니요, 사람들이 살아가는 데 일말의 도움이라도 될 명언도 아닌, 그냥 한 인간의 덧없고 오래된 삶의 이야기를 모은 미셀러니miscellany이기도 하고, 일기이기도 하고, 잡담이기도 한 그리고 단편 이야기도 섞여 있는 잡된 글이다.

대학교수로서 생활은 방언연구에서 시작하여 문학작품에 나타난 방언 연구와 방언사전 편찬에서 방언지도 제작 시스템 개발을 위해 일본 도쿄대학교에 1년 동안 방문연구교수 생활도 하였다. 방일 후에 귀국하여 여진어 연구에 매달려『금나라 시대 여진어』,『사라진 여진문자』등 4권의 번역서를 출간하였다. 그후 국립국어원장을 지내면서 훈민정음 연구로 시각을 옮겨 그 연구의 영역을 확장하는 과정에 명곡 최석정의『경세훈민정음』, 여암 신경준의『저정서』에 대한 연구에 매달리기도 하였다. 한편으로는 국어정책 분야인 한국어 세계화 전략과 외래어 정책 등에 관한 논문을 발표하였다.

특히 국립국어원장 재직 시기에는 남북 언어의 동질화를 위해 남북한 방언조사 질문지를 제작하고 남북 공동 방언조사 추진위원장, 겨레말 큰사전 편찬 위원 및 이사를 맡기도 하였다. 그때 우리말 세계화를 위해 언어문화 상호존중이라는 이념 아래에 〈세종학당〉 설립 기반을 마련하였고 전세계 17개소를 개설한 일은 가장 큰 보람으로 생각하고 있다. 그동안 여러 차례 국내외 국제학술회의에 참석하였고 연구논문 100여 편과 저술 70여 권을 발간하였다. 그 저술 가운데는 학술원우수도서 2종과 문화부 우수도서 선정 8종, 한국연구재단 1종 등에 선정되었다. 그리고 서너 차례에 걸친 학회 학술상을 수상하는 분에 넘치는 영광을 얻기도 하였다.

이제 대학교단에서 세상으로 내려와 지나온 내 삶을 되돌아보며 사랑하는 나의 가족들과 환희와 기쁨에 찬 삶을 살아야 할 시기이다. 돌이켜 보면 내 개인적인 괴팍한 성격과 일에 대한 집중력 때문에 주변 사람들과 친절하게 지내지 못했던 불편한 관계와 일들도 많았던 것 같다. 이 자리를 빌려 양해를 구한다. 아내인 이정옥 교수도 나와 함께 대학교에서의 연구 생활과 사회봉사 활동에 헌신하느라 함께 하는 시간이 넉넉하지 못했지만 이젠 한가롭게 여행도 다닐 여유를 가져보려고 한다.

이 책을 출판한 한 가지의 이유, '남들은 어떻게 살았을까?'라는 단순한 호기심을 불러일으킬 정도라도 된다면 이 글을 쓴 목적에 부합할 것이다. 평생을 똑같이 한길로 살 수 있다면 얼마나 좋을까마는 돌이켜 보면 변한 게 너무나 많다. 우선 내가 머물고 있는 이 대자연의 변화뿐만 아니라 개인 삶의 방식도 엄청난 변화를 경험하였다. 유년기, 청소년 시절과 대학 그리고 사회생활을 거쳐 은퇴기로 접어든 이 시점까지의 내 모습을, 내 생각의 변죽을 글로 써서 모은 것이다.

잘 쓰지 못한 글이지만 살갑게 읽어 줄 이 책의 독자들에게 진심으로 감사를 드리며 이 책 출판을 위해 노력해주신 역락 출판사 이대현 대표님과 편집에 정성을 쏟아준 홍혜정 과장께 감사를 드린다.

2018년 여수재(如水齋)에서

이상규

글머리·4

첫째마당 오래된 색상

오래된 색상·12 | 사라져 버린 꽃들·23 | 사라진 것들의 목록·28 | 잃어버린 시간을 찾아서·38 | 본영당 아이스케이크·44 | 적막한 식욕·49 | 하늘 뭉게구름·56 | 목욕탕 때밀이·62 | 오래된 불빛·67 | 19공탄·72 | 슬레이트 지붕·78 | 직조의 여신·84 | 사라져 가는 사투리의 풍경·90 | [단편소설] 풍화·99

둘째마당 오래된 사랑

가난한 문리과대학생·112 | 한국정신문화연구원 시절·126 | 사랑하는 제자들·131 | 내 사랑하는 연구실 제자들·140 | 멋있는 주례·142 | 식민과 6·25 전쟁의 잔영, 나의 상상·150 | 일제의 상흔, 정신대를 소재로·155 | 낭만시 동인 시절·176 | 시인 김춘수·181 | 고마운 은사님·190 | 보고 싶은 친구들·191 | 그리운 동창생·204

셋째마당 **오래된 기억**

덧없는 인간의 삶·206 | '하나 되는 꿈' 이루어진다·215 | 이상화 고택보존
·220 | 일본 도쿄대학에서·250 | 무명의 그림 그리던 친구의 죽음·278 | 조
일(朝日) 정상회담·304 | 미국의 이라크 침공·314 | 도쿄 유학생들의 모
임·317

넷째마당 **오래된 일기**

남북 학술대회 교류 ·320 | 국립국어원장 시절·337 | 푸른 바다 춤추는 고
래의 꿈·360 | 나의 사랑 맏손녀 윤(允)·373 | 맏손자 건이와 홋카이도 여
행·393 | 베트남 하노이에서·402 | 둘째 손녀 은의 탄생·405 | 박근혜의 탄
핵·413 | 아내가 쓴 양아록·434 | 먼 산을 봐라·437

에필로그 인터뷰 1 | 에필로그 · 455

인터뷰 2 | 한글 세계화 위해 정체성부터 찾아야 · 468

오래된 색상

오래된 색상

경북 영천 고경면 깊은 산촌 삼귀동(차당실)의 유난히 푸른 겨울 하늘, 몇 장 남아있던 감나무 잎사귀가 강하게 불어오는 찬바람에 몸부림치던 몹시도 찬 동짓달 새벽녘 무렵이었다. 6·25전쟁 막바지인 1953년 동짓달 매서운 한풍이 몰아치는 새벽녘 그날에 태어났다. 나의 머리가 유난히 커서 어머니는 긴 산고 끝에 나를 낳았다고 한다. 1953년 음력 11월 26일 인(寅)시, 지상에는 아직 어둠이 채 걷히지 않은 미명이었지만 세차게 흔들리던 감나무 가지 사이로 드러낸 그날 하늘은 유난히 높고 푸르렀다.

난산을 지켜보던 할머니가 "또 고추가 달렸다."라며 손뼉을 치는 소리에 온 몸이 찢어질 듯한 고통도 순간의 썰물처럼 밀려 나간 어머니는 겨우 정신을 차리고 첫 모유를 내 입술에 살짝 적셨다. 어머니는 내 입안에 남았던 이물질을 손가락을 넣어 걷어 내었다. 갓난아이인 나는 따뜻한 어머니의 체온에 첨벙 빠져들며 다시 깊은 잠에 들었다. 방 앞마루를 들어 올리면 그 아래, 부엌 아궁이와 큰 솥이 걸려 있고 감나무 몇 그루가 담벼락에 기대고 있다. 낙엽이 진 감나무 가지 사이로 훤히 떠오르는 태양이 동녘 하늘에 걸려 있다. 아침 까치, 참새, 직방통구리를 비롯해 이름 모를 새들이 날아와 자지러지는 듯한 노랫가락을 온 마을에 흩어 놓고는 쏜살처럼 허공을 치솟아 날아갔다. 점점이 되어….

내가 세 살이 될 무렵, 경상북도 영천군 고경면사무소 임시 서기로 일하시던 아버지가 6·25전쟁 끝자락에 경북교육청 행정공무원 채용시험에 합격하여 첫 근무지로 경북 의성군 다인면 다인 중학교로 첫 발령을 받으셨다. 그게 내가 세 살 때 일이니까 나는 당시 일을 전혀 알 수가 없다. 단지 무척 자상했던 어머니가 종종 내 어린 시절 모습을 회상하며 들려주신 이야기로 꾸며본 기억으로 당분간 이어질 것이다.

내가 태어난 '차당실'이라는 마을은 전형적인 산촌 마을이다. 우리 집이 큰댁이고 작은댁과 일가친척 외에 최씨, 손씨, 이씨 등이 뒤섞여 사는 잡성부락이다. 논농사와 밭농사 특히 삼(대마)과 미영(무명), 양잠(누에) 농사를 많이 지었다. 길쌈의 전통이 차츰 사라지면서 담배 농사를 하는 농가가 점차 늘어났고 담배를 말려서 저장하는 담뱃굴이 마을 여기저기 생겨났다. 봄 모내기를 한 뒤에 저수지에서 물길을 거꾸로 차고 물꼬로 올라온 붕어, 송어는 손으로 잡을 수 있을 만큼 많았다. 개울에는 고딩이(다슬기)가 바위틈에 빼곡히 자랐으며 양동이를 들고 한두 시간 주우면 고딩이탕(다슬기탕)을 해 먹을 수 있었다. 가을 벼 베기가 끝나면 벼 그루터기 사이에서 올벵이(우렁이)를 잡아 삶아서 초장에 찍어먹는 그 씁쌀한 맛의 여운도 아직 남아 있다.

내 고향 차당실은 인심도 좋았지만 청정하고 한가로운 마을이었다. 날이 붐해지는 새벽녘이면 들판에는 물안개가 피어오르고 어디선가 날아온 이름 모를 철새들이 유유히 날았다. 솥에는 뜸을 들이는 밥 냄새와 소죽솥에 여물을 삶는 냄새가 어우러져 한가롭고 정겨웠던 지난날 시골 풍경이 흑백 영상처럼 추억으로 떠오른다.

「밥 냄새」

대문을 들어설 때부터 풍겨 오는
맛있는 밥 냄새를 맡고
내가 어머니의 등에서 울며 보채면
장지문을 열고 진외당숙모가 말했다

언놈이 밥 먹이고 가요
그제야 나는 울음을 뚝 그쳤다
밥소라에 퍼 주는 따끈따끈한 밥을
내가 하동지동 먹는 걸 보고
진외당숙모가 나에게 말했다

밥때 되면 만날 온나

아, 나는 이날 이때까지
이렇게 고운 목소리를 들어본 적이 없다
태어나서 젖을 못 먹고
밥조차 굶주리는 나의 유년은
진외가 집에서 풍겨오는 밥 냄새를 맡으며
겨우 숨을 이어 갔다

오탁번 시인의 『밥 냄새』 중에서

오래된 불빛

가난하던 시절 밥 냄새가 왜 그렇게 그리웠을까? 오탁번 시인은 잘사는 진외가에 밥을 얻어먹으러 하도 자주 가니까 진외당숙모가 "밥때 되면 만날 오너라"라는 온기가 서린 그 말씀을 잊지 못하고 살아가고 있다고 한다. 그 시절은 비록 가난했지만 인정이 넘치는 따뜻했던 시절이 아니었던가?

명절이나 제삿날이 되면 작은집 식구들이 며칠씩이나 우리 집에서 파먹고 산다(눌어붙어서 밥을 얻어먹는다). 제사나 명절 음식을 만들고 행사를 함께 지내고 밥도 함께 먹으며 며칠씩 어울려 지낸다. 할아버지와 작은댁 할아버지는 형제이니까 당연히 윗대 조상 제사를 함께 지낼 것이다. 어린 시절에는 영문도 모르고 젯날이 되면 사람들이 많이 모이니까 마냥 즐겁고 기뻤다. 특별히 누가 일을 시키지 않아도 집안사람들은 모두 자기가 할 일을 스스로 찾아서 척척 해 내는 것이다. 아래채에는 디딜방아가 있고 중방에는 소마구간 그리고 그 끝에는 고방이 있었다. 이 고방은 온갖 진귀한 음식이나 고기 등 고급 식재료를 보관하고 갈무리하는 창고다. 일종의 냉장고 기능을 한다고나 할까.

본채는 축담(뜨락) 높이가 1.5m 정도이며 그 축담을 오르려면 계단을 딛고 올라가야 했다. 나는 그 계단을 오르내리는 일이 무서워 매우 소심하게 엉금엉금 기어 오르내려야 했다. 본채는 ㄴ 자였는데 부엌과 안방 그리고 마루, 할머니가 거처하는 중방을 꺾어 사랑채가 이어졌다. 할아버지가 거처하는 방에는 이중벽장이 있는데 그곳도 보물창고다. 꿀단지와 곶감, 과일, 사탕, 수루메(말린 오징어) 등 손자 손녀를 유혹하는 별미를 숨겨 놓았다. 가운데 벽은 여닫이 문인데 제사를 지내거나 사랑손님이 많으면 그 문을 열고 방을 크게 늘려 사용한다. 그 구석에는 감실이 있다. 5대에 걸친 조상들의 신위와 집안에 조상들로부터 내려오던 서책과 병풍, 서화가 가득 차 있었다.

그런데 그 서책은 바로 조선 후기 숙종대 실학자의 거두인 병와(甁窩) 이형상(李衡祥, 1653~1733) 선조의 유고였다. 『탐라순력도』, 『남환박물지』, 『강도지』, 『둔서록』 등 국가 보물로 지정된 매우 귀중한 책과 병와가 연주하시던 거문고, 옥피리, 마구 등 온갖 유물도 있었다. 쾨쾨한 먼지 냄새와 한지 썩은 냄새가 뒤섞여 진동하는 장소이기도 했다.

문과에 급제한 나의 11대 직계인 병와 이형상 선조와 나의 6대조 백석 홍문관 교리 이순의 할아버지 서책도 뒤섞여 있었다. 그리고 교리 할아버지 동생 운관 이학의라는 선조는 매우 유명한 시인 문객으로 자하 신흠과 어울려 다녔던 인물이었다. 대과 급제한 그의 형 백석 이순의 선조는 프랑스군이 강화도를 침입할 당시 장계를 올린 것이 문제가 되어 삭탈되자 곧바로 낙향하여 이곳 경북 영천 성내동 금호강변에 있는 호연정(浩然亭) 정사에서 거문고를 연주하며 독서를 하셨다고 한다.

어느 날 집안에 먼 친척 가운데 한 분이 이곳 감실 벽장에 들어 있는 유물을 빼돌려 팔아먹는 사건이 발생하였다. 그 때문에 내가 중학교 1학년 무렵인 그해 방학 동안 사랑채에 있던 책과 유물을 안채 할머니가 거처하는 방 곁에 있는 고방으로 모두 옮겨 두었다. 책이 너무 많아서 지게 바소쿠리에 차곡차곡 쌓아서 수십 번 반복해서 옮겼으니 가히 그 분량이 얼마쯤인지 짐작이 갈 것이다.

11월 대구인민봉기 당시 우리 집은 나의 증조부가 고경면 면장을 지냈던 친일계 집안으로 곧 반부르주아 세력으로 몰려 그들이 몰려와 우리집에 불을 질렀으나 다행히 아래채만 전소되고 이

귀중한 서책들은 불에 타지 않았다.

지금 지난 세월을 더듬어 보면 거의 모든 사물이 변했거나 사라져 버렸다. 기억조차도 가물가물 사라져 가고 있다. 그래서 인생이 슬픈 게 아닐까? 찹쌀을 넣어 만든 절편 가운데 송기떡이라는게 있다. 소나무의 수피를 곱게 찧어서 찹쌀과 버무려 절편을 만들거나 송편을 만들면 불그스레한 고운 빛깔을 띠며 소나무 향기가짙게 배어 있는 별미 중 별미이다. 이 송기떡을 만든다고 귀한 소나무의 껍질을 벗겨 내는 바람에 많은 소나무가 죽게 되었으며 이를 또 남벌하여 온 산천이 민둥산이 되었던 것이다. 봄날 쑥을 캐서 곱게 찧어 쑤구레(경상도방언)라는 떡을 빚는다. 콩가루를 갈아단맛이 나게 떡 안에 소를 채웠다. 이런 음식은 모두 고운 색이 나게 만든다. 우리는 전통 음식을 만드는 데 맛 못지않게 색을 중시했던 것 같다. 둘째 누님 결혼식 음식을 준비할 때로 기억된다. 온집안사람이 둘러앉아 남포등을 켜 놓고 잣, 대추, 형형색색의 과자와 과일을 제기 위에 둥그렇게 괴어 올렸다. 꿀을 살짝 발라서 하나하나 정성 들여 큰상에 올릴 음식을 만들었다. 그 황홀한 색상의아름다움.

이른 여름, 여름비가 촉촉하게 내린다. 초여름 볕에 부풀어올랐던 열기를 조용히 가라앉히며 내리는 초여름 비. 마을 입구 우물가 앵두나무의 유난히 붉은 앵두열매에 보석처럼 내려앉은 빗방울. 그날 저녁 나는 앵두를 너무 많이 따 먹은 탓에 배탈이 나서온 방을 뒹굴다가 형이 준 마른 오징어 다리를 빨아 먹고 배탈 난아픔을 잊었던 기억이 나지만 언제였는지는 잘 생각나지 않는다. 횟배를 앓을 때 마른 오징어 다리를 씹으면 통증이 사라진다는 형의 얘기만 화석처럼 뇌리에 남아 있다.

낙동대교가 없던 시절 선산 천평을 지나 의성 도리원 건너 낙동강 나룻배에 이삿짐차를 싣고 경북 의성 안계를 거쳐 다인에서 3년을 살았다고 한다. 그러나 나에게 이 시절 기억은 전혀 남아있지 않다. 다만 어머니가 회상한 이야기 속에서 나는 풋복숭아를 그렇게나 잘 먹었다고 한다. 내가 성장한 후에도 풋복숭아가 나면 그때를 회상하시며 한 봉지 사다 주셨는데 도무지 맛이라고는 전혀 없었지만 어머니의 추억을 회상시켜 드리기 위해 열심히 먹었다.

당시 의성 다인중학교는 바라크 건물로 지은 가교사였다고 한다. 안계에 공립중학교가 있었지만 다인에 사는 아이들에게는 너무 멀었기 때문에 다인면 소재지에 설립된 공립중학교였다고 한다. 나는 날씨가 춥지 않으면 학교 부근 개울을 따라 깡충깡충 걸으며 바둑이와 함께 앵두나무며 복숭아나무와 사과나무의 과일 따 먹는 것을 좋아했다고 한다. 당시 시골의 농사짓는 어른들이 어린 내가 떨어진 과일을 주워 먹으면 잘 익은 것을 따서 손에 쥐여 줄 만큼 인심이 넉넉했다고 한다. 그리고 당시 다인중학교 서무실에서 일하는 키가 훤칠하고 잘생긴 행정 서기의 아들이라는 소문이 나 있어서 나를 그렇게나 귀여워해 주었다고 한다.

그곳은 아직 아궁이에 불을 지펴 밥을 짓고 방에 군불로 보온을 유지했다. 거친 무명천으로 가주개(기저귀)를 만들어 채웠다. 무명천으로 만든 유아용 옷은 보온에 매우 취약했다. 다행히 어머니는 바느질 솜씨가 좋았기 때문에 아버지의 낡은 양복을 뜯어내어 형과 나의 바지와 윗옷을 만들어 주었는데 내가 철이 들 때까지 다른 아이들과는 달리 고급 양복감으로 만든 외출복을 입고 자랐다. 그러다가 초등학교 시절 대구로 전학간 첫날 옷을 너무 잘 입었다고 힘이 센 아이들에게 납치되어 논구덩이에 처박혀 옷을 다 버렸던 추억도 남아 있다.

나이 차이가 많았던 누나들은 대구에 있는 삼촌 집으로 유학을 와서 중학교를 다녔다. 나의 3여 년 의성 생활은 내 고향 차당실에서 살던 모습과는 전혀 달랐다. 우선 대가족 농경생활이 아닌 아버지와 어머니 그리고 형제들이 아버지의 쥐꼬리만 한 월급으로 생계를 이어 가야 했다고 한다. 모두가 가난했던 시절이니 삶의 수준 차이에서 오는 갈등은 있을 수 없을 터이다. 그러나 훈훈한 가족과 친척 그리고 이웃이 함께 살았던 농경체제의 삶에서 점점 멀어져 갔다. 단출하고 가족 중심적인 삶의 터전으로 바뀌고 있었다. 나는 늘 일가친척이 북적거리는 산골마을에서 생활하는 게 좋았다. 전혀 얼굴도 모르는 서울 친척 아이들도 찾아오고 타지에 나가 있던 친척분이 오실 땐 빈손으로 오지 않았다. 늘 먹을 게 떨어지지 않았고 무엇보다 낯선 일가 친척 아이들과 어울릴 수 있다는 그 들뜬 기분이 좋았던 기억이다.

내가 다섯 살 되던 해 2월 초순 경북 의성 다인에서 대구로 이사하였다. 아버지가 대구 삼중학교(경산중학교 전신)로 전근 발령을 받았다. 2월의 바람은 아직 잔설에 배어 있는 찬 기운을 듬뿍 머금은 채 몰려 왔다. 대구시 대명2동 영선못 언덕 너머 참나무 언덕배기 능선에 덩그렇게 높은 기와집을 사서 그리로 이사하였다. 그런데 집에는 군불 때는 부엌이 아니라 새로 나온 19공탄 연탄 화덕이 있었다. 한 번도 사용해 보지 않은 연탄, 새로 지은 집에 이사한 우리 일가족은 모두 이 세상 사람이 아닐 뻔한 위험한 첫날 밤이었다. 2월 초순 철없는 눈이 온 천지를 고요로 잠재운 그날 밤, 우리 가족은 몽땅 연탄가스에 중독되었다. 다행히 어머니가 머리가 아파 엉금엉금 기어서 방문을 열고 나오다 쓰러졌다. 방안에 바깥의 찬 공기가 차오르고 아버지와 다른 가족은 의식을 찾았지만 나는 의식을 찾지 못하고 있었다고 한다.

어제 밤늦게 이사를 왔으니 어디에 병원이 있는지, 응급처치를 어떻게 해야 할지를 모르고 발을 구르다가 어머니가 옷가슴에 꽂혀 있던 빈침으로 내 엄지손가락을 따자 붉은 피가 솟아오르며, 울음을 터뜨리며 깨어났다고 한다. 그 후 어머니는 놀란 아이나 체한 아이에게 빈침으로 피를 내는 쇼크 치료전문가(?)가 된 것이다. 그후 아버지가 귀엽다고 대나무자로 내 궁둥이를 때리자 놀란 내가 그 자리에서 경기(경련)를 일으키며 쓰러졌다. 곧장 어머니가 바늘로 손가락을 따서 멈추게 했다고 한다.

가끔 꿈속에서 경북 의성 다인의 전경이 무의식의 한 폭 그림으로 나타나기도 한다. 학교 뒤로 대나무 숲이 둘러 있고 개울따라 앵두나무가 줄을 이어 서 있는 한가로운 마을의 모습이 무의식에서 의식으로 되살아날 때가 있다. 물론 상상이지만 내가 아직 세상을 기억하지 못했던 그 시절이 무의식에서 의식으로 환영되어 나타나곤 한다. 이와 유사한 경험으로 2003년 일본 도쿄대학교 유학 시절 도쿄 부근에 있는 센고쿠 마을을 처음 가 보았는데 이미 옛날에 이곳을 여러 차례 와 본 듯한 기이한 착각을 일으키기도 하였다.

대구 성문 밖 봉덕동 부근 미군부대 기지가 있는 들판 가운데 영선못(영선시장터)과 산대못(대명동 영남의료원 사거리 부근)이 들판 가운데 있었다. 미뿌랑(墓頂)이라고 옛날 묘지가 많았던 산 능선에 구세군교회가 들어서서 아침저녁으로 평화로운 교회 종소리가 그 넓은 들녘에 고요히 퍼져 나갔다.

우리 앞집에는 6·25전쟁의 미망인 선동이네(선동이 어머니), 그 옆집에 무당이었던 성모 엄마, 구멍가게를 하는 주희네, 우리 집에

세를 들어 살며 대장간을 하는 경수네, 소방서를 다니며 구멍가게를 하던 성문이네(곽모 전 국회의원), 육군 대령집 자옥이네(탤런트) 등등이 어깨를 맞대고 살았다. 어머니는 미뿌랑에 있는 구세군 교회 집사가 되었다. 한복 윗옷에 견장을 달고 다른 교인 집에 심방도 다니고 교회 예배를 열심히 다녔는데 이를 못마땅하게 여긴 아버지와 종종 예수쟁이라는 말 때문에 언쟁이 일기도 하였다.

나도 어머니를 따라 구세군교회의 주일학교를 다녔다. 나는 성경 암송대회에 나가 선물을 많이 받았다. 어머니는 미국 구세군 교회 본영에서 보내온 구제품 옷과 우유, 강냉이 가루 등 구호물을 잔뜩 선물로 받아 왔다. 구호품 옷들은 비교적 한국인 체형보다 커서 어머니는 옷을 줄이는 바느질을 열심히 하여 우리 가족의 옷 뒷바라지를 해 주었다.

어느 날 새벽잠에서 깨어났을 때내 머리맡에 미국에서 온 크리스마스카드가 놓여 있었다. 그리고 장난감 자동차와 삶은 고구마가 어머니 대신 나를 지키고 있었다. 눈이 하얗게 내린 잿빛 하늘 멀리서 성가대의 크리스마스 캐럴이 울려 퍼졌다. 나는 다섯 살 무렵 판타지아 금빛 크리스마스카드의 화려한 색상과 그림이 내 생애 첫 기억으로 각인되어 있다. 나의 첫 기억은 미국에서 온 크리스마스카드에 그려진 루돌프 사슴과 붉은 산타할아버지의 옷과 썰매, 특히 금빛과 은빛 별, 해와 달의 그림과 그 색상이다.

금빛의 영광과 성스러운 무게감, 존귀함. 나는 어릴 때 화가가 되려는 꿈이 있었다. 지금도 나는 원색 추상화를 좋아한다. 칠십을 내다보는 나이까지 이어진 유년기의 기억은 금빛 색상이다. 그 가난하고 추운 내 유년기 시절 환상의 문을 열어 준 금빛으로 치장된 미국의 크리스마스카드 한 장이 있었다. 2017년 12월 크리스마스에 나는 아내와 함께 유타주 솔트레이크 주청사에 전시된 1935년 크리스마스카드를 보았다. 성조기와 금빛으로 치장된 독수리 문장에 그려진 내 유년기의 기억이 갑자기 되살아났다. 오래된 기억은 아름답지 않은 것이 없나 보다.

오래된 불빛

사라져 버린 꽃들

어린 시절 방학이 되면 할머니가 계신 차당실에 가서 한두 달 보내고 올 때가 많았다. 나는 아직 어려서 어떤 일도 잘할 수 없었지만 형들은 소를 몰아서 풀을 먹이거나 꼴을 베는 일뿐만 아니라 겨울에는 산에 올라 솔가리(마른 솔잎)를 둥쳐 오거나 삭다리(삭정이)를 주워 오는 일을 하면 나는 덩달아 따라나서 산천의 대자연을 물만난듯이 놀기를 좋아했다. 야산에는 곳곳에 할미꽃이 피었고 야생 고사리며 돌찡이(돌나물)나 산나물이 온 산천에 널려 있었다. 그리고 이름 모를 산채, 들풀과 나무가 대자연의 궁전을 이루고 있었다.

그런데 어인 일인지 1960년대를 지나며 들판에는 외래종이 밀려들어 토종 꽃이나 식물은 모두 어디로 사라져 버렸다. 민서기꽃(면서기꽃)이라는 노란 외래종이 코스모스를 밀쳐내고 분꽃이며 닭볏꽃(맨드라미), 채송화는 또 어디로 사라졌을까?

'선 플라워(Sun Flower)'라는 영화에서 여주인공 소피아 로렌이 첫사랑의 애인을 찾아 나선 낯선 러시아, 그 끝없는 들판 가득 물결치던 해바라기는 꽃대가 튼실하고 키도 크며 씨앗도 굵고 열매가 많이 달렸다. 그런데 그 해바라기 종자도 자동차와 공장에서 내뿜는 매연에 밀려나 사라져 버렸다.

신기한 일은 이토록 토착 꽃이 열악한 환경 변화에 살아남지 못하고 사람들이 채 의식하기도 전에 소리 소문 없이 사라져 버렸는데 어찌 한국인의 평균 수명은 그때보다 20~30년이나 도리어 늘어났을까? 금세기에 들어서서 전 세계에 존재했던 온갖 생물들이 급격히 사멸하고 있다. 이것은 인간이 활용할 수 있는 자연 자산이 그만큼 급격하게 줄어들고 있다는 의미가 아닐까.

내 어린 시절 대구 우리 집 마당에는 조그마한 화단이 있었다. 어머니는 꽃을 무척 좋아하셨다. 대문 앞에 담쟁이와 등나무 넝쿨을 올리거나 붉은 넝쿨 장미를 심고 피마자(아주까리)를 심어 잎을 따서 쌈을 싸 먹기도 하였다. 치자와 여주, 분꽃과 봉숭아, 채송화, 호박, 국화를 철따라 맞추어 심었다. 1960년대 이후 유난히 붉던 샐비어라는 외래종이 널리 퍼지더니 이젠 이것마저 좀처럼 찾아볼 수 없게 되었다. "코스모스 한들한들 피어 있는데"라는 유행가가 인기를 얻을 때가 있었다. 가을의 길손을 반기던 흰색, 분홍색 코스모스가 사라지고 키가 작은 주황색 변종이 새롭게 등장하였다.

내 기억으로 초등학교에 입학하기 전에는 초등학교 1학년이던 형이 무척 부러웠다. 매일 책 보따리를 어깨에 두르고 교모를 쓰고 학교를 가던 형을 뒤따라가서 가교사 창 너머로 형이 공부하고 있던 교실 풍경을 구경하였다. 시끌벅적 소동을 피우던 교실 안의 형들이 갑자기 쥐죽은 듯 조용해진다. 양복을 말끔하게 차려 입은 선생님이 교실에 들어선다는 것을 미리 알아차린 형들의 모습이 참 이상하게 느껴졌다. 어떻게 교무실에서 교실로 선생님이 오시는 것을 귀신처럼 알 수 있었을까? 이런저런 궁금증을 가지고 교실 밖에서 배회하며 체육시간에는 형들 사이에 뒤섞여 놀다가 강제로 퇴장당하기도 했다.

어느 날인가 나보다 나이가 서너 살 많은 수수하고 예쁜 금희 누나가 우리 집 아래채로 이사를 들어왔다. 할머니랑 젊은 삼촌 내외와 함께 살았는데 아마 그 금희 누나의 부모는 전쟁 통에 행방불

명되자 할머니가 데리고 와서 함께 살았던 것으로 기억된다. 금희 누나도 형과 같은 또래였지만 학교 입학을 하지 않고 집에서 놀았다. 그때에는 식모살이라고 해서 심부름이나 하며 밥을 얻어먹는 그런 역할로 데려온 그 집 질녀였던 것으로 기억된다.

그 누나는 오전에 나를 불러내어 마당에 심어 놓은 봉숭아꽃을 돌로 찧어 봉숭아 잎사귀에 얹어서 내 손가락에 실로 꽁꽁 처매어 주었다. 원래 백반가루를 섞어서 손톱에 물을 들여야 오래 가는데 금희 누나는 백반이 없기 때문에 백반 대신 소금을 넣어서 내 손톱에 꽃물을 들여 주었다. 한 달 두 달 시간이 지나면서 점점 연해진 봉숭아 꽃물이 상현달처럼 손톱 끝부분으로 밀려나더니 꽃물 빛도 차츰 희미하게 지워져 갔다. 금희 누나의 오동통하고 하얀 손으로 내 손을 꼭 잡아 주던 그 온기도 세월의 흐름 속으로 차츰 희미하게 사라져 갔다.

그 숱한 시간들. 늘 무료했다. 그러다가 누군가 손님이라도 찾아오시면 기뻤다. 그 때 금희 누나의 작은아버지는 대구시청 공무원이면서 청구대학교 건축학과 야간 수업을 다니시는 분이었다. 질녀를 위해 아주 잘 대하셨던 것으로 기억되며 숙모 역시 목소리가 서너 발자국을 넘어서지 않았다. 나와 가장 가까웠던 절친 금희 누나와 빵께이(소꿉놀이)를 하면 으레 내가 아빠가 되고 금희 누나는 엄마가 돼 천연스럽게 어른스러운 살림살이를 연출하였다. 채송화 씨앗이나 닭볏꽃의 씨앗으로는 밥을 차리고 여주의 붉은 속과 과육은 잘게 썰어서 반찬을 만들었다. 수건으로 띠를 삼아 베개를 등에 업고 아기처럼 어르며 내 유년 시절의 신혼 꿈은 눈깜빡할 사이 지나가 버렸다. 나중에 안 일이지만 금희 누나는 3년 늦게 학교에 입학하여 내가 중학교 다닐 무렵 아주 잘생기고 멋있는 여고생이 되었다. 금희 누나는 자기 삼촌이 동구청으로 발령을 받아서 이사를 떠난 10여 년 후 신암동에서 명덕사거리로 오는 20번 버스에서 우연히 한 번 만났다. 버스 손잡이를 잡고 있는 여고생 금희 누나의 손톱 끝에 상현달처럼 은은한 주황빛 봉숭아 손톱물이 남아 있었다. 세월은 그렇게 은은하게 지나가고 있었다.

산업이 급격히 발달한 20세기 이후 지구상에 존재하던 그 다양한 생명의 종이 급격하게 절멸해 가고 있다. 벌레와 곤충, 꽃과 나무를 비롯한 그 다양한 생명체가 이 지구를 하루가 멀다 하고 바삐 떠나고 있다. 특히 적도 부근의 열대 지역은 종의 다양성이 보장되던 지역이었으나 현재는 하루에도 수십여 종이 절멸의 낭떠러지로 추락하고 있다.

우리 집 작은 마당에 있던 꽃밭에서 각양각색의 나비가 봄소식을 전해주고 봄비가 내리면 하늘에서 봄비 따라 내려온 하마 달팽이가 빗길을 열어주었다. 뜨거운 햇살이 불러 모은 실철갱이(실잠자리), 눈알이 푸르고 커다란 왕철갱이…. "오라리 오라리 오다리" 외치며 암컷 다리를 실로 매어서 수컷을 유혹하던 우리의 오래된 기억 사이로 세월은 무심하게도 재빨리 지나가 버렸다.

한여름이 되면 마당에 심어 놓은 대추나무에 날아온 매미 울음소리…. 한 마리가 울면 또 한 마리가 받아서 울고 또 몇 마리의 쓰르라미 울음도 끼어들어 대자연의 코러스를 연주하였다. 그 긴 여름 매미 울음에 지쳐 텅텅 빈 시체로 변하여 겨울바람에 날릴 무렵이면 도롱이(도마뱀)도 나뭇가지 사이 겨울나기 집을 지어 숨어 버린다.

참으로 고요하고 풍성한 겨울 흰 눈이 펑펑 내린다. 며칠 전 서울에 사는 나의 사랑하는 세 살박이 맏손녀 윤이가 밥을 먹다가

오래된 불빛

"하이얀 쌀밥이 눈과 같아요, 할아버지"라며 나를 쳐다본다. '벌써 비유법을 알다니'라고 생각하며 나는 다시 "하이얀 눈과 같은 쌀밥이네"라는 관형 수식의 방법을 다르게 말해 주었다.

영천 할머니 집에서 안고 온 누렁이 복실이와 덩달아 발자국을 찍으며 눈사람을 만들었다. 그날 밤 마당에서 외롭게 떨고 있는 눈사람 꿈을 꾸며 시간이 지나면 남는 것이라고는 아름다운 추억뿐. 나의 손녀 윤과 나의 지난 상상과 겹쳐져 추억이라는 머나먼 세상으로 줌 아웃 되는 꿈을 꾸면서….

사라진 것들의 목록

대구시 대명 2동 우리 집으로 들어가는 골목은 세월의 흐름과 함께 차츰 미로처럼 좁고 꼬불꼬불해졌다. 들판 언덕에 외롭게 홀로 우뚝 서 있던 우리 집 부근에 오두막집이 다닥다닥 총총 들어서더니 아주 복잡한 판자촌으로 변한 것이다. 후미진 도시 변두리가 형성되었다.

한낮에 그 골목길에 들어서면 태양열에 익어가는 토종 된장과 간장 졸여드는 냄새가 코를 자극한다. 이런 도시 변두리 사람들이 살아가는 풍경을 우리는 매일 무심히 밟고 다닌다. 그리고 숱한 환희의 시간을 무심히 스쳐 지나간다. 그 도시 풍경 속에는 긴장되지 않은 이완된 사람들의 풍경이 제법 잘 어울린다. 가난한 동네일수록 사람 냄새가 더욱 풍겨 나온다.

「낯선 도시 사람들」

남산동 달동네 골목길에
사과 궤짝에 심은 오이가 덤불을 일으켜
좁은 골목 담을 뒤덮고 있다.
그 옆에는 자총파도 심고
가지와 고추도 심어
농장을 이루고 있다.

오래된 불빛

시골 농사짓던 일이 그리워서가 아니라
채소 반찬거리를 거두는 재미로
시멘트 포장 골목을 채소 밭으로
꾸민 변두리
도시민들의 사랑이 올망졸망 맺혀 있다.

요사이 여성들
배꼽을 드러내 놓는 것이 멋이라지만
이곳 사람들은 볕에 그슬려
유난히 검은 젖가슴을 가슴 춤 밑으로
흘려내는 패션의 선구자들

한낮 태양열에 졸여드는 토장 냄새가
번지는 남산동 달동네 골목길에는
늘 환한 햇살이 옴실옴실 모여 있다.

이러한 도시 변두리에 위치해 있는 집은 나의 육신과 정신을 길러 내고 가족과 이웃 그리고 사람들과 나눌 수 있는 이야기를 잉태하게 해 준 거대한 공간이다. 내 존재의 공간인 동시에 내 삶의 넉넉한 공간이자 집이다. 유난히 검은 젖가슴을 드러내어 아이에게 젖을 먹이는 순박한 변두리 도시 여인들, 그들은 순수하다. 토종의 냄새가 풍겨 나온다.

「거대한 집」

방과 방을 잇는 마루와
그 위로 지나가는 들보가 있는 공간
밑으로 가라앉아 있는
일상의 뒤얽힌 미로의 길이 존재한다.
산성비에 허물어져 뒤로 물러나 있는 골목길은
유곽과 연결되어 있고
관청으로 가는 길로도 열려 있다.
토종 된장 냄새와
닭 튀김한 마가린 냄새가
내 가족과 도시의 오이디푸스적 권력으로
어느덧
공간이 구조화된다.
그 황량한 콘크리트의 넓은 바다
한가운데 나의 집이 서 있다.

나의 시 「낯선 도시 사람들」과 「거대한 집」은 이렇게 해서 탄생된 작품이다. 비록 누추하고 가난했지만 그 공간과 주변은 나의 존재를 상징하는 것이다. 그 공간이 점점 변하고 있다. 사람들이 먼저 흩어져 떠나가 버렸고 그 속을 채웠던 물상들이 뿔뿔이 흩어져 사라져 갔다.

그러한 공간에서의 먹거리는 어떻게 사라지거나 변했을까? 강보리쌀로 지은 거칠고 까만 보리밥과 반찬이라곤 김치와 된장찌개, 어쩌다 간고등어 구운 반찬이 있으면 너무나 맛있는 식사를 할 수 있었다. 어머니는 장아찌 반찬을 잘 만드셨다. 무를 고추장에 넣어 간이 들게 하여 칼로 썰어 내면 아삭아삭하다. 간이 촉촉이 깊이 들어 있어서 물에 만 보리밥을 금방 한 그릇 뚝딱 해치울수 있다. 통마늘, 마늘종, 깻잎 장아찌는 이젠 잘 먹을 수 없는 강보리밥과 음식궁합이 제격이다. 상추 쌈, 피마자 잎을 삶아서 된장을조금 발라 쌈을 싸 먹는 일품 요리도 이미 사라졌다. 겨울이 오면싱싱한 미역귀(꼭지), 싱기(싱경이) 무침, 마자반(모자반) 혹은 똑똑자반 무침도 싱싱하고 상큼하게 입맛을 돋게 해준다.

　　나는 여섯 살이 되도록 어머니 젖을 빨았다. 엄마의 빈 젖을빨다 허기가 오르면 물에 밥을 말고 참기름을 동동 띄워서 먹거나똑똑자반을 쌀뜨물로 밥솥 안에 중탕하여 끓인 싱겁고 아무 맛 없는 국을 좋아했다. 중학생이 될 때까지 짠 음식이나 매운 고추, 마늘을 먹지 않았고 냄새가 짙은 젓갈류 음식이나 정구지(부추) 같은것을 먹지 못했다. 어린 시절에는 오징어채로 무친 마른 반찬 냄새가 왜 그렇게 역겨웠을까? 그런 혐오스러운 냄새가 아직 사라지지않고 코끝에 머물러 있다.

　　천양희 시인의 「사라진 것들의 목록」을 살펴보자.

「사라진 것들의 목록」

골목이 사라졌다
골목 앞 라디오 수리점 사라지고
방범대원 딱딱이 소리 사라졌다
가로등 옆 육교도 사라지고
파출소 뒷길 구멍가게 사라졌다

목화솜 타던 이불 집 사라지고
서울 와서 늙은 목포댁 재봉틀 소리 사라졌다
마당깊은 집 사라지고
가파른 언덕길도 사라졌다

돌아가는 삼각지 로터리가 사라지고
고전음악실 르네상스 사라지고
술집 석굴암이 사라졌다
귀거래 다방 사라지고
동시상영관 아카데미 하우스 사라졌다
문화책방 사라지고
굴레방 다리 사라졌다
대한 늬우스 사라지고
형님 먼저 아우 먼저 광고도 사라졌다

사라진 것들이 왜 이리 많은지 오늘의
뒤켠으로 사라진 것들
거짓말처럼 아무것도 아닌 것처럼
그런데 왜 옛날은
사라지는 게 아니라 스며드는 것일까
어느 끈이 그렇게 길까 우린 언제를 위해 지금을
살고 있는지 잠시 백기를 드는 기분으로
사라진 것들을 생각하네
내가 나에게서 사라진다는 것
누구나 구멍 하나쯤 파고 산다는 것일까

오래된 불빛

사라진 것처럼 큰 구멍은 없을 것이네

밀찌불(밀기울)에 사카린을 넣어 떡을 만들어 시장기가 돌면 요사이 빵을 먹듯이 먹었다. 그러다가 구세군교회에서 우유가루나 버터를 얻어와 이것들을 섞어서 훨씬 더 맛있는 밀찌불떡(개떡이라고 했다)을 만들어 먹었다. 밀기울을 아무리 곱게 갈았다고 하더라도 어린 내 입에는 거칠게 느껴졌으며 특유의 밀 익은 냄새가 배어 있었다.

아침 햇살이 일어서기 직전의 어둠은 더욱 넓고 깊게 느껴진다. 라디오를 켜서 볼륨을 높여 놓고 아버지는 이부자리에 엎드려 심각한 표정을 짓고 있었다. 나중에 안 일이지만 사하라 태풍이 밀려온다는 소식과 함께 이승만의 삼선 개헌 전야의 정가 소식이 아침잠을 흔들어 놓았다. 1959년 9월 11일 우리나라 기상 관측 이래 중심 기압이 가장 낮아 풍속이 최대였던 사하라 태풍이 불어 닥쳤다. 갑자기 불어난 빗물이 빠져나가지 못해 마루까지 차오르자 형들과 함께 물장난을 치며 헤엄질을 하였다. 그 전날 추석 음식으로 가자미적, 정구지전(부추전), 치자꽃물을 들인 기지떡을 만들어 놓고는 아버지는 무슨 붉은 완장을 차고 어머니도 손가방에 기호 1번 대통령 후보 이승만이 새겨진 명함 다발을 챙겨 넣고는 새벽같이 집을 나섰다. 자유당 선거 운동원으로 공무원들 가족이 강제로 동원되었던 것으로 기억된다. 그런 영문도 모르고 입술이 새파랗게 질리도록 비 흙탕물에 뛰어놀다가 짙은 어둠이 몰려왔다. 배 고픔도 함께 밀려 닥쳤다.

다락방에 올려놓은 추석 음식을 먹으려고 다락문을 열던 형이 기겁을 하며 소리쳤다. "형아, 와, 와카는데?" 나도 열린 다락방 안을 들여다보았다. 이게 웬일인가? 가자미적에는 형형한 인불이 이리저리 움직이고 있었고 오징어 산적에서도 눈 부위에 붉은 별빛같이 제법 환한 불빛을 발산하고 있는 게 아닌가? 형은 이게 도깨비 인불이라며 비가 오는 궂은 날에는 불빛이 훨훨 날아다니기도 한다고 했다. 그 광경을 보았던 나는 겁에 질려서 그 어둑한 다락방 부근에 가지도 못했으며 생선으로 만든 적을 한동안 먹지 못했다. 그날 밤 태풍은 잦아질 기미가 없었다. 비에 함빡 젖어 돌아오신 부모님이 무슨 불만을 토로하는 듯 두런두런 하는 이야기를 들으며 깊은 잠나라로 떠났다. 하루 종일 태풍 속 빗줄기를 맞으며 개구쟁이 놀이에 지쳤던 모양이다.

그 다음해인 1960년 3.15 부정선거의 전야제였다. 말단 교육공무원이었던 아버지와 그 가족이 이렇게 부정선거를 회유하는 데 끌려다니는 동안 어른들의 통제와 방해를 받지 않고 형들과 온갖 장난과 놀이를 할 수 있게 된 것이다. 우리 가족의 생명을 몽땅 앗아갈 뻔했던 19공탄 무연탄 불에 사카린으로 불린 쌀을 볶아 먹거나 밀가루 빵이나 우유 가루를 벤또(도시락)에 쪄서 먹으며 귀신 씻나락 까먹는 형의 이야기를 들으며 세월의 나이테를 돌려 나갔다. 태풍이 휩쓸고 간 그해 겨울은 유난히 추웠다.

형이 다니던 학교 앞 문구점에서 토끼털로 도넛처럼 만든 귀마개를 떼를 써서 샀다. 너무나 따뜻했다. 토끼털 귀마개를 하고 어머니가 짜 주신 벙어리장갑을 끼고 형이 학교 문에 나타날 때까지 기다리다가 국자에 설탕과 소다를 넣어 불에 부풀려 달고나(포또)를 만들어 먹었다. 원래는 형과 함께 하려고 했다가 기다림에 지쳐 혼자서 슬쩍 만들어 먹은 뒤에 입을 닦았지만 내 입에서 풍겨 나는 설탕 냄새를 알아차리고는 형은 삐쳐서 며칠 동안 나를 상대해 주지 않았다.

자라서 소설가가 되겠다는 꿈을 가졌던 형은 대학병원에서 일어난 미라 귀신 이야기며, 남태평양 원주민의 식인종 이야기며, 아라비안나이트, 알라바바 공주 이야기 등 어디서 주워 모은 이야기보따리에 나는 흠뻑 빠져 있었는데 나를 상대해 주지 않으니 묘한 대안이 필요했다.

아이디어가 떠올랐다. 양미리를 연탄불에 구워서 형에게 대령해야겠다고 마음먹고는 형이 하교할 무렵 작전을 개시하려고 하니 방해꾼이 내 앞을 가로막았다. 연탄 부엌에 내 힘으로 들 수 없는 펄펄 끓어오르는 동솥(작은 솥)이 걸려 있었다. 바케스(버킷)에 물을 일부 떠내고 솥을 들어 낸 다음 양미리를 구울 생각으로 펄펄 솟아오르며 끓는 물을 양철 버킷에 옮겨 담았다. 거기까지는 순조롭게 진행되었다. 뜨거운 솥을 들어서 옮기는 일은 만만찮았다. 솥전을 행주로 보듬어 싸서 드는 순간 위로 훅 솟아오르는 수증기의 뜨거운 열기가 얼굴로 밀어닥쳤다. 연탄 화덕에 펄펄 끓던 물솥을 엎질러 쏟는 순간 무슨 폭탄이 터지듯 흰 수증기가 부엌을 가득 메웠다. 솥전이 내 손끝을 벗어나는 그 짧은 순간 나는 냅다 부엌 밖으로 용수철 튀듯이 내달아 났다.

폐허의 현장에 나타난 감시병인 형이 "야, 니, 안 다쳤나?", "큰일날 뻔했다."라고 말하자 나는 엉엉 울었다. 무섭기도 했고 그처럼 연탄불의 힘이 위력적이었음을 몰랐기 때문이었다. 나는 태어나 처음으로 공포스러운 경험을 했다.

시골에는 솥이 여러 종류가 있다. 용도와 용량에 따라 그 이름도 달리 쓰인다. 동솥은 작은 애기솥이라는 의미일 게다. 무쇠로 만든 한솥(큰솥)은 식구가 많을 때 밥을 짓거나 국을 끓일 때 쓰는 반영구적인 붙박이 솥이다. 서말찌 솥은 물이 서 말이나 들어가는 큰 무쇠솥인데 주로 쇠죽을 끓이는 용도로 사용되며 사랑방 부엌에 걸려 있다.

어느 겨울, 형이 방학을 하자 영천 할매한테 갔다. 할매 방에 쇠죽솥이 걸려 있어서 할매 방이 가장 따뜻하다. 초저녁에는 여물 끓이며 불잉걸 담은 황동 난로가 있어서 땅에 묻어놓은 밤이나 감자를 캐내어 구워먹기도 하고 무를 깎아 먹기도 하고 할매한테 호랑이 담배 피우던 시절 이야기를 들으며 겨울밤을 보냈다.

할아버지가 부산 동래에서 광복 군자금을 만들기 위해 위조지폐를 만드는데 도안사로 일하다가 일제에 발각되었다. 이 동래 정판사 사건에 연루된 할아버지는 혈혈단신으로 일본으로 피신하여 그곳에서 데루코 상이라는 일본인 할머니를 만나서 남매를 낳고 살다가 광복과 더불어 귀국하셨다. 30여 년 청춘과부처럼 아버지 형제 세 분과 시동생, 작은집 식구를 부양하며 사느라 성질이 이루 말할 수 없을 만큼 별나고 사나웠다. 그러나 손자들에게는 순한 양이었다. 이른 여름 풋감이 떨어지면 주워서 쌀뜨물에 삭혀서 우리들을 먹이려 대구까지 머리에 이고 공수해 주실 만큼 지극정성이었다.

그해 겨울, 나는 철사로 만든 날이 달린 스켓토(스케이트)를 만들어 타고 싶었다. 형을 졸랐지만 당시에 스켓토 날을 만들 만한 재료인 굵은 철사를 그 깊은 산촌 마을에서 구하기는 쉽지 않았다. 그런데 차당실 우리 집 앞 채소 밭에는 겨울이 되면 통나무 장사 수레가 자주 들렀다. 통나무를 싣고 갈 때 흩어지지 않도록 굵은 철사로 동여매는 것을 본적이 있기 때문에 다시 나무 장사 수레가 오기를 손꼽아 기다렸다.

내 예측이 맞아떨어졌다.

며칠 뒤 몹시 추운 날 나무 장사 수레가 다녀간 빈 채소 밭에는 작은 회오리바람이 일어 지푸라기와 마른 오동나무 잎이 푸른 겨울하늘로 휘말려 올라갔다. 그 자리에서 꾸불꾸불한 굵은 철사 줄을 주워서 그것을 바루기 위해 할매 방 부엌에 걸린 서말찌(서말짜리) 무쇠솥 전에다 올려놓고 돌로 내려치는 순간 그 큰 무쇠솥이 세 조각으로 쩍 갈라져 버렸다. 큰일이 났다.

깨어진 무쇠솥 틈 사이로 화가 잔뜩 난 할매 얼굴이 나타났다. 이 세상 끝으로 달아나고 싶었지만 갈 곳이라곤 집 뒤 솔밭 양지바른 마른 잔디밖에 없었다. 나는 그 잔디밭에 벌렁 드러누웠다. 유난히도 푸르고 높은 산촌 하늘에는 내 마음이 흰 구름되어 둥둥 떠가다가 솔 숲 사이로 잊혀진 기억으로 사라져 갔다.

잃어버린 시간을 찾아서

『잃어버린 시간을 찾아서』는 프랑스 작가 마르셀 프루스트(Marcel Proust, 1897~1922)가 쓴 유명한 소설 제목이다. 프랑스 모더니즘 작가였던 마르셀 프루스트가 수필과 소설을 남긴 천재적인 작가임을 고등학교 다닐 때 배웠던 기억이 난다. 유대계 예방의학 전문가였던 아버지와 역시 유대계 부유한 집안 출신의 어머니를 둔 행복한 가정에서 태어났지만 9세 무렵부터 천식을 앓으며 평생을 병마와 싸운 예민한 성격의 소유자였다. 『잃어버린 시간을 찾아서』의 주인공 '나'는 홍차에 적신 마들렌 하나로 유년기 시절, 맛의 추억을 더듬으며 잃어버린 과거의 시간을 찾는다는 내용이다. 미각의 자극에서 까마득하게 멀어진 기억의 바깥에 놓인 지난 추억, 특히 독특한 어머니의 손맛을 더듬어 낼 수 있듯 코끝을 살짝 스치는 오랜 추억의 냄새를 통해서도 과거로 되돌아갈 수 있다.

내가 처음으로 밥을 먹었던 그릇과 수저는 놋쇠로 만든 것이었다. 뚜베(뚜껑)가 있는 배가 볼록한 옥식기와 놋대지비(대접), 지렁 종자(간장 종지), 놋접시, 놋수저를 통해 청동그릇 특유의 쌉쌀한 맛이 살짝 배어있는 밥맛과 국 맛이 오랜 기억으로 남아 있다. 그러다 여름이 되면 화기로, 흙으로 빚고 유약을 먹여 구운 사기그릇을 사용했다. 1960년대 우리나라에는 아편쟁이라는 걸인 도둑이 들어와 놋그릇을 훔쳐갔다. 이 아편쟁이라는 좀도둑은 놋그릇을 훔쳐 판 돈으로 마약인 아편을 맞는다고 했다. 이 마약 중독자는

오래된 불빛

약 기운이 떨어지면 몸을 벌벌 떨며 몹시 고통스러워하였다. 이 무렵 우리나라에서 방어용 무기 제조와 탄약의 탄피를 만들기 위해 이 놋쇠가 제법 비싼 값으로 팔렸던 것 같다. 엿장수에게도 놋쇠를 주면 고철이나 낡은 고무신에 비해 많은 엿과 바꿀 수 있었다.

나일론 발견과 함께 녹이 슬지 않고 닦기도 쉬운 스테인리스강 그릇과 수저가 쏟아져 나오면서 놋쇠 그릇의 자리를 빼앗아 갔다. 이때를 전후하여 조명기구도 함께 바뀌었다. 호롱에서 남포로, 남포에서 백열등으로, 다시 형광등에서 LED전구 시대로 조명은 빠르게 변화해 오늘에 이르렀다.

내가 태어나기 전, 광복 다음해에 할아버지는 일본에서 일본 여인이었던 두 번째 할머니를 만나 동거하며 남매를 낳아 그들을 데리고 귀국하셨다고 한다. 그 할머니는 데루코 상이라고 하는데 한국에 함께 오셨다. 6개월 후 그분은 한국 생활에 적응하지 못하고 남매를 데리고 다시 연락선을 타고 일본으로 돌아가 버렸다. 특히 첫 할머니의 구박과 학대, 한국 음식에 적응하지 못했기 때문이었다고 어머니가 일러 주었다. 양반이라는 굴레 때문에 우리 가족은 냉정하게도 그 누구도 데루코 상을 붙잡거나 그 이후 소식을 알려고도 하지 않았다. 그토록 질투심에 타오른 할머니가 데루코 상을 더는 한국에 머물 수 없도록 구박했기 때문에 나의 어머니가 이를 막아 서서 고통을 함께 나누었다고 한다. 한국말을 전혀 알아듣지 못하던 데루코 상과 아버지와 배가 다른 일본 고모, 삼촌의 얼굴을 나는 단 한 번도 본 적이 없었다. 일본어를 조금 할 수 있었던 어머니가 할머니의 구박으로 강제로 콩밭을 매도록 시키면 어머니가 가서 데루코 할머니를 도와주며 고통을 나누었다고 한다.

그런데 노동보다 더 견디기 힘든 것은 음식이었다고 한다. 한

국의 맵고 짜고 강한 맛과 거역스런 냄새를 풍기는 반찬류는 거의 입에 대지 못하였다고 한다. 이것은 할아버지도 마찬가지였다. 'かすづけ(가스쓰케)'라는 일본 오이지를 대구에서 구입해 와서 할아버지와 데루코 상이 드실 수 있도록 만들어 드렸다고 한다. 할머니는 데루코 상이 이 귀한 가스쓰케를 축내는 것이 몹시 언짢았지만 할아버지 때문에 말을 못하고 계속 어머니께 트집을 잡아 못살게 굴자 어머니는 지게미와 가스쓰케용 오이를 대구에서 구입해 와 손수 담그는 기술을 데루코 상에게서 전수받았다고 한다.

나는 어린 시절부터 이 일본 오이지를 좋아했으며, 잘 먹었다. 그리고 낫토 역시 어린 시절부터 잘 먹었다. 2003년 도쿄대학교에서 공부하면서 어느 일식집에서 이 가스쓰케를 먹다가 잊고 있었던 데루코 상 그리고 일본 고모와 삼촌이 떠올랐다. 내가 알고 있는 유일한 정보인 데루코 상의 추정 연령으로 도쿄 시청을 통해 조회했으나 헛수고였다.

그립고 슬펐다.

왜 나의 아버지는 그토록 무정하게 비록 배다른 형제였지만 일본 고모, 삼촌을 단 한 번도 찾지 않았을까? 이해할 수 없는 양반 가문의 가족에 대한 허구성을 혼자 되뇌며 시로가네다이 도쿄대 외국인 로지 인근 오사케집에서 정신없이 술을 마셨다. 슬픈 가족사의 의문은 결국 풀리지 않았다. 아버지가 돌아가시기 전까지 데루코 상에 관한 이야기와 잃어버린 혈육에 관해 여쭤보았으나 완고하게 침묵으로 일관하셨다.

데루코 상이 관부연락선을 타고 어린 남매와 함께 대한해협을 건너던 당시의 심정이 어떠했을까? 식민 조선에서 광복 군자금을 만들기 위해 위조지폐를 만드는 도안사였던 내 할아버지. 일제에 범죄 사실이 탄로 나자 조선이 아닌 내지 일본으로 넘어 갔다가 만난 일본인 여성 데루코 상. 그곳에서 장사를 하며 살아왔던 식민지 출신인 할아버지의 삶, 모든 것이 의문투성이였다.

30여 년 정을 붙이고 남매를 낳아 일본에서 행복하게 살다가 이들의 사랑을 깨뜨린 대한민국의 광복. 남편을 따라 낯설고 물도 선 조선의 어느 시골. 호랑이처럼 사나운 전처 부인과 아들, 며느리, 손자, 손녀까지 있는 조선인 남편. 엄청나게 큰 배신감을 가슴에 묻고 비 바람 휘몰아치는 대한해협을 건너며 스라린 눈물을 뿌렸을까?

내가 제법 철이 들었을 때까지 할아버지는 사랑채 마루에서 일본에서 가져온 유성기를 소리 높여 틀어놓고 앞산에 걸려 있는 뭉게구름을 넋 놓고 바라보시는 날이 많았다. 말수도 적었다. 겨우 '예', '아니요'라는 말 이외에 잡다하게 설명을 하시는 모습을 본 기억이 잘 나지 않는다. 가끔 사랑 고방에 가물려(감추어) 놓은 사과 반쪽이나 사탕이니 곶감을 꺼내 웃으시며 내 손에 쥐여 주곤 하셨다.

어느 날 할머니가 사랑방에 오셔서 할아버지가 계시는데 큰 소리로 방귀를 뀌었다. 그냥 혀를 차며 뒤돌아 앉으시는 할아버지께 할머니는 "나오는 방구를 우짜란 말인교?"라며 소리치곤 방문을 세차게 쾅 닫고 나가버렸다. 할아버지가 여섯 살 난 손자에게 미안하셨던지 나를 바라보며 싱긋 웃으셨다.

그 다음해에 할아버지는 폐결핵으로 세상을 떠나셨다. 나에게 할아버지란 그 존재적 가치가 진공의 상황으로 남아 있어 애틋하거나 슬프거나 어떤 기쁨의 감정도 남지 않은 맹맹한 상태일 뿐이었다. 물론 내 나이도 어렸지만.

다만 일본 음식에 입맛이 익어 있었기 때문에 우리 음식의 강한 맛에 적응하시지 못하여 몸이 매우 여윈 상태로 돌아가셨다는 기억은 또렷하다. 일종의 영양실조로 온 폐결핵이 할아버지 죽음의 원인이었다. 그리고 돌아가시기 전에 매우 여위어서 기침을 하면서 붉은 피를 토하시는 모습을 종종 보았다. 그 검붉은 피….

할머니는 화도 잘 내고 욕지거리도 잘하셨다. 며느리에게 육두문자를 예사로 사용하고 더욱 화가 나면 내 어머니인 며느리의 머리채를 잡고 흔들 정도로 완악한 성격이었다.

「몽환」

길이 달빛 묻어 강물 자락처럼
가물거리며 이어진다
산등성이를 날던 새들이 바람 일으켜
꿈에 불러온 어머니가
옆구리에 칼을 맞고 쓰러졌다
십오륙 년 전 돌아가신
어머니 제삿날
삼헌 드릴 제관이 없어
서둘러 상을 물린 파제삿날 그날 밤은

전설 같은 지난 생각에 슬펐다
머리끄덩이를 움켜잡은 할머니가
손을 놓을 때까지
꽥소리 한마디 못하고 눈물만 쏟아 내던

오래된 불빛

갓 서른 넘긴 어머니
지독한 양반 권력에
오늘밤에도 피를 쏟아 냈다

누임 조금만 기다려 보세요
좋은 시절 올 낍니더
말을 끝내기 무섭게 뒷산 파계재 너머로

　그 완악한 할머니, 우리에게는 끝없는 사랑으로 베풀어 주었지만 자신의 며느리이자 나의 어머니에게는 왜 그리도 악독했는지 어느날 나는 꿈을 꾸었다. 그 꿈은 「몽환」이라는 시로 다시 태어났다. 30여 년 생과부가 되어서 집안의 전장 경영을 맡아 셋째아들은 대구 경북대 사대를 졸업시킨 억척스러운 분이었다. 당시 보성전문을 졸업한 나의 외삼촌은 좌익으로 활동하시다가 행방불명되었다. 평생 수절한 외숙모 그리고 거의 폐망한 외가. 이러한 가족사의 슬픔이 「몽환」의 시적 배경이 되었다.
　그러나 난 그게 도무지 싫었다. 특히 어머니에게 욕을 하고 머리채를 잡는 할머니가 비록 손자인 나에게는 잘해 주셨지만 진짜 싫었다. 그래서 나도 할아버지처럼 외면을 하든가 예스, 노 외에는 할머니와 대화하는 것을 삼갔다. 다만 옛날이야기를 해 달라거나 먹고 싶은 것을 달라고 할 때는 예외였다.

본영당 아이스케이크

대명동 우리 집은 지금은 도심의 미로 속에 갇혔지만 내 어린 시절에는 들판 언덕에 집이 올망졸망 여러 채 몰려 있는 마을 가장자리에 있었다. 2.28 기념비가 서 있었던 명덕 사거리도 생기지 않았고 수도산 건들바위로 향하는 신작로가 터지기 전 논과 밭으로 이어져 있었으며 신천에서 흘러내리는 실개천이 지나고 있었다. 이 실개천은 대봉동을 거쳐 반월당 매일신문사를 거쳐 신명여자고등학교 부근으로 물길이 나 있었다.

건들바위 부근은 일제강점기 때 일본 헌병대가 주둔했던 군부대 기지로 적산 가옥이 많이 남아 있었으며, 그 산 능선 건너 산만뎅이(산꼭대기)에 서봉사(瑞鳳寺)라는 절이 덩그렇게 서 있었다. 그 아래 비탈 능선은 넓은 풀밭이었다. 형과 함께 잠자리도 잡고 호랑나비도 잡으러 꽁무니를 쫓다가 뭉게구름이 두둥실 떠가는 푸른 하늘로 날아가는 호랑나비를 쳐다보며 유년기를 보냈다. 때로는 나무 그늘에 앉아 6색 크레용으로 풍경 그림도 그리며 아름다운 산천의 풍경에 흠뻑 취하기도 하였다. 형과 함께 아카시아 잎을 따서 손가락으로 튕겨 누가 먼저 잎을 다 따는지 내기도 하고 동네 아이들과 함께 소타기, 올캐바닥(땅따먹기), 꼰(고누)뜨기로 푸른 소년 시절의 시간을 접어갔다. 나의 어린 시절은 참으로 맑고 아름다웠다. 5월의 푸른 하늘처럼.

어느 날 형과 함께 네잎클로버를 따기 위해 풀숲을 헤치고 있

오래된 불빛

는데 눈이 빨간 흰털 토끼 한 마리가 우리 곁으로 다가왔다. 형이 좋아라하며 토끼를 안고 집으로 돌아와 토끼장을 만들고 있는데 외출 나갔던 어머니가 돌아오시면서 그 토끼 어디서 난 것인지 물으셨다. 전후 사정을 얘기하자 정색하시며 곧바로 다시 수도산에 그 토끼를 갖다 놓으라고 소리를 질렀다.

형과 나는 토끼를 안고 서봉사(瑞鳳寺) 아래 풀밭으로 가니 동네 아저씨 한 분이 무엇을 찾는지 사방을 두리번거리고 있었다. 토끼를 안고 나타난 우리를 보더니 반갑게 자기 집 토끼라며 찾아 주어서 고맙다고 하시며 주머니에서 붉은 십 환짜리 지폐 한 장을 손에 쥐여 주었다.

형과 나는 신이 났다. 콧노래를 부르며 언덕을 뛰어내려 오니 8월의 싱그러운 풀 냄새가 훅훅 달아오르는 지열에 뒤섞여 코끝을 스쳐 지나갔다. 이미 얼굴과 목덜미는 땀으로 흠뻑 젖었다. 우리 집 앞 주희네 할머니가 하는 구멍가게로 달려갔다. 역시 무더위를 식히는 제일의 방법은 시원한 얼음물이다. 삼각 비닐봉지에 든 붉은색, 노란색 물을 하나씩 사서 이빨로 조금 물어뜯어 구멍으로 그 황홀한 단물을 쪽쪽 빨아먹었다. 한 봉지에 1환이었으니까 앞으로 형과 나누어 먹어도 4개씩은 더 먹을 수 있으니 얼마나 기쁜 일인가? 대구 지방에는 '삼성사이다'라는 볼품없는 음료수가 등장했다. 비닐봉지에 든 1환짜리 음료수 맛보다 낫지 않았다. 얼마 지나지 않아 '칠성사이다'라는 전국 시장으로 진출한 음료가 나와서 트랜지스터 라디오가 출시되기 이전에 나온 진공관라디오 전파를 탄 광고가 흘러 나왔다.

우리 집에는 멥쌀을 주재료로 만든 감주(단술)와 찹쌀로 만든 점주, 두 종류의 음료가 늘 있었다. 어머니는 이 두 가지 모두 거의 실패 없이 만드는 기술이 있었다. 겨울철에 살얼음이 낀 단술의 맛은 참 오묘하고 깊었다. 어머니의 정성과 손끝의 맛이 배어 있는 투명하고 시원한 맛을 간직하고 있었다. 내 아내는 어머니에게서 이 감주 제조 기술을 전수하는 데 실패하였다. 투명하고 노르스름한 색깔을 내지 못하고 검거나 탁한 감주밖에 만들 수 없었다.

우리나라 전통적인 음료 가운데 계피와 곶감을 삶은 물에 잣을 띄워 마시는 수정과라는 것도 있다. 주로 반가의 음료수로 혼사나 회갑연 등의 행사 때나 한겨울에 주로 마신다. 경북 안동지역에서는 식해라고 하는 반가의 음료가 있는데 무나 배를 채로 썰어 넣고 고춧가루도 넣은 음식이다. 달기도 하지만 매콤해서 처음 먹는 사람에게는 비위가 상할 듯한 느낌을 주지만 정이 들면 매콤 달콤하여 맛이 희한하다.

한여름 계란 모양으로 얼린 색색의 얼음에 꼬챙이를 끼운, 마치 아이스케이크 같은 것을 네모상자에 넣어서 팔러 다녔다. '맛좋은 본영당 아이스케이크'라고 외치며 골목골목을 누비고 다녔다. 아직 초등학교에 들어가지 않은 아이들도 이것을 팔러 다녔는데 50개에 열 개를 덧얹어 주었는데 이 열 개를 다 팔면 남는 수입이 된다. 하루 종일 아이스케이크 장사를 하면 20환 정도 벌 수 있으니 수입이 짭짤한 셈이다. 한 집안의 형제가 서너 명 되면 하루에 70~80환 벌이가 되니까 전쟁 후, 가난했던 도시 변두리 집 살림에 보탬이 되었을 것이다. 나도 아이스케이크 장사를 해 보고 싶은 마음은 굴뚝같았지만 해 볼 기회를 잡지 못했다. 나는 아직 나이도 어렸고 키가 작아서 아이스케이크 통을 메면 땅에 질질 끌렸기 때문이다.

내가 좀 더 자란 후에는 수류탄처럼 생긴 아이스케이크는 사라지고 팥이 들어가는 스틱형 아이스케이크가 나왔다. 또 ᵇ뺑뺑이라는 판을 돌려 바늘로 찍으면 1개, 2개, 3개 등으로 한 번에 여러 개의 아이스케이크를 먹을 수 있었다. 일종의 사행성 판매 전략인 셈이다. 원판 대부분이 1개이고 2개, 3개가 적힌 칸이 좁아 당첨될 확률이 낮았다. 난 단 한번도 2개 이상을 찍어 본 경험이 없다. 그러나 앞 집, 무당 집 아들이었던 성모는 찍었다 하면 2개 아니면 3개였다. 늘 그게 부러웠다.

도시 변두리는 서서히 움직이는 추억어린 활동사진이다. 물상이 변화하는 순간순간의 시간이라는 결절로 이어져 있다. 미뿌랑으로 향하는 길섶에는 삼나무 밭이 즐비하게 이어져 불어오는 바람을 소리로 받아 넘기며 하늘을 이리저리 흔들고 있었다. 잠시도 쉬지 않고.

영천 차당실에는 길쌈 하는 집이 여럿 남아 있었다. 삼나무가 다 자라면 그 껍질을 벗겨 다발로 묶은 다음 저수지에 담가 표면 껍질을 벗겨냈다. 그냥 물에 담가 두면 떠내려 갈 수 있으니 통나무 소죽구이(구시)에 넣어 못에 띄워 둔다. 동네 아이들은 그 통나무 소죽구이에서 솟아오르는 물을 검정 고무신을 퍼내면서 저수지를 횡단하며 논다. 지금 생각하면 끔찍한 일이었으나 겁 없이 천방지축으로 놀아도 물에 빠져 죽은 친구는 아무도 없었다.

보리밭에서는 깜부기를 뽑아 얼굴에 칠하고 밀밭에서는 밀 서리를, 목화밭에서는 미영(무명)이 피기 전 연한 다래를 골라 단맛을 빨아 먹으며 차츰 철이 들어갔다. 형들, 동네 친구들과 공동체 운명과 그 심연의 질서를 자연의 순리 속에서 깨쳐 나갔다.

대구 본영당 아이스케이크를 팔던 시절을 건너 롯데와 해태의 껌 판매 전쟁이 시작되면서 초등학교 하굣길에 정문 좌판에서

껌을 파는 장사꾼이 진을 쳤다. 그 무렵 한강을 건너 나라를 지켜야 할 군인들이 광화문통에 있는 국회와 청와대를 점령하려 한다는 라디오 긴급 뉴스가 쏟아져 나왔다.

오래된 불빛

적막한 식욕

시인 박목월의 「적막한 식욕」이라는 시가 있다. 식욕이 무슨 적막한 게 있을까? 아득하고 끝없는 식욕이 무엇일까? 맛의 깊이와 거리, 저 먼 과거로 이어지는 끝없는 자락에 이어져 있는 기억 속의 맛. 메밀묵을 소재로 한 시이다.

「적막한 식욕」

메밀묵이 먹고 싶다
그 싱겁고 구수하고
못나고도 소박하게 점잖은
촌 잔칫날 팔모상에 올라
새 사돈을 대접하는 것

그것은 저문 봄날 해질 무렵에
허전한 마음이
마음을 달래는
쓸쓸한 식욕이 꿈꾸는 음식

또한 인생의 참뜻을 짐작한 자의
너그럽고 넉넉한

눈물이 갈구하는 쓸쓸한 식성
아버지와 아들이 겸상을 하고
손과 주인이 겸상을 하고

산나물을
곁들어 놓고
어수룩한 산기슭의 허술한 물방아처럼
슬금슬금 세상 얘기를 하며
먹는 음식

그리고 마디가 굵은 사투리로
은은하게 서로 사랑하며 어여삐 여기며
그렇게 이웃끼리
이 세상을 건너고
저승을 갈 때

보이소 아는 양반 앙인기요
보이소 윗마을 이생원 앙인기요

서로 불러 길을 가며 쉬며 그 마지막 주막에서
걸걸한 막걸리 잔을 나눌 때
절로 젓가락이 가는
쓸쓸한 음식

오래된 불빛

가을이면 온 산에 널려 있는 꿀밤이나 이효석의 「메밀꽃 필
무렵」에 등장하는 메밀로 만든 소박한 음식이자 화려하지는 않지
만 사돈을 접대하는 상에서부터 아버지와 아들, 장터 친구들과 슬
금슬금 먹는, 이웃과 정을 나누는 음식이기도 하며 저승길 행상을
곁에 두고 걸걸한 막걸리와 함께 먹는 이별하는 쓸쓸한 음식이기
도 하다. 메밀묵이라는 하나의 음식이 나타내 주는 시공간을 잇는
이토록 절묘한 시가 어디에 또 있을까? 값싸고 소박한 음식이자
결혼에서 초상으로 이어지는 우리네 삶과 이토록 가까이 있는 음
식이 어디에 또 있을까? 그러나 호사스럽지 않고 담담하며 아득하
고 투박한 사투리 맛이 묻어 있는 메밀묵은 지난 기억을 일으켜 세
우고 깊은 잠을 흔들어 주는 막막하고 슬픈 기억이 배어 있는 음식
이다.

잔치 음식으로는 국수, 소고기국밥, 부침, 갖은 떡, 다식, 유
과, 약과, 잡채, 단술(감주), 엿, 북어를 곱게 솜처럼 부풀려 만든 피
움(보푸라기) 등 헤아릴 수 없이 다양하다. 농경공동체 시절 돈 부조
대신 엿이나 단술, 떡 등을 만들어 음식 부조를 하는 풍습은 거의
다 사라져 버렸다. 팔모상에 일일이 음복을 차려서 축하객을 접대
하느라 큰집이나 형편이 넉넉한 부잣집의 고방이나 대청 시렁에
는 팔모상, 칠첩반상기, 올망졸망한 식기, 대접, 접시, 종지 등을 보
관하다가 집안이나 동네잔치가 있으면 빌려주었다. 팔모상은 상
이 팔각으로 생겼기 때문에 붙은 이름이지만 좀 더 부유한 집에 있
는 해주에서 생산되는 개다리 모양 상다리로 만든 것이라 개다리
상이라 부르기도 했다.

특히 집안 잔치인 경우 아예 며칠 동안 밥을 짓지 않고 잔칫
집에 술이나 단술 한 독 부조한 다음 며칠 동안 파 베겨서(눌러앉아)

3일 신행할 때까지 얻어먹는다. 내 어린 시절 둘째 누님 결혼 잔칫날 옷을 곱게 차려입은 서울, 대구, 부산에서 온 촌수도 모르는 일가친척 내 또래 아이들끼리 모여 놀며 같은 이불에 뒤섞여 자던 아름다운 추억들이 색동저고리처럼 아름다운 추억 물무늬를 이루고 있다.

호랑이처럼 무서웠던 할매가 인근 마을 잔칫집에 갔다가 돌아오시면 속고쟁이 주머니에서 땟물에 젖은 손수건으로 싼 유과, 엿, 정과를 꺼내 먹으라고 주시지만 나는 받아서 손에 쥐고 있다가 슬쩍 마당 두엄터에 버렸다. 먼지와 땟자국이 묻었을 뿐만 아니라 속고쟁이 주머니에 넣어 온 것이기에 더럽다고 여겼다. 난 어릴 때부터 이처럼 정갈하고 식성도 까다로웠다. 식성뿐만이 아니라 성격 자체가 구질구질한 것을 무척 싫어했다.

영천 차당실 우리 앞집에는 중형과 나이가 같은 호야 형과 그의 동생 집이가 있었다. 집이는 아마 나와 동갑 아니면 한 살 많았던 것으로 기억되는데 가장 가까이 지내던 시골 친구다. 그런데 집이는 늘 콧물을 훌쩍거렸고 머리와 얼굴에는 소버짐과 백버짐이 나 있어서 가까이하기에는 너무 먼 당신이었다.

바보처럼 헤벌쭉 웃을 때는 늘 고춧가루가 이 틈새를 장식하였고 헝겊 허리끈이 느슨하여 배꼽을 드러낸 어설픈 친구였다. 가을이 되면 어느 집 시재(묘사)가 언제 드는지 소문이 쫙 퍼진다. 어른들이 버들고리에 제수를 쟁여 넣고 지게를 지며 하얀 한복을 입고 길을 이끌면 마을 꼬마들이 그 뒤를 줄지어 따라간다. 산제가 끝나면 모든 사람에게 나누어 주는 음복을 받아먹기 위해서 먼 산길을 함께 따라나선다. 길게는 10여 미터나 되는 기다란 대오를 만들어 마을을 나서서 늦가을 논길과 풀숲을 헤치며 묘제를 지낼 산지로 향한다.

잿빛 하늘이 길게 드리워진 산촌 아이들에게는 음식 축제의 날이다. 차가운 늦가을 오돌오돌 떨면서 따라가 묘제를 끝낸 이후 떡, 과일, 산적과 고기를 종이에 싸서 음복을 돌린다. 대부분 묘제에 사용하는 고기는 불에 슬쩍 구운 것이어서 덜 익어 핏물이 흘러내리기 일쑤였다.

굶주렸던 산골 아이들에게 고기에서 흘러내리는 핏물쯤이야 아랑곳없이 제몫을 홀딱 닦아 먹고는 내 몫을 넘보며 껄떡거린다. 앞집 집이는 내가 음복을 잘 먹지 않는다는 것을 이미 몇 차례 이웃 묘사를 따라다니며 눈치를 채고 있다. 나는 몇 번 손으로 뒤척이다가 핏물이 번지지 않은 떡 한 조각만 먹고 집이 손에 받은 음복 봉지를 몽땅 넘겨준다. 집이는 늘 그것을 기다리며 나와 동행하는 것을 바랐는지도 모른다. 핏물이 번지지 않은 떡 조각의 맛은 참으로 오묘했다. 적막한 시골냄새와 아득한 세월의 맛이 엉겨 있다. 이것은 내가 경험했던 묘사 떡의 공통된 맛이었다. 고기 비린내와 찌짐(지짐)의 기름 맛이 뒤엉킨 쓸쓸한 맛이기도 했다.

다시는 다른 집의 묘사에 따라나서지 않기로 결심했다. 앞집에 사는 친구 집이의 유혹과 설득을 뿌리치고 또래 아이들이 없는 텅 빈 산골마을에 외로운 한 마리 산새가 되었다 나는.

마을 아이들은 어느 집 묘사 음복이 풍성한지 미리 다 알고 있었다. 산대댁은 집이 부유했기 때문에 음복 또한 남다르다는 걸 이미 알고 있던 집이가 함께 가자고 집요하게 꼬드겼지만 나는 거절하였다. 차당실 골짜기에서 남쪽으로 가로지르는 관동산은 시 오리길이며 산세도 만만찮게 험했다. 차당실에서 한참 남쪽으로 가다가 오른쪽에 소꼬개(솔고개)라는 골짝이 있고 조금 더 올라가면 서너 가구가 사는 용내기라는 마을이 있다. 하루 종일 사람 한 둘 보기가 어려운, 산과 들이 하늘과 맞닿은 산촌이다. 외로운 새들의 울음소리만 쓸쓸하게 퍼지는 고적한 골짝이다. 황금빛 가을이 퇴색하며 까치밥으로 남겨 놓은 감나무 감들은 투명해진 주황색 등불이 되면 용내기 몇 가구 되지 않는 마을 저녁 연기와 밥 짓는 냄새, 시래깃국 익어가는 냄새가 그윽하게 퍼진다.

나는 산대댁 묘사에 함께 가자는 집이의 제안을 끝내 거절했다. 한동안 집이는 보이지 않았고 집이의 존재는 나의 관심에서 멀어져 있었다. 그런데 우리 집 머슴으로 일하던 수진이 아재가 저녁을 먹고 둘병판상(둥근상)에서 자리를 털고 일어서면서 "앞집 집이가 관동 산대댁 묘사에 따라갔다가 집으로 돌아오지 않았다. 아이고 입 하나라도 덜게 되었다."라고 하였다. 태연하게 집이를 잃어버린 게 잘된 일인 양 말을 하는 게 아닌가?

곧 개학을 했다. 개학할 무렵 나도 형을 따라 대구로 돌아왔다. 대구에 온 뒤에도 늘 집이가 차당실로 되돌아왔는지 궁금했지만 소식 알 길이 없었다. 그 사건은 곧 나의 기억 속에서 지워져 버렸고 세월이 흘러 그 다음번 여름 방학이 되면서 형과 함께 영천 차당실 마을로 갔다.

형과 나는 어머니가 사 주신 검정 운동화를 신고 다녔지만 그 당시 시골에 있는 내 또래 아이들은 맨발이 아니면 검정고무신을 신었다. 얼굴도 뽀얗고 옷도 시골아이들 차림과 달랐기 때문에 고경 장터에서 버스에 내려 전사동을 지나 바우고개 솔밭을 바람소리에 휩쓸리듯 15리 길을 총총 걸었다. 차당실 홍문관 교리댁 도련님 다운 모습으로 고향집으로 오면 마을 아이들이 멀쭘히 서서 부러운 듯 바라보았다. 중간쯤 하동마을과 하동못을 지나 산골 굽이

굽이 돌아 아랫마을을 지나면 차당못이 보인다. 그 마을이 나의 10 대조 이래 조상 누대로 살아온 터전이다. 마을에 도착하자마자 앞집 집이를 찾았다. 그런데 집이는 아직도 돌아오지 않았다. 형과 동갑인 호야 형은 아무렇지도 않은 듯, 아무 일도 없었던 듯이 집이는 지난해 가을 산대댁 관동 묘사를 따라갔다가 길을 잃고 어디에 있는지 아직도 모른다고 했다. 찾을 생각도 않고 있다.

그때 가난했던 산촌 사람들은 딸은 대처에 식모로, 남자아이들은 도시 식당에 소사(심부름꾼)으로 내보내 입 하나라도 더는 것을 아무렇지도 않게 생각했다. 초등학교 2학년이던 아이가 집을 잃어버린 지 여섯 달이 되어도 모두 무덤덤했고 관심을 갖는 이는 없어 보였다. 어른들은 이상했다. 나는 후회하였다. 지난 가을 산대댁 묘사에 집이가 함께 가자고 했을 때 내가 같이 갔더라면 이런 일이 생기지 않았을 텐데. 그리고 몇 년이 또 흘러갔다. 한여름에는 일손이 부족하여 세월이 어떻게 지나가는지도 모르고 허기도 빨리 찾아왔다. 늘 배가 고팠다.

하늘 뭉게구름

이 세상에 태어나 나의 기억에 남아 있는 첫 번째 하늘의 모습은 잔뜩 찌푸렸던 몽롱한 잿빛 하늘이다. 한가롭지만 지루한, 그리고 아무도 없는 고요한 하늘의 모습이었다. 왜 유년기에 처음으로 인식한, 기억으로 남아 있는 하늘이 잿빛이었을까? 눈을 떠 보니 머리맡에는 가느다란 삶은 고구마 몇 개가 그릇에 담겨 있었지만 곁에 엄마의 모습도 보이지 않았다. 시골에서 안고 왔던 누렁이조차 내 머리맡에서 조용히 엎드려 졸고 있었다. 먼지가 날아다니는 소리까지 들리듯하였으며 방안은 아직 어두웠고 침묵의 무게로 공기는 낮게 깔려 있었다.

한참 동안 울고 나서 어머니가 머리맡에 두고 간 고구마를 먹다가 목이 막히고 가슴이 답답해서 먹다 말고 다시 잠이 들었다. 이른 새벽마다 어머니는 두부 장사를 하기 위해 나가셨다. 외가 친척이 대명동 안자랑이에서 건빵 공장과 두부 공장을 하였는데 재미로 시작한 어머니의 두부 장사가 제법 살림살이에 보탬이 되었는지 그 일을 시작한 지 벌써 대여섯 달이 지났다. 새벽에 어머니 품에서 잠을 깨다가 이젠 혼자서, 허전한 외로움의 이불 속에서 잠을 깨며 늘 울었다. 아버지와 형들은 모두 학교에 가고 집에는 나와 누렁이 둘만 남았다. 60여 평 되는 우리 집은 4칸짜리 본채와 2칸짜리 아래채가 있었고 마당에는 꽃과 나무가 심어진 조그마한 정원이 있었다. 대문 곁 벽에는 어머니가 심어놓은 등나무와 검붉

오래된 불빛

은 장미가 엉켜 덤불을 이루고 있었다. 어린 내가 방문을 열고 마루에서 본 하늘은 짙은 잿빛이었다.

새 한 마리 지나가지 않는 잿빛 하늘은 어수선하게, 낮게 엉켜 있는 전깃줄 위에 앉아 있었다. 그리고 모든 것이 순간 정지된 상태였다. 그 잿빛 하늘을 조용히 바라보고 있는 다섯 살 난, 한 소년을 제외한 모든 것은 멈추었다. 부유하던 먼지나 조금 전에 지나간 비행기 소리마저 침묵하였다. 1957년 어느 봄날이었다.

노랑나비 한 마리가 날아왔다. 정적의 고요가 순간적으로 일그러졌다. 나비 날개의 파동과 울림이 밀려들었다. 갑자기 심심했다. 아래채에 살던 금희 누나를 불렀다. 올캐바닥 놀이(땅따먹기)를 하였다. 납작한 작은 돌을 손가락으로 퉁겨서 선을 이어나가면 내 땅이 된다. 섞바꾸어 일정한 경계 내에 누가 더 넓은 면적을 차지하는지 경쟁하는 놀이다. 벽치기(비석치기)는 손바닥만 한 돌을 일정 선상에 세워 두고 다른 돌을 던지거나 어깨에 얹거나 허벅지 사이에 끼워 다가가 세워둔 돌을 맞추어 넘기는 놀이다.

한나절 금희 누나랑 공기놀이를 하며 놀았던 때가 많았다. 꿀밤만한 돌 다섯 개를 바닥에 뿌리고 그중 한 개를 잡고 공중에 던지면서 땅바닥에 있는 돌을 하나씩 떨어뜨리지 않고 집어 올린다. 다시 네 개를 땅바닥에 깔았다가 두 개씩, 세 개씩 반복하다 실수를 하면 상대에게 기회를 넘겨 준다. 동두께미 놀이와 함께 어린 시절 가장 많이 즐겼던 놀이였다. 영천 사투리로는 빵깽이, 대구 사투리로는 동두께미인데 이는 소꿉놀이를 말한다. 이 소꿉놀이는 역할놀이로, 엄마, 아빠, 아들, 딸 역할을 맡고 깨어진 사금파리를 그릇으로, 돌나물을 뜯어 반찬으로, 풀씨를 밥으로 만드는 가상의 살림살이이다. 아이 역을 맡을 아이는 없으니 금희는 엄마, 나는 아빠니까 금희 누나가 내 유년기의 사랑스러운 아내였던 셈이다.

무겁게 짓누르고 있던 잿빛 하늘이 문득 바람에 날아갔다. B29 비행기가 지나간 자취가 길게, 선명히 드러났다가 꽁무니부터 다시 서서히 풀어지고 낮은 하늘에 노랑나비와 흰나비가 서로 엉겼다 꽁무니를 좇으며 팔랑팔랑 지나갔다. 가끔 금희 누나가 내 손목을 잡으면 손아귀 힘이 어찌나 센지 아프다는 느낌을 종종 받았다. 눈이 유난히 크고 입도 컸다. 가무잡잡한 예쁜 얼굴이었다. 가슴도 제법 동그랗게 부풀어 올라 있었다. 가끔 금희 누나의 목둘레에는 젖빛 살 냄새가 상큼한 느낌으로 전달되었다. 엄마처럼 느껴졌다. 가끔 두 손으로 금희 누나의 가슴을 부여안고 머리를 금희 가슴에 파묻었다. 사랑했을까?

두부를 다 팔고 어머니가 돌아오셨다. 안지랑 언덕 위에 있는 외오촌의 건빵공장에 일손이 부족하여 점심을 차려 주고는 또 일하러 나가셨다. 그날은 나를 데리고 어머니가 일하는 동안 군대 납품용 건빵을 한 봉지 손에 쥐여 주었다. 건빵을 찍어 내는 기계와 인쇄된 봉지에 담아 포장하는 과정을 구경하였다. 삼각형으로 접은 머릿대를 두른 어머니는 건빵 포장을 하였다. 바쁘고 날랜 손놀림으로 포장된 건빵 봉지를 차게차게(차근차근) 큰 박스에 담은 뒤 끈으로 묶었다.

나는 건빵을 다 먹지 못했다. 목이 막힐뿐더러 남겨 가서 낼 금희 누나랑 빵깽이 놀이를 하면서 함께 먹어야겠다고 생각하고 윗도파(잠바) 주머니에 깊숙이 감추어 두었다.

비가 내린 날에는 사람들이 많이 다니는 길에 웅덩이를 파고 누렁이 똥을 넣거나 동네 아이들 오줌을 눈 다음 위를 흙으로 덮어 둔다. 지나가는 사람들이 그 웅덩이에 발을 헛디디기를 기다리며

오래된 불빛

숨어서 지켜보았다. 개구쟁이 짓은 여기서 끝나지 않는다. 붉은 일 원짜리 지폐에 가느다란 코일 전선을 묶어 지나가는 길가에 던져 두고 송판때기 담장 안에서 숨어 있다가 사람들이 돈을 주우려 할 때 살짝 당겨서 골려주는 놀이도 했다.

가생이라는 놀이는 두 패로 나누어 노는 놀이인데 매우 다양 한 종류가 있다. 십자가생, 좆가생 등이 있다. 좆가생이라고 하니 이름이 거시기 하지만 꼭 그와 비슷한 그림을 그려서 상대방이 그 그림 안에서 좆의 끝부분으로 가지 못하게 밀쳐내는 놀이다. 이 놀 이는 일본의 스모와 몽골의 씨름놀이와 맥이 닿아 있으며 남성 성 기를 존중하는 농경민족 민속놀이의 잔재인 것 같다. 겨울에 차당 실에 가면 정월 대보름이 큰 명절이었다. 설부터 시작된 짱꼴라(제 기)차기, 척사놀이, 동네 씨름대회, 돌 던지기 싸움, 줄다리기, 풍물 치기 등 농한기의 놀이가 쉼 없이 이어졌다. 밤이면 심패(손목) 때 리기, 묵꾸(먹기) 내기 화투, 투전, 화롯불에 밤 구워 먹기, 무 깎아 먹기 등 먹을 것도 많았고 놀이도 다양했다.

봄 보리밭에 버들피리 만들어 불면서 깜부기와 삘기도 따 먹 고 봄 칡뿌리를 캐어 질겅질겅 씹으면서 세월의 나이테를 돌려 나 갔다. 한여름이면 소꼴을 먹이러 동네 아이들이 어울려 소꼬개 골 짜기에 소들을 풀어놓고는 물웅덩이에 들어가 헤엄치며 놀았다.

차당실 우리 집 앞집에 살던 집이가 사라진 지 3년이 지난 뒤 에 마을 사람들이 경주 아화장터 우시장에서 심부름하면서 살던 집이를 발견하고는 몰래 집으로 데려왔다. 차당실에서 시오리 떨 어진 관동산에 산대댁 묘사를 따라갔다 길을 잃고 헤매다가 아화 장터 우시장에서 소사를 하고 밥을 얻어먹으며 3년의 세월을 보냈 다고 한다.

3년 만에 만난 집이 모습은 하나도 변하지 않았다. 무릎이 튀어나온, 길이가 짧은 바지에, 배꼽이 다 보이는 적삼에, 누런 코를 훌쩍이며 시도 때도 없이 싱글벙글하는 바보 같은 집이. 애련하고 불쌍하다는 생각이 들어서 아침에 챙겨 온 사과 반 쪽, 유과, 쑥떡을 나는 먹지 않고 집이에게 내밀었다. 늘 먹는 것을 보면 걸신들린 듯 먹던 집이가 "야 상구야 니도 무라."라고 했다. 집이는 내 이름 '상규' 발음을 잘 못 했다. 늘 '상구'라고 불렀다. 몇 차례 교정을 해 주었는데도 고쳐 부르지 않으니 그냥 포기해 버렸다.

둘이 무덤가 잔디밭에 벌렁 누워 팔베개를 하고 바라본 하늘은 쟁그랑 소리가 날 듯 깊고 깊은 에메랄드빛, 푸른빛이었다.

하얀 뭉게구름이 쏜살처럼 빨리 서쪽으로 흐르고 있었다.

"집아, 니는 커서 뭐 될래?"

"응, 나는 짜장면집 주인될 끼다. 니 짜장면 무 봤나?"

내가 제일 맛있는 음식을 맛 본 것은 다섯 살 쯤이었다. 큰 누님이 경북여중을 졸업하던 날 졸업식을 마치고 경북여중 정문 부근 대구향교 근처 화교가 운영하는 중국집에서 먹은 짜장면이었다. 집이의 짜장면 이야기에 귀가 번쩍 띄었다. 집이는 자랑스럽게 경주 아화 우시장에서 장날마다 짜장면을 먹었다고 자랑을 한다. 부러웠다.

사실은 내가 바라본 푸른 하늘의 아름답고 검푸른, 짙은 하늘빛을 그림으로 그리고 싶어 화가가 되고 싶다는 얘기를 하려고 먼저 "니는 커서 뭐가 되고 싶냐"라고 물었는데 전혀 뜻밖에 중국집 주인이 될 거라는 말에 헷갈려서 내 이야기를 할 수가 없었다.

그로부터 60년이 지난 2017년 여름과 가을, 미국 유타주 프로보(Provo)에 있는 브리검영대학교(BYU)에 초빙교수로 가 있는 아내를 따라가 여름, 겨울 방학을 보낸 적이 있다. 때 묻지 않은 내 유년기에 보았던 파란 하늘을 그곳에서 다시 보았다. 프로보 1375번지 2층 집에서 바라보는 Y마운트 스카이라인을 그려 내는 그 절묘한 청남빛 하늘을 다시 만났다.

내가 화가가 되고 싶다는 꿈을 가져다 준 그 아름답고 신비로운 푸른 하늘에는 내 마음을 닮은 흰 구름이 늘 정처 없이 흘러가고 있었다.

목욕탕 때밀이

2017년 일본 홋카이도대학교 초청 강의차 홋카이도대학교를 방문하던 날 공항에 나온 이연주 교수의 차편으로 호텔로 이동했다. 눈이 엄청나게 내려서 시내 곳곳에 눈이 쌓인 빙판이 많아 주로 지하도를 이용해야 했다. 그 대학에 이시즈카 하루미치(石塚晴通) 교수는 매우 유명한 고문자 전공 교수이다. 몇 년 전에 이곳을 방문했을 때에도 초대를 받아 고급 와인과 사모님이 만든 전통 일본요리를 맛있게 먹으며 시제(詩題)를 내어 한지에 시를 써 드린 일이 있다. 이번 초대에서도 마찬가지로 맛있는 일본 가정의 정통요리를 곁들이며 고급 와인을 마셨다. 쓰네코 여사의 요리 솜씨는 정말 우아했다. 마침 교토 고진지(高山寺)에서 발굴한 화엄종조사회전 복원품인 화엄종조사회 의상대사 그림 4절과 원효대사 그림 3절을 200부 한정본으로 복원하였는데 그 해설을 이시즈카 하루미치 교수가 썼다고 한다.

다음 날 오타루에 들러 구경을 다 한 뒤 사코탄(積丹)에 있는 바다가 내려다보이는 노천 온천에 들러 온천욕을 즐겼다. 찬바람이 살을 에는 듯하였지만 따스한 온천물에 몸을 담그니 뜨거운 온기가 뼈 속 깊이 파고드는 듯하였다.

시골에서 목욕하는 일은 쉽지 않았다. 쇠죽을 다 끓이고 물을 데운 후 그 물로 목욕을 하려면 바깥의 찬 공기 때문에 감기 들기가 일쑤였다. 그러니 손등은 물론이고 팔꿈치와 무릎에는 묵은 때가 꺼멓게 끼어 있었고 얼굴에도 때가 한 바가지나 끼어 있었다. 나는 그게 너무 싫었다. 혼자 세숫대야에 데운 물을 떠다가 방안에 들여다 놓고 차돌을 주워서 손등과 발등의 때를 말끔하게 씻어 내야 직성이 풀렸다. 얼굴 역시 뽀독뽀독 문질러 씻으면 예상외로 때가 많이 밀려 나온다. 그러다가 할머니 방에 물이 튀어 한강 바다를 만들어 놓게 되는데 그 까탈스러운 할머니가 잔소리 한마디 하지 않는다. 스스로 때를 씻는 어린 손자가 귀하게 느껴졌을 것이다. 그 뭐 이불이 물에 좀 젖은들 대수일까?

겨울 손등의 때를 씻지 않은 집이의 손등은 거북이 등처럼 갈라져 피를 흘릴 때도 있었다. 그래서 집이가 내 손을 잡으면 뿌리쳤으며 그 집이의 손을 거친 과자나 음식은 더러워 절대로 먹지 않았다. 여름이 오면 개울이나 못에 들어가 물놀이는 하지만 때를 씻지는 않았다. 도리어 때가 퉁퉁 불어서 허옇게 부풀어 올랐다. 대구로 나온 후에도 주변에는 목욕탕이 생기지 않아서 아버지가 바리캉으로 머릴 깎으면 왜 그렇게 따갑고 아팠던지…. 날이 잘 들지 않아서 머리카락이 바리캉 톱니에 걸려서 빠진 것이리라. 아프다고 엄살을 떨면 머릴 깎다가 말고 바리캉으로 머리를 내려치기 때문에 아무 소리 못 하고 당한다. 나는 머리 깎는 일이 제일 싫었다. 머리를 깎는 날은 목욕도 함께 하는 날이다.

찬 겨울에 세수는 손에 물을 찍어서 얼굴에 바르는 수준이지 때를 씻는 절차가 아니었다. 세숫대야 앞에 쪼그려 앉아 세숫대야에 아른대는 뒷산의 나뭇가지가 흔들리며 이지러진다. 가끔 까치 소리의 울림에 파르르 떠는 세숫대야 물에 손을 담근다. 세월이 햇살처럼 다가선다.

대구 대명동 내가 살던 동네 아래로 사거리와 신작로가 생기고 온 마을이 새로운 주택 단지로 조성되어 갔다. 그 무렵, 초등학교에 이상한 소문이 자자하게 퍼져 나갔다. 문둥이(문둥이)가 아이를 잡아 간을 빼어 먹는다고…. 그 논길이 점차 사라지고 한길이 생겨났다. 명덕사거리 모퉁이에 새로 가지런히 지은 주택단지인 청구주택이 들어서자 2층으로 지은 대명목욕탕이 생겼다. 처음에는 엄마를 따라 목욕을 가다가 나중에는 아버지나 바로 위의 형과 자주 목욕을 갔다. 서로 등의 때를 밀어주고 냉탕에 들어가 잠수도 하는 즐거움은 지워지지 않는 추억이 되었다.

2003년 일본 도쿄대학교 대학원에 1년 동안 일한재단지원금 지원을 받아서 공부하러 갔다. 아내도 현직 교수였기 때문에 함께 가지 못하고 혼자 1년 동안 도쿄대학교 외국인 기숙사에서 지냈다. 도쿄대학에서 4호선 전철로 40분 정도 떨어진 시로가네다이(白金台)에 외국인 로지가 있었다. 도쿄대 의대와 붙어 있었는데 학교 연구실에 나가지 않는 날은 주로 의대 교수식당에서 밥을 사먹었다. 그 기숙사에서 조금만 걸어가면 전통적인 동네 온천이 있었다. 아주 오래된 동네 온천으로, 출입구는 남녀가 구분되어 있으나 수부에 앉아있는 여자가 남탕과 여탕에서 옷을 벗는 모습을 다 볼 수 있는 구조였다.

탕 안에 들어서면 남녀탕이 하나이다. 둥근 원 탕 가운데를 천으로 가로막아 두었는데 얼마 전까지는 남녀 구분이 없는 혼탕이었다고 한다. 천막 아래로 건너 여탕에서 목욕하는 여인들의 모습이 울렁거리는 물결을 타고 남탕으로 전달되며 그 역으로 남탕의 모습이 물결을 타고 전해질 것이다. 그런데 하나로 된 원 탕에 남녀가 함께 몸을 물에 담근다고 생각하니 찝찝한 생각이 들었다. 그러나 그 온천의 원수는 유황탕으로 원수 입구에는 노란 유황 침

오래된 불빛

전물이 오랜 전통의 땟자국이 되어 있었으며 물도 비누칠을 하면 아주 매끄러웠다.

논문이나 글을 쓰다가 피로함이 밀려오면 여기 온천에 와 피로를 몽땅 씻어내었다.

지금 정확한 지명은 생각나지 않는데 JR 주우고쿠센(中央線)을 타고 가다가 매우 유명한 온천이 있다는 안내판을 보고 무작정 내려서 찾아갔다. 온천물이 검었다. 석회석이 많은 온천이었다. 그곳은 소바(메밀국수)도 유명했다. 경남 의령에 가면 일본식 망개떡과 함께 그곳의 소바를 판다고 해서 먹어보았지만 그 깊은 맛은 전혀 달랐다. 온천을 즐긴 후 시장기 탓인지는 모르지만 소바와 소유 간장의 깊고 오묘한 맛을 잊을 수가 없다.

도쿄대역에서 기숙사가 있는 시로가네다이에 내리지 않고 한 정거장 더 가면 에비스역이 있는데 이 JR 에비스역 구내 덴푸라(튀김) 우동의 그 쫄깃쫄깃한 맛도 잊을 수가 없다. 가끔 홍익대 건축과에서 한국건축학을 공부한 김란기 박사와 이곳에 들렀다가 삿포로 맥주공장에서 맥주 한두 잔 마신 뒤 걸어서 기숙사로 돌아가곤 했다.

시로가네다이 부근에 수제 초콜릿 가게가 있는데 늘 사람들이 줄을 지어 서 있어 호기심에 초콜릿을 사 먹어 보았다. 눈이 확 뜨일 정도로 색다른 맛이었다. 단맛에다가 약간의 간이 섞였고 독특한 향과 묘한 신맛이 어우러진 것이었다.

일본에서의 1년 생활 동안 색다른 경험을 했고 사람들과 맺은 새로운 인연의 긴 고리를 만들었다. 도쿄대 출신인 우메다 히로유키, 후쿠이, 우와노 도쿄대 교수, 김사랑 니가타대 교수, 남부진 시즈오카대 교수, 도쿠시마대학의 키시에 교수, 도야마대학 나카이 교수, 학습원대학 아베세이야 교수 등 일본에서 내로라하는 유명 교수들과 교류하고 일본 국립국어연구소, 도쿄대대학원, 조선어학회 등에서 행한 특강을 다녔던 추억들이 아롱아롱 남아 있다.

도쿄대 경내를 벗어나 조금만 걸으면 우에노 공원과 역, 우에노 시장의 천 엔 스시집, 도쿄대 홍고 캠퍼스 정문 앞 나베우동집, 간이 스테이크집, 규동집 등…. 시곗바늘을 되돌려 그때의 맛과 추억을 맞고 싶다. 곧 아내와 내가 모두 퇴임하면 역회전의 시간 여행을 떠날 것이다.

우리나라 목욕 문화도 엄청 변했다. 동네 목욕탕이 대형화되고 찜질방과 때밀이가 관광 상품으로 발전되었다. 2017년 여름 미국 LA 어바인에 있는 조카 집에 들렀다가 함께 찜질방에 갔더니 탕 안에 외국인이 꽉 차 있었고 찜질방에도 많은 사람이 드러누워 휴식을 취하고 있었다. 유타주 프로보에 있는 스파(목욕) 시설을 검색해 보니 시민체육관 내에 탕 시설이 있지만 모두 수영복 차림으로 있었다. 우리의 때밀이 문화가 미국에서는 아직은 생소하였지만 중국에서는 한 걸음 더 나아가 발 마사지로 발전되어 곳곳에 성업을 이루고 있었다. 2004년 중국 단둥에 가니 한국의 대구 출신 사람이 최대의 발 마사지 목욕업을 운영한다는 말을 듣고 찾아가서 발 마사지를 받고 사우나를 하면서 피로를 풀었다.

오래된 불빛

흔히들 말하는 삼(大麻)의 잎을 말린 담배를 대마초라고 한다. 그 줄기의 껍질을 벗겨 삼베의 원료가 되는 실을 만드는 데 사용하고 그 삼대의 속대를 재릅(겨릅: 껍질을 벗긴 삼대)이라고 한다. 옛날 집을 지을 때 벽을 칠 때 이 재릅을 엮어 세운 뒤 흙을 바르고 그 위에 회를 입힌다. 그리고 그 재릅에다가 보리등겨를 물에 으깨어 고루 발라서 말리면 아주 멋진 조명 재료로 이용된다.

강원도나 경북 북부 봉화나 영주의 산간지역에 가면 삼을 재배했던 농가도 많았는데 전기가 보급되기 전 조명의 용도로 벽난로처럼 생긴 코쿨, 코쿤이라는 것이 있었다. 벽난로 겸 조명 시설로 벽에서 연통을 내어 집 밖으로 연기가 빨려 나가도록 만든 소형 벽난로와 같다. 재릅에 불을 붙여 여기에 올려놓으면 시름시름 타오르면서 조명도 되고 실내 보온 효과도 주는 아주 오래된 조명 도구이다. 아마도 만주 지역 산간의 사람들이 사용하던 것이 우리 한반도 동쪽으로 타고 내려 온 것으로 보인다. 코쿤이라는 방언형의 분포를 통해 그 분포 지역을 알 수 있다.

함경도 북관 출신인 이용악의 「낡은 집」이라는 시에 '저릎등'이라는 방언이 등장한다.

「낡은 집」

날로 밤으로
왕거미 줄치기에 분주한 집
마을서 흉집이라고 꺼리는 낡은 집
이 집에 살았다는 백성들은
대대손손 물려줄
은동곳도 산호 관자도 갖지 못했니라

재를 넘어 무곡을 다니던 당나귀
항구로 가는 콩실이에 늙은 둥글소
모두 없어진 지 오랜
외양간엔 아직 초라한 내음새 그윽하다만
털보네 간 곳은 아무도 모른다

찻길이 놓이기 전
노루 멧돼지 족제비 이런 것들이
앞 뒤 산을 마음 놓고 뛰어다니던 시절
털보의 셋째 아들은
나의 싸리말 동무는
이 집 안방 짓두광주리 옆에서

'저릎'은 '겨릎'의 방언으로 '재릅', '재릾' 등 다른 방언도 있다. 대마초라고 하는 삼 잎을 말린 담배가 있다. 삼나무 줄기의 껍질은 삼베 원료로 사용되는 삼베 혹은 굵게 가르면 삼바라고 하는

오래된 불빛

밧줄을 만들거나 삼베를 짜는 실의 원료가 된다. 그 껍질을 벗겨낸 하얀 속 줄기는 적당한 크기로 잘라서 볏짚으로 얽어매어 벽을 쳐서 흙을 바르면 흙벽이 된다. 일부 작은 토막은 보리등겨를 물에 개어 대궁에 발라서 햇살에 말려 두었다가 코쿨에 놓아두고 불을 댕겨 놓으면 서서히 타들어 가면서 실내를 밝게 만드는 조명시설이 된다. 그와 동시에 은은히 타들어 가는 열기는 실내 온도를 올려주는 난방 효과도 있어 일석삼조의 유용한 물건이다.

인간에게 불빛은 단순한 밝음의 의미만 있는 것이 아니다. 불은 흥분하게 만들기도 하고 일상에서의 일탈, 신성성과 주술적인 마력까지 다양한 힘을 가진 존재이다. 빛으로 말하자면 가장 원초적이고 거대한 것이 태양이며 그 태양의 빛은 인간에게 활동할 수 있는 기회를 주어서 역사를 만든다. 그 다음은 달빛이다. 달빛은 태양 빛보다 덜 강하지만 은은한 빛의 힘으로 어두운 밤에만 나타나 인간에게 신화를 그릴 수 있는 신비로운 기회를 준다.

인공적으로 불빛을 만든 것이 언제부터인지는 모르지만 이미 구석기시대 타제석기를 만들면서 돌을 맞부딪치거나 마찰을 통해 일어나는 불빛을 이용했을 것이다. 나의 유년기에는 다황이라는 성냥을 사서 불을 켜고 불을 붙였다. 간혹 잘못 켜다가 성냥의 불꽃이 옷이나 손에 떨어져 무척 아린 고통을 겪었던 기억이 남아 있다. 특히 한밤에 마당 구석 재거름 밭에 똥을 누러 가려면 호롱불이 들어 있는 등잔을 가지고 갔다. 무서워서 변을 제대로 보지 못할 때가 많았다. 들짐승이 횃대에 깃든 닭을 잡아먹기 위해 자주 집안으로 출몰하기 때문에 등불의 빛이 닿지 않는 곳에 파란 들짐승의 눈에서 출출 흘러나오는 빛을 발견하면 혼비백산하여 똥도 닦지 않고 등잔불은 그 자리에 팽개치고 달아났다.

거기에다가 밤마다 형이나 할머니가 들려준 이야기에 등장하는 귀신은 불빛보다 어둠을 더 좋아하기 때문에 재거름이 있는 우리 집 앞마당은 밤이 되면 온갖 귀신과 밤 짐승이 출몰하여 굿을 벌이는 곳이 된다.

호롱의 심지는 조금씩 타 들어가서 재가 되면 심지를 돋우어 주어야 더 밝아진다. 그러나 심지가 너무 길면 그을음이 생겨나 목도 칼칼해지고 그 그을음이 흰옷에 날아 앉으면 얼룩 형상이 생기기도 한다. 그러나 캄캄한 방안에서 환하게 빛나는 호롱불은 사람과 사람을 연결해 주는 중심이 된다. 그래서 화롯불과 호롱불을 한가운데 두고 둘러 앉아 할머니가 들려주는 오래된 이야기에 빠져 스르르 잠이 든다. 창호지 문살을 타고 밖으로 흘러나오는 옅은 주황빛 호롱 등불에는 지난 잃어버렸던 이야기들이 함께 모여 앉아 있다. 밤이 늦도록.

호롱불은 약간의 바람만 불어도 잘 꺼진다. 그래서 사각형 나무틀에 유리나 한지를 발라서 바람이 차단되도록 만든 호롱등잔은 긴 막대 끝 줄에 달아서 밤 이웃에 갈 때나 밤에 거름 밭에 똥을 누러 갈 때 이용했다. 그런데 어느 날 장터에서 서울이나 대구 같은 도시에서 사용하는 호야라는 램프를 팔았다. 어머니가 몇 차례 이 호야를 사오셨는데 오는 도중에 다른 물건과 부딪혀서 유리가 깨어졌기 때문이다. 램프의 일본식 발음에서 우리말로 바뀐 남포 혹은 호야라고 했다. 이 호야의 유리는 자칫하면 깨어진다. 그리고 그을음이 끼면 작은 구멍으로 손을 밀어 넣어 닦아야 했기 때문에 식구들 가운데에 손이 작은 어린 내가 호야 유리등을 닦는 담당이었다. 이 호야는 아주 거칠게 만들었기 때문에 유리 안에 기포가 있거나 유리 원석의 작은 알맹이가 그냥 들어있는 경우가 많았다.

그러나 홈집이 있는 부분은 빛이 반사될 때 돋보기 효과를 보이거나 졸보기 모양으로 빛이 분산되므로 가까이 공책을 대었다가 멀리 옮겨 보면 빛의 반사가 달라지는 것을 알 수 있다. 워낙 가지고 놀 장난감이 없으니 그런 장난을 치며 깊고 조용한 겨울밤을 맞이했다.

그후 전구(백열등)가 보급되고 가가호호 전기가 들어왔지만 전력 사정이 좋지 않아서 제한된 시간에만 사용할 수 있거나 언제 꺼졌다가 다시 도깨비불처럼 환하게 밝아지기도 하였다. 시골의 종조모가 대구 우리 집에 오셨다가 백열등에 담배통을 대 불을 붙이려는 것을 보고 포복절도를 했던 추억도 있다.

다시 형광등 시대에서 LED 등불 시대에서 레이저 불빛 시대로 진화하였다. 포항시 불꽃 축제 때 아내가 그곳 불빛축제위원장을 맡았던 덕분에 몇 차례 구경을 따라갔다. 갈 때면 하늘이 잿빛이거나 빗방울이 떨어지는 날이 잦았다. 하늘의 용을 향해 수천 발 쏘아 올리는 아름다운 폭죽이 연출하는 밤하늘 불빛 쇼는 너무나 허무하게 어둠 속으로 아름다운 불빛이 재빨리도 소멸해 버렸다. 마치 지난 오래된 불빛의 기억처럼….

19공탄

내가 이 세상에 태어나서 처음으로 죽음의 문전까지 달려간 것은 내 나이 세 살 무렵 의성 다인에서 대구 대명동 집으로 이사 온 첫 날 스멀스멀 들어온 연탄가스에 중독된 사건이다. 천운으로 시원한 무김치 국물을 먹여서 의식이 돌아오게 했다고 한다. 그러나 나는 너무 어렸기 때문에 이러한 지난 일을 기억할 수 없다.

그 후 방학이 되면 형들을 따라 영천 차당실로 가면 여름에는 소꼴 먹이기, 겨울이면 깔비(가리) 모으기나 동그리(장작)하거나 싹다리(썩은 그루터기나 나뭇가지) 모으기를 하면서 세월을 꺾어 나갔다.

특히 깔비를 긁어 모아 차근차근 둥쳐서 이불을 말 듯 한 동을 다져서 모으면 칡 줄기나 삼바로 가로 세로로 동여 매어 지게로 지고 온다. 이 깔비는 화력이 강할 뿐만 아니라 잘 꺼지지 않는 매우 좋은 땔감 가운데 하나이다. 그래서 겨울 장이 서면 그 깔비 두 동이나 석 동을 지게에 올리면 뒤에서 보면 사람 다리만 드러난다. 차당실에서 해선 장터까지 15리 길을 아침 일찍 장을 보러 가는 사람들 가운데 거의 반이 깔비 몇 동 지고 나간다. 그때는 나일론이 나오기 전이기 때문에 흰 옷을 입은 아낙들 머리에 이고 지고 아이들을 앞세우고 일찍 장터로 나가는 사람 행렬이 이어져 있었다.

영천 해선 장터엔 임시 천막이 바람에 펄럭이고 선달네 주막집에 이른 아침부터 끓이는 소고기국밥용 소고기국 펄펄 끓는 냄새가 오리길 바우고개 언덕까지 바람에 묻어온다.

지금은 육군3사관학교 사격 훈련장으로 바뀐 바우고개에는 아름드리 소나무가 흔들어 대는 바람소리가 멈추지 않는다. 솔숲에는 해선동 전사마을의 칠형제의 일곱 묘지가 지나는 길손에게 잠시 쉬어갈 자리를 비워 두고 있다. 형은 노래를 잘 불렀다. 그곳을 지날 때마다 "바위고개 언덕을 혼자 넘자니" 고래고래 노래를 부르며 해선 장터로 달음질했다.

시골 사람들은 그 깔비 두서너 동을 팔면 일이백 환 벌어서 꽁치나 갈치 한 두름을 지게꼬리에 매달아 놓고 선달네 주막에 들러 소고기국밥에 막걸리 한 사발 곁들여 먹고는 취기에 비틀거리며 석양을 따라 집으로 돌아온다.

시골 장터는 정보를 교환하는 장소이다. 어느 동 누구 집에 혼사가 있는지 어느 어른이 언제 세상을 떠났는지 어느 집 대림(도련님)이 고등고시에 합격했는지 소소한 세상사 소식과 정보를 교환한다.

나의 「해선장에서」라는 추억의 시가 있다.

하늘에 난 손톱자국
더듬으면 아직 깊이를 느낄 만한
그리움들
선달네 손녀
썩은 사과 후비던
여윈 손가락의
따뜻함은 체온으로 남아있고
양키 마누라 되어
미주리로

미주리로

가고 ....

선달네 주막의 명물은 소고기국밥이다. 고기는 별로 없어도 기름지와 선지가 듬뿍 들어있어 그 기가 막히는 냄새는 온 장터에 진동을 한다. 사람들이 해선장날을 기다리는 이유 가운데 매우 중요한 것이 바로 이 소고기국밥을 먹을 수 있기 때문이리라. 굵은 장작을 쳐대어 설설 끓어오르는 그 국밥을 얻어먹기 위해 기를 쓰고 할머니나 큰 어머니 치맛자락에 매달려 장터로 따라 나서는 것이다. 그것은 엄청난 기쁨이었다.

그 선달네 손녀가 한 명 있었다. 인형처럼 가느다랗고 뽀얀 손가락을 가진 내 또래 여자아이인데 이름은 경희였다. 아마도 부모가 없이 할머니가 거두는 장터걸이인 아이답지 않게 곱게 키웠지만 성질은 지랄같았다. 포악스럽기 짝이 없는 그 여자아이를 놀려 대다가 반격을 받았는데 나의 볼이 움푹 파이도록 손톱으로 할퀴었다. 피가 엄청나게 쏟아졌다. 국솥의 장작불은 이글거리며 타올랐다.

세월이 지나 내가 고등학교를 다닐 무렵 장터에는 슈퍼가 들어섰고 농약상회, 철물상회가 5일 장터를 밀어내 버렸다. 물론 그 선달네 주막도 사라지고 내 얼굴에서 흐르던 선혈을 남겼던 그 소녀는 미국 흑인 병사의 아내가 되어 미주리로 떠났다는 소문을 들었다.

추억은 이처럼 불어오는 바람처럼 멈추어 있지 못하고 멀리멀리 떠난다. 나 역시 어떤 이에게 추억이 되어 멀리멀리 달아나고 있는 중일까?

오래된 불빛

차당실에서 깔비나 둥구리 싹다리로 불을 때다가 대구라는 도시로 옮기면서 19공탄이라는 새로운 연료를 만났으나 어머니는 그 사용법이 익숙지 않았다. 첫 사고로 연탄가스 중독이라는 가족 전체의 위기를 넘겼지만 연탄 불구멍 조절 실패로 탄을 가는 시점을 놓쳐서 한뎃잠을 잔 적이 한두 번이 아니다.

연탄을 갈아야 하는데 아래 위가 붙어서 떨어지지 않으면 부엌칼로 쳐서 떼 내다가 위 탄 마저 깨뜨리면 온전히 불이 붙지 않는다. 19개의 구멍은 공기가 잘 통하여 연탄이 골고루 잘 타도록 만든 것이다.

연탄은 무연탄으로 기계나 손으로 틀에 넣어 찍어낸 것이다. 간혹 불에 타지 않은 검은 연탄이 깨어지면 다시 물로 버무려 숟가락으로 떠서 갈탄처럼 만들어 풍로에 사용하기도 하던 요긴한 물건이다. 그러나 다 타고 남은 연탄재는 흰빛이며 고열에 굳어서 잘 부서지지 않는다. 이 연탄재를 치우는 일 또한 여간 고역이 아니다.

형편이 넉넉할 때에는 수백 장의 연탄을 들여놓고 사용하지만 쪼들릴 때에는 매일 한두 장씩 새끼줄에 꿰어 마을 가게에서 사와야 한다. 그 일은 내 몫이었다.

안도현 시인의 「연탄재 함부로 발로 차지마라」, 「너에게 묻는다」라는 시를 읽어 보자.

「연탄재」

연탄재 발로 차지 마라
너는 누구에게 한 번이라도 뜨거운 사람이었느냐
자신의 몸뚱아리를 다 태우며 뜨끈뜨끈한 아랫목을 만들었던 저 연탄재를 누가 발로 함부로 찰 수 있는가?

자신의 목숨을 다 버리고 이제 하얀 껍데기만 남아 있는

저 연탄재를 누가 함부로 발길질할 수 있는가?

나는 누구에게 진실로 뜨거운 사람이었는가?

「너에게 묻는다」

연탄재 함부로 발로 차지 마라.

너는

누구에게 한 번이라도 뜨거운 사람이었느냐

연탄은 시간에 맞추어 갈아 넣는 것도 중요하지만 다 타고 남은 연탄재를 치우는 일도 예삿일이 아니다. 검은색 19공탄이 붉은 화염의 불길을 뽑아낸 다음 뽀얀 치골만 드러낸 연탄재는 잘 부스러지기도 하지만 불에 응고되어 딱딱한 형체를 유지하기도 한다. 이 무렵 학교 가교사 교실을 지키는 난로에는 갈탄을 넣어 교실의 냉기를 없앴지만 그리 넉넉하게 갈탄을 공급해 주지 않아서 호호 손을 불어가며 한겨울을 넘겼다.

새마을운동으로 초가지붕을 벗겨내고 슬레이트를 지붕으로 얹은 집안의 냉기를 연탄불로 꺾어내기란 쉽지 않았으니 내복을 겹쳐 입고 두꺼운 솜이불로 한겨울을 넘겨야 했다. 19공탄 연탄불로 고기를 구워먹으면 묘하게도 불기운 때문에 고기 맛이 더욱 좋았다. 요사이 고깃집에서는 19공탄이나 갈탄이 사용되고 있었지만 1980년대부터 아파트가 늘어나면서 기름이나 가스보일러가

사용되었고 2000년대를 전후하여 전자레인지 같은 전기 히터나 난로와 전기장판이 등장하였다.

오랜 역사를 지닌 온돌 문화는 엄청난 변화를 겪어 왔다. 초등학교 앞에 연탄 한 장을 피워놓고 국자에 설탕과 소다를 넣어 끓이다가 양철판에 부어서 얇게 누른 다음 그 위에 새나 비행기 모양의 철태로 눌러서 달고나를 만든다. 그 빈 홈을 따라 바늘로 후벼 파서 달고나를 깨뜨리지 않고 성공하면 설탕을 두껍게 녹여 만든 칼이나 비행기를 상품으로 받는다.

운 좋게 성공하는 날이면 그 달짝지근한 설탕과자를 입안에 녹이며 집으로 되돌아 왔던 황홀하게 기뻤던 날, 몇 날이나 되었을까? 남의 대문 앞에 쌓아 둔 연탄재를 발로 걷어차며 청소년으로 자라났다. 열기를 다 잃어버린 빛바랜 19공탄의 다 버린 청춘의 그 허상. 그 진실했던 시절이 그립다. 며칠 전 뉴스에 북한산 석탄을 몰래 세탁을 하여 수입을 했단다. 검은 석탄을 흰빛으로 세탁을 누가 왜 했을까?

슬레이트 지붕

「나와 나타샤와 흰 당나귀」

가난한 내가
아름다운 나타샤를 사랑해서
오늘밤은 푹푹 눈이 내린다

나타샤를 사랑은 하고
눈은 푹푹 날리고
나는 혼자 쓸쓸히 앉아 소주를 마신다
소주를 마시며 생각한다
나타샤와 나는
눈이 푹푹 쌓이는 밤 흰 당나귀 타고
산골로 가자 출출이 우는 깊은 산골로 가 마가리에 살자

눈은 푹푹 내리고
나는 나타샤를 생각하고
나타샤가 아니 올 리 없었다
언제 벌써 내 속에 고조곤히 와 이야기한다
산골로 가는 것은 세상한테 지는 것이 아니다
세상 같은 건 더러워 버리는 것이다.

눈은 푹푹 내리고

아름다운 나탸샤는 나를 사랑하고

어데서 흰 당나귀도 오늘밤이 좋아서 응앙응앙 울 것이다

백석 시인의 「나와 나타샤와 흰 당나귀」라는 시이다. 백석이 서울로 나와 김자야라는 기생과 이룰 수 없는 사랑에 빠졌던 27세 무렵에 쓴 시이다. 나타샤가 곧 자야라면 현실을 다 던져버리고 고향 평안도 두메산골에 숨어들어 흰 눈이 푹푹 내리는 외로운 마가리에 응앙응앙 우는 흰 당나귀 같은 아이를 낳고 살고 싶다는 마음이다. 이 시에 나타나는 '마가리'는 오두막집의 평안도 사투리이다. 말갈족이 살던 집의 전형일지도 모른다. 적막히 외로운 산골 단칸 초가집을 마가리라고 한다. 이 마가리는 방언이 매우 다양하다. 경상도에서는 가름집, 가랍집, 마름집이라고 한다.

경주 양동 마을에 가면 펄펄 날아갈 듯한 기와집은 회재 선생의 후손들 5파 문중이 옹기종기 모여 있다. 무첨당 종가, 향단 종가, 수졸당 종가 사이에 초가집이 뒤섞여 있다. 양반네들 농사일이나 허드렛일을 도우며 살아가는 소위 상민들 삶의 공간이다. 특히 무첨당 종가 대문 곁에 있는 가름집 혹은 마름집은 말 그대로 양반네 농사를 관리하는 마름들이 거주하는 집이라는 뜻이며 특히 마부들이 대기하는 단칸집을 가람집 혹은 마가리라고 한다. 그 집은 사람이 살기 위한 집이 아니기 때문에 부엌이나 고방이 필요가 없다. 요즘으로 말하면 자가용 기사가 대기하는 공간이라고 할 수 있다.

내가 태어났던 차당실 마을에는 기와집이 단 한 채도 없었다. 초가집이 옹기종기 모여 있었다. 1960년대 이후 초등학교를 졸업한 이웃 형들이 하나둘 도시로 취직하러 떠났다. 앞 집 호야 형은

부산 성창기업이라는 합판 만드는 공장으로, 내 친구 집이는 대구 침산동 염색공장으로 취직하여 도시로 하나둘씩 빠져 나갔다.

설 명절이면 도시로 떠났던 형들이나 누나들이 알록달록한 나일론 옷으로 치장하고 손에는 많은 선물 꾸러미를 들고 차당실을 찾았다. 부러웠다. 나도 공장에 취직할까? 포항에서 대구로 가는 시외버스를 타면 운전대를 잡고 있는 운전수 아저씨가 무척 부러웠다.

아침 저녁 소여물 끓이는 냄새와 밥 뜸이 드는 구수한 냄새가 어우러진 산골 마을은 한적했지만 넉넉한 인심으로 풍요로웠다. 요즘처럼 화려하고 맛깔나지는 않았지만 1년 내내 먹을 것이 떨어지지 않았다.

새마을운동이 시작될 무렵 우리나라 산업 구조의 혁신적 변화가 일어났다. 일손이 부족하면 농사도 힘이 들지만 특히 늦가을 농사일이 다 끝나면 마을 공동으로 초가지붕을 이어 한겨울을 넘겼는데 이젠 지붕을 일 일손이 없다. 제때 지붕을 갈아입히지 못해서 시커멓게 썩은 초가지붕이 뒤섞여 있으면 볼품이 더욱 한심하다. 그런데 시멘트에 석면을 넣어 찍어 낸 슬레이트 지붕이 보급되면서 시골의 지붕이 거의 대부분 슬레이트로 바뀌었다. 따사롭고 정겹던 산골마을의 풍경이 일시에 삭막하게 바뀌어 버렸다. 청년과 누나들은 모두 부산으로, 대구로 빠져 나가고 노인들만 휑하니 남은 시골마을은 쓸쓸하고 외로운 전경이었다. 한동안 담배 농사를 지어 담뱃잎을 건조하도록 만든 높다란 담뱃굴의 양철 지붕이 녹슬고 불어오는 바람에 외로운 비명을 지르고 있었다.

그 시절 베트남전쟁에 참전했던 대산댁 막내아들이 전사했다는 소식과 영호댁 맏아들이 거제 대우조선에서 돈을 잘 벌다가 안전사고로 팔이 하나 날아갔다는 불길하고 흉흉한 소문이 차당실 마을에 유령처럼 나돌기도 했다. 보리밥 대신 소출량이 배나 되는 통일벼로 지은 흰쌀밥을 먹으며 도시 산업 전사로 떠난 마을 장정들의 소식도 뜸하다가 차츰 끊어졌다. 그들이 짓던 전답이 헐값으로 외지 사람들에게 차츰 팔려 나갔다. 그런데 이 슬레이트 지붕은 초가집보다 보온에 아주 취약했다. 진흙을 이겨서 발라놓으면 쥐들이 구멍을 내어 한겨울 방안에 켜 놓은 호롱불이 밀려드는 바람에 일렁거렸다.

어느 날 작은집 오촌이 맹호부대 용사로 베트남전쟁에 종군했다가 무사히 귀국하면서 가져온 말버러(Marlboro) 담배의 붉은색 껍질에 흥건히 핏물이 배어 있었다. 캐멀(Camel)이라는 양담배와 연필심이 강한 코링 연필의 잔영이 지워지지 않았다.

전쟁의 상흔이 채 가시지 않았던 한국의 산하에도 불발탄 포탄이 붉게 녹슨 채 곳곳에 남아 있었다. 엿으로 바꾸어 먹으려 금호강변에 흩어져 있던 불발탄 포탄을 돌로 두드리다가 하늘나라로 간 동무들도 있었다.

그때까지 커피를 보지도, 먹어 보지도 못했다. 그런데 이상야릇한 향기가 온 집안에 퍼졌다. 미군용 야전 커피 냄새였다. 어린 시절 구세군교회에서 크리스마스 선물로 받았던 카드의 황홀한 색깔과 미군용 커피의 진한 향기는 위대하였다. 첫 경험의 뿌리는 나의 뇌리 깊숙이 잠재된 의식 속으로 미제가 발을 내리고 또 성장하고 있었다.

「도시, 바람만 흔들리고」

은행잎이 길바닥을 노랗게 물들일 무렵
내가 자란 도심의 후미진 길을
내 삶 또한 물들어 가는 어느 날
쓸쓸한 그 골목길을 걸어 본다

이웃집 마부(馬夫) 윤 씨의 생명줄
말 마구간, 코를 벌름거리던 수말은
불 꺼진 창 윤곽에 걸려 있고
김 목수 집 불 꺼진 대문
인기척이 없는 거미줄엔
어둑한 도시의 먼지를 잔뜩 매달고
바람만 흔들리고 있다

애틋한 추억의 명덕 로터리
이 참나무 언덕배기 마을에는
깨진 유리 창틀에 찢어진 비닐만 펄럭이며
빈 방안 어둠의 공기를 빼내고
예쁘고 곱상하던 어머니와 함께
계주를 하던 내림 무당 성모 엄마도
구멍가게 주인 주희 엄마도
마구간 길성이 엄마도
대장간 경수 엄마도

어둑한 도시의 먼지로 매달려

옛 기억만 허전하게 남아 있는 골목길

바람만 흔들리고 있다

　필자가 쓴 「도시, 바람만 흔들리고」라는 시이다. 그립지만 슬
프고 뭔가 아쉽다. 사람은 모두가 다 돌아서서 어디로 흩어져 사는
지 모르지만 그 공간은 이젠 비록 고층빌딩으로 메워 있어도 옛날
의 공간이 실루엣처럼 겹쳐 있다.

　내가 어릴 때에 살았던 대구 대명동 집은 원래 기와집이었다.
농촌과 도시의 차이일까? 문화의 확산 속도는 동일한 시대 공간
속에서 중심과 변두리라는 차이로 같은 것 같지만 서로 다른 모습
이 공존하고 있다.

직조의 여신

대구 달성에 한훤당 선생이 후세에게 소학(小學)을 가르치기 위해 도동서원을 건립했다. 우리나라 최초의 사립 초등학교인 셈이다. 이곳 유림 300여 명을 모시고 달성 향교에서 특강을 한 적이 있다. 우리는 의식주(衣食住)라는 말을 많이 사용하는데 왜 식의주(食依住)나 주의식(住依食)이 아니라 의식주(衣食住)라 하는지 이유를 물었더니 아무도 대답을 못하였다. 너무 갑작스럽게 황당한 질문을 했기 때문이리라.

좀 쉽게 설명을 하자면 한 끼 굶거나 거적을 덮고 잘 수는 있지만 실오라기 하나 걸치지 않고 산다는 것은 상상도 할 수 없는 일이다. 옷이 제일 앞서는 이유는 동물과 달리 예의를 갖추는 일이기도 하며 몸의 온도를 유지하기 위한 것이 바로 옷이기 때문이다. 가례에서 심의제도를 중시하는 이유도 마찬가지이다. 도동서원으로 오르는 돌계단의 폭이 매우 좁다. 도포를 입고 조심하지 않으면 계단에서 굴러 떨어질 수 있게 만든 것이다. 계단을 다 오르면 문이 있다. 이 문도 아주 낮다. 허리를 굽히고 또 그 문기둥이 유난히 뾰족 튀어 올라 있다. 도포자락이 걸리면 넘어질 수 있다. 서원에 공부하러 오는 학동들이 서원으로 들어서는 동안 잠시도 방심하다가는 넘어지든가 이마를 문지방에 쾅당 부딪힐 수 있다. 소학의 학습 공간을 만들 때 이런 것까지 고려해서 만든 우리 선현들의 교육 방식이 얼마나 탁월한 것인가?

오래된 불빛

옷과 모자는 멋을 위해서만이 아니라 내 몸가짐을 바르게 하도록 예의를 지키는 일차적 목적을 지닌 것이다. 전 인류는 옷을 입는다. 물론 일부 아프리카 원주민은 예외이긴 하지만. 그리스신화에서 아라크네는 직조의 여신이다. 직조를 담당하는 것은 주로 여성이다. 남성은 전쟁터에 나가고 여성은 직조를 하며 남편을 기다린다. 호메로스의 「오디세이」에서도 페넬로페는 오디세우스 장군을 기다리며 집에서 직조에 전념한다.

직조를 짜는 기계를 베틀이라고 하는데 여인들의 사무친 한과 욕망들을 옷으로 짜내는 기계였다. 올림푸스에서 베를 짜는 경기를 'battle'이라 하는 말도 베틀에서 유래한다. 아라크네가 짜낸 직물이 너무나 뛰어났기 때문에 다른 신들이 질투한 나머지 독약을 뿌려 아라크네를 죽이니 거미로 다시 태어나 자신이 내뱉은 실로 더욱 질이 좋은 모직을 직조한다.

서양의 신화와 마찬가지로 동양에서도 반고가 지은 『여사서』에 직조는 여성의 직임이며 아이를 낳아 기르고 먹이며 입히는 일은 여성의 소임이라 하였다. 거미줄 같은 실을 한 올 한 올 얽어 천을 짜내는 일은 감내 할 수 없는 인고의 고통이 함께 한다. 그 고통을 이겨 내는 여성의 욕망이 그리고 독한 한이 없이는 불가능한 일이다.

『삼국사기』에 신라 3대 유리왕 대에 6부의 부녀자들이 모여 베 짜기 경기를 하며 노래하고 춤을 추는 축제를 가배(嘉俳)라 하였다고 한다.

1200여 년 전 경주지역에서 짠 양탄자가 일본 도다이지(東大寺) 정창원에 보관된 것이 있다. 꽃 모양의 화전이 신라의 경주에서 만든 것임을 알 수 있는 것은 첩포기(꼬리표)에 적힌 "紫草娘宅

紫稱毛—(자초랑댁자칭모일)"이라는 글이 자초랑댁에서 만든 모전(毛典)임을 말해주고 있다.

> 베틀을 노세. 베틀을 노세. 오난 간에 베틀을 노세.
> 에헤요 베 짜는 아가씨 사랑 노래 베틀에 수심만지누나
> 양덕 맹산 중세포요 길주명천 세북포로다
> 베헤요 베 짜는 아가씨 사랑 노래 베틀에 수심만지누나

신라시대의 자초랑(紫草娘)을 보면 신라에서는 여성의 이름을 언급할 때 '랑(娘)'(아가씨 랑)자를 붙이곤 한다. 대표적으로 도화랑(桃花娘), 고타소랑(古陀炤娘) 등의 사례가 해당된다. 사례를 볼 때 랑(娘)이 붙은 여성은 신분이 미천한 경우는 드물다고 볼 수 있을 것이다. 심지어 일본에 판매하는 양탄자에 자신의 이름을 붙인 것은 꽤나 드문 경우라고 볼 수 있다. 왜냐하면 상당수는 관직에 있던 사람의 명으로 판매되기 때문이다.

○○택 또는 ○○댁 이라는 명칭으로 기록된 내용은 공방을 소유하는 진골귀족의 저택을 의미한다고 한다. 김유신 집안의 경우도 부인인 재매부인의 이름을 따서 택호를 재매정, 재매정댁이라고 알려진 것에서 집안의 여성이 집안 자체를 대표하는 경우도 보인다.

실제로 모직에 대한 흥덕왕의 복식금령에 따르면 진골~5두품 남성, 여성에게 모직을 제한한다는 기록으로 보아서는 이때 모직 종류의 옷이 방한의 목적보다 사치나 멋의 목적으로 많이 사용되었음을 알 수 있기에 신라왕경 주변에 직조 공방까지 소유한 여러 저택 중 하나가 자초랑댁이었을 것이다.

오래된 불빛

전통적으로 의류를 짜는 실은 삼, 모씨, 무명(미영)이 주류를 이룬다. 무명은 비교적 후대에 들어왔는데 문익점이 붓대에 무명 씨앗을 넣어서 가지고 왔다고 전한다. 이 무명은 밭에 씨를 뿌려 다래가 열리면 따 먹기도 한다. 다래가 익어 벌어지면 솜사탕처럼 되는데 이것을 따서 푸솜으로 만들고 다시 실을 꼬아서 천을 짜게 된다. 실을 꼬는 기술에 따라 천의 탄력성이나 곱기가 결정되며 사라시(표백제)라고 하는 염소처리 공정을 거치면 무명베가 아주 희고 고운 옥양목으로 발전된다. 내가 어린 시절에는 우리 어머니가 짜던 삼베 모씨는 이미 사양의 길을 걷고 있었으니 옥양목과 광목 그리고 누에고치 실로 짜는 고급의 명주천이 우리들의 옷감으로 사용되었다. 특히 무명에 솜을 놓아 누빈 바지는 무척 따뜻하지만 무릎이 앞으로 튀어나와 촌놈티를 벗어날 길이 없었다.

석탄에서 채취한 100% 비닐 섬유인 나일론이 등장했다. 코오롱이 바로 나일론 공장에서 출발하여 일약 대기업으로 발전한 기업이다. 여성의 옷에 일대 변화가 찾아왔다. 옥양목이나 광목 아니면 비단으로, 공단 옷에서 알록달록한 천연색 나일론 옷이 더욱 거리를 밝혀 주었다. 1960년대 군사쿠데타 이후 우리나라 산업 구조 변화와 더불어 의식주의 변화와 함께 농경제 사회는 점차 붕괴되어 갔다. 이러한 외형적인 변화는 인간의 심성이나 도덕, 협동심 등이 외형적 변화 이상으로 큰 변화를 가져 오게 되었다.

사람들은 시골을 떠나 도시로 몰려 나와 복닥거리는 도시의 삶에 익숙해져 갔다. 어머니는 모씨 옷을 즐겨 입으셨고 겨울이면 양단이나 공단 옷을 갈음옷으로 입으셨는데 머리 스타일도 비녀를 꽂다가 파마를 하셨다.

「뒷모습」

조각난 거울 앞에서
연탄 화덕에 달군 고대기로
머리칼에 웨이브를 넣느라
제법 긴 시간을 그렇게 보내던
여인

꼼짝 않고 등 뒤에 앉아 바라보는
누구의 눈빛도 의식하지 않는
가장 행복한 뒷모습
짧은 청춘의 추억

유난히 붉은 립스틱으로
입술을 칠하며
화장대 거울에 마주친 눈빛
등 뒤에 서 있는 자를 향해 싱긋 웃는
여인

'여원'의 잡지 표지화에서
'엘레강스'로 진화하는
짧은 청춘들,
그 미혹한 여인들
등에 묻어 있는 오래된

때론 파마 비용을 절약하기 위해 19공탄 구멍에 잠깐 달군 고대기로 종이를 덮어 머리카락에 웨이브를 넣기도 하였다. 결혼을 한 뒤 아내가 화장대 앞에 앉아 화장하는 모습에 어머니의 추억이 겹쳐진 미러 이미지를 이용하여 쓴 나의 시 「뒷모습」이다.

사라져 가는 사투리의 풍경

우리나라 한반도의 방언 분포는 [지도-1]처럼 백두대간을 중심으로 동과 서로 1차적으로 언어 차이와 문화 차이를 보여 준다. 강원도에서 경상도, 전라도로 이어지는 남북사선 방향의 방언 구획이 이루어진다. 어휘적으로는 남북을 가로지르는 모습으로 어원적인 분포를 나타내며 남북 간 차이를 보여주기도 한다. 아마 남북 간 어휘 차이는 고대 신라, 가야와 백제, 고구려 지역의 방언 차이의 잔재라고 볼 수 있다.

그 가운데 동남지역에 자리를 잡은 영남지역은 다시 행정경계로 경상북도와 경상남도로 구분되며 음의 높낮이나 소리 길이의 차이로 부산을 중심으로 하는 경남지역과 대구를 중심으로 하는 경북지역으로 구분한다.

언어적으로 경북지역은 매우 독특하게 중부권, 경남권과 차이를 보인다. '말(馬)'이 많은 여자와 '말(言)'이 많은 여자는 소리의 높이와 소리의 길이 차이로 그 뜻을 구별한다. 서울과 부산 사람은 '말(馬)'과 '말(斗)'을 소리로 구별하지 못하고 또 부산 사람은 '말(言)'을 긴소리로 발음하지 못한다. 그래서 대구경북 사람은 소리의 높낮이 때문에 왠지 시끄럽다는 느낌을 주며 말하는 것이 억세 보인다는 느낌을 줄 수 있다. 대구경북은 다시 안동을 중심으로 문경, 예천, 영주, 청송으로 연결되는 안동방언권과 김천, 상주, 선산으로 연결되는 김천방언권, 경주, 포항, 대구로 연결되는 대구방언

오래된 불빛

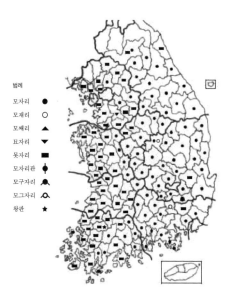

[지도-1] 한국언어지도: 백두대간을 경계로 동서로 방언이 뚜렷하게 나누어진다.

권으로 크게 구분된다. 안동방언에서는 '-니껴'로, 대구방언권에서는 '-능교'로, 김천방언권에서는 '-여'로 실현되는 의문법어미가 대구경북 방언을 다시 3개권으로 나누는 기준이 된다.

이와 같은 방언 차이는 곧 문화나 관습의 차이로 이어진다. 교통이나 인터넷이 발달된 오늘날 전국 어디를 가나 꼭 같은 슈퍼와 약국, 상점, 노래방, 여관, 교회가 있어 낯설지 않다. 그러나 사람들이 살아가는 내면의 풍경 속으로 한 발자국 더 다가서면 언어를 통한 문명과 전통의 차이를 곧잘 살펴볼 수 있다.

먼저 음식 문화는 대구경북 지역에서도 지방의 차이뿐만 아니라 민초와 양반층에서도 제법 큰 차이를 보인다. 전라도에서는 '홍어' 없이 제사를 지낼 수 없다고 생각하듯이 안동 사람들은 '문어' 없이는, 영천 사람들은 '돔배기' 없이는 제사를 지낼 수 없다고 생각한다. 특히 잔칫날 음식은 반상(班常)의 차이를 크게 보여 준다. 경상북도 상주시 공검면 지역의 민촌에서는 잔칫날이 되면 국수와 '콩나물히찜'이라는 음식을 해 먹는다고 한다. 반가(班家)에서는 큰상을 차리는데 온갖 기름진 음식을 만들어 올리지만 상주 일대의 민초들은 콩나물을 삶아 콩가루에다 버무려서 만든 잔치 음식인 '콩나물히찜'을 만들어 손님을 접대한다고 한다. 이 '콩나물히찜'은 콩나물처럼 잘 자라라는 다산(多産)의 농경제 의식이 남아 있는 민초들의 음식이다. 고대의 풍요의식과 주술의 끈이 맞닿아 있는 이 하나의 낱말이 얼마나 중요한 것일까? 이 지방에서는 무청을 말린 것으로 국을 끓인 '시래깃국', 무채로 끓인 '뭇국', 애동호박 찌짐(애호박 지짐이), 잘 익은 호박에 콩이나 팥을 넣어 삶은 '호박범벅', 밥에 호박을 썰어 넣은 '호박밥', 쌀가루와 호박 채를 시루에 찐 '호박떡' 등 농가의 일상 음식들 모두 우리에게 추억의 입맛을 돋우게 한다.

산나물로는 '취나물', '개나물', '개앙추', '참추', 들나물로는 '나새이(냉이)', '고들빼기', '까시게사레이', '달래이(달래)', '비름', '질깅이(질경이)', '말방나물(민들레)', '참뚜깔' 등이 있는데 이들 나물에다 '담북장'과 '딩기장(등겨로 만든 장)'을 곁들이면 봄철 잃어버린 입맛을 살려주는 더없이 좋은 음식이 아닐 수 없다. 그뿐만 아니라 밀기울로 만든 '밀개떡', 보리등겨 가루로 만든 '딩기장' 같은 민촌 음식은 요즈음과 같은 참살이(웰빙) 시대에는 오히려 사람들이 즐겨 찾는 건강 음식이 되었으니 음식 문화에도 상전벽해(桑田碧海)가 있는가 보다.

의복과 관련된 방언도 매우 다양하다. 안동지역에서는 '창살고쟁이'라는 여성의 옷이 있다. 한여름, 조금이라도 더 시원하도록 허릿단에 창살처럼 천을 파내어 만든 고의이다. 북한 지역에서는 '어깨마루', '어북', '긴고름', '짧은고름', '소매전동', '소매끝', '옆선', '치마기슭단', '아래깃', '아래깃끝', '깃줄앞', '깃마루뒤갓', '조끼' 등 의복과 관련된 다양한 방언이 있다. '버선'의 경우도 '목, 뒤꿈치, 바닥, 버선코, 수눅' 등의 부분 명칭이 지역에 따라 다양하게 분화되어 있다.

우리 민족은 일찍부터 세시와 관련한 놀이 풍속이 매우 발달하였다. 경상북도 상주 공성면 지역의 민속 세시를 살펴보자. 정월 보름이면 '마당놀이'가 시작된다. 북과 장구, 꽹과리 등 풍물을 앞세우고 '관대영감(포수)', '새대기(색시)'가 등장하여 풍물을 치며 집집마다 돌아다닌다. 이와 함께 '다쭐놀이'라는 이곳 특유의 놀이가 있는데 낫 끝에 짚을 걸어서 낫자루를 돌려가며 새끼를 꼬는 것을 '다쭐드린다'고 한다. 농한기인 정월에 '다쭐'을 태우는 '다쭐놀이'를 하면서 한 해의 풍년을 기원한다. 시골에서는 농번기가 지나면 소작농이나 머슴들을 모아 지주가 그동안 농사일에 고생한 대가로 새 옷도 지어주고 음식과 술을 장만하여 대접하는 '호미씻이(勞社和合)'라는 행사가 있다. 그런데 이 '호미씻이'는 방언 차이가 아주 심한 한 예이다. 경상도 지역에서는 '푸구먹는다', '푸구레', '호무거리', '심우거리' 등으로, 전라도 지역에서는 '술뮈기', '술미기'라 불리는 행사이다. 요즘은 나이 많은 어르신이 아니면 무슨 말인지도 모를 것이다.

'호미씻이'에 대한 방언이 경상도에서는 다양하게 분화되어 있지만 전라도에서는 경상도만큼 분화되어 있지 않다. 조선 후기 사회에서 경상도 지역은 반촌민과 민촌민이 거의 멀리 떨어져 있지 않은 마을에서 공동의 생활을 영위했으나 전라도는 민·반 촌락이 엄격하게 분리된 마을에서 생활했기 때문에 이러한 공동놀이의 명칭이 경상도에서는 다양하게 분화되었고 전라도에서는 다양하게 분화되지 않았다. 다시 말하면 민·반촌의 연대 의식이 전라도보다 경상도가 더욱 강했으리라 짐작된다. 역사적으로 이러한 촌락 구성의 연대성이 결여된 지역에서는 민란이 끊임없이 일어났다.

경상도에서 지주와 소작농, 민·반충이 혼연일체가 되어 모내기와 모심기, 아이논, 두불논매기 등으로 연결되는 하절기 논농사가 끝날 무렵 지주가 장만한 음식과 술을 마시며 그동안 쌓인 노동의 피로를 씻어내고 화합과 단결을 다지는 '호미씻이'는 이제 호미를 사용하지 않아도 되니 물에 씻어서 걸어놓는 전환기에 벌어지는 행사라는 의미이다. 일찍부터 이러한 미덕을 터득한 사주가 경영하는 회사에는 아마도 노동쟁의로 갈등과 어려움을 겪지 않을 터라 삶의 역사는 늘 우리 곁에서 무한의 의미를 주는 것이다.

'호미씻이'의 소멸과 함께 오물놀이의 주요 악기였던 '딩각'도 자취를 감추었다. '딩각'이라는 이름 역시 우리 기억에서 사라지게 되었다. 『표준국어대사전』이나 각종 『민속사전』에서도 찾아볼 수 없을 뿐만 아니라 심지어 민속학자나 국악 전문가들도 딩각이라는 민속 악기를 알지 못하는 상황이 되었다. 이처럼 사회의 변화와 함께 사람들이 사용하던 각종 일상용구나 악기의 이름이 희미하게 지워져 가고 있다. 그래서 지난 풍경이 더욱 애틋하게 그리워지는 것이리라.

지역마다 세시 놀이도 무척이나 다양하다. 정월이면 '연날리기'와 '핑디(팽이)돌리기', '맛떼이(자치기)', '햇불싸움(횃불싸움)',

'지불놀이(쥐불놀이)'를 하고 밤이 되면 아이들은 다리를 서로 엇갈리게 끼워서 "이거리 저거리 각거리 천두만두 두만두 짝빠리 양반 동김치 싸리묵"이라는 동요를 부르며 놀이와 함께 즐긴다. 여자 아이들은 '반두깨미(소꿉놀이)', '공개놀이(공기놀이)'를 즐긴다.

민족시인 이상화의 '방문거절'이라는 시에서 "방두께 살자는 영예여! 너거든 오지 말아라"에서 '방두께'가 『표준국어대사전』에도 실려 있지 않은 경상도 방언이기 때문에 다른 지방 사람들은 물론이고 시 평론가들도 이 낱말의 뜻이 무엇인지 모르는 사람이 많다. 여름이 되면 '밀서리', '수박서리', '이(참외)서리', '콩서리' 하며 물가에 둘러앉아 옹기종기 놀았던 어린 시절의 기억이 새록새록 하다.

경북 상주 공성면 구릉마(용안)와 큰마(평천) 간에 횃불싸움으로 마을 간의 친선을 도모하기도 한다. 특히 정월에 펼쳐지는 마을 간의 놀이는 격렬한 운동이 요구되는 싸움과 같은 놀이었다. 정월 보름날 소 앞에 '부시럼밥'을 차려서 풍년을 점치는데, 소가 부시럼밥으로 차린 밥을 먹으면 풍년이 오고 나물을 먹으면 흉년이 온다고 한다. 이월에는 용두할미가 내려오는 '이월밥'을 해 먹으면서 가족의 건강을 기원한다. 5월에는 '앙네 태이는 날'이 있는데 이날은 아이들이나 일꾼에게 용돈을 주고 놀려 준다.

6월 유두날에는 '밀개떡'을 네모지게 만들어 '재럽(겨릅: 껍질을 벗긴 삼대)'에 끼워서 논둑 곳곳에 꽂아두고 풍년을 기원하는 이 지역만의 독특한 풍속도 있다. 12월 동지가 되면 팥죽을 끓여 먹고 '성주짝거리[-짝꺼리]' 앞에 가서 다음해에도 풍년을 기원하고 집안의 건강을 기원하는 고사를 지낸다. '짝거리'란 짚으로 얽어서 만든 일종의 '뒤주'를 뜻하는 이곳 방언이다. '짝거리'라는 말이 서울에 없으니까, 저 시골 지역에서 쓰이는 말씨니까 내버려야 하는 것일까? 지난 시절 아이들의 놀이는 자연과 더불어 자연을 대상으로 자연과 함께한 놀이였다. 경북 상주 공성면 마을에서는 특히 납작한 돌로 하는 돌 던지기(비석치기) 놀이의 종류와 방법이 매우 다양하였다. '임술놀이(돌 던져 맞히기)', '똥치기(뒷걸음질로 돌 맞히기)', '발등치기(발등으로 던져 돌 맞히기)', '애기놓기(다리 사이에 돌을 끼워 맞히기)', '애기업기(등 위에 돌을 얹어 맞히기)', 애기젖믹이기(가슴 위에 돌을 얹어 맞히기), '물이기(물동이를 이듯이 머리 위에 돌을 얹어 맞히기)', '빈자놀이(손 위에 돌을 얹어 맞히기)', '물지기(어깨 위에 돌을 얹어 맞히기)'와 같이 매우 다양한 놀이와 그 방언이 고스란히 남아 있다.

'마부리치기(구슬치기)', '땅따먹기', '말타기', '장기치기(짚을 둥글게 말아 막대로 치면서 노는 놀이)', '고무줄놀이', '수건돌리기', '낫꼽기', '때기치기(딱지치기)', '그림자놀이', '꼰디기놀이'등 이루 헤아릴 수 없을 만큼 다양한 아이들의 공동체 놀이가 이제는 컴퓨터 게임으로 바뀌어 혼자 밤을 지새우는 문명 놀이로 바뀐 지 오래다.

동식물의 지역적인 종의 다원성에 따른 명칭 분화와 그에 대응되는 방언은 매우 복잡하다. '경상북도 민물고기생태체험관'(www.fish.go.kr)에서는 전국에 분포한 민물고기의 지역적인 방언을 수집하여 온라인상에서 정보를 제공하고 있다. 예를 들어 '퉁가리'라는 민물고기 이름의 지역적 분화형을 도별로 구분하여 소개하고 있다. 경기 지역에서는 '소가리, 쏘가리, 탱가리, 탱거리, 텡가리, 텡거리, 텡과리, 텡사, 통과, 통배기, 퉁가리, 퉁바리, 퉁가리'로, 충청북도 지역에서는 '쏘가리, 퉁바구, 퉁바귀, 퉁바리, 퉁사'로, 강원도 지역에서는 '탱바리, 탱수, 텅과리, 텡가리, 텡바귀, 텡바리, 퉁가리, 퉁가리, 퉁과리, 퉁바구, 퉁바리, 퉁바리, 퉁소, 수, 퉁가기, 튕바리, 퉁바리, 팅바리, 누름바우, 뚱바구, 쐬기, 탱가리, 텅바우, 텡바구, 텡수, 튕바리, 퉁가리, 퉁바구, 퉁바귀, 퉁바기, 퉁바리, 퉁바이, 퉁수, 튕바리, 틈바구, 퉁바우, 퉁바위, 퉁쇠, 티바리, 팅바구'등 매우 다양한 이름으로 분화되어 있다. 물론 이런 종이 다양한 낱말의 방언 체계를 전면적으로 표준어에 수렴하여 사용하도록 하는 일은 거의 불가능하다. 그러나 이러한 지역적 종의 다양성을 체계적으로 먼저 조사하여 정리해 두어야 한다. 앞에서 말한 것처럼 방언은 그 말을 사용하는 사람들의 문화가 담겨 있는 그릇이기 때문이다.

어린 시절 지방에서 자란 사람들은 가슴이 아릴 정도로 그리운 어머니의 말씨 ('모태어'라는 용어를 사용하기도 한다)를 아련하게 떠올릴 수 있을 것이다. 우리 어머니가 일상어로 쓰던 '알찌근하다(아쉬워서 마음이 안됐다)', '간조증난다(마음이 급해서 짜증이 난다)', '엉성시럽다(매우 싫어하다)', '얼분시럽다(나이에 비해 아는 척하며 내뛰어서 어른스럽다)'와 같은 말들, 그 말들 안에는 어머니 일생을 지배했던 정서가 화석처럼 박혀 있다. 그뿐만 아니라 그 말 속은 따스하고 풍성하고 정겨워 눈물 난다. 오늘도 혀에 뱅뱅 도는 말들을 떠올리려 자꾸만 사전을 뒤져 보아도 소용없다. 표준어 아닌 말이 사전에 실렸을 리가 없다. '어매'(어머니)와 '아지매(아주머니)'와 '할매(할머니)'가 쓰던 말을, 그 냄새와 빛깔과 감촉을 잃어버리면 나는 내가 아니다. 이 아까운 방언들을 더 이상 잃어버릴 수는 없다.

우리에게는 지금까지 중앙 중심적 사유에서 벗어나 지방 말씨, 지방 문화를 소중히 간직하고 보존해야 할 책임이 있다. 지방정부나 지역 문화재단 같은 곳에서는 지역민의 방언조사와 일상의 흔적을 보존하는 데 재정 투자를 아끼지 말아야 할 것이다. 방언이 있어 어쩌면 더 풍족한 언어생활을 할 수 있는데도 임의적인 언어인 표준어 중심의 사유에 빠져 그동안 방언을 너무 소홀하게 다루어 온 것이다. 방언 가운데 그 지방의 전통문화와 밀접한 관계가 있는 어휘들은 비록 사용자 수가 적더라도 사라지면 영원히 다시 찾을 수 없다는 점에서 매우 소중한 문화유산이라고 할 수 있다. 우리 민족의 언어에 녹아 있는 지역적 다양성을 인정하지 않는다는 것은 곧 우리 스스로 존재의 다양성을 인정하지 않는 것이나 다를 바 없는 일이다. 영남의 방언 속에서 대구경북인들이 살아온 내면의 단편을 기웃거려 보았다. 앞으로 더 체계적으로 자료를 모아 대구경북 사람들의 모습을 그려볼 요량으로….

오래된 불빛

풍화

10월 혁명의 물길이 스쳐 지나간 영천과 포항을 잇는 시텟재 아래 넓게 펼쳐진 장마당. 고경 옛 고장, 거울 경(鏡)이라는 지명을 가진 장터 건너 고경면사무소가 있다. 6·25전쟁 이후 군관학교가 영천 읍내 쪽 단포라는 곳, 멀잖게 있어 이곳 토박이들은 일찍 외지 사람 맛을 보아서인지 인심이 상그럽기 짝이 없다.

추석 명절이 다가올 무렵 평생 고경면사무소 면서기에서 퇴임한 아버지가 삽자루를 쥐었으나 한나절이 아니라 불과 몇 시간의 들일에 지쳐서 툇마루에 곯아 떨어졌다. 선선한 초가을 바람이 아직 열기를 거두지 않은 땅기운을 만난 초가을 한낮이 시들어 가고 있다.

일주일에 평균 이틀은 당직으로 거의 매일 현장 농촌 지도 일로 아침을 제외하고는 어머님이 지은 밥을 잡수시지 않으셨던 아버지의 삼시세끼 식공양을 맡은 어머니는 귀찮아 하기보다 오히려 신바람이 나는지 물외(오이)를 따다가 채를 썰고 텃밭 가지며 호박이며 정성껏 점심상을 차리느라 들락날락한다. 나라 살림 하느라 분주하던 신랑을 하루 종일 곁에 둘 수 있으니 식공양 정도의 노동은 오히려 어머니에게는 행복한 노역이었을까? 실바람을 타고 맛있는 냄새가 확 달아오르듯 번져 왔다. 멸치볶음을 하는 냄새였다. 온 동네 개들이 코를 벌름거리며 우리 집 마당으로 몰려들었다.

내가 다섯 살 무렵이었다. 바로 멸치볶음을 하고 있는 그 부엌 문틈 사이로 난리법석의 사태가 발생한 것이다. 마당을 향해 시멘트포대 종이로 만든 멸치 포대가 날아왔다. 퍽. 멸치국물에 찌든 멸치 포대가 마당 한가운데서 터졌다.

마당에 떨어진 멸치 포대가 터지자 멸치를 황금어장에 풀어 놓은 듯 멸치 냄새가 금방 진동을 하며 퍼져 나갔다. 동네 개들이 때를 만났다. 우르르 몰려들기가 무섭게 할머니가 마루에서 맨발로 마당으로 뛰어 내려가 미친 듯 달려드는 개들을 내쫓으며 땅바닥에 흩어진 멸치를 손으로 끌어 모았다. 당신의 며느리가 달려와 돕지 않는 것을 보고 힘껏 부엌을 향해,

"이 망할 년 곡식 퍼내 가 맨날 고기 사 처묵으면 평생 빌어묵을끼다."

"니가 우리 집에 와서 논 한 마지기도 못 산기 다 요래 헤프게 살림 살았던 때문 아이가?"라고 소리치셨다.

부엌 문틈으로 그 안에 우두커니 서 있는 어머니의 표정을 살펴보았다. 매우 황당한 사태가 벌어졌지만 어머니의 표정은 담담하게 아무런 일도 없는 듯, 마당에서 욕을 퍼붓는 할머니의 목소리가 들리지 않는 듯한 표정이었다.

할머니가 감난골 작은댁에 가신 사이에 마을로 찾아온 방물장수에게 쌀 너 되를 주고 굵은 멸치 한 포대를 산 것이 화근이었던 것이다. 누런 시멘트 포대 종이에 멸치의 불그레한 짠물이 배어 난 멸치 포대를 본 할머니는 자초지종을 물을 것도 없이 며느리가 곡식을 퍼 주고 산 것임을 알고 마당에 내동댕이쳤으나 막상 동내 개들이 몰려와 먹는 게 아까워 허둥지둥 맨발로 뛰쳐나와 끌어 모으고 있었던 것이다.

가족 갈등의 깊이를 내가 태어나 일곱 살 되던 그해 부엌 문

오래된 불빛

틈 사이에서 벌어진 전혀 상반된 두 사람의 말과 몸짓, 튕겨나지 않고 부딪히는 무언의 저항과 힘을 가진 쪽의 폭력에서 발견했던 것이다.

어머니가 정성들여 만든 점심상을 마당 감나무 아래 평상에서 아버지와 함께 먹었다. 고추장과 풋고추를 간간하게 섞어 볶은 멸치들이 20년의 세월을 건너 아직 눈을 감지 않고 빤히 날 쳐다보고 있다. 금방 낮잠에서 깨어난 아버지는 미역과 가지를 찢어 넣은 냉채국만 후루루 마시고 상에서 물러앉자 어머니의 표정이 갑자기 싸늘해진 것 같았다. 갑자기

"넌 뭐한다고 깨작거리고 있노?"

"퍼뜩 밥 안쳐묵고"라며 화를 낸다.

평소에 자식들에게 욕설을 거의 하지 않던 어머니가 애를 먹고 만든 점심을 달게 들지 않는 아버지가 미워서인지 애꿎은 나와 형을 향해 버럭 화를 내었다. 우리 어머니에게는 그렇게도 못살게 대하던 할머니가 세상을 떠나신 지도 근 7~8년이 다 되어 간다. 사람에게 미움도 사랑의 일부였을까?

할아버지로부터 물려받은 여남은 마지기의 논도 다 팔아먹고 30년 면서기 퇴직금으로 장만한 솔안 천수답 4마지기가 남아 있는 게 전 재산이다. 여기서 나오는 소출로는 입에 풀칠하기에도 부족한데 나의 대학 진학 문제는 입 밖에 꺼낼 엄두도 내지 못했다.

동네 앞 들녘에 고추잠자리가 나지막하게 무리를 이루며 군무를 추고 있었다. 집안 못둑에서 차당실 마을을 쳐다보면 반월 모양으로 나지막한 솔밭이 마을을 안고 있다. 그 가운데 제일 큰 집은 약방 어른 집으로, 감나무로 싸여 있다. 약방 골목 따라 집이와 호야 집을 안고 우리 집이 있다. 집 뒤편 솔밭에는 내 어린 시절부

터 있던 묘소가 몇 기 있고 큰 바윗돌이 우리 집 뒷담 가운데를 지들쿠고(누루고) 있다.

누나나 형들은 대학을 다 졸업하고 대구시내 학교 교사로 또 은행원으로 취직을 하고 또 결혼도 하여 살림을 꾸리고 있다. 그러나 칠남매 막내로 태어난 내가 고등학교를 졸업하던 해에 면사무소 서기로 계시던 아버지가 정년퇴직을 하게 되어 대학 진학이 나에게는 꿈으로 남을 수밖에 없게 되었다. 공고를 졸업하기 직전 해 10월부터 대구 서구 공단에 국제 광학실습생으로 들어가 안경테 주물기술을 배웠다. 월급은 사글세 방값을 제하고 외식 몇 번 하고 영천 집에 두어 번 오고 가면 남는 돈이라고는 무일전이다.

차당실에서 해선으로 가는 길을 걸으며 내 앞날을 생각해 보니 암담할 뿐이었다. 내가 대여섯 살 때 마당에 내동댕이쳐진 멸치 포대를 찢고 쏟아져 나온 멸치처럼. 나 역시 아버지처럼 무능함을 침묵으로 주변사람의 발길에 차이며 살 수밖에 없는 운명의 길을 걷고 있다고 생각하니 견딜 수 없었다. 차당실에서 용내기를 향해 가는 길 오른편 산골 이름이 독자골이다. 이 골짜기에 외딴집 한 채가 있다.

나하고 초등학교 동기인 이백이가 그 집에 살고 있다. 초등학교만 졸업하고 우리 마을에 함께 학교를 다니던 영채라는 여자아이와 열넷에 결혼하여 일찍부터 아이가 둘이나 있었다. 백이 엄마는 무당이었고 아버지는 엄마 굿판을 따라다니며 징이나 꽹과리를 치는 일을 맡고 있었다. 어릴 때 기억으로 백이 엄마나 아버지 모두 인물이 잘났던 것으로 알고 있다. 그래서인지 이백이도 키도 훤칠하고 인물도 잘생겼다.

독자골 입새부터 황초 담배 냄새가 구수하게 풍겼다. 수천장들에는 담배밭이 펼쳐져 바람에 몸을 비비는 소리가 매미 울음소리에 섞여 외롭게 울려 퍼지고 있었다. 이따금 매미 울음을 끊고 딱따구리가 둥지를 다듬는 소리가 온 골짝을 들썩이도록 밀려 온다. 담뱃굴 옆 오동나무 아래 살평상에 누워 있던 이백이가 사람 기척에 깨어나 나를 반갑게 맞아 주었다.

"오랜만이다. 병규야. 나는 너어 엄마 양동댁한테 니 소식은 들었다. 대구 안경공장에 다닌다면서…"

내가 답을 할 겨를도 주지 않고

"너거 엄마 말이다. 너거 아부지 정년해가 집에 노이 엄청시리 고생한다 카더라."

"마실 사람들이 벨란 시어무이 죽고 나이 인자 편할만하이 너거 아부지한테 시집살이 한다고 안카나."

"너거 아부지 평생 면서기 말단 공무원이라고 한다꼬 남 시키기만 했지 언제 손까락 하나 까딱해 봤나."

"촌에는 새가 빠지도록 일 안 하며 못 산다."

"니가 걱정 안 해도 된다."

"아들과 시집 장가 보내고 영감할마이 둘이서 사시니 머 신혼살림 아이겠나."

"야 너거 아부지 성질 별난 것 고경면 사람들이 다 안다."

"됐다. 그 이야기 고마 하고"

"나도 니 멘크로 공고 다니지 말고 바로 농사나 배웠으면 마음이라도 편하게 살 낀데, 일 해보이 미래도 보이지 않고 암담하다 아이가."

"어제 그래가아 우리집에 내려왔다."

"니는 담배 농사 해가 연간 소득이 엄청나다며…"

해가 저물도록 이백이와 이런저런 이야기에 꼬리에 꼬리를 물고 시간을 이어 갔으나 결론은 아무것도 없었다. 부영의 뜬구름 같은 옛 이야기에서 현실의 이야기 사이를 오며가며 이백이의 자랑만 들었다.

그 이야기 속에 우리 초등학교 동기인 경희가 미국 흑인과 국제결혼을 하여 해선 장터 주막집을 하던 할매를 모시고 미국으로 갔다는 이야기에 대해 더 캐묻지도 못하고 듣기만 했다.

어스름한 달빛 마을로 내려오는 길은 어두웠다. 몇 번인가 발을 헛디뎠다.

경희는 유난히 이뻤다. 지금 내 얼굴에는 그 애가 할퀸 손톱자국이 깊게 남아 있다. 손가락으로 오른 볼에 깊이 난 손톱자국을 더듬어 보았다. 6·25전쟁이 끝날 무렵 내가 다니던 초등학교는 군의학교 병동 건물로 사용되었다. 미국 운크라의 지원으로 지어진 가교사 건물은 아직 학도병과 군사들의 핏자국의 얼룩과 피비린내가 포르말린 소독약 냄새와 엉켜 있다. 임시 후송 병동으로 사용하다가 1953년 초등학교로 사용되었다. 매일 10리 산길로 학교를 다니는 일이 쉽지 않았다. 아침 학교 가는 일이 제일 싫은 일이었으나 예쁜 경희를 볼 수 있다는 희망이 꿈으로 바뀌었다.

그런데 경희는 전쟁 통에 아버지와 엄마를 다 잃어버렸다. 그래서 면사무소가 있는 마당 건너편 장터 주막을 하는 선달네 할매 밑에서 자라났다. 늘 술에 취한 취중꾼들이 싸움질하는 것만 보고 자라서인지 성질은 장닭과 같았다. 투계 장닭 손톱을 곤두세워 한 반에 있던 남학생이고 여학생이고 가릴 것 없이 얼굴에 손톱의 흉터를 선물했다. 나 역시 예외일 수 없었다.

하도 오래전 일이라 기억이 가물거리지만 생각을 더듬어 40

오래된 불빛

년 전으로 돌아가 보자. 교실 밖에는 비가 내렸다. 들판에 무르익은 벼들이 비바람에 이리저리 휩쓸리고 있었지만 온통 세상은 내리는 빗줄기에 조용히 잠들어 있는 듯했다. 아직 수업이 시작되기 전이지만 교실 안도 조용했다. 가교사 건물 문턱에서 비가 쏟아지는 운동장을 바라보다가 교실 쪽으로 돌아서는 순간 경희와 눈이 마주쳤다. 내가 경희에게 무슨 말을 했는지 도무지 기억이 나지 않지만 무슨 말인지 경희를 향한 말이 끝나기 무섭게 나를 향해 달려와서 내 오른쪽 볼을 할퀴었다. 금방 피가 쏟아져 문 밖에 떨어지는 빗물에 핏방울이 뚝뚝 들었다.

손으로 더듬어 보니 손톱이 깊숙이 내 볼을 파고 들어가 제법 깊은 세월의 상처가 생겼다. 40년이 지난 지금도 내 얼굴에 난 경희의 손톱자국은 뚜렷이 남아 있다. 그리고 세월의 깊이처럼 파인 손톱으로 할퀸 흔적에는 아홉 살 난 경희의 그 여리고 고운 손길의 체온이 묻어있는 듯하다. 가끔 장터에 버려놓은 탄저병의 흉터가 남아 있는 썩은 사과를 손가락으로 후벼 파내고 먹던 파리한 경희의 옛 기억이 영상처럼 내 기억의 한구석에 머물러 있다.

종이로 겨우 흐르는 피를 멈추게 눌렀다. 수업이 시작되자 덜컥 겁이 났다. 선생님이 왜 이렇게 되었는지 캐물을 것이고 또 나는 어떻게 대답해야 할지 당황스러웠다. 나는 계속 손바닥으로 내 상처 난 오른 볼을 막고 수업이 끝날 때까지 얼굴은 선생님 시각의 반대쪽으로 돌렸다. 아직 빗줄기는 가라앉지 않고 계속 몰아쳤다.

우산도 없이 10리 길을 달려가면 비를 맞은 생쥐가 될 것은 분명했다. 책이며 공책도 마찬가지로 빗물에 흠뻑 젖을 것이다. 보통 이런 상황이 되면 선생님 하숙집에서 하루 자는 것이 너무나 당연하다. 그러나 오늘은 내 얼굴에 깊은 상처가 있기 때문에 선생님

집에 하루 머물게 되면 경희가 어렵게 될 것은 뻔했다. 나는 그래도 면서기로 있는 아버지 덕분으로, 아니 그것보다 다른 애들보다 공부를 잘했기 때문에 선생님의 사랑과 관심이 큰 편이다. 하지만 경희의 경우는 그렇지 못하다. 면소 앞 장터에서 주막을 하는 선달네 할매 밑에서 막 자라난 천대받은 아이라 선생님 역시 경희가 내 얼굴에 상처를 낸 것을 알게 되면 야단을 맞든지 체벌을 받을 것은 뻔한 일이니 내가 그 길을 선택할 수는 없었다.

비에 다 젖더라도 10리 길을 걸어서 집으로 갈 수밖에 없었다. 그러나 집에 가더라도 엄마와 할매가 꼬치꼬치 캐물을 것은 뻔하다. 그래도 담임선생님보다 낫겠지. 가해자인 경희에게 일차적인 피해를 줄 수 없으니 어떻게 둘러댈 궁리를 하며 빗길을 나섰다. 학교 운동장을 벗어날 무렵 이미 온 몸은 빗물로 범벅이 되었다. 책보자기는 교실에 남겨두었기 때문에 홀가분한 맨몸으로 빗속을 달렸다. 후들후들 나뭇잎에 떨어지는 빗물소리가 개선 행진곡처럼 리듬을 이루는 것 같았다. 흰 셔츠 오른쪽이 핏물로 붉게 물들었다.

산길가로 뻗어 있는 굴참나무의 녹색 빛이 핏물처럼 물들 날이 머잖았다. 곧 추석 명절이 온다. 선듯하게 느껴지는 빗물이 내 몸에서 따스하게 덥혀져서 어깨 밑으로는 증기가 되어 피어난다.

나에겐 10월이 늘 이러한 추억으로 겹쳐 있다.

집에 도착하자 중간 고방으로 뛰어 들어가 피에 젖은 옷을 벗고 얼굴의 흉터를 벗은 옷으로 짓눌렀다. 그러는 사이 빗줄기 소리 사이로 낯선 다른 이와 두런두런 이야기하는 엄마의 목소리가 들렸지만 무슨 말을 하는지 알아들을 수는 없었다. 다행이다. 큰방과 할머니 방 사이에 있는 우리들 옷을 넣어둔 삼층 옷장에서 윗옷을

오래된 불빛

한 벌 꺼내어 입었다. 이제 얼굴에서 출혈은 멎었다. 할머니 방은 기척이 없고 큰방에서 들리던 소리가 더 가까이 들렸다.

덕실 둘째 이모님이 오신 것이다. 근데 이렇게 비가 오는데 어떻게 포항 기계쪽 덕실에서 여기까지 오신 것을 보아하니 무슨 큰 일이 있었던 모양이었다.

나는 할머니 방에서 잠이 들어 버렸다.

국수를 삶는 냄새에 잠에서 깨어났다. 엄마의 전공이 누른 국수이다. 홍두깨로 밀반죽을 곱게 밀어 총총 칼로 썰고 애호박을 송송 썰어 멸치 국수에 끓여 내면 별미 국수가 만들어진다. 그런데 덕실 이모도 보이지 않고 할머니도 계시지 않았다.

비를 맞은 뒤에 낮잠을 곤하게 자다가 일어나 보니 세상이 다 바뀌어 버린 것일까? 말을 하는 사람이 아무도 없다. 아버지, 형과 누나 모두 아무 말 없이 국수를 한 사발씩 먹고는 자리에서 일어섰다.

"시아 먼 일이 있어?" 귓속말로 건넌방까지 따라가서 형에게 물어 보았다.

"넌 알 일 아니야."

"그런데 니 얼굴 왜그래?"

"피가 많이 났겠는데. 상처가 억수로 깊은데 괜찮니?"

"가만, 아까징끼라도 발라야 될따."

"요 와서 누버라. 내가 발라 주께."

엄마가 따질 줄 알았는데 전혀 눈치 채지 못했는지 무관심 한지….

"병기야, 니 오늘 학교서 일찍 왔제?"

"응."

"덕수 이모 안 왔더나, 니 집에 오이."

"몰래, 나는 안 봤다. 엄마캉 무슨 이야기를 수군수군하데."

"그카다가 나는 할매 방에서 잠들어뿟다."

"병기야, 니는 엄마캉 저 시탯제 넘어 안강 외가집에 한 분도 안가봤제?"

"우리 외가가 있나?" "나는 모린다." "와?"

"아까 니 깨기 전에 아부지하고 엄마캉 대판했다."

"할매가 오늘 면사무소에 찾아가가 아부지한테 엄마가 나락 두가마이 모리도록 팔아가 외가 외숙모한테 보냈다꼬 일러주고는 대구 적은아부지 집에 갔뿟다."

"아부지가 집에 오자말자 엄마 귀때기를 때리면서 집구석 다 망굴라카나 카민서 야단났다."

그날 저녁 아버지는 국수 젓가락을 상 위로 던지다시피 놓고는 붉게 녹슨 자전거를 타고 비가 멎은 질펀한 길을 헤치고 면사무소에 당직하러 가셨다.

모처럼 엄마한테 안겨서 잘 수 있는 기회가 왔으나 경희가 얼굴을 할퀴었기 때문에 엄마 곁에 갈 수가 없었다. 낮잠을 잔 탓으로 잠이 오지 않았다. 비가 그친 밤하늘이 푸르렀다. 비로 떨어지지 못한 낮은 구름이 쏜살같이 달빛 사이로 미끄러져 갔다. 철지난 악머구리 소리와 개구리 소리가 가까이서 차츰 먼 곳으로, 다시 먼 곳에서 가까운 곳으로 바람처럼 쏠려 오고 간간이 여치와 귀뚜라미 소리가 적막을 흔들고 있었다.

살그머니 큰방으로 갔다. 불 꺼진 큰방에 엄마는 방벽을 향해 모로 누워 있었다. 등 뒤로 파고들어 팔을 비집고 엄마 가슴을 만졌다. 엄마는 내 손을 밀치며

오래된 불빛

"왜 안잤나"라고 하는데

목소리가 젖어 있었다. 참는 울음에 몸을 추키는 느낌이 전해졌다. 엄마는 내가 온 줄 알면서도 나를 향해 돌아눕지도 않은 채 흐느끼고 있었다. 엄마 얼굴을 더듬었다. 눈물이 마르지 않았다.

그 사이 조심스럽게 방문을 열고 베개를 안은 형이 들어와 엄마 앞쪽으로 파고들었다. 두 아들 사이에 낀 엄마가 돌아누우면서 나를 와락 끌어안았다. 영문도 모른 채 나도 슬펐다. 소리 없이 울었다. 나보다 세 살 위인 형이 엄마에게 위로하는 말을 한다.

"엄마 내가 빨리 돈 많이 벌어서 내가 다 갚아줄게."

무슨 말인지 알아들을 수 없었다.

다만 침묵하고 있던 엄마가

"너거 외삼촌이 보성 전문부를 다니다가 만주 대종교에 포섭되어 독립운동하다가 좌익 빨갱이가 되어 죽었데이."

"그러이끼네 안강에 사는 너거 외숙모는 아도 하나 없이 평생 혼자 저래 고생 안하나."

"오늘 너거 아부지 머라캇는 거도 잘못이 아이다. 마카 내가 잘못한기라."

"혼자 사는 불쌍한 너거 외숙모를 조금씩 도아줄라카이 돈이 어디 있노."

"덕수 너거 둘째 이모한테 찔끔찔끔 빌린 돈이 모아놓으니 논 두 마지기 값이란다."

"지도 시집 사는데 언니가 도와주지는 못할망정 이래 애만 미기가."

무슨 말을 하는지 짐작은 가지만 맥락이 잡히지 않았다. 말을 멈춘 엄마는 한참을 흐느꼈다. 먼 동리 개 짖는 소리를 되받아 산 고개 마루를 타고 오르내리는 여러마리의 개 울음소리가 가느다 랗게 이어져 가다 가물거린다.

엄마의 왼쪽 젖가슴이 콩닥거렸다.

한참 형과 엄마가 두런거리는 말소리는 차츰 멀어졌다.

우리 집은 면소재지에서 산길로 10리 거리에 있다. 지독한 골 짜기이다. 마을 전체가 산등성이에 자리를 하고 있으나 약방댁과 대 산댁, 방목골댁과 우리 집은 평지에 자리하고 있다. 용내기와 감낭 골 사이 차당실이라는 곳이다. 마을 앞에 차당못이라는 인공 저수지 가 산골마을에 보자기 같이 펼쳐져 있는 논밭의 목을 적셔준다.

광복을 맞던 해. 내가 여섯 살 되던 해였다. 온 동네가 떠나 갈 듯 유성기판에서 "정든 땅 언덕 위에 초가집 짓고 밤이면 사랑 방에 새끼 꼬면서…" 노래가 흘러나온다. 할배가 일본에서 가지고 온 수동식 축음기, 곧 유성기이다. 소리를 내는 기계이다. LP판을 수동식 회전 기계에서 태엽을 풀면서 재생하는 일제 기계이다. 서 른에 집을 떠나 30년 만에 귀향하신 분은 나의 조부님이다.

온 마을이 유성기 노래소리 사이로 송화가루가 퍼져나갔다. 한낮의 열기가 점점 달아 올랐다. 뻐꾹새울음소리가 처량하게 온 마을에 퍼져나갔다.

오래된 불빛

오래된 사랑

가난한 문리과대학생

1.

고등학교 때 여러 차례 치른 평가시험 결과 서울의 명문대로 진학할 수 있는 성적은 되었지만 아무래도 대구의 국립대학 등록금이 서울 사립대학의 4분의 1정도이니 지방대학 진학으로 결정하였다. 학과는 이미 정해 놓았다. '국문과'. 그래서 나는 소설가가 될 것이라는…. 그래서 좀 놀아도 될 것 같았지만 평소에 제일 성적이 좋지 않은 수학1의 미분 적분 부분은 거의 마스터했지만 확률은 진짜 공부하기가 싫었다. 까만 콩 3개와 흰 콩 5개를 주머니에 넣었다가 손을 집어넣어 흰 콩이 나올 확률은 얼마인가? 도대체 왜 이런 걸 공부하라고 하는지 이해할 수 없었다. 뭐든 나오면 그만이지 이게 앞으로 살아가는데 무슨 도움이 된단 말인가? 저항하고 싶었다. 그 시간에 『젊은 베르테르의 슬픔』이나 에밀리 브론테의 『폭풍의 언덕』을 읽는 것이 더 낫지 않은가. 나는 하기 싫은 것은 끝까지 버티며 피해 가는 내 스스로에게 최면을 걸었다. 그러나 마지막 단계에 미적을 공부했던 덕분으로 대학을 진학할 수 있었다.

내가 대학 진학을 하기 전 해에 아버지는 학교를 정년퇴직하여 고향에 가셨고 어머니와 둘째형은 지묘동의 과수원에서 대리 농사 소작인으로 살았다. 나는 대구 대명동 집에서 맏형과 형수에게 얹혀 살며 학교를 다녀야 했다. 그러던 어느 날 아침 등교를 하려고 보니 주머니엔 단돈 1전도 없었다. 아침상을 들면서 등교 때 필요한 차비 걱정으로 밥을 먹듯 말듯 하며 형수한테 손을 벌릴까 어쩔까라는 생각을 하다 말고 그냥 학교까지 걸어가기로 결정하였다.

　아마 1교시에 영어 Lab.시간이었던 것으로 기억되는데 열심히 명덕로터리 부근의 집에서 중앙로를 거쳐 신암초등학교 부근에 이르자 숨은 목에 차 오르고 이미 땀은 뒤범벅이 되어 옷이 흠뻑 젖었다. 그 순간 나는 나 자신에게 이렇게 열심히 무엇을 위해, 어디를 향해 달려가고 있는지 되물어 보았다. 아무런 대답도, 결론도 없을 그런 질문을 곱씹으며 막 신암육교를 건널 무렵 신암초등학교 교사로 근무하고 있던 맏형이 신암초등학교 교차로 거리에서서 등교하는 아이들을 위해 교통지도를 하고 있지 않는가? 얼굴이 마주치면 너 왜 이렇게 땀을 흘리며 걸어오고 있는가 물을 터이고 그에 대한 궁색한 대답도 하기 싫고 해서 나는 재빨리 외면한 채 학교로 가는 발길을 돌렸다.

　갑자기 어머니가 보고 싶었다. 곧바로 그날 수업을 포기하기로 작정하고 친구에게 차비를 빌려 20번 버스를 타고 지묘동에 있는 어머니께 향했다. 둘째형은 맏형의 처갓집에서 마련한 과수원 농사일(일종의 소작농)을 맡아 하고 있었다. 당시 총각이었던 둘째형을 돌보기 위해 어머니가 지묘동 과수원에 기거한 것이다. 그 형은 늘 나에게는 관대했다. 어린 시절부터 모든 이해관계를 초월해서 나에게 미루어 주고 돌보아 주었기 때문에 항상 마음 편한 형이었다. 당시 그 형은 소설을 쓴다고 매일 한낮 동안의 농사일에 지친 피로를 풀지도 못한 채 밤이 늦도록 책을 읽고 글을 쓰곤 하였다. 하루 종일 대화할 상대가 없었는데 내가 오니까 말동무가 생겼다고 무슨 이야기가 그렇게 많은지…. 사실 나는 좀 귀찮았다. 나는 꼭 해야 할 말이 아니면 속으로 생각하거나 짐작만 하는 스타일이었다. 그런데 형은 때로는 했던 말을 반복하는 수다스러움 때문에 약간은 귀찮았으나 이 세상에서 가장 때가 묻지 않은 순수한 마음씨를 아직 간직하고 살고 있기 때문에 나는 자주 그 형에게 나의 삶을 기대곤 한다.

그때 항상 옆에서 힘든 일 마다 하지 않고 우리 형제의 삶을 추슬러 주시던 이가 바로 참으로 슬픈 삶을 살다가 이 세상을 떠나신 나의 어머니이다. 한여름 모깃불이 다 사그라질 때까지 지나간 시절 당신 삶의 흔적들을 신화처럼 엮어 들려주곤 하였다. 그때 어머님에 대한 추억과 생각은 「초겨울 어머님께 드리는 글」이라는 시가 되었다.

「초겨울 어머님께 드리는 글」

떨어져 눈(雪)이 된 그늘
장작불 지핀
손마디, 마디
가슴을 열고
창 너머
남극의 하늘이 지고,
한국 아이들만 볼 수 있는
별이 있다.
다듬질 멈춘
들판은 외로이 가고
밤새 다 비운

창턱에

새벽이 오고 있다.

「78. 현대시학」

그때 가느다랗게 익어 가던 모깃불 연기에 젖은 당신의 눈물 어린 추억을 나는 읽어낼 수가 있었다. "야야 와 안있나. 저짜 너거 덕수 이모가 죽고 난 뒤에 너거뜰 외가에 가보이꺼네 인자 너거 위사촌 동수하고 동용이하고 인자 좀 살꺼 겉더래이."라고 하면서 당신의 친정 이야기를 꺼내는 것을 보니 심상찮은 분위기 같은 것을 느낄 수 있었다. "동수 가아는 너거 죽은 큰위삼촌 앞으로 양자 안 들어 왔나"라고 하면서 가슴이 먹먹하게 울리는 힘겨운 지난 얘기를 요약하면 대충 다음과 같다.

큰외삼촌이 좌익(빨갱이) 활동을 하다가 소리 소문도 없이 죽어 간 모양이다. 내가 태어나기 전 경북 영천 고경 삼귀동(차당실)에서 살 무렵 그 큰외삼촌이 느닷없이 어머니께 찾아온 일이 있었다고 한다. 그때 따뜻한 쌀밥 한 그릇 먹이지 못한 채 아버지의 바지와 양말만 얻어 신고는 훌쩍 떠나면서 머잖아 좋은 세상 올 것이라는 말 한마디 던졌다. 그 후 소식이 끊어진 것을 보면 아마도 이 세상을 떠나간 것 같다는 이야기였다. 세월은 그렇게 초겨울 밤 창문을 흔드는 바람같이 또 무너져 가고는 이제 긴긴 겨울밤 신화 같은 옛이야기를 들려줄 사람들은 내 주위를 다 떠나고 없다.

2.

1974년 위수령이 내려진 서울 대학거리의 살벌한 사진들. 군인이 완전군장을 하고 무장한 탱크들이 고려대학교 도서관을 향해 포구를 들이밀고 있는 사진이 대문짝만 하게 신문에 실릴 무렵 내 가슴은 더욱 무거워졌다. 그 무렵 문리과대학 교련 수업 시간이 끝나면서 어느 누가 먼저 제안하지도 않았는데도 자연스럽게 장명재(교조운동 해직교사), 유명수(유명 여류의상집), 김치영(전 국회의원 보좌관), 김기현(고인, 전경대교수) 그리고 나와 몇몇 친구들은 꽁총(연습용 나무로 만든 교련 훈련용 총)을 질질 끌며 수군거렸다.

당시 상황으로 보아 데모를 주동한다는 일은 기밀이 유지되어야 했기 때문에 엄밀하게 신암동 쪽에 있는 곰 다실에서 모이기로 약속한 뒤 그 다음 날 있을 가을학기 중간시험은 포기한 채, 수업이 끝나자 그곳에 다시 모여 우리는 본격적으로 유신정권 퇴진을 위한 데모 모의를 시작하였다. 문리과대학 데모에 이어 그 다음 날은 법대에 다니던 천명수, 김동협 등이 우리의 거사를 이어받은 뒤에 영남대학과도 연계하여 대구에서 대규모 반유신체제 시위의 불을 지핀다는 묵시적인 약속이 되어 있었다.

곰 다실에 모였다가 다시 사회학과 김치영의 집으로 가서 본격적으로 다음 날 있을 데모에 사용될 선언문과 구호를 작성하는데 우리는 머리를 맞대고 고민하면서 김치영의 아버님이 즐겨 드시던 집에서 담근 매실주를 몰래 퍼내어 와서 몇 순배 마시면서 마치 도화원기(桃花園記)의 혈맹이나 나누듯 데모 동맹 결의를 다졌다.

그날 밤 11시 무렵 뿔뿔이 흩어지면서 다음 날 아침 10시를 기해서 박정희 독재타도를 외치며 대구지역 대학 데모를 주도하기로 우리는 굳게 약속하였다. 아침이 되었다. 그렇게 굳은 결심을 하였지만 막상 '나의 대학생활은 이것으로 막을 내리는구나'라고 생각하니 암담하기도 하였다. 걱정도 되어 '에라 이대로 어디로 달아나 버릴까'라는 생각조차 들었다. 그러나 막상 결사의 시간이 다가오니 오히려 담담해지기 시작하면서 차라리 목소리도 더 커질 것 같고 용기 백배할 듯도 한 기분이었다. 정의를 위해 싸우는 거다. 얼마 전에 내가 무척이나 아끼고 사랑했던 후배 이상익(변호사)이 데모 주도로 구속되어 있었기 때문에 좀 더 적극적으로 데모를 주도하는 데 빠져들어 갔다.

오전 10시 정각부터 시작한 데모대는 교내를 몇 차례 돌아 북문으로 나아가 도청로를 향하자 시위 군중은 더욱 불어나고 경찰 진압대와 몇 차례 정면충돌을 거치면서 남문시장까지 진출하자 저녁노을이 붉게 서녘하늘을 퍼들퍼들 물들이고 있었다. 시장기가 밀려 왔다. 허무와 또 구속이라는 두려움도 어둠사리와 함께 밀려 왔다.

시위를 주동한 우리는 다음 날 영남대학의 이원배(정치과)와 함께 연합시위 모의를 위해 시위대를 빠져 나와 경찰을 피해 구 영남대 로터리 부근 다실에 집결하도록 사전 약속이 되어 있었다. 하루 종일 아무것도 먹지 못하고 시위 구호를 외친 탓인지 허기에 질린 우리는 그 인근에 있는 중국집에 가서 자장면을 걸신 들린 듯이 한 그릇씩 먹고는 약속 장소로 되돌아왔다. 그런데 우리와 함께 데모를 주도하였던 유 군은 나타나지 않았다. 그 다음날 연계 데모 현장에 나가기 전, 북부경찰서로 연행되어 조사실에서 조사를 받던 우리는 경찰이 이미 우리의 행적을 거울 들여다보듯 다 알고 있는 이유를 그때야 알게 된 것이다.

역사는 늘 비정하게도 진실을 피해 가듯이 우리 가운데 배신자가 있었던 것이다. 바로 유 군이 당시 5.16군사장학금을 받는 짭새(경찰 정보 첩자)였다. 그래서 우리는 그토록 쉽게 정보 형사들에게 잡힐 수 있었으며 우리의 행적이 면밀하게 추적될 만큼 정보망이 철저했음을 뒤늦게 깨달은 것이다. 세월이 훌쩍 뛰어넘은 몇 해 전 시내에서 우연하게 유 군을 마주쳤는데 대구 시내 중앙로에서 여성의류점을 운영한다면서 지난 일들이 미안한 듯 겸연쩍게 웃으며 지나친 일이 기억난다.

그 이후 국세청에 근무하시던 김치영의 아버님은 아들의 행적 때문에 공직에서 쫓겨나고 치영이는 얼마간 교도소에서 형량을 치른 뒤 기나긴 진공의 공백 속으로 말려 들어간 것이다. 우리는 치영이가 치른 죗값을 대신하여 다시는 데모를 하지 않겠다는 서약서를 쓰고 유치장을 나섰다. 이러한 나의 경험은 후일 경북대학교 학생부처장을 맡아 소위 말하는 운동권 제자들을 지도하는 데 큰 도움이 되었다.

그 철저하지 못했던 낭패감과 좌절감, 죄책감에서 오랜 시간 풀려나지 못하다가 친구들과 어울려 억수같이 술을 퍼마시면서 아무 죄도 없는 하늘을 향해 욕지거리 하면서 세월을 뭉개 나갔다.

겨우 휴교령이 풀려 등교하자 가을 축제 학과 행사로 시화전이 열렸다. 나는 그동안 습작으로 쓴 몇 편의 시를 시화전에 출품하였다. 지금 서울에서 이름난 여류글쟁이로 활동 중인 후배 김서령이 예쁜 그림을 그린 시화로 발표한 나의 시가 김춘수 선생의 눈에 띄어 『현대시학』을 통해 1998년 추천 완료 작품이 된 「안개」이다.

「안개」

허기에 찬바람이 하나 울고 있다.
손톱눈 늪을 지나면
한 밭 앞서 간 이의 잊은 뒷발꿈치

밤에 떠오른 바다가

아침으로 건너고 있다.

「78. 현대시학」

시화전 품평이 있던 날 저녁 75학번 후배들이 백설기도 장만
하고 커피도 끓여 마시며 다 무너져 가던 붉은 벽돌로 지어진 과학
관 어둑한 지하 교실에서 시인 김춘수 선생님과 함께 찬란한 시에
대한 담론으로 그 어둡고 살벌하던 유신독재라는 공간과 시간들
을 잠시나마 따뜻한 온기로 그 허전한 시간의 공백을 메우고 있었
다. 그 자리에서 김 선생님이 내가 썼던 시를 모두 정리해서 연구
실로 갖고 오라는 것이었다. 그 쌀쌀맞던 김 선생님께서 시작품 한
번 보자고 한다니 내 인생에서는 역사적인 사건이 아닐 수 없었다.
그렇게 어둡던 대학 시절은 가난과 저항 그리고 문학과 술과 사랑
이 뒤범벅이 되어 저물어 갔다.

나의 대학 시절은 공허와 허무밖에 없었다. 배운 것도, 아름
다운 지적 충만감도 느낄 수 없이 암울하고 답답한 군사독재 기간
에 대부분 위수령 등의 비상발동으로 수업을 거의 받지 못하고 리
포트로 학점을 채웠다. 다만 내가 김춘수 선생님으로부터 시인으
로 추천을 받은 일과 지금의 내 아내인 이정옥 후배와 오랜 기간
서로 깊이 생각하는 인연을 맺은 매우 중요한 결실만 남아 있다.

대학 시절에 친했던 박진형(교사), 이학주(교수) 그리고 박대
한(치과의사), 이찬태(사업) 등 친구들의 우정도 침묵한 추억의 숲속
에서 불어오는 바람에 일렁거리고 있을 뿐이다. 그러나 가끔 그리
울 때가 있다. 백동전 하나로 학교까지 왕복하는 차비를 하고 점심
라면 한 그릇을 사 먹을 수 있는 시절이었다. 혹시 중앙통 향촌동

골목에서 막걸리를 마실 건수가 생기면 호주머니에 손을 깊이 넣고 대명동 집까지 걸어와야 했다. 그렇게 얻어먹는 것도 한계가 있었다. 나는 친구들에게 보답할 경제적 여유가 너무 없었기 때문에 아르바이트를 시작했다.

「김춘수」

하늘에서 보내온 탐미주의자
김춘수
이름 모를 도공이 빚은
달 항아리
대여가 쓴 계수(桂樹)나무
한 나무
나뭇가지가 바람에 일렁이고
빛의 음영에 따라
세월의 건너편 그리움
고요히 흩어져
잔잔한 물결이 밀려온다
꽃망울 넘쳐나게 터지는 봄날
달 항아리로 날아든 새 한 마리
가느다란 발가락이
가늘게 떨린다
가버린 세월이 안타까워
하얗게 빛이 바랜

『오르간』 시집에서

최근 나는 시간이 나면 가끔 시내에 있는 봉산동 문화예술 거리를 나다닌다. 이 화랑, 저 화랑을 기웃거리며 화가들의 그림을 감상하기 위해서이다. 아직 그림을 충분하게 감상할 정도의 안목이나 식견도 없지만 그냥 그림을 보면 즐겁기 때문이다.

얼마 전에 포항에 갔다. 대구에서 출퇴근하는 일이 너무나 힘이 들어 하는 아내를 위해 그가 근무하는 Y대학교 앞 위덕삼성타운에 아파트 한 채를 구입하였기에 함께 백화점에 들러 간단한 살림 몇 가지를 구입한 뒤 화랑에 들렀다. 그런데 이수동이라는 화가의 그림 전시회가 열리고 있었다.

그런데 그 전시장에 걸린 그림들은 모두 나에게로 와서 소곤소곤 얘기를 하는 것이었다. "어! 그림이 나한테 다가와서 이야기를 나누네." 가만히 살펴보니까 이수동 화가의 그림은 사람들의 이야기와 시(詩)를 동화같이 맑고 투명한 채색으로 묻혀 그린 그림이었다. 잘 생긴 미남형의 화가 이수동을 만나 보니 수줍어하는 모양이 마치 순진한 아이 같았다.

그의 그림 가운데 '시인(詩人)의 담배연기'라는 부제가 달린 그림 한 점을 구입하였다. 그 그림은 지금도 내 방 침대머리를 지키며 늘 나를 내려다보고 있다. 그림의 내용은 외롭고 쓸쓸하면서도 외롭거나 쓸쓸하지 않고 단조로울 것 같으면서도 단조롭지 않는 이상한 균형미를 지니고 있다. 기울어진 것 같기도 하면서 기울어지지 않은 우리 삶의 양면성의 세계를 이수동의 그림에서 발견할 수 있다. 그리고 그는 늘 사물을 진지하게 바라보는 리얼리스트였다. 해와 달보다 사람을 적게 그릴 줄 아는 눈높이를 가진 화가였다. 그래서 나는 그를 좋아하게 되었다.

"그림 그리는 이수동에게"라는 부제가 달린 나의 시 「시인의 담배연기」는 그 후 화가 이수동의 그림과 함께 2000년 5월호『미술세계(美術世界)』에 발표하였다.

「시인의 담배연기」

포항에서 우연하게 만난
그는 리얼리스트 화가이다
그의 그림에 등장하는 사람은
외소하고 또 조그마하다
그는 늘
이 세상의 사물을 바라다보는
눈높이는 늘 땅바닥에서다
나무가 있고 달이 있고 구름이 있고
사람이 있다

그는 달을 항상 사람보다 크게 그리며
나무를 사람보다 크게 그리고
구름을 사람보다 크게 그리는
참으로 속일 줄 모르는
진실한 리얼리스트이다

시인의 담배 연기에
시인의 고독과 외로움을
채색으로 묻혀 그려 낼 줄 아는

오래된 불빛

이 시대에 보기 드문
참으로 솔직한 리얼리스트이다

참 오랜만에 내 눈의 착시 현상을
교정해 준
포항에서 우연히 만난
그림 그리는 사내이다

2000년 5월호 『미술세계』

힘들면서도 힘들어하지 않는 여유를 갖고 살아가는 그림쟁이 이수동의 미래가 한 시인의 눈에는 큰 바다처럼 늘 출렁거리는 모습으로 바라다 보인다. 정성스럽게 손수 조각칼로 그림을 새긴 담배케이스 선물과 그의 어머님이 직접 짰다는 도장주머니를 선물로 주었다. 나는 지금껏 그것을 사용하지 않고 곱게 보관하고 있다. 그와 나의 사랑이 식을 때까지. 언제가 내 자화상 그림을 이수동에게 부탁하여 간직하고 싶다.

나에게 또 한 사람의 소중한 그림쟁이가 있다. 15년 전쯤 우연하게 알게 된 김근태라는 언더그라운드에서 작업하는 환쟁이다. 깊어 가는 어느 겨울날 김근태에게서 전화가 왔다. 돈 3만 원 좀 빌려 달라는 요청이었다. 약속장소에 나가니 커다란 그림 액자를 하나 주었다. 그 그림의 이름을 나는 「기둥 사이에 끼여 있는 달과 오골계」라 짓고 '–김근태에게'라는 부제를 달아서 지은 시는 다음과 같다.

「기둥 사이에 끼여 있는 달과 오골계」

나이 사십이 다 되도록 닭털같이 털어 내도 아무 것도 없는 스몰 군복에 길든 가난으로 밤이 되면 뒷산 털어 군불 대고 굴뚝으로 스멀스멀기어 나오는 연기를 몰아 낙엽지게 하고 빈 가지 떨듯 그는 자주 울었다

번개처럼 대구에 나타나는 날이면 건천에 떠오른 달을 몰고 와 내집 기둥 사이에 꽂아 두고 손등, 발등에 소복이 내려앉는 어둠을 털어 내고 뜬눈으로 몇 밤을 보냈다 그는 내 터지지 않은 목청을 조율해 주고 서리 걷히듯 대구를 떠나가 버렸다 이젠 그를 만나 산에 올라 오골계 날개 털듯이 머리에 낀 비듬을 털어 함께 눈을 맞아야겠다

『낭만시 동인』 1집

그림 그리는 김근태는 때로는 현학적으로 아는 체하기 때문에 미울 때도 많지만 사람 냄새가 짙게 풍기기 때문에 나는 그를 좋아한다. 우리는 그동안 추억 어린 숱한 이야깃거리를 공유하고 있다. 얼마 전 그의 연합 전시회가 끝나는 날 우리의 약속이 어긋났기 때문에 나는 술에 취해 실컷 욕지거리를 날린 적도 있다. 그러나 그는 내가 진심으로 욕을 하지 않았음을 간파하고 있기 때문에 아무 일 없었던 듯이 다시 만나면서 우리의 우정 어린 추억을 이어 가고 있다.

아마 올해 첫눈이 펄펄 날리는 저녁 무렵 그는 경주에 있는 단석산(斷石山) 중허리에 있는 오두막 방문을 활짝 열고는 흰 눈에 함께 묻히는 꿈을 꾸고 있으리라…. 올 겨울 그가 좀 따뜻하게 살아 주었으면 하는 바람을 가져 본다.

2003년 봄 동경대학에서 공부하러 간 사이에 그가 세상을 떠

났다는 부음을 자주 다니던 맥주집 아가씨로부터 전해 들었다. 나의 70년대의 추억은 백지에 쓴 부음처럼 흔적을 남기지 않고 세월 속에 묻혔다.

한국정신문화연구원 시절

1979년 가을에 대학원을 졸업하고 한국학중앙연구원(구 한국정신문화연구원)에 방언조사연구원으로 첫 일자리에 발을 놓았다. 한국학중앙연구원에서 방언조사 연구 과제를 수행하기 연수를 받고 있을 때 곽충구(郭忠求)(서강대 명예교수) 형과 지금은 고인이 된 정인상(鄭仁祥, 전 충북대 교수)이 점심을 먹고 사무실로 돌아온 뒤에 심심풀이 팔씨름이 붙었다. 그 곁에서 나와 김창섭(金倉燮, 서울대 교수), 이승재(李丞宰, 서울대 교수), 한영균(韓永均, 연세대 교수)은 다함께 열띤 응원을 하고 있는데 갑자기 "억" 소리를 지르는 충구 형의 팔이 부러진 것이다. 곁에 있던 우리는 당황해서 차를 빌려 타고 한남동 순천향대병원으로 달려갔다. 충구 형은 깁스를 하고 입원을 하였다. 며칠 동안 충구 형 곁에서 간병을 하면서 만화책 독서에 열을 올린 적도 있었다. 그때 충구 형의 인간다움 그리고 사람에 대한 겸손함과 상대에게 충만한 배려를 하는 모습에 감동을 받았다. 더군다나 경기도 성남 운중동에 자리 잡고 있는 한국학중앙연구원 기숙사인 청계관에서 충구 형과 나는 3년 가까이 같은 방을 사용했기 때문에 서로의 사소한 버릇이나 생각의 틀까지도 서로 인지할 수 있었을 만큼 가까웠다.

충구 형은 늘 나이 많은 형답게 여러 가지 배려해 주고 모르는 것은 친절하게 가르쳐 주기도 하였다. 그런 어느 날 연구원 뒷산에 있는 밤을 장난 삼아 따 먹는 것을 누구인가 경비실에 고해

바쳐 그 다음날 행정부서 책임자로부터 문책을 당한 적도 있었다.

충남 아산 출신인 충구 형의 집안은 초등학교 교사이셨던 소박한 아버지와 전형적인 한국의 엄마 그리고 그의 남동생, 여동생 모두 명문대인 S대학을 나온 수재 집안이었다. 얼마 전에 충구 형의 부친이 돌아가신 날 아산병원에 문상을 가니 형제들이 다 모였다. 당시 여고생이었던 여동생은 서울대를 나와 그 병원의 의사와 결혼하여 단란하게 살고 있다는 다소곳한 모습을 보니 옛일이 새삼 그리웠다. 세월이 무척 빠르다는 생각이 들었다.

박정희 대통령이 저격되고 최규하 대통령이 취임한 지 며칠 되지 않을 때다. 경기도 가평 부근에 무슨 댐 완공 기념행사가 있었던 모양인데 마침 나는 가평 방면에 방언조사 예비연습으로 출장을 가 있었다. 그런데 이게 웬일인가? 어느 초등학교 부근에 있는 민가에서 한창 방언조사를 하고 있는데 완전무장을 한 군경 합동 조사단이 나를 체포하러 온 것이 아닌가? 아마 간첩신고가 들어간 모양이었다. 녹음기를 들고 뭐 시시콜콜한(다 알고 있는) 방언을 조사하는 꼴이 십상 어린아이들 눈에는 남파된 간첩으로 비친 것이다. 인근 군부대로 끌려가서 몇 시간 대기하다가 조사를 받고 풀려난 것이다.

시간이 흘러 충구 형 팔도 다 낫고 전국에 뿔뿔이 흩어져 조사를 하던 동료들이 다 한자리에 모였다. 당시 방언조사를 총괄하던 서울대 이병근 교수님이 서울 시내로 우리를 데리고 나가서는 저녁과 술을 거창하게 사주셨다. 항상 온화한 모습으로 그 자리에서 "이 군, 내가 욕을 할 수 있게 논문 잘 써"라고 하시던 모습, 내내 나의 영상에 남아 있다. 그런데 사실 한 번도 이 교수님의 그때 나에게 내린 그 지시 사항을 이행한 적이 없어 늘 미안하게 생각하고 있다. 욕을 얻어먹어야 하는데…. 이 교수님은 한국학중앙연구원 방언조사원 시절에 만난 참으로 훌륭한 분이었다. 늘 싱긋 웃으시는 그 모습은 한편으로는 따뜻하면서 다른 한편으로는 냉철한 직관력 같은 이성의 눈빛을 함께 지닌 분으로 기억된다. 훗날 나에게는 아무 말씀 없이 울산대학교 교수로 갈 수 있도록 배려해 주신 분이다. 그분의 고마움을 알면서도 한 번도 그 고마운 마음을 표현해 보지 못했다. 언젠가는 몰아쳐서 인사드리겠노라 변명하면서….

바로 그날 술에 취한 우리 동료 일행 모두를 여의도에 있는 선생님 아파트로 데리고 갔다. 그날 이 교수님은 너무나 유명한 화가 장욱진(張旭鎭) 화백의 사위였음을 알았다. 선생님은 장 화백에 얽힌 신화 같은 이야기를 들려주셨다.

아단산성(阿旦山城)(Ⅱ)
─장욱진 화백에게 드림

까치가 우는 아침
달이 떠오르고
하늘에서
오신다.
안개 속, 아이들 집을 나와
자유(自由)로와 진다.
온 세상 아이들
아침 까치 소리 들으며,
하늘로 간 뒤

아침은 다시

햇살되어 다가온다.

『종이나발, 1984』

장 화백이 서울대 미대 교수 시절 과음으로 병을 얻어 대학병원에 입원을 하셨는데 어느 날 입원실에 계시던 장 화백이 사라진 것이다. 그래서 온 식구가 선생님을 찾아 나섰는데 저녁 무렵 병원 부근 어느 대폿집에서 술을 마시고 계실 정도였다고 한다. 장 화백은 답답해서 도저히 병원에 못 있겠다고 하셔서 결국 퇴원하였더니 병이 다 나았다고 한다.

창작을 위해 자유분방함과 열림의 공간에 자유롭게 유영하는 한 마리의 새가 된 장 화백의 그림 공간의 여백에는 까치, 아이들 그리고 달이나 태양이라는 자연이 자연스러운 배치로 구도의 균형을 유지하고 있다. 이병근 선생님을 알게 된 연후에 나는 열렬한 장 화백의 팬이 된 것이다. 그 후 내 주변에는 그림 그리는 친구가 많이 생겨났으며 그들을 소재로 몇 편의 시를 쓰기도 하였다.

그 무렵 5.18민주화운동이 시작되던 날 이화여대에서 전국대학교 총학생회장단 회의장으로 군경이 난입하면서 이튿날 5.18 민주화운동이 불길처럼 번져 나갔다. 당시 청계관에서는 이상하게도 북쪽 TV가 방송되었는데 생생한 육성이 담긴 광주 현지의 피 끓는 민중 투쟁의 목소리를 들을 수 있었다. 아직도 선명하게 지워지지 않는 화상이의 잔영이 내 동공에 남아 있는 듯하다. 여대생인 듯한 학생이 치마가 다 들려 올라가고 속옷이 피범벅이 된 채 무장 군인이 두 다리를 하나씩 쥐고 끌고 가는 모습이었다.

전두환 정부가 이끄는 군의 총탄이 시민을 향하고 언론은 통제되고 광주 일대는 계엄령이 발효되면서 접근이 차단되었다. 슬픈 한 시대의 서막이 열렸다. 이승재 교수의 고향이 전라도이다. 그래서인지 사상자 명단이 보도되면 귀를 기울여 텔레비전 화면을 바라보며 함께 울분을 토했다.

이 무렵 나와 고등학교 앞뒷자리에 앉았던 친구 최삼조가 공군사관학교를 나와 성남 세곡 신촌리 헬리콥터조종사로 있었다. 5.18민주화운동이 시작되면서 광주로 헬리콥터를 타고 드나들었다. 아마 그 당시 대위 계급이었던 같은데 세월이 지나서 그는 대령으로 명퇴를 하여 지금은 캐나다에 이민을 떠났다. 가끔 전화를 하여 나라의 앞날을 걱정하는 전화통화를 무려 한 시간 이상을 하기도 한다. 나라의 안정을 취하기 위해 출동한 군인이 도리어 역적이 되어 있는 한국의 현실에 대한 불만이 가득 담겨 있는 듯하다.

그 혼돈의 시간, 이성 이전의 혼돈으로 얽혀져 온 어둠은 새로운 세기로 이어져 왔다. 그 한가운데 길을 잃고 살아온 내 젊음이 때로는 눈물에 젖을 때가 많았다. 아이들을 얻은 대신 부모님을 잃으며 종종 걸음으로 걸음을 옮겨왔다.

사랑하는 제자들

나는 1982년 울산대학교 전임교수로 강단에 서다가 그 이듬해에 경북대학교 인문대학 교수로 자리를 옮겼다. 학교를 옮기던 그 첫해 봄, 사회대학에서 강의를 하고 싱그러운 봄바람을 맞으며 연구실로 돌아오고 있었다. 거의 대부분의 학생들이 나이키다, 프로스펙스다 하는 유명 브랜드 신발을 신고 다니는 것이 유행이었던 때였다. 그런데 내 앞을 지나가던 바로 그 여학생은 시장바닥에서 파는 몇 천 원짜리 운동화를 신고 검소한 차림으로 걸어가고 있었다. 눈이 유난히 크고 빛이 났다.

「안경 쓴 얼굴」

손목을 잡으면 고요히 시간이 흐르고
허리를 안으면 바람이 일고
글라디올러스 꽃잎처럼 성장하는 순결
늘 세상은 작아 보인다지만
살아간다는 것이 커다랗게 바라다 보일
한 사람의 역사가 일렁거린다
연필을 입에 물고
시가 거품처럼 일어나는
작문 시간

교양국어 수업 시간에 작문을 하라고 한 뒤 글을 쓰는 아이들을 둘러보고 있었다. 얼굴이 아주 핼쑥하고 예쁜 안경을 낀 여학생의 모습이 눈에 들어왔다. 아마 이름이 한영순이라고 기억을 하는데 그 아이를 보고 그 자리에서 쓴 시이다. 이덕무가 말하는 영처(嬰妻)의 눈으로 바라본 세상이라고 할까?

울산에서 살 무렵 공기가 좋지 않은 탓이었는지 한여름에는 찬 콜라를 한 잔 마시기 힘들 만큼 편도선이 붓고 오한이 찾아오는 감기를 자주 앓았다. 거의 한 달에 몇 차례는 이비인후과 신세를 져야 했다. 그날 나는 다시 오한이 오고 편도선이 붓기 시작하는 감기 기운이 있었다. 이상하게도 그날 꿈에 그 여학생의 눈빛이 지워지지 않았다. 나중에 안 일이지만 그 여학생의 이름은 강승희였고 처용 극단에서 활동하는 여배우였으며 우리 학교 영문학과 4학년 학생이었다.

그해 가을이 되었을 무렵, 연구실로 올라오는 길목에서 그 학생을 만나게 되었다. 그 여학생의 강렬했던 눈빛과 약간 연극적이고 과장스러운 몸짓은 나뿐만 아니라 주위 사람의 시선을 끌 만큼 신선했다는 기억이 난다. 그 학생이 출연하는 연극제에 몇 차례 가서 구석자리에 앉아 연극을 감상하기도 하였으며 가끔 예상을 뒤엎는 광기 어린 몸짓에 몹시 당황하기도 했다. 그러나 그러한 감정은 매우 순수하고 아름다웠던 것 같다. 물론 사랑은 아니지만 그와 매우 비슷한 감정 때문에 매우 어색한 내 감정을 승희에게 감출 수가 없었던 때가 더러 있었던 것 같다.

그때 감정이 시 「개똥살구(Ⅰ)」로 이어지게 되었다.

「개똥살구(Ⅰ)」

가을을 베고 누워
두 개의 얼굴을 한 얼굴을 만난다.
내 눈 속에 가득 담긴
가을에 만난
개똥살구의 씨앗은
겨울 내내 편도선이 붓고 오한이 오는
아픔 되리라.
의미들은 자꾸 털갈이를 하지만
진한 보랏빛 열매씨방은
뇌리 깊숙이 주저앉아
밤 12시 좁은 골목길에 울고 서 있다.
낮은 목소리로 놓아주지 않을
나의 겨울을 달래며 잠들고 싶다.

『종이나팔』

그 이듬해 봄, 서울 어느 무역회사로 취직이 되어 떠나던 날
이었다. 고속터미널 부근 상가 주점에서 고향을 떠나는 아쉬움을
달래며 술에 흥건히 취하여 나에게 작별을 알리는 연락이 왔다.

한 해 겨울 동안 만나 주로 연극 이야기를 하거나 연극 구경
을 다니거나 술을 마셨던 일들이 추억으로 가라앉을 때까지 한동
안 허전했던 내 영혼은 밤 12시 도시의 시가지 좁은 골목길을 방
황하고 있었다. 「골목길」이라는 나의 시에 아이에 대한 깨끗하고
고운 흔적이 묻어 있다.

「골목길」

내 의식의 고귀한 만남이 있는
이 도시의 후미진 골목길을 가고 있다.
끝없는 운명의 통로,
그 길은 우리를 갈라 세워 놓고
무심히 그냥 흘러가는 강이다.
노바킹 약 기운이 내 몸 속에 퍼지고
배겨 낼 수 없는 설움이
낮은 목소리가 되어 퍼진다.
이 길을 가는
무심한 마을들을 만나러
어느 날 갑자기
이 도회지를 떠나 버리고 싶다.

『종이나발』 시집에서

희미하게 지워지지 않는 지난날의 영상들은 낮은 목소리가
되어 나를 놓아주지 않던 그해 겨울을 달래며 세월을 또 건너뛰었
다. 그 이듬해 나는 대학병원에서 편도선 절제 수술을 하고도 편도
염과 뒤섞였던 내 젊은 시절 짧았던 방황의 바람은 차츰 부끄럽고
또 쓸쓸하게 퇴색된 기억으로 잠들었다.

울산대학교에서 2003년 9월 경북대학교로 자리를 옮겼다.
경북대 국문과에 다니던 문학도이자 격렬했던 운동권 친구가 한
명, 내 기억에 또렷이 남아 있다. 한때 독일에 가서 공부하기도 했
던 경이라는 친구가 있다. 안동 출신으로 공부도 잘하고 또래보다

오래된 불빛

독서력도 매우 앞선 친구였다. 졸업한 뒤 교사생활도 그만 둔 채 방황하다가 독일로 떠났다. 경이는 문학이 예사롭게 쉬운 일이 아니라 혁명과 같이 격렬하고 숨 가쁜 투쟁이라고 믿고 있었다.

나에게 연작으로 쓴 편지 7통을 보낸 적이 있다. 그 편지의 내용이 지금도 가라앉지 않은 편도염처럼 온몸에 한기를 느끼게 하는, 그리고 내가 나를 향해 되돌아보는 신선한 바람이 되기도 한다.

경이가 나에게 보낸 편지글의 몇 대목은 다음과 같다.

선생님께

방안에 틀어박혀 있으면서 단식으로도, 책에 대한 집념으로도 지금의 '나'를 극복하고 싶었지만 정도 이상을 넘지 못했습니다. 그저 잊어버리고 체념의 밑바닥까지 나를 침전(沈澱)시켜 줄 잠마저도 일상 속으로 되돌아가는 수단이 되지 못했습니다.

『창작과비평』에 실린 대여섯 편의 논문과 내게 있는 몇 권의 책을 읽었습니다. 주로 제3세계, 전쟁, 혁명에 관한 것들이죠. 제3세계 나의 모순되고 부조리한 상황들, 전쟁의 무모함, 혁명의 허와 실들을 이렇게 멀리서 읽고 느끼면 우리는 아주 객관적인 감정으로 그것들을 느낄 수 있지만 당대의 현실이나 역사 속에 살았던 사람들도 과연 그랬을까요? 어차피 인간은 역사의 굴레를 벗어나지 못하고 현실의 그늘에서 빠져 나올 수가 없나 봅니다. 이것이 불완전한 인간의 한계를 특징지으려 함이 아니라 현실의 질곡에서 머물러 투쟁하기를 주저하지 않았던 사람들에게 보내는 '경의'일 겁니다. 엘리아스 카네티가 문학가란 시대를 초월해서 사는 것이 아니라 바로 이 시대의 더럽고 황폐한 밑바닥을 핥는 개가 되어야 한다는 말과 같이.

문학의 위대함. 저는 굳이 위대함이라는 말을 붙이고 싶지는 않아요. 문학이 택한 언어는 얼마나 치졸하고, 개인적이고, 폭력적으로 사용됐나요?

더러운 하수구나 예사롭지만은 않아 오히려 구겨진 농촌의 전원이 얼마나 아름답게 은폐됐나요. 마치 언어로서 세상을 꾸미고, 단죄하고 강요한 뒤 이제는 끝났다는 식으로 뒤돌아 잠을 자는 우리가 아니었는지요.

선생님의 시(詩)는 지나치게 순간적인 현상과 과도하게 매끄럽고 섬세한 언어 탓으로 본질은 가려져 있습니다. 언어가 무관심을 나타냈다면 그 시는 무관심한 상황의 표현에 넘어서 무관심에 대한 어떤 대안들(=생각들)을 불러일으킬 수 있어야 한다고 생각합니다. 역설의 논리죠. 처참하고 시뻘건 피, 완전한 절망을 보여 준 시라도 우리는 그 시를 읽고 그 절망을 이해하기보다는 그러한 절망과 퇴폐함을 자각하고 일어서야겠다는 의지를 가질 수도 있다는 얘깁니다. 지금까지 많은 시인이 고통 속에서 그 일을 해냈습니다. '나' 자신을 생각해 봅니다.

나의 시들은 나로 포함하지 않는 허구의 세계였고 현실 속에 있는 세계가 아니라 그러리라고 편한 대로 믿었던 세계들이었습니다. 나의 열등의식을 감추기 위한 대안이기도 했고요. 언제나 당당하게 나의 오만함을 외치고 다닌 것은 실제로 나를 대하는 사람들이 나에게서 느끼는 실망감과 비난에 대한 책임을 미리부터 피하기 위한 과잉방어였습니다. 나는 가난했고 가난한 이들과 함께 있고자 했지만 마음과 몸은 늘 그 반대의 사람에 대한 동경과 동일시로 나아가고 있었습니다. 실로 내가 조작한 갈등이요, 문제임이 분명한데 이제부터는 어떻게 도움을 받기보다 도움을 주는 시혜적 지식인의 우상들이 머릿속에 꽉 차 있습니다.

프란츠 파농이 말하듯 혁명을 통해서만 인간이 새로워질 수 있다는 건 사실인지도 모릅니다. 개인이 아닌 집단 속에서 소외가 아닌 대의로 나아가는 것. 그렇다면 대의는 과연 무엇이며 나의 실천적 방향은 어느

오래된 불빛

쪽이 바람직할까. 나는 올바르게 인식할 수 있고 진정으로 용기 있는 자 될 수 있을까. 수많은 난제가 가슴을 짓누르고 나의 무기력함에 대한 또 새로운 현실에 눈물이 날 지경입니다.

1989년 5월 4일

기존의 가치가 아닌 새로운 가치로 이 세상을 변혁시키기 위해서는 통용되는 일상의 수단과 방법으로서는 불가능하다. 그 불가능함으로 깨닫고 있는 자신의 무기력함 때문에 아직 눈물을 흘리고 있을 너를 아직도 나는 생각하고 있다.

어느 수업이 있던 날 나는 안경을 쓴 경이가 종잇장이 뚫어지도록 미동도 없이 책을 읽고 있는 모습을 물끄러미 바라보면서 금방 한 편의 시를 썼다. 그토록 투명하고 아름다운 내 아이와 같이 착하고 예쁜 모습. 시간은 그렇게 말없이 흘러갔다. 그리고 지금은 어디에 살고 있는지 연락이 두절된 제자가 보내온 편지와 시이다. 한 번쯤 보고 싶지만 연락이 닿지 않고 있다.

선생님 안녕하세요.

날씨가 많이 쌀쌀해지면서 주위에 아픈 사람들이 어느 계절보다 많은 것 같습니다. 건강하신지요?

정신없이 대구를 떠나온 지 두 달이 다 된 듯합니다. 그러나 어느새 이곳 죽변 사람이 되어 버렸습니다. 바로 옆에 꿈틀거리는 바다를 무심히 지나치는 날이 많아진 후 감정이 하루가 다르게 응고되고 있으며 시를 대할 수 있는 시간이 별로 없습니다. 일상 속에 함께 묻혀 가는가 봅니다.

학교 일을 열심히 하지도 못하면서 시적인 것을 잃어 가는 맘속에는 늘 불만이 가득합니다. 인내하고 게으르지 않은 시와의 대면이 진실과 따스함을 나타낼 것인데 제 내면은 참으로 부끄러운 나날만 계속되고 있습니다.

처음 여기 와서 쓴 부족한 시 한 편을 보여 드립니다.

이 시 이후로는 제대로 쓰지 못하고 있는 형편입니다.

언제 선생님을 뵙게 될 때 많은 채찍질 부탁드립니다.

그리고 시를 이야기할 사람이 없는 이 오지에서 선생님께 부끄러운 마음 한쪽을 보여드릴 수 있음을 감사드립니다.

꽃과 관(棺)

새벽에 죽변 바닷가 봉개에 나가 보라
어느 먼 나라로 떠나간 남편을 기다리는 무덤들이
태양을 향해 푸른 젖가슴을 내밀고 있다.
옆에는 달맞이꽃이 어둠을 흔들다 지쳐 있고
해바라기는 붉은 기운 쪽으로 자기를 맡기고 있다.
태양을 향해 타들어 가기 시작하는 그 사랑은
가죽만 남은 노모의 젖가슴을 만진다
젊은 아내의 탱탱한 가슴에 손을 얹던 지아비의 혼령이다
두엄더미 썩어 가는 순간에도 흘러내리던 뜨거움이
한 해가 끝으로 내려앉을 때 모래 속으로 스며서는 돌아오지 않는
짜디짠 그리움이다
뿌연 해변엔 동에서 서로 남으로 큰 입을 벌린 백골이
바다 가까이 가는 발목을 잡아당긴다
우리 집으로 돌아오는 장터에는 장의사 영감이

매일 검은 관에 대못을 박아댄다

우리의 이별이 우리 사는 세상을 어둡게 할지라도

죽변 장터 장의사 영감 주름손만큼은 두렵지 않으리라

하나가 완성될 때마다 봉개 언덕에 늦은 그리움이 올라와

해바라기 낯에 까맣게 박혀도

밤에는 달맞이꽃이 피고 영감은 바다가 봉개에 일출이 장관이라 한다

다만 어제 보았던 어느 부부의 기억이 우리 삶을 비출 뿐

정녕 어떤 빛도 우리의 헤어짐에 대해 말이 없다

한번은 태양처럼 사랑을 하고 바다가 보이는 언덕에

노란꽃 피는 묫인데

이승의 어디에도 우리의 생이 획을 긋지 못하고 헤맴은

죽변 장의사 영감 손이 장꾼과 마주 잡는 안색 때문이리라.

1989년 10월 25일

경북 울진군 죽변면 죽변종고 순 드림

내 사랑하는 연구실 제자들

대학원을 졸업하고 3년 동안 한국정신문화연구원(한국학중앙연구원)에서 방언 조사를 다녔다. 경상북도 23개 시군 부를 다니면서 한 지점에 열흘에서 보름 정도 시골 할아버지와 방언 조사를 다니는 일이란 보통 어려운 일이 아니었다. 그러나 그 기간에 경상북도 방언 자료집을 편찬할 수 있는 기초 자료를 수집한 일은 여간한 일이 아니었다.

그 후 울산대학교 국어국문학과에 전임으로 와서 2년 동안 그 대학의 1회에서 2회까지 학생들을 가르쳤다. 기억에 남아 있는 박수동(울산대 사무국장) 군과는 몇 해 전에 만나 보기도 했다. 기억은 희미하지만 울산 남구구청장을 지낸 제자와 또 경향신문사에서 신문기자를 하는 제자들이 기억이 남아 있다.

그 이듬해 경북대학교로 자리를 옮겼다. 부임 첫해에 82학번 지도교수를 맡았는데 당시 졸업 정원제를 시행하였기 때문에 한 학년 정원이 120명이나 되었다. 그러나 첫해에 지도를 맡았던 학생들 가운데 이호영(안동 MBC 기자), 이인숙(주부), 우미란(대학원), 박정(주부), 장사순(교사) 등의 제자들이 기억에 또렷하게 남아 있다. 학부 제자들은 아마 400여 명이 넘을 것 같다.

대학원 제자들로 내 연구실을 중심으로 김덕호(경북대), 김무식(경성대), 민영란(산동대), 김경숙(경북대 강사), 조정아(한국학중앙연구원), 안귀남(상지대), 다키구치 게이코(계명문화대), 홍귀옥(위덕대),

천명희(안동대 강사), 이현주(국립국어원 학예관), 짱짠(웨이팡대학) 교수를 비롯하여 강이경, 왕민, 강혜미, 한송이 들의 박사급 제자들을 배출하였다. 그 외 전공은 다르지만 내가 대학교수를 이끈 전재강(동양대), 권오경(경성대), 등이 있다. 현재 10여 명이 넘는 현직 교수와 그리고 7명의 강사와 연구생을 배출하였다. 그들이 모두 열심히 공부하고 있는 모습들이 대견키도 하면서 자랑스럽다. 이번 정년퇴임을 앞둔 시점에서『한국의 방언 풍경』이라는 언어지도첩 제작을 함께 진행하고 있으며 얼마 전에는『방언학 연습과 실제』(한국문화사, 2018)라는 책을 공저로 출판하기도 하였다.

대학교수가 정년을 해야 할 무렵, 그동안 농사를 얼마나 잘 지었는지는 제자들의 활동상황으로서 평가될 수 있을 것이다. 방언학 분야의 많은 제자를 키워낸 것은 솔직히 자랑스럽다. 앞으로 그들 모두 학문의 발전을 기대하면서 지켜볼 것이다.

멋있는 주례

1980년대 경북대 운동권 학생이던 박정렬과의 만남은 잊을 수 없는 인연의 일부이다. 2000년 4월 23일 낮 12시 서초구 지방법원 예식장에서 그를 위해 결혼 주례를 맡았다. 그리고 그와의 인연을 글로 써서 『경북대학교신문사』에 투고했던 글이다.

"1994년 어머님이 돌아가셨다. 나도 이제 벼랑의 가장자리로 몰려선 느낌이 들었다. 슬픔도, 아쉬움도 잘 알지 못하고 그냥 멍멍하게 세월을 비켜서 내달려 왔었다. 그 무렵 대학본부에서 제3기 한총련 출범식을 경북대학교에서 개최하게 되어 있어서 각별하게 운동권 학생을 잘 지도할 수 있는 학생부처장으로 내가 차출되었다. 학생부처장이라는 직함으로 전국에서 모여드는 한총련 제3기 출범식 장소로 경북대학교로 지정된 2개월 전에 취임하였다.

마침 그해 대구 상인동 지하철 폭발사고가 나서 많은 어린 학생들 다수가 희생되어서 대구 분위기는 매우 심각한 상황이었다. 여기에 전국에서 몰려든 운동권 학생들의 시위와, 집회 특히 미 팔군 주변에 인간 띠 두르기 행사를 강행하겠다는 학생회 측과 국가정보원과 검경에서는 완강히 이를 거부하는 틈바구니 사이에 대학은 매우 곤혹스러울 수밖에 없었다. 그리고 당시 매우 예민했던 사항으로 인공기의 출현이나 모의 단군릉을 설치하는 경우 경찰은 헬기를 투입해 강압적으로 진압한다는 통보를 받았다.

그때 나는 경북대학교 총학생회 총무부장인 박정렬을 만나 학생들 지도의 창구로 삼았다. 들어줄 만한 것을 들어주고 안 되는 일은 적극 반대를 하면서 화염병 하나 없는 제3기 한총련출범식을 마쳤다. 그 후 정렬이는 도서관에 틀어박혀 검찰직 공무원 시험을 준비하여 그 이듬해 합격하여 서울 서초동 서울 지방검찰청으로 발령받았다. 그리고 얼마 후 나를 찾아와 결혼식 주례를 부탁했다.

세월이 무너지듯이 빨리 지나가는 것 같다. 며칠 전 경북대학교 인문대 학생회장과 총학생회 부회장을 지냈던 박정렬 군이 봄빛에 물든 분홍색 원피스를 깨끗하게 입은 고창 아가씨와 함께 연구실을 찾아왔다. 4월 23일 결혼식이 있으니 주례를 맡아 달라는 부탁 인사차 방문한 것이다.

마침 바로 전 주일날 나는 전라도 고창을 거쳐 충남 변산반도를 돌아오며 짭조름한 젓갈 두 통을 사온 다음 날이었다. 전라도와 경상도가 아직 눈에 띌 정도로 문화적 이질성이 있음을 직감할 수 있었다. 나는 아내와 함께 전라도 쪽으로 하루걸이 자동차 여행을 했던 것이다. 여행의 목적처럼 전라도 경계선을 들어서자 낯설게 눈에 들어오는 것은 다름 아닌 무덤 모습이었다.

이곳 경상도에서는 무덤이 마치 머리에 기계충이 옮은 것처럼 산중턱과 산허리 여기저기 빠꼼빠꼼하게 뚫려 있다. 그러나 광주에서 정읍을 거쳐 김제로 향하는 가도, 여기저기 논밭 한가운데 정갈하게 볼록볼록하게 자리 잡고 있는 무덤 모습은 마치 바람 많고 돌 많은 제주도의 들판에 있는 무덤과 흡사한 모습이었다. 경상도에서는 부모가 돌아가시면 아무리 물려받은 산자락이 없어도 공동묘지에라도 가서 산소를 모시는 극진함이 있으나 한 번 묻어 놓은 뒤에는 영영 다시 찾지 않는 이도 많으리라. 그러나 전라도 쪽에서는 원래 산이 적어서도 그렇지만 내가 일구던 채소밭 양지 바른 한쪽에 부모를 모신다. 그러니 풀을 매다가도 산소에 잡풀이 나면 솎아 내고 다듬지 않을 수 없는 것이다. 이러한 세월이 흘렀으니 생과 사에 대한 생각인들 동과 서가 얼마나 다르게 변했을까?

전라도 사람들은 일상적 생업 곧 농사를 짓는 일도 들판 한가운데 부모님 무덤과 함께하며 일하다가도 무덤 속 부모님과 대화도 나누고 화나는 일상의 일도 고백하니 생사가 멀리 있는 것이 아니라 일상 속에 더불어 있는 것이 아닌가? 이러한 생사 간 차이는 그곳의 민속에서도 명백하게 드러난다. 곧 전라도 쪽 사람들은 부모님들의 초상에서도 진오기굿판이 벌어지고 한쪽 구석에서는 풍물을 치고 웃고 즐긴다. 곧 생과 사가 멀리 있는 것이 아니라 윤회하고 여기서 저기로 자리를 옮기는 것에 불과하다는 이치를 터득하고 있는 것이리라.

여하튼 이처럼 분묘가 늘어난다면 50년 내에 우리 국토의 산하는 온통 분묘로 뒤덮일 일은 명백한 이치이리라. 이러한 사실을 알았다면 그렇지 않도록 변화를 만들어야 할 터인데 국가적 개혁은 감히 꿈도 꿀 수 없는 형편이라 나 자신과 가족만이라도 시신 기증을 통해 실천해야겠다고 결심한 것이다.

그 이튿날 바로 전라도 고창 출신 미모의 전주 이씨 가문 규수와 순천 박씨 가문 박정렬 낭군이 혼례를 하겠다며 찾아와 주례를 부탁하니 이 또한 생의 윤전(輪轉)이 아니고 또 무엇이겠는가?

마침 동서화합이 현대사에서 해결되어야 할 정치적 화두가 되어 있는 시점에 동쪽 낭군과 서쪽 규수가 혼례를 한다니 더욱 반가운 일이라, 이 두 젊은 예비부부를 격려하기 위해 내 마음의 표시를 하려고 했다. 갑자기 대학 선생 연구실에 무엇이 있는지 곰곰이 생각하던 차에 오랜 친구이자 그림 그리는 환쟁이 친구가 나에게 써 준 김남주 시인의 "시인이여"라는 시 액자를 그들에게 아무런 아까움 없이 결혼 선물로 준 것이다. 그들을 위해 4월 23일 서초구 예식장으로 시간을 맞추어 가겠노라는 약속과 함께 그들을 서울로 떠나 보내었다.

아마도 1992년으로 기억된다. 바로 박정렬 군이 인문대 학생회장을 지낼 무렵 나는 이들의 시위와 데모를 소위 개도(?)하는 자리인 학생과장을 맡고 있었다. 그런데 어느 날 인문대 학생회는 새벽녘에 경찰이 투입되어 쑥밭이 되고 몇몇 잔류 학생들이 북부서로 연행되었다. 그 전날 미군기지 철수를 외치며 야간 시위를 하던 박정렬 군과 임현수 군 등 20여 명이 수성서로 연행되고 그 가운데 박 군과 임 군 등 3~4명에게 구속영장이 집행되었던 것이다.

그 후 나는 화원교도소에 몇 차례 특면을 가고 사식 차입금으로 돈 몇 만 원을 남겨 두고 돌아왔으나 못내 찜찜하기 짝이 없었다. 그래서 내가 읽었던 책을 모으고 수업시간에 학생들에게 헌책을 수집하여 화원교도소 도서실로 책을 보내는 일로 이들 내 제자들에게 미안한 마음의 빚을 갚으려는 수작도 부려본 적이 있었다. 박군은 그 후 다시 한 차례 더 구속되었던 것으로 기억하고 있다. 그런데 박 군이 나에게 주례를 부탁하러 와서 절대로 감방에 갔다는 이야기는 하지 말아 달라는 주문이 있었다. 그래서 나는 아주 우회적으로 주례사에서 박 군이 10년 가까이 학교를 다녔노라는 얘기를 하며 대구에서 새벽차로 올라 온 많은 운동권 선배 동료나 후배들을 한바탕 웃겼던 것이다.

물론 내가 다니던 1970년대의 대학 운동은 연계나 연대라는 것은 상상도 하지 못하는 살벌한 시기였다. 내가 1995년 학생부처장이라는 대학본부 보직을 맡게 되었을 때다. 내가 대학시절 데모를 열심히 했던 사실을 잘 알고 계시던 자연대 지질과 이재영 선배 교수가 나를 보면서 데모꾼이 데모를 막아야 하니 참 아이러니가 아니냐고 웃으며 물으신 적이 있다.

학생부처장을 맡은 지 불과 한 달 만에 제3기 전국한총련출범식이 경북대학교에서 1995년 5월 7일에 열렸다. 약 6만여 명의 전국 대학생들이 모여들기 시작하였다. 문제는 한총련출범식 행사 중에 북쪽 대학과 팩스로 교류를 통해 축하 메시지 전달과 김일성 주체사상을 상징하는 조형물 건축(단군릉), 인공기 등장 유무 등의 소위 국가보안법에 저촉되는 일체의 행위에 대해서는 바로 경찰력이 투입될 것이라는 긴박한 국면이 이어 지고 있었다.

한총련 행사는 마치 블랙홀과 같은 모습이다. 한총련출범식 기획안을 파악해야 학생들과 경찰의 대치를 조정하고 문제를 풀어 줄 수 있는데 당시 이정호 학생회장은 도리어 학교 측을 불신하며 강경책으로 몰아갈 기세였다. 당시 30년 장기 집권의 본산인 대구는 소위 TK정서라는 묘한 언론 용어가 만들어져 있는 상황이라 자칫 학생운동의 거센 불길이 한총련출범식을 통해 재연될까 봐 여러 수사당국에서는 노심초사하고 있었던 것이다.

이 시절 나는 사무국장으로 업무를 총괄하는 박 군을 통해 특히 재정적인 문제는 투명하고 공개적으로 학생들에게까지 예결산을 공개해야 한다고 압박을 가했다. 그렇게 해야만 학생운동은 정당성을 확보할 수 있으며 앞으로도 우리나라 민주화운동을 위한 그동안의 희생이 헛되지 않는다는 점을 강조하였던 것이다. 그러면서 학생과 선생, 선생과 학생 사이지만 우리들 사이에는 미운 정 고운 정이 들었던 것이다.

그 이후 느닷없는 여정남, 이재문 비석 사건이 발생하였다.

오래된 불빛

당시 안전기획부에서 상이군경회를 통해 경북대학교 내에 있는 간첩(?)의 비석을 빼내지 않으면 총장실을 점거하겠노라는 통보와 함께 어느 날 새벽 백골단은 대형 굴착기를 몰고 교정으로 침투한 것이다. 그런데 사실 아직까지 이해가 되지 않는 사실은 나보다 박 군이 먼저 경찰이 학교에 침투할 것이라는 사실을 알고 있었던 것이다. 여하튼 서울 지역에는 인혁당 사건 같은 학생 사건과 관련된 많은 비석이 교내에 있음에도 불구하고 다른 지역에서는 별로 문제시되지 않는데도 유독 이 사건이 YS 정부 동안 우리 대학과 대구지역 대학에서 오랜 진통거리로 남게 되었다. 이에 따라 이정호, 곽동주 총학생회장들과 김종민 총학부회장 등이 다시 형무소로 향하게 되었던 것이다.

다시 PD, NL계열의 경쟁을 치르는 과정에서 교내 노조 문제가 터지고 박찬석 총장과 총무과장 그리고 나와 함께 노조탄압이라는 죄목으로 검찰에 피소 조사를 받는 운명에 처하기도 하였다. 복지관 운영의 공개화를 위한 학생시위 등의 진통을 거치며 1995년의 막이 내릴 무렵이었다.

한 달이 넘도록 총장실과 본관이 학생들의 점거로 학사행정이 미궁에 빠졌다. 그 이유와 원인은 1996년도와 당시는 매우 유사한 점이 많았다. 당시 등록금을 20% 이상 인상해야 했다. 그러나 19.3%에서 더는 인상이 불가능하다고 주장하는 학생들과 타결이 되지 않은 채 신입생 합격 고지 일자가 닥쳐 왔다. 그래서 19.6%로 고지서를 발부하자 학생들은 본관을 점거하였다. 이때 나는 학생부처장을 그만둘 각오로 학생회에 인상의 당위성을 설득했지만 당시 장윤영 신임 학생회장은 학교와 학생들의 기성회협의 운영체를 만들어 대화로 모든 일들을 타결하자는 조건으로 일이 매듭될 무렵이었다.

당시 교수협의에서는 어찌 학생들과 본관이 협의기구화를 만드는 데 문서로 합의할 수 있나. 이것은 중대한 교권 도전이라며 각 단과대학 교수협의회가 비상소집되어 총장 규탄 목소리가 높아 가고 있었다. 그 무렵 나는 학생부처장에서 물러났다. 당시 총학생회장 장윤영 군은 후일 사무국장을 맡은 것으로 알고 있다. 세월이 아무리 흘렀지만 세상 원리는 바뀌지 않는 법이라고 생각한다. 아무리 명분이 그럴듯하더라도 눈에 보이지 않는 많은 사람들의 인권이 침해된다면 이것은 분명 무엇인가 잘못되어 가고 있다는 사실을 인식할 때 비로소 학생 운동은 영속적으로 탄력성을 유지하는 살아 움직이는 운동이 될 것이라고 믿는다.

그동안의 민주화 과정에서 만들어진 제도적 장치, 예를 들면 기성회 예결산 편성 과정의 공정성을 입증할 수 있는 여러 가지 제도적, 절차적 과정을 이해하고 여기에서 무엇이 어떻게 보완되어야 할 것인지 같은 문제점을 얼마든지 대화로 풀어 갈 수 있는데도 불구하고 명분 없이 본관 점거를 너무 오래 끌고 가는 것이라고 판단했다.

아마 세월이 바뀌면 내가 박정렬 군과 만난 인연의 오라처럼 이 대학의 어느 교수와 학생회 어느 간부와의 인연이 이어져 가리라 믿는다.

새벽 관광버스로 올라온 운동권 거물들(?), 그 가운데는 일부 서울에 올라와 열심히 직장 생활을 하는 친구들의 모습, 반갑게 인사를 나누는 서초동 법원 뒤뜰의 나뭇잎은 더욱 푸르게 빛나고 있었다. "야 일마들! 대구 운동권 핵심들 마카 여 모였이끼네, 경찰 닭장차 오면 한 차 실어 가마 되겠네."라는 농담을 나누며 세월이

오래된 불빛

이처럼 변했구나 싶었다. 한때 경찰이나 검찰이 구금하려던 젊은 운동권 대학생들이 세월이 바뀌어 검찰청 안마당에서 결혼식을 올리고 또 축하하러 모였으니….

"경상도 청년과 전라도 처녀가 만났으니 이 얼마나 멋진 만 남입니까? 신부에게 부탁드리겠습니다. 신랑 박정렬을 집안에 너 무 가두어 놓으려고 하지 마세요. 더불어 살아가는 세상을 만들려 면 아직 할 일이 많을 겁니다. 늦게 다니더라도 용서해 주세요."라 는 주례를 하며 나는 신부를 바라보았다. 4월의 신록처럼 환하고 밝은 미소로 신랑 박 군을 쳐다보고 있었다.

세월이 몇 차례 훌쩍 건너뛰었다. 나는 이후 이념 논쟁에 자 유롭지 못하였다. 이념 서적을 끊임없이 탐독하기도 하였다. 그리 고 남북지역어조사사업과 남북겨레말큰사전사업 추진을 위해 평 양을 여러 차례 방문하기도 하였다. 역사의 진보적 변화라는 것이 무엇을 의미하는 것인지 아직 자신 있게 말할 수 없다. 다만 지나 간 불빛은 그립기도 하지만 미래의 햇불이 될 수도 있겠다는 짐작 은 비록 희미하긴 하지만 가능하다고 판단한다. 대학교수로서 한 평생 사랑했던 아이들이 어찌 이정도일까. 모두 하나같이 그리운 제자들이다.

식민과 6·25전쟁의 잔영, 나의 상상

내 의식의 가장 깊숙한 곳에 자리 잡고 있는 것은 체험하지 않았지만 마치 꿈과 같이 희미하게 내 의식을 지배하고 있는 6·25전쟁의 상흔(傷痕)이다. 정신과에서 진단을 위해 묻는 첫 물음인 동시에 프로이트의 『꿈의 분석』에 대한 첫 대답이기도 한 내 첫 꿈의 경험은 이렇게 시작된다. "경북 영천 고경면에 위치한 고경초등학교 가교사 건물에 전쟁에서 다친 숱한 후송 병사들이 치료를 받고 있다. 갑자기 사이렌이 울리고 검은 연기가 하늘을 치솟아 오르자 아수라장이 된다."

내 어린 영혼에 뿌리 깊게 박혀 있는 전쟁이라는 두려운 공포는 내가 성인이 될 때까지 곁을 떠나지 않고 늘 따라 다녔다. 이러한 전쟁 공포 속에 자라난 나의 모습은 「전쟁둥이」라는 시에서 이렇게 변주(變奏)되고 있었다.

「전쟁둥이」

무개차 군용 지프가
먼지바람 일으키고 지나칠 때
검게 익은 개멀구는 분이 피고
내 입 두덩은 늘 검게 물들었다
논두렁 후비며 국수 가락 같은 미모싹을

잘근잘근 씹노라면

늘 어둠은 허허하게 밀려 왔지

시집 『종이나발』에서

이렇게 내 인식의 첫 꿈에서 깨어나자 이승만 대통령 시절 정오가 되면 불어대던 오포(점심 때를 알리는 사이렌) 소리와 그 후 군사독재시절 민방위 훈련 사이렌 소리는 늘 나의 혼돈한 정신을 뒤흔들어 놓았던 것이다. 나의 이 불안한 내면 의식을 선배 시인인 이하석은 나의 첫 시집 『종이나발』 서평에서 「어둠」이라는 나의 내면 인식을 아래와 같이 아주 적확하게 포착하고 있다.

"이상규의 시는 밤의 상황이 강하게 지배하고 있다. 50편의 시 중 50편 가까운 시가 밤의 세계이거나 밤의 분위기를 띤다. 인용한 시 「막달아 마리아 혹은 나의 어머님」은 그의 밤의 세계를 비교적 선명하게 드러내고 있다. 이 시는 '-더라'라는 과거 회상시제를 통해 밤의 상황이 그려진다. 그 밤은 새벽이 오고 있는 밤이지만 한편으로는 엄마가 몸 팔려 나가고 없는 밤이기도 하다. 엄마가 없는데다 아버지도 없다. 왜냐하면 아내를 몸 팔러 보낼 남편이 있을 수 없다는 점에서 이 시의 문맥상 아버지가 있을 수 없기 때문이다. 그러니까 이 시는 부모가 없는 또는 편모슬하의 상태인 전후 세대의 한국 아이들에 대한 인식 상황을 보여 준다. 아이들에게 부모는 어둠의 공포에서 지켜 주고 따뜻이 안길 수 있는 보금자리와 같은 존재이다. 그러나 이 시에서는 꿈의 온상인 부모 없이 아이들만 남아 불안과 공포 속에서 새벽을 기다리는 전후 세대의 어느 한국 아이들의 모습을 보여 준다. 이 시에서는 그 아이들이 바로 전후 세대 곧 '한국의 아이들'임을 밝힘으로써 한국적 상황에서의 고아의식을 강하게 드러낸다. 고아

들은 배가 고프다. 호롱불 빛이 뿌연 것이 젖으로 연상될 정도이다. 이상
규의 시에는 '한국의 아이들'이 나오는 작품들이 이 시 외에도 세 편이 있
다. 이들 시들은 한 편(「초겨울 어머님께 드리는 눈물」)을 빼고는 전부 눈
물이 어려 있다."

그 이후 조금만 피곤해도 곧장 전쟁 꿈의 가위에 눌린 적이
많았다. 또 이 신열에서 땀에 범벅이 되는 날을 보내며 청소년기의
세월을 건너기 시작하였다. 전후세대들의 전쟁 상흔이 남아 있는
고아들과 함께 싹튼 나의 어머니에 대한 그리움은 「막달라 마리아
혹은 나의 어머님」이라는 모습으로 나타났다.

「막달라 마리아 혹은 나의 어머님」

산이 돌아눕고 호롱불 젖빛으로 되살아나 허기진
달빛 너머 새벽이 오고 있더라. 빈 가슴 깁을 대며,
우는 울음, 때가 되면 별빛 되리라.
밤색 보선 蔦을 접어 안개 빛 가슴속에 날리고 있더라.
왠 종일 한국 아이들 몸 팔려 나간 엄마를 기다리고 있더라.

「현대시학」, 83

6·25전쟁의 고아가 한 학급에서 3분의 1을 차지하던 시절,
나는 미국 원조품 강냉이죽이나 강냉이빵으로 허기를 채우며 유
년기의 꿈을 키워 갔다. 그 시절 기차 철로에 쇠붙이를 두면 전자
석이 된다고 믿던 시절, 이를 이용하여 고철을 끌어 모아 엿가락이
라도 바꾸어 먹는 꿈을 꾸기도 했다. 개울가에 터지다 남은 매몰

폭발물을 두들기다가 죽어 간 옆자리 친구의 교실 탁자가 종종 들려 나갈 무렵 시교육청에서 폭발물 전시회가 운동장에 열렸다.

「사하라 태풍」

「이승만 대통령 우리 대통령」
대통령 찬가를 배우던 옆 짝이
어제 오후 금호강 강변에서
매몰된 포탄 터져 가루가 되고
교실 구석 빈 탁자 의자 실려 나가고
시교육청에서
폭탄물전시회를 가질 때
참으로 갖고 놀고 싶었던 예쁜
그놈들의 꼬리에는
예외 없이 메이딘 유 에스 에이
총자루 개머리판에 새겨진
그 총으로 동족들은 왜 죽어야 했는지
서러운 이별의 연극은 도대체
누가 연출한 것이란 말인가
전쟁 공포를 지탱해 주던 남포불 빛마저
반공 사이렌 소리가 삼켜버리던 시절
인공위성 같은
녹슨 폭발물 타고 하늘로 간
친구 생각하며
보리 문둥이 나온다는 보리밭을 지나

풀 씨앗 따러 산으로 간다

산을 오른다

「현대시학」, 85

이젠 다 용서할 수 있어요. 닫힌 민족주의가 아니라 열린 민족주의 관점에서 다시는 전쟁이 없기를 소망하는 마음이다. 그러나 아직 걷히지 않는 전후의 상처가 여기 저기 남아 있다. 내가 근무하는 대학교에 60이 넘은 선배 노 교수인 김영환 교수는 아직도 경남 산청 양민학살 사건에 죽어 간 아버지를 그린다. 가끔 한잔 술에 취하면 울부짖듯이 아버지를 그리워하며 흐느끼는 눈물을 나는 보았다.

일제의 상흔, 정신대를 소재로

2년여의 준비 끝에 발표한 200장 분량의 이 작품에서는 한 조선 처녀가 보국단 부녀대원으로 끌려가 위안부로 전락하는 과정을 사실적으로 그리고 있다. 그러기 위해서는 운율이 전통적 가락에 닿는 서사시 형태로 갈 수밖에 없었다고 나는 설명했다. 돌이켜 보면 역사에 대한 분노가 잘 삭혀지지 않은 생경한 목소리로 문학적 성과와 질은 낮을 수밖에 없었다.

당시 『현대시학』 1985년 5월호에 발표한 「질곡을 위한 노래」 1부는 문학의 상상적 공간이 역사적 리얼리티를 오히려 능가할 수 있다는 각오로 일본군위안부 문제를 본격적으로 다룬 장시이다.

「이치키 하루코(一目春子)」

1. 세월의 물굽이
동해의 푸른 바다 물결
형산강 물줄기 타고 거슬러 오르면
꿈에도 그리운
양동* 마을이 나오지

* 　양동 : 경북 월성군 안강읍 양월리.

질펀한 주귀미들* 가로질러

철길이 놓이고

들 건너 안강 제일포도원

포도가 주저리주저리 맺힐 무렵

오라버니는 단발하고

경성에서 내려온 뒤

조선청년단 조직과

문맹퇴치 운운하며 좇아다녔지

우리 아배(아버지)는

어느 날

옥색 도포를 입고 길을 나선 뒤

뒷산 뻐꾹새 울음 따라

가세 기울자

송이 따다 근근이 끼를 이으며

동짓달 스무엿새 길고 긴 겨울밤을

눈물로 보내고

주귀미들 상답 6마지기 대신에

시탯재** 넘어

물 설고 낯 선 이국 땅

끈도 피도 모르는

섧고도 서러운 일본땅으로

팔리듯 잡혀 갔었지

*   귀미들: 경북 안강읍 양월리 앞들.

**   시탯재: 경북 월성군 안강에서 영천 방면 경계 지점에 있는 재.

파랭이 연보라 꽃잎 터지듯

시탯재 만댕이(봉우리) 소달구지 타고 넘다

흘린 눈물

긴긴 강물되어 형산강 물굽이 되었으리

지금은 이국 땅

흰 눈발 몰아치는 빙토에서

내 지나온 날들

아무 일 없었던 것처럼

어이 눈감을 수 있으리

2. 추 억, -화전놀이-

꽁지 빠진 닭털 같은 머리

옴아 찌르고

벌통 같은 무명 치마 두르고

잎 돋기 전 거시기 같은 뽈고수레한

참꽃 발숨 벌어질 무렵

고놈으(의) 하늘은 어찌 그리 고우노

마늘밭 밟다가 두 발 콩콩 구르며

호지말택, 입암택 새각씨 마캉(전부) 하고

입 걸고 기가 신 양동딸래 마캉 모여

서말찌 솥우뱅이 걸어두고 화전 부침 붙여 가며

무첨당 큰집 도령 소식

수근대며 미친 년처름 웃느라 세월 갔지

앞적삼에 참꽃 잎사귀 한 술 따다

먼 하늘 한 번 치(쳐)다보고

운(언)재 우리도 하얀 이밥 한 분 싫컨 먹어보노

조부 때 내려 오던 한술내 종년

종놈 서방 붙어 튀 달아나고

고년할 일 내가 맡아

헌 갓 같은 우리 아배 눈물보고

신랑 없는 우리 싱아(형님) 눈치보고

세(혀) 빠지도록 일해 놓으면

물꼬 터진 봇물처럼 환곡하고 공출하면

남은 것 하나 없는데

안강장에 나가 동동구리미 한 통 사서

분꽃 받아 분칠하고

봉숭아 꽃물 먹여 치장하여

형산강 강을 건너 구월 청청 푸른 하늘

낯설고 물선 곳에

난질이나 가버릴까

그도 저도 못하는 신세

전 붙이며 둘러 앉아

신명이나 돋우던 때 어제련만….

3. 고래댓땡이[*]

영남에 안강 땅

산수 좋고 터가 좋아

물풍하고 인심 좋더니

[*]   고래댓땡이: 일제강점기에 경주 지방에 거주하던 왜놈 장사.

왜눔들 밀려들더니

정월이라 보름날

동내 장정 다 모인 씨름판에

새로운 왜눔 장사 났네

조선 사람 붙으면

토종개 꼬랑지 말려들 듯

벌렁 나둥그러져 나자빠지니

그눔이 해결사라

사자 돌림자 힘쓰는 오늘과

다를 바 없더구먼

왜눔 부역 면피하자면

그눔하고 쑥덕쑥덕

징병에 끌려가는 눔

빼낼라치면 그눔 손 빌려야제

이렇듯 하니 상전 아랫것 갈라지더니

지지각각 새금파리 이 갈라지듯

등 돌리고 사는 세상 되었어

이집 저집 돌면서

이런 저런 온갖 간섭 다하는

그눔 눈에 빗나가면

풋보리물 들듯 눈자위 돌아가고

이 시절 윗것 아랫것 갈라서고

좌익 우익 갈라서니

그눔이 해결사라

기막히는 노릇일세

4. 큰물

형산강 물굽이 따라 오르면

한 갈래는 경주땅 무심천으로 흐르고

한 갈래는 시탯재 딱실못

못둑 진달래 붉은 물빛은

흐르는 물길을 흔들어 놓고

황소 한 마리 앞세우고

황소보다 더 검은 얼굴을 한

할아버지 무심하게

나뭇짐 지고 세월을 뒤따라가는데

보름째 내리는 폭우에

못둑이 터지고

동해바다 세찬 물길과

맞닿아

물길에 다 씻어 보내고

남아 있는 오지 툭수발 몇 닢 안고

용케도 살아 왔다

소작하여 일군 채소밭 몇 두락 담보하여

수세 내고 공출하니 남은 것 하나 없어

목매달아 죽을 길밖에 더 있겠나

어홍어홍 어흐름차 어홍

저승길이 멀다 해도 대문 밖이 저승이라

큰물 따라 밀려 밀려

음력 6월 보름

딱실못 더더욱 푸르스름하니

오래된 불빛

못 한가운데 두둥실 떠 있는 저 달빛

한이 서려 떨고 있나

서러워서 떨고 있나

5. 운명의 갈래

경성 유학 간 동내 장정

정월이라 초하룻날

한마을에 모두 모여

사각모에 단발하고

주접떨며 개화소식 전해 주더니

새금파리 이빨 갈라지듯

등 돌리고 수군수군

먼발치에 들어 보니

좌익 우익 민족주의

처음 들어보는 말일세

큰집 큰도령 패거리와

울 넘어 손도령 패거리가 달리 모여

밤이면 들락날락 무슨 일이 그러한지

지내보니 기집(계집) 가랑이 벌어지듯

갈라지고 논 팔고 밭 팔아

신학문 한답시고

집구석 개죽 쑬 것 없어도

외세는 막아야 한다고

동생놈 재 넘어 야심 밤에 찾아와

곡식 몇 가마 털어 메고

뒷볼 나간 양말 갈아 신고

우리 다 잘사는 날 올 터이니

그날을 기다려라 하던 자식

파랭이 꽃물 터지듯

수체구덩이에 처박혀

피창 터져 죽은 혼이

굽이굽이 형산강에 물비늘처럼

떠내려가고

헛제삿밥 떠 놓고

평생 수절 지키던 월키도

죽었는지 살았는지

6. 유성기

정든 땅 언덕 위에 초가집 짓고

골 안이 봄기운 타고 떠들썩하다

일본 유학갔던

큰집 서방님 옆구리에 매고 온

신기한 소리통이 온 마을을 들뜨게 하고

좋은 세월이라

살기 좋은 세상이라 법석이다

라디오에서는

매일 진군가 행진곡이 울려 퍼지고

세계 곳곳에 휘날리는 일장기

일본군의 전승 알리는

격한 아나운서의 목소리가

내선 이 골짝까지 울릴 무렵

한 번 징용 간 재 넘어 아릿것

장정들 소식 두절이라

개참꽃 필 무렵 골 안은

행진가 왜놈 노래 가득하니

봄기운은 더욱 가관이라

골방에 엎드려 있던 동생은

주먹 불끈 쥐고 죄 없는 벽을 치다가

재 넘어 장정들과 한패거리 되어

들락날락 조선 해방운동 한답시고

하던 공부도 팽개치고

바람난 년처럼 뛰어다닐 무렵

지나고 보니

우리네 슬픔이 시작된 거로

7. 슬픈 죽음

살인강도 흉악범 사형당하면

죽어도 다시 살아 나오질 못하도록

분봉 대신 집동 같은 바윗돌로 눌러

평화로운 이 세상 다시는

범접하지 못하지

강제징용 끌려갔다 개 맞듯 얻어맞고

반병신 되어 돌아온

한술네 서방 이야기 들어 보니

사할린 추운 타국 대리 전장에

조선인 죽는 것은 개새끼 죽는 거와

다를 바 없다더군

거적때기 한 장 덮도 못하고

황천으로 직행하고

나뭇가지 벌려 놓듯

조선 여자 갈구쟁이 벌려놓고

천황 내린 금배 일잔 처마시고

어른 놀이터 마냥 짓이긴 뒤

전쟁 미치광이 되어

똥파리처럼 날아간 왜놈 군정들

기가 막혀 기절하고

숨이 막혀 숨 못 쉬고

세상 두 쪽으로 갈라놓고

판세 시름장에 죄 없이 끌려간 조선사람

보리 홰기 같은 목숨 눌 위해 버렸는가

그것도 모자란지

이 땅 갈기갈기 찢어 놓고

모기 피 빨아먹듯 공출이다 부역이다

개장사 개목걸이

누가 만들어 걸었는지

죽어 눈 못 감고

구중 황천 맴도는 저 울음소리 들어봐라

8. 제17방면군

1945년 3월 25일 지난겨울의 추위가

가기도 전 라디오에서 울려 퍼지는

"덴노헤이카 반자이토..."

승전에 승전을 알리는 방송이

봄을 재촉이라도 하듯

봄비가 멀리 주귀밋들을 적시고 있었다

세월은 속임 없이 찾아오는데

"우리는 황국신민이다 충성심을 가지고 군국에 보답한다"

황국신민의 서사 암송하며

식량동원이다 임산물동원이다

근로보국대다 의용대 편성이다 하여

멀쩡한 조선사람 씨를 말리려나

협화회 심부름꾼 앞장서서

동네 장정 다 모아가니

한번 가면 다시 소식 돈절이니

이 일이 어떻게 된 일인고

산천은 진달래 꽃물 번져

들녘 더욱 푸르른데

이차판 되니 내선일절 그말 따라

사는 것이 제일일까

제17방면군에 끌려가서 피타작하다

겨우 연명하여 돌아온

끝붙이네 말을 들으니 그래도

왜인이 최고라 최고 문명국 황국신민

피를 이어 살아가자고

입이 마르도록 이르르니

여름 닭살 뻗치듯 분통 터져 죽을 지경일세

9. 이치키 하루코
– 운명의 대장정
어연 일인가 집집마다 가세 기울어가고

남정들은 빈농처사 신세되고

문전 출입 어렵다던

동네 새각씨 처녀까지

소작 논밭일 전심전력

저물어가는 석양빛 바라보고

하는 말이 자탄일세

허나 눈치 코치 재빠른 놈은

헌 두루막 같은 양복 걸치고

왜놈 순사 꽁무니 물고

물오른 똥개새끼 마냥

협화회 사업이라 쫓아다니더니

하루 아침에 창씨개명이라

나의 이름은 이치키 하루코

장난 삼아 불러 보았던 이름 따라

운명의 물굽이 돌아돌아

지금은 국적 없는 외로운 조선여자

소련명 히코프스키

물 고운 명주 기모노 걸치고

개다 신고 양산 들고

나들이 나가는 게 꿈이었던 시절이었지

동해 푸른 바닷가 개똥 밀리듯

나라 잃고 형제 잃고

남은 것 하나 없지만

그래도 그리운 게 고향이라

양잠기수 하루코 직업전사로 변신하여

동네 처녀 동원 앞장서서

황민 만세 외쳐대며

지(제)눈 지 찌르는지 모르고...

세월 지나 흘린

눈물 말도 마이소

한이 되어 흘린 눈물 서러워서 흘린 눈물

보를 막으면 큰물이 되었을 겁니다

10. 보국단 부녀대원

장날 지나면 부엌에 놋주발 놋수저

없어지더니 알고 보니 아편쟁이 짓이더라

벌벌 떨면서 동네방네 돌아다니며

닥치는 대로 훔쳐 가는

어수선하던 시절에

여성 직업전사 모집한다니

입 하나 더는 일 그 일도 효성이라

나고야 방적공장

보국대에 지원하라

면장 순사 들이닥쳐

왈기고 회유하니 그 아니 배길런가

공출 감해주고 황군 위해 충성할 일

2년 지나 돌아 올 때 한없이 돈을 벌어

저당 잡혀 넘어간 용내기 전답 찾아내고

좋은 신랑 만나 영화롭게 살자 하고 집 나서니

물길이 뱃길이요 갈 길이 저승길인 줄 모르고

베갯머리 눈물로 적실 겨를 없이

애국부인회다 무슨 회다 몰려와서

황도 정신 교육 한답시고

국가 위해 목숨 내놓고 희생하라

희생하라 희생하라

색지옥 색기계 될 줄 누가 알았겠나

봇짐 지고 경성에 보름 남짓 머물다가

현해탄 건너가니

마을 입새(입구) 들국화 피어 있고

떼지어 날라 와서 뒷솔밭 깃을 터는

기러기 떼가 그립고나

꽃봉오리 같은 보국단원

이 눈치 저 눈치 살펴가며

관부연락선 지하실에 이리 몰리고 저리 몰려

잠 설치고 앉았으니

그 모양 가관이라

11. 절망

산다는 거 별거 아니더만

포기하면 어려울 것 하나 없어

머리 밑에 수물수물 땀에 젖고

둔부에 힘 빠지고 나면

그리울 게 어디 있으며

슬픔조차 다 없더라

속치마가 찢기고 하복부가 피투성이 되니

아연 실색 그때 죽지 못한 게 평생에 한이 되

이러들 저러들 못하고 연명하고 있는 거로

니쿠이치(291) 당번되어

벌리고 나자빠러져 누울 때까지

"덴니 가와리데 후기오 우쓰.."

연락선에 몸을 싣고 손 흔드는 부두창에

환영 나온 애국청년단 노래 소리 가물가물

사람 변하는 거 일 없더라

뒷물하는 세숫대에 비친 모습 보고

왜놈 장교 훈도시 벗겨 주는

무적황군 전승 기원하는

삐(prostitute)집

허가 낸 윤간소

선도금 몇 푼과 황국신민 속임수에

헤쳐나지 못하는 신세되어

그놈에 짓이겨지고 노랑내 땀에 짓엉겨져

핏물 들고 멍든 가슴

그래도 애국여성봉사대 그 이름 한번 좋건만

무적황군 성전식에

나신으로 벌렁 누워

꽃 분홍빛 젖가슴에

검정 꽃 날아와 앉으니

너무나 많은 일들이 벌어져도

아무 일 없었던 것이

무서운 절망이 아니오

12. 살인적 서비스

초년병 시절도 잠깐이라

이리떼 같은 황군 열네댓 젊은 놈들

사타구니에 쑤셔 박고 아가리에 쑤셔 넣어

가랭이는 피멍들고

손가락으로 후벼 파고 집어 뜯겨

구멍 나 바람 들락거리듯

복숭아 붉어 오르듯 타는 저녁노을

실색해 저물어 가는 나의 꽃다운 청춘

화물트럭으로 서너 트럭은 좋이 될

문전 대기하던 놈 에로구로(춘화) 만지듯

돌격 1번, 돌격 2번...

진지를 순회하며 위안살이

수욕보다 더 더러운 것

온갖 잡놈 잡지랄 한다더니

오마무리(음모) 뽑아다가 비단 옷 짜 입을 건가

죄어 오는 자궁에 온 잡놈 수액

풀칠하고

공구르고 뒤털고 업어치고 뒹기쳐져

오래된 불빛

하늘이 땅이 되고

찌들어진 꽃잎 속에

눈에 보이는 것은 어둠뿐이라

야전 병력 소모 방지하고 사기 앙양 돋아 주는

귀중한 군비물자

조선년 빨강, 노랑 스카프 목에 두르고

현해탄 건너와서

땟국 젖은 이부자리에 널려 있는 음모처럼

지는 꽃들

차마 참기 어려운 뿌리, 뿌리

그러나 죽지 않는 모진 목숨

다리 벌리고 눈을 감고

해안의 난파선 되어 부옇게 부딪치는

세월의 소금기에 절여지고 있었지

13. 통과부대

시간이 갈수록 살기 오르고 두려움에 질린

전장 전방 포로나이스크

포탄 소리와 비행 소음이 고막을 찢는

최전방 사단

돌격부대 통과사단이 밀려 올 때면

사다리 가랭이 벌리듯

반드시 누워 두려움마저 포기한 채

하루에 50여 장의 전표가 휴지 조각되어

온 방구석을 나뒹구는

밤나무 꽃 내음 같은 매음굴 문전
명패는 「건강 하루코」
북해도 습윤한 찬바람이 문틈을 비집고
가랭이 사이로 밀려들 때
아무 기억도 남기지 않고 흔적만
남기고 떠나는
살기 오른 황군처럼
차라리 미 폭격기에
갈가리 찢겨 맞이해야 하는 죽음보다
나을 게 하나 없었지
내 몸뚱아리가 이미 나의 것이 아닌
나비같이 전장에 날아드는 하루살이
군화가 되어버린 몸이
무엇을 바라고 무엇을 그리워할 수 있을까
냉랭한 시베리아 찬바람 속에 가느다랗게
떨리는 육체의 고통 쾌락으로 맞바꾸어 간
패주 잔류부대의 황군 시체 더미가
하얀 잿가루로 변하고
손으로 더듬으면 만져지는 인간의 살과
따뜻이 저려오는 체온에서
위안부 나는 아무 일도 없었던 것처럼
굶주린 하루살이를 사랑할 수밖에 없었지
그 무엇도 찾을 수 없었기 때문에
바람처럼 밀려와서 바람처럼 빠져가는
말하지 못할 적의의 싹이

발을 내리고 있었다

14. 사할린의 꽃

전쟁은 끝났다

불바다가 된 포로나이스크 밤하늘에

흰 눈이 내리기 시작하고 긴 경적 따라

사람들은 흩어지고

휴지 조각이 된 일화 지폐 꾸러미와

붉은색 스카프에 얼룩진

차마 기억하지 못할 기억들만 남아 있다

이젠 아무 일 없었던 것처럼

눈 내리는 사할린 들판에 혼자 서서

바람 따라 들려 오는 조선족의 죽음과

삶의 행방을 알려주는 붉은 신호기에 기대어

인쇄 조판공으로 일하는

보국대 출신 남편과 두 아들

머잖아 내 육신 썩어지면

이름 없는 시멘트 돌기둥에 새겨질

조선족의 흔연한 핏줄기

일어서지 못한 채 주저 앉아버린

앞 이빨 다 삭아져 뭉개지고

얼굴에 남아 있는 주름살 깊이만큼

눈물 한 방울 없이 말라버린

사할린 조선족의 꿈이여

다들 아무 일 없었던 것처럼

아무 이야기 없어도 세상은 변하고

눈 덮인 앞뜰에 돋아 오르는

들풀처럼

일제의 제단 아래 굴러 떨어진

원혼 불러 모아

내 조국 푸른 강물 남실거리고

흰 구름 떠 나부끼는

그곳에 고이 잠들리라

그저 아무렇지 않게

아무 일 없었던 것마냥

「현대시학」, 1985년 5월호

세월을 훌쩍 뛰어넘은 2002년 12월 10일, 내가 도쿄대학교에서 연구교수로 있는 동안 아내가 며칠 도쿄에 왔다. 독감에 걸린 아내의 기침소리에 몇 번인가 잠에서 깨어났다. 무척 안쓰럽고 애처로웠다. 날 만나려고 부랴부랴 이곳까지 달려왔다. 마음에 있는 그 어떤 것도 내보여 주지 못하고 화만 벌컥 내는 내가 이중적인 건가? 차별의 슬픔을 경험해 본 이는 화를 내는 것 또한 투명한 물빛 같은 것임을 안다. 허기와 추위 속에 눈이 내린 나리타공항에서 비행기가 결항되어 시로가네다이로 되돌아오면서 메구로역 부근에서 영하의 날씨에 식은 도시락으로 허기를 채우며 우리는 시간을 지워 갔다. 다음날 새벽 찬 바람을 맞으며 삭지 않은 독감을 안고 한국으로 돌아가 전화를 해 주었다. 한국은 미래의 푸른 바람으로 영하의 찬 날씨라는 일기예보로 전화는 끊어졌다.

아내가 가던 그날 우에노역에서 후배 최봉태 변호사를 만났다. 그는 일본 전쟁 희생자들의 법적 권리를 찾기 위해 부지런히 일본을 드나들고 있었다. 이 시대 모든 이가 한 시대의 운명이 되려고 하지만 산길을 외롭게 걷는 이만 하나의 의왕이 되리라. 그는 선배 내외에게 따뜻한 점심을 대접했다. 그도 머리가 많이 빠져서 나와 머잖아 비슷해질 것 같았다. 최 변호사의 지속적인 활동으로 위안부 문제가 세계적인 이슈로 등장하게 된 것이다.

내가 이 시를 『현대시학』 잡지에 발표한 1985년 당시에는 아무도 이 문제에 관심을 보이는 이는 없었다. 그러나 이 시를 발표한 이후 검찰로부터 소환을 요구받은 적은 있었다. 이 시기에 나의 시 주제는 전후 걷히지 않은 상흔을 흔들어 일깨우는 데 주력하고 있었다.

낭만시 동인 시절

나의 시 「대답 없는 질문」이 결코 질문으로만 남지 않고 명쾌한 해답을 얻게 되기를 기대하고 소망하고 있다. 나의 새로운 길 트기, 길 넓히기와 길 빛내기 작업이 언제 완성될지 의문이다.

1986년 조욱현(曺旭鉉), 엄붕훈(嚴朋勳), 서지월(徐之月), 김세웅(金世雄), 김경옥(金慶玉)과 나는 「낭만시」 동인을 결성하였다. 다들 매우 좋은 시인들이었으며, 각자의 사람 냄새와 독특한 시의 체취를 느낄 수 있을 만큼 개성 있는 사람들이었다. 대학 선배이기도 한 조욱현 형은 문경 점촌에서 고등학교 교사로 있으면서 사회의식이 투철하지만 전혀 내색하지 않는 이였다. 그리고 엄붕훈 형은 지금도 혈액투석으로 생사를 넘나들면서 삶을 시로 그려 내는 시인이다. 또 고교 동창이기도 한 김세웅 형은 시인이기 전에 인격적으로나 사람의 풍모로나 나보다 여러모로 앞서가는 이였다. 그리고 막내인 경주댁이기도 하고 나의 대학 후배이면서 또 깐깐한 시인으로 알려진 김경옥, 이렇게 모이는데 아마 서지월 형의 서민적이고 풍족한 인간적 결속력이 주동이 되었던 것으로 기억된다.

수성못 부근 어느 음식점에서 상면한 우리는 가창 서지월 형이 사는 달성군 가창 시골집 사랑채에서 밤이 이슥하도록 문학 이야기와 사랑 이야기 그리고 독특한 서지월 형의 미당(未堂) 편애의 넋두리로 시간을 지워 나갔던 때의 추억이 새롭다.

사실 그 무렵 나는 방황하고 있었다. 여유라고는 조금도 없던

오래된 불빛

나의 편협한 사회성과 사물에 대한 온갖 편견의 틀을 벗어나지 못하고 있었다. 물론 지금도 달라지지 않았지만…. 그 무렵 나의 고교 동창인 박대한, 이수주와 함께 어스름한 저녁 무렵 화원유원지에 간 일이 있다. 그날 이후 아마 한두 달 지나지 않아서 이수주라는 친구는 유명을 달리하였다. 나에게는 엄청난 충격이 아닐 수 없었다. 그리고 나의 절친의 아내가 결혼 2년 만에 암으로 세상을 떠났다. 그 어수선하고 복잡한 심사를 달래기 위해 거의 매일 술을 마시지 않을 수 없었다. 「우리 다같이 모여 살면서」라는 시에 그때의 참담함과 영원히 다시 못 만날 인연에 대한 그리움 같은 것을 그려 보았다.

「우리 다같이 모여 살면서」

사랑한다고 생각하는 사람들끼리 모여 살면서
달빛같이 풀어져 없어질 지난 일들을 생각하며
왜 울어야 하는 건가
발목까지 빠져드는 모래와 강물 빛의 경계를 밝혀주는
상실한 사랑의 무심함에 왜 설워해야 하는 건가

한낮 동안 겨울새가 남긴 뒷걸음질한 발자국을 더듬으면
그 깊이만큼 남아 있는 체온을
한밤에 내리는 달빛에 식혀내고
누군가 다시 그 모래 길을 걸어가리라

웃자람한 나뭇가지에 새겨놓은 사랑하는 이들의 이름

그때 남긴 얘기들이 바람에 떨리고 있지만
우리는 한곳에 모여 살면서 지난날의 만남은
아래위로 길게 일그러진 가지 끝에 매달려
시린 가을 달빛에 그을리고 있다

모래 배 한 척 강을 거슬러 오르고
지난 기억과 기쁨을 그림처럼 그려 남길
빈 가슴으로 덧없는 물빛에 비치는
철새들의 눈비늘 거두어 가자

우리 함께 모여 사는 곳으로
저 빈 배에 실려 강을 오르자

『낭만시 동인 1』, 1986

우리들이 걸었던 화원유원지 모래사장을 거니는 죽은 친구 이수주의 영혼을 위한 변주곡인 셈이다.

이젠 날이 갈수록 사람들이 더 그리워지고 더 중요하게 느껴지듯 이 시절 내 목소리를 틔워 준 이들은 바로 낭만시 동인들이었다. 그 이후 첫동인시집 「세상 잠든 이 벌판에」(『낭만시 동인』)가 간행된 이후 나는 또 틀 속에 갇혀 있다는 생각 때문에 이들 동인들과 거리가 멀어져 갔다. 특히 서지월 형과는 별반 이유가 없이 서로가 뒤틀려 버렸지만 그의 특유한 인간적 투박성과 진실성은 아직까지 내 마음의 바닥에 매우 이름답고 소중하게 남아 있다.

이상규 시형께

오래된 불빛

안녕하십니까? 삼천포에 와 있으니 우리 동인들이 생각나 이 밤중에 몇 자 씁니다. 얼마 전에는 소월문학상 시상식이 있어 서울 가서 송수권 선생님과 1박2일 했고 지금은 내일 이곳 삼천포 노산공원에서 박재삼 선생님 시비 제막식이 있어 박재삼 선생님과 함께 여관에 투숙해 이 글을 씁니다. 참 좋으네요. 삼천포 앞바다. 나는 늘 바쁜 이형에게 시심을 잃어버리지 않을까 염려합니다. 송수권 선생님도 꼭 오려 했는데 부친께서 위독해서 못 오시고 그렇습니다. 가서 또 연락하십시다. 1988년 4월 9일 밤 삼천포에서 서지월 상

그때 우리 낭만시 동인들이 가려고 했던 문학적 에스프리는 무엇이었던가? 그리고 나 스스로는 어디로 가려고 했던가? 문학지상주의의 신열이 스쳐 지나간 자리에 우두커니 혼자 서 있었던 나는 분명 심한 열병을 앓고 있었던 것이 분명하다.

그 무렵 혼돈 속에서 쓴 연시(戀詩) 5편 가운데 한 편인 「편지(2)」에서 모순 속에 풀어 흩어지고 있던 나의 모습을 발견할 수 있다.

「편지(2)」

구름을 누르며 떠 있던
별들 다 쓸어내고
이 도시엔 비가 내린다
세상 사람들은 저마다
그림자 속으로 기어 들어가고
텅 빈 거리에 홀로 빠져 나와
너의 편지를 읽고 있다

한 줄 한 줄 방울에 번져

두 줄 건너 한 울음씩 포개지는

그러면서

한 줄 읽어 가면

다음 줄 당신의 마음 먼저 가고

두 줄 읽어 내려가면

또 그 다음 줄 가슴에 새겨지는

그런...

바람 더해지고

어두운 거리를 빠져 가는 자동차 불빛 따라

세차게 쏟아지는 비를 바라다본다

길바닥에 튀어 오르는

수많은 기쁨의 얼굴들

당신의 그림자 속으로 걸어가고 있다

「달구문학」 2

이것은 분명 혼돈이었다. 그 당시에는 머잖아 끝이 보일 수 있는 혼돈이었으나 그때 나는 그것을 보지 못했을 뿐이다. 낭만시 동인시대는 나와 가장 가까웠던 친구 아내의 죽음, 친구의 죽음으로 이어지는 시기, 내 삶의 주체할 수 없었던 혼돈스러움과 영원하지도 못할 사랑이라는 믿음의 흩어짐에 직면한 채 치열하지 못한 낭만의 시대를 덧없이 흘려 보냈던 시간으로 기억된다.

그러나 허무의 시간을 깨닫고 시간 속에 갇힐 줄도, 그리고 시간에 영원히 자유로울 줄도 아는 방법을 깨닫게 된 시기이기도 했다.

오래된 불빛

시인 김춘수

1970년대 김춘수 시인의 시론(詩論) 강의는 경북대 국문학과 학생들뿐만 아니라 농대, 의대를 비롯하여 타 대학 학생들에게까지 인기가 있는 명강의로 소문이 났다. 한 학기가 거의 위수령이나 계엄령으로 대학 문이 폐쇄되다가 겨우 강의실 문이 잠깐 열리면 학업에 목이 말라 달려왔던 젊은이들. 위난의 시기이며 동시에 허무의 시절 대학 풍경의 일부이다.

이미 저세상으로 떠나간 시인 고정희도 1970년대 중반에 한 학기동안 우리들 틈에 끼어 강의를 청강한 적도 있었다. 김춘수 선생은 강의 도중 줄담배를 피웠다. 지금은 상상할 수 없는 대학의 자유로운 모습. 늘 벗지 않는 맥고모자, 특히 맵시 나는 옷차림새는 여학생에게도 단연 인기를 끌었다. 특히 노타이 옷에 반드시 윗단추를 한두 개 정도는 풀어 묘하게도 가슴의 털을 약간 노출시키는 미적 감각을 보여주기도 했다. 수전증으로 수족과 머리를 몹시 떨었지만 강의가 달아오르면 그 수전증 증세는 어디로 사라지고 긴장된 호흡을 몰아붙여 열강을 하였다. 그러다 보니 때로는 다음 시간 강의가 늦어질 정도로 제 시간에 끝을 맺지 못하는 때가 더 많았다.

군사독재 시대, 대학에서도 교련 수업이 학생들의 통제 방책으로 활용되던 시절, 특히 경북대는 당시 박정희 대통령과 대구사범 동창생이었던 권력자 김영희 총장이 보무당당하게 비서를 대동하여 강의 중인 교실을 순찰하고 다녔다. 1974년으로 기억되는 해 어쩌다 후학기 개강은 되었지만 고려대학교 교정에 무장군인이 점령한 사태에 이어 위수령이 발표되던 때라 수업이 제대로 되지 않는 어수선한 시절이었다. 어느 날 수업 도중에 갑자기 선생님이 들고 있던 교재『시론』책을 강의실 뒤쪽으로 휙 집어던지는 것이 아닌가. 우리들의 시선은 일제히 뒤쪽으로 쏠렸다. 그 순간 바로 김영희 총장과 박모 비서가 우리 강의실에 들어서려다가 혼비백산하여 밖으로 쫓겨 달아났다. 그때 선생님은 "오늘 수업은 이것으로 끝이다."라고 말하고는 총총 교실을 빠져나갔다. 곧 이어 위수령으로 대학은 다시 폐쇄되었다.

이 사건이 도화선이 되어 김춘수 시인은 1979년경 영남대학교로 옮겨 갈 수밖에 없었던 것으로 보인다. 물론 이 외에도 또 다른 사건이 있었다. 사학과 서양사 전공 김진경 교수(김춘수 교수와 비슷한 시기에 성균관대로 적을 옮김)와는 둘도 없는 사이였는데, 이 두 분이 전체교수 회의장에서 총장이 들어와도 모자를 벗지 않자 김영희 총장은 그 많은 교수 앞에서 모자를 벗으라고 공개적으로 명령했다. 그러자 두 김교수는 그대로 자리를 박차고 나와 버린 것이었다. 이러한 몇몇 사건으로 교수 재임용 탈락 0순위에 올랐던 것이다.

그런데 학생들은 선생님의 그 쌀쌀맞은 분위기에 압도되어 감히 접근하기가 어려웠다. 그러나 선생님은 시화전이라든지 문학 특강 때에는 많은 학생들과 터놓고 대화하였다. 그러다가 1973년경 위장 출혈로 위 절제 수술을 한 뒤 담배도 끊고 건강에 많은 신경을 쓴 덕분에 수전증 증세는 많이 호전되었다.

그 무렵 대구 시내 당시 중앙공원(현 대구감영공원) 건너편에 있는 병무청 옆에는 맥향화랑이 있었다. 당시 대구에서 처음으로 열린 화랑이었던 것으로 기억되는데, 이곳을 비교적 자주 출입하였다. 그런 인연으로 당시 선생님 연구실을 자주 찾아온 박주일 시인과 함께 화랑 맥향에서 커피를 마시며 문인들과 만나던 기억이 아련하다. 그 무렵 어느 봄날이었다. 선생님이 나를 불렀다. 연구실로 가보니 강신석 화백이라는 분이 대구에 오시는데 그분을 좀 모시라는 말씀이었다. 구 대구여고(현 국채보상운동공원) 건너편 동대구 전신전화국 뒤편 매우 깨끗하고 조용한 '한국여관'이란 곳에서 머물면서 김춘수 시인 시화전을 준비하고 있었다. 그러니까 대구 지리에 어두운 강 선생님을 시화전이 열리는 맥향 화랑이 있는 곳까지 모셔드리기도 하고 맛있는 저녁 식당도 안내해 드리는 역할이었다. 그런데 처음 강 선생님을 찾아뵙고 여관 방문을 들어서는 순간 앞치마를 걸친 상태에서 장난스럽게 "손들어!" 하고 외치는 게 아닌가. 물론 처음 만나는 어린 친구에게 더 친근하게 다가서려는 전략이었지만 나는 매우 당황하지 않을 수 없었다. 김춘수의 시집 『처용단장』에 등장하는 강 화백은 파스텔화를 그리고 김 선생님이 시를 직접 쓴 시화작품으로 맥향화랑에서 시화전을 개최하였다.

이 무렵이 김춘수의 『처용단장』 시절이었다. 세월이 25년이나 지난 2001년 맥향화랑(수성동 방천시장 부근 소재) 주인인 김태수와 만나 당시 시화전했던 작품이 남아 있는지를 물었다. 왜냐하면 25년 전 그 때 시화전 작품 한 점을 꼭 갖고 싶었으나 가난했던 학생 시절이어서 구입할 여력이 없었다. 그동안 늘 강신석 선생에 대한 추억과 김 선생님에 대한 그리움이 아련히 남아 있었다. 「꽃」이라는 작품과 「수련별곡(睡蓮別曲)」이라는 작품 두 점이 남아 있었다. 그중에 「수련별곡」이라는 작품을 거금을 주고 어렵사리 구했다. 25년이라는 세월의 흔적과 추억이 강 화백의 파스텔 그림과 김춘수 시인의 육필 위에 덧칠해진 작품이다. 그 후에 발표했던 김춘수 시인의 『처용단장』 31부 44~46번에서 강 화백의 죽음을 이렇게 노래하고 있다.

44

滿月은 새벽녘에
소리를 낸다. 퍼석퍼석
밟으면 무너지는
소리를 낸다.
세상은 이다지도 슬프고 우리는 또
이다지도 슬프게 태어났다.
서기 1999년,
그때가 새봄인데 새벽녘인데
어디선가
시네라리아의 꽃잎이 지고
강 화백의 쌍커풀진 커다란 눈이
젖어 있다. 날이 새면
이제는 부득불 떠나야 하리.
입은 닫고
열네 개의 파이프
꼬불탕한 그 열네 개의 구멍으로 말을 한
그 시절,
우리 시대 마지막 보엠

가난하고 가난했던 탐미주의자

대구 수창동에 있던 맥향화랑 주인 김태수 씨는 이렇게 지난 세월을 회상하고 있다. "두 어른의 관계를 오늘날 사람들은 잘 이해하지 못할 거예요. 전시회가 끝나고 그림을 판 돈 300여만 원(지금의 화폐가치로 따지면 약 10배가 된다고 함)을 김 선생께 드렸는데, 몽땅 미국으로 떠나시는 강 선생께 드리라고 하셨어요. 강 선생께서는 파이프 수집광이었는데 미국에 가신 후 저에게 고급 장미뿌리로 만든 파이프를 선물로 보내주셨어요." 참으로 가난했던 노 화백이 미국으로 떠나는 여비를 위해 시화전을 열었고, 또 그 돈 전액을 노자로 쓰도록 흔쾌하게 내놓을 수 있는 우정. 이젠 돌아가신 강 화백을 다시 만나지 못하는 시인 김춘수는 그 슬픔을 『처용단장』46에서 이렇게 노래하고 있다.

46
또 눈물인가, 하는 투로
나에게 대들지 말게.
옛날에 어느 일본 시인이
릴케가 비가를 읽다가 흘린 그런
눈물이 있었고
내 발을 따뜻하게 하고 내 발을
시리게도 한 단재 선생의 내가 꿈에서 본
눈물도 있었다.
열네 개의 파이프,
꼬불탕한 그 열네 개의 구멍으로 삭인

강화백의 눈물이 있었고

참새 늑골에 붙은

(내가 먹을) 보얀 살점을 보고 흘린

눈물도 있었다. 50년 전의

내 눈물이지만, 요즘 내가 흘리는 눈물에는 가끔

남의 성분도 섞인다고 한다.

내 눈물을 검진한 젊은 인턴이 한 소리다.

인턴은 하나같이 너무도 젊다. 너무 젊어서

어쩌겠다는 건가, 너희들은 내 눈물을

가늘고 긴 유리 대롱에 담아

어쩌겠다는 건가 서기 1990년 세모에,

1990년 세모에 후두암으로 뉴욕에서 돌아가신 파스텔화가 보엠(Bohéme) 강신석의 죽음을 그가 남긴 유일한 재산인 파이프 열 네 개의 구멍에 비유하여 그 좁은 통로에 슬픔의 눈물을 담은들 어찌할 것인가? 인간 삶의 일회성을 눈물로 회한에 젖게 하고 있다. 김춘수 선생이 화랑 M(맥향화랑)을 출입하던 시기, 시인 권기호와 도광의, 권국명을 비롯한 에스프리 동인과 자유시 동인인 시인 이태수, 이하석, 강현국 등의 젊은 시인뿐만 아니라 박주일 제씨, 그리고 그림을 하는 정점식 계명대 교수 등 많은 문화예술인이 이곳에 모여들었다. 당시 김춘수는 대구예총회장을 갓 그만두었으며 문협회장도 그만 둘 무렵이었던 것으로 기억되는데, 당시 시인 이재행이 차기 문협 선거 문제로 김춘수에게 화랑 M에서 시비를 건 적이 있었다. 이하석, 강현국, 송재학 시인과 몇몇 젊은 시인들이 함께 있는 자리에서 김춘수는 몹시 곤혹스러운 상황에 처했

오래된 불빛

었다. 내가 참다 참다 만류를 위해 이재행 씨를 밖으로 끌고 나가자 이 시인은 김 선생의 제자인 너도 마찬가지라며 나에게 달려들었고 내가 이를 참지 못하고 혼쭐을 나도록 만든 추억이 있다. 그것이 인연이 되어 이재행 시인이 죽기까지 나는 그의 열렬한 팬이 된 사연도 잊을 수 없다.

김춘수 시인은 그 추억어린 70년대 '화랑 M'을 이렇게 회상하고 있다.

화랑 M

바다는 없고 하늘만 있다.
중앙아세아 흉노의
선우가 가지고 온 하늘
억센 주먹도
말발굽 소리도 아닌
하늘,

여름밤에는 성주 수박만 한
달이 뜨고
달이 뜨면 늑대 한 마리
강 화백의 파스텔화처럼
바다 있는 쪽을 바라고
운다.

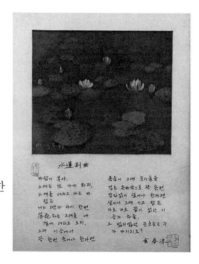

김춘수의 「수련별곡」 자필, 강신석 그림

시인 김춘수에게 대구의 '화랑 M'은 가난한 강 화백 달이 뜨면 늑대처럼 바다가 있는 서쪽하늘 향해 컹컹 울음을 우는 강 화백의 파스텔 색조의 잔영이 추억처럼 가득 차 있다. 강 화백이 이 세상을 떠나기 전, 미국으로 건너가기 훨씬 이전 서울에 머문 시절을 김춘수 시인은 「강 화백」이라는 시에서 이렇게 그려내고 있다.

"화류나무에 연둣빛 기류가 감돌게 되면 봄은 벌써 와 있다고 해야 한다. 해가 차츰 길어지고 낮달이 유난히 눈을 끈다. 저녁에는 사철나무 키 작은 어깨가 달싹인다. 저희끼리 뭔가 표정을 나누고 있다. 이럴 때 서울의 부암동 산꼭대기 그 누옥, 술 때문인지 온종일 입에서 떼지 않는 파이프 때문인지 강 화백의 한쪽 눈이 젖어 있다. 지금도 아마 그 큰 눈의 어느 한쪽은 젖어 있으리라. 고지새가 한 마리 거실 맞은편 뜰에 내려와 집주인의 눈을 먼발치서 가만히 바라본다." 서울 후암동 시절 가난 속에서 작품을 하던 강 화백의 모습을 애조 띤 파스텔 색조처럼, 하루 종일 지저귀지 않는 고지새처럼 구멍이 열네 개인 파이프를 하루 종일 물고 있는 그의 한 쪽 눈이 젖어 있음을 바로 김춘수 시인은 알고 있었다.

「櫻草」
−강신석 화백에게

상수리나무 어깨 위
해는 가지 않고 있더라
금호강 남쪽 모래톱
하얗게 바래지고 있더라.
그날
오지 않는 저녁은
오지 않는 저녁의 그늘이 되어 주고 있더라.

오래된 불빛

이른 봄 풀밭에

울어서 눈이 빨개진 고지새 한 마리

내려와 있더라.

회상형 시제로 쓰여진 이 시 역시 눈이 붉은 고지새 한 마리
로 비유된 강 화백의 외로움을 한 정지된 풍경 속으로 몰아넣고 있
다. 철저한 외로움이라고나 할까, 이 외로움을 타는 한 화백의 텅
빈 주변을 텅 빔으로 채워 넣는 시인의 절제된 언어의 울림을 느낄
수 있다.

시간이 나면 가끔 화랑 M이 있던 북성로 길을 걸어서 배회하
다가 국일따로 국밥집에서 허기를 때우며 지나간 1970년대 어둡
던 시간들을 종종 되돌아본다.

고마운 은사님

나의 대학 은사님이신 정 철 선생님이 오늘 학교 연구실에 오셨다. 89세의 노령의 건장한 신사분이시다. 등산도 많이 다니고 늘 규칙적인 삶을 살으셔서 그런지 나는 선생님이 아직 70세 정도라고 믿고 있다. 한국전쟁에 종군하셔서 4년 6개월 군복무를 하시며 나라를 지켜낸 국가유공자이시기도 하다. 그 옛날 이야기와 함께 오늘의 한국이 처한 어려운 상황을 이야기 하시다가 다시 30여년 전 선생님이 프랑스에 교환 교수로 가셔서 박사논문을 썼던 이야기와 한국에 나오셔서 서울대에서 학위 논문을 썼던 이야기를 하셨다.

그후 학위논문의 출판을 도와드렸던 말씀을 하시며 선생님의 제자지만 동료 교수였던 나에게 일을 시켰던 추억을 잊지 않고 얼마전 미국에서 마음먹고 유명메이크 고급 가방을 하나 사오셨다면서 나에게 선물로 주시는 게 아닌가? 제자가 스승께 드리는 선물이 아니라 90이 다 된 스승이 65세가 되어 내년 정년 퇴직을 앞둔 제자에게 선물을 하시면서 늘 학생 신분처럼 공부하라고 당부 하신다. 원래 자상한 성품은 아니었지만 제자를 아끼시면서 은근한 사랑의 채찍을 내리시던 선생님의 사랑이 가득 담긴 선물을 받았다. 창밖에 봄비가 내린다. 퇴임을 앞둔 제자에게 이렇게 은은한 은사님의 사랑의 손길을. 너무너무 행복하고 기쁜 날이다.

보고 싶은 친구들

학교에서 자주 만나지는 않지만 그래도 마음을 드러내 보여 줄 수 있는 친구이자 고교 후배이기도 한 농과대학 조경학과에 정성관(鄭聖寬) 교수가 있다. 그런데 정 교수가 미국에 '포스트닥(Post-Doc, 박사후 연구원) 펠로십'을 하러 다녀 온 뒤로부터 건강이 나빠졌다. 워낙 공부 욕심이 많은 사람이라 좀 놀다가 오지 않고 공부 스트레스로 당뇨가 온 것이다.

그가 아프지 않을 때에는 학교 내 몇몇 가까운 이홍우(李洪雨), 정원우(鄭源宇) 교수 등과 어울려 술을 마시기도 하고 별별 호기도 다 부려가면서 정을 나눌 줄 아는 사내였다. 그의 의리와 뚝심 뒤에는 매우 세심하고 정교하게 삶을 설계하고 그려 내는 저력이 있는 따뜻한 친구이다. 그런데 요사이 정 교수가 술을 마시지 못하니까 술을 즐기는 나로서는 그와 함께 살아가는 재미의 일부를 잃어버린 셈이다. 그 무렵 이홍우, 정셈빼이(정원우) 교수 등과 어울리기도 했고 또 박대한 치과 원장과 그리고 상주 촌놈(?) 친구 구장림(약국 경영), 최영도(악사) 같은 친구와도 어울려 젊은 시절의 일부를 뭉개버리기도 했다. 그러면서도 만남이 즐거웠다.

그런데 정 교수가 어머님이 돌아가신 후 의기소침해지면서 매우 우울해 했던 분위기를 느낀 적이 있다. 그 시절 정 교수 집에 들러 이웃에 있는 이원섭(李元燮, 미술과) 교수와 함께 어울려 술잔을 주거니 받거니 하다가 거의 한두 시가 되어 나는 자리를 떴다.

아마 그때 정 교수 부인께서 나를 굉장히 미워했을 것으로 추정된다. 왜냐하면 밤이 새도록 남의 집에 와서 술을 달라고 고래고래 고함을 치며 술 마시며 떠들어댔으니 말이다.

정 교수가 살던 아파트 주변은 지난날 저수지였던 못(배자못)을 메워 아파트 단지로 조성하기 위해 땅을 고른 부지였다. 그 주변은 을씨년스럽게 겨울 밤 바람에 비닐 나부랭이가 펄럭이며 나뒹굴고 있었다. 어깨동무를 하고 차 타는 곳까지 배웅해 준 정 교수를 뒤로하고 차창 밖을 내다 보니 증명사진처럼 뇌리에 박혀 있는 배자못 주변 풍경을 「저수지가 보이는 아파트」라는 시로 옮겨 보았다. 시간과 공간이 변했더라도 그때의 추억 어린 아름다운 기억은 액자처럼 내 가슴속에 틀어박혀 있는 것이다.

「저수지가 보이는 아파트」

저녁 햇살에 떠오르는 잔잔한 물결은
아파트 한 층 한 층 밟고 올라왔다
다시 허전하게 가라앉는다

솔숲이 외로운 찬바람 막아주고 내 마음 비질하다가
어느새 황망한 하늘에 찔려 가느다란 몸짓 보내고
산과 들은 바뀐 곳 하나 없지만

내 마음은 비포장도로에 난 자동차 바퀴처럼 굳어져 있다
다시 계단을 내려와
저수지 찰랑이는 둑에 앉아 보노라면

오래된 불빛

돌아누운 산등성이 넘어 하얀 낮달이 걸려 있다

한밤의 쓸쓸함을 가늠질해 주던 저수지 물빛에 어울려
동네 아이들 떠드는 소리
솔숲 잎사귀 흔들며 달빛 되어 퍼지고 있다

나는 지금 어느 계단을 오르고 있는 건가
내가 딛고 서 있는 층계만큼이나 따라 올라서는
창밖의 온갖 물상
솔숲 외로운 무덤 쓰다듬고 건너오는 바람
그 사이에 나는 지금 서 있다

『낭만시 동인』 1, 1986

　　마지막 구절인 "나는 지금 어느 계단을 오르고 있는 건가/내가 딛고 서 있는 층계만큼이나 따라 올라서는/창밖의 온갖 물상"이라는 대목에서 나의 인식적 존재의 높낮이를 아파트에 대비하여 나 자신의 위치, 나와 사람 또는 물상과의 거리가 왜 저만큼 멀리 떨어져 있는지, 그리고 나는 왜 이렇게 끊임없이 외로운지 등을 자성적으로 질문해 본 것이다.

　　아마 정 교수가 어머님 죽음의 슬픔을 털어 내지 못하는 모습을 보며, 우리도 또 죽게 될 것이라는 상상과 함께 솔숲 외로운 무덤을 쓰다듬고 건너오는 바람, 그 사이에 내가 서 있음을 보게 된 것이다. 그러니까 인생은 근본적으로 외롭고 슬픈 것이리라. 세월이 지난 지금도 돌이켜 생각해 보면 나는 지금 어느 계단을 오르고 있는지 잘 모르겠다. 내가 한 계단 한 계단 올라서면 창밖의 모든 물상도 한 계단 한 계단 나를 따라 올라설 뿐이다. 단지 확실한 것은 시간과 공간이 바뀌었으나 내 가슴에 잔영처럼 남아 있는 추억은 그림 액자가 되어 더욱 투명하게 반짝거리고 있는 것이다.

내게는 계명대학교 한문과 교수이면서 동양화를 그리는 김남형이라는 친구가 있다. 얼마 전 내가 국립국어원장에 취임하여 서울로 간다니까 멋진 난을 한 폭 쳐 주었다. 그 친구는 고등학교 시절 2년 동안 옆 짝으로 지냈다.

대학 입학 후 첫 여름방학이었다. 갑자기 남형이 아버지가 돌아가셨다는 소식을 듣고 김낙현이와 함께 영안실로 달려갔다. 사실 그 시절, 아직 죽음이라는 사태에 대한 의례 절차에도 익숙하지 않았던 철없던 터이라 어찌해야 할 바도 모른 채 친구 아버지 상가에서 상문하였다.

우리는 고등학교 3학년 말 무렵 친구 낙현이 집에서 무하마드 알리의 헤비급 권투 경기를 보면서 사회에 나가 영원한 친구가 되자고 다짐하는 도원(桃園)결의로서 이른바 「십이회(12回)」라는 모임을 조직하였다. 당시 우리 학교에서 공부를 제일 잘했고 미국 외교사 연구에 두각을 보여 주고 있는 권용립(權容立, 경성대 교수)을 비롯하여 이문희(李文熙, 교육부 고위공무원), 김남형(金南馨, 계명대 교수 겸 한국화가), 강구(姜求, LG생명 대구지사장), 김낙현(金駱鉉, 아파트관리소장) 그리고 나를 포함한 여섯 명이 구성원으로 작당한 것이다. 사실 당시 김낙현을 제외하면 모두 대구가 고향이 아닌 유학파들이다. 권용립은 서울대 외교학과를 졸업한 뒤 명동성당 사건으로 구속 출감한 의성 출신의 가난뱅이였으며, 이문희 역시 경북대 4학년 때 행시 합격을 한 출중한 인물이었지만 포항 흥해 빈농처사의 아들이었고 김남형 역시 김천에서 유학 왔으니 당연히 그 당시

오래된 불빛

살기가 좀 넉넉했다. 그리고 특히 낙현이 어머님의 자애로운 보살핌 덕으로 자주 그 집에 몰려가 밥을 얻어먹기도 하고 때로는 술잔을 몰래 기울이기도 하였다. 그리고 강구의 집에 들렸을 때 노처녀 누님이 말아 주시던 북한식(강구 어머님은 월남한 분이었다) 냉면 맛은 지금도 잊을 수 없다.

그런데 김천역 앞에서 「평화당」이라는 유서 깊은 제과점을 경영하던 남형이의 부친이 돌아가신 것이다. 그 후 이들 악당은 뿔뿔이 흩어지고 각자 주어진 길을 달려가느라 겨우 이문희와만 대학 교정에서 가끔 스쳐 지나가면서 만날 수 있는 정도였다.

나이 사십 후반에 들어서자 권용립은 간 이식 수술을 받는 위기 앞에 직면했고 이문희의 올곧고 정직함은 교육부에서 행정관료로서 빛을 발휘하지 못한 채 강원대학으로 좌천(유배라고 내가 말했다)되는 등 어수선한 소식이 끊이지 않았다.

그 시절 나는 대구에 개통된 지하철 1호선을 타 보았다. 시간이 너무나 천천히 흘렀던 청춘기를 넘어서더니 갑자기 인생의 속도가 빨라졌음을 깨달은 것이다. 비록 시간과 공간은 건너뛰었으나 지난 청춘 시절의 꿈이 차창에 어리는 것을 본 것이다. 무한의 속도로 질주하고 있는 우리의 삶을 달리는 전철에 비유한 「지하철」이라는 시는 이렇게 하여 쓰인 것이다.

「지하철」

완만하던 시간의
가파른 기울기가
청춘을 벗어나서는 시퍼런 동굴에

이어져 있다

다시 찾지 못할
눈빛들이
불을 밝힌 그늘 속에서
전철 창문에 액자처럼 박혀
쏜살처럼 휙휙 지나간다

내리막을 그리는 시간의 기울기는
지나날 애틋했던
감정마저
철거덕거리는 전철 소음 속으로 빨려들고

참으로 건조한
사람들의 삶은
미궁 같은 지하도로 휙휙 빨려들 뿐
자신의 가슴속에 남아 있는
체온도 모를 뿐이다

『시사랑』, 2000/4

그렇게나 길게만 느껴졌던 시간이 휙휙 쏜살같이 지나가는
것을 느낀 어느 날 공군 조종사로 근무하다가 캐나다로 이민을 떠
난 최삼조(崔三祚)가 어머님이 위독하다는 소식을 듣고 달려온 것
이다. 그 후 우리는 대구에서 남형이와 최삼조 그리고 김낙현, 이
종민이 다시 모였다.

학창시절 노래도 잘 불렀고 또 한국화가 천석(千石)의 수제자였던 김남형 교수가 나와 이종민에게 부채 그림을 그려 주었다. 그 부채에는 나의 시 「지하철」의 1, 2연을 화제(畫題)로 써 주었다. 「완만하던 시간의 가파른 기울기가 청춘을 벗어나서는 시퍼런 동굴에 이어져 있다. 다시 찾지 못할 눈빛들이 불을 밝힌 그늘 속에서 전철 창문에 액자처럼 박혀 쏜살처럼 획획 지나간다. 이상규 형의 시 두 편을 경허(耕虛)가 쓰다」 올여름 저 경허가 써 준 부채를 바라보면 바람이 저절로 밀려와 시원하게 보낼 수 있을 것만 같다.

평생을 살아가면서 잊지 못하는 고마움을 마음에 묻어 놓고 사는 사람도 참 많으리라. 정작 고맙다는 말도 하지 못하고, 그렇게 하는 것이 오히려 어색해서, 말로 표현하지 않더라도 알아주겠지 자위하면서….

많은 사람은 「나는 뭔데」, 「나는 어떻게 했는데」라는 화법으로 자기를 미화하고 합리화하는 것을 보면 가끔은 가소롭다는 생각이 들 때가 있다. 그런 생각 때문에 나는 많은 사람에게 내 인생의 빚인 고마움을 제대로 표현하지 못하고 살아온 것 같다.

차제에 그동안 미루어 두었던 인사를 대신할 겸 지난 일들을 회상해 본다. 내가 대학원을 졸업한 1979년 9월부터 한국정신문화연구원(한국학중앙연구원의 전신)에서 근무하게 되었다. 1982년 2월 22일 내 아내와 결혼식을 올리게 되었는데 그때 내 아내는 대구 소선여중에서 교사로 근무하다 막상 결혼을 하려니 단칸 셋방을 얻을 수 있는 준비도 돼 있지 않았다.

마침 절친 이찬태(李燦泰, 건설회사 회장)가 복현동에 18평형 아파트를 한 채 가지고 있었는데 그 집을 세 얻어 살기 위해 전주대학 본관 건축 현장에서 일하던 이찬태를 만나러 전주로 향했다. 도착했을 때에는 저녁 무렵이었는데 이찬태의 부인인 새댁 권향숙 씨가 우리들에게 밥을 지어주기 위해 반공호같은 시골 부엌에서 공사장에서 가지고 온 화목(火木)으로 불을 때고 있었다. 피어오르는 연기에 눈물을 글썽이면서….

창밖에는 흰 눈이 하얗게 쌓였고 화목으로 군불을 겸해 덥힌 방에 누운 나는 금방 잠에 빠져들었다. 지금도 돌이켜 생각해 보면 젊은 시절 고생은 사서도 한다는 말처럼 찬태네도 고생이 얼마나 많았을까? 대구로 돌아와 며칠 지나 찬태에게 빌린 복현동 광명아파트를 신혼 집으로 마련해 두고 그해 2월 22일 지금의 아내 이정옥과 결혼식을 올렸다.

그곳에서 1년 가까이 살았는데 그 중간에 이찬태는 전주 공사가 끝나자 대구 동신건설로 자리를 옮겼다. 천생에 그 좁은 집에서 찬태 가족(창규와 태규)과 찬태 동생 찬영이, 나와 아내 그리고 첫아이 학근이가 함께 서너 달을 보냈다. 그 와중에 찬태가 먼저 동대구터미널 부근으로 셋방살이를 나가게 되었는데 지금 생각해 보면 내가 나가야 하는데 굳이 만류하고 찬태네가 제 집은 나에게 주고 저는 셋방살이를 하게 된 것이다. 오직 우정 때문에 어린아이들을 이끌고 제집을 친구에게 주고 엄동에 셋방 얻어 떠난 친구! 그 친구는 그렇게 남다른 철학과 사랑을 가지고 있었다.

그 이듬해 2월 말 나는 울산대학교 전임으로 확정되었기 때문에 대구 광명아파트 생활의 막을 내리고 대구를 떠나게 되었다. 다시 울산에서 1년 반 생활을 청산하고 다시 대구 경북대학교로 발령 나서 만촌동 에이아디아파트에 거주할 무렵 「소시민의 하루」라는 시를 썼다.

「소시민의 하루」

우리들에게는 열 평 남짓한 허공의

땅이 있습니다

입이 넷 눈이 여덟

있을 것은 다 있지만

늘 바람 불면

애드벌룬처럼 날아가 없어질 듯한

정착하지 못하는 사람들입니다

허나 보리밥 대신 흰쌀밥 먹고

뿌연 새벽 위층에서의

변기 씻어 내리는 물소리와

방귀 소리로 하루가 시작됩니다

같이 살면서

너무나도 다르게 살아가는 사람들 구경을 하다

딸깍 TV를 끄면

우리들은 애드벌룬을 타고 밤새도록

이 도시를 떠다닙니다

언제 우리도 도사견 풀어 도둑을 지킬 날이 올까요

그때는 위층에서 흘러내리는

오줌 갈기는 소리를 듣지 못하게 될 터이나

그런 것이 다 꿈이겠지요

그저 밝은 아침이 오기만을 기다려야지요

『종이나발』 1986

지금 돌이켜 생각해 보면 물질이란 아무 소용도 없는 것인데 힘든 삶을 제대로 소화하지 못한 소화불량증세 같은 병세가 나의 시 전반을 깔고 있는 듯하다는 느낌이 든다. 그 젊었던 시절을 어떻게 보냈는지 벌써 창규와 학근이, 태규가 고등학생이 되었고 대구에 와서 낳은 학성이는 중학생이 되었다.

오늘 이찬태와 함께 점심을 먹고 권기덕(경북대 예술대) 교수 아래에서 삼주개발 로고 AD를 했던 박병철 형의 청년작가 전시회가 열리는 두류공원 전시장 둘러보며 우리는 지난 세월을 뜨거운 가슴으로 더듬어 보았다. 벌써 20년이라는 세월이 훌쩍 건너뛴 것이다.

이빨 치료가 끝나면 만나서 한잔하자는 약속을 뒤로 한 채 우리는 각자의 진공의 삶 속으로 다시 빨려 들어갔다. 아마 진실한 사랑은 말 못하는 안타까움일지 모른다는 생각을 해 본다.

며칠 전 권기호 시인에게 전화를 걸어 수도암 가는 길을 물은 다음 훠이훠이 찾아갔다. 모든 사물이 다 헛된 욕망으로 지어진 거대한 빈 집임을 알지 못하는 마음을 씻어 볼 요량으로⋯. 겨울 찬 바람에 부옇게 몸을 비비고 있는 산사(山寺)의 나무들, 그리고 허심으로 서 있는 비로자나불(毘盧遮那佛).

수도암에서 내려오는 길이 유난히 멀게 느껴진다. 이승과 저승을 이어주는 길인 것처럼. 지난날 전주에 있는 이찬태를 만나러 가던 때처럼 첫눈이 가늘게 뿌리고 있었다. 그리고 멀리 산을 경계 짓는 능선 흔적이 희미하게 지워졌다가 다시 일어서곤 하는 그 끝없는 사이를 나는 달리고 있다.

내가 잘 알고 지내는 생물학을 전공한 김원(金源) 교수가 있는데 퇴임하신 분이다. 그분은 술이 약간 취하면 다른 사람에게 전혀

오래된 불빛

이야기할 기회를 주지 않는다. 그러면서 늘 자신은 도덕적으로 살아왔으며 남을 위해 신의를 지키며 살아왔다는 자신의 인생 역정을 얘기하시느라 목소리를 돋우곤 한다. 그리고 말미에는 꼭 아버지에게서 물려받은 선산(善山)에 있는 수억 원대의 텃밭 자랑을 빠뜨리지 않는다. 지금까지 나는 그 텃밭 이야기를 아마도 수십 번은 들었을 것으로 기억한다.

김 교수와 비슷한 친구들이 또 몇 사람 있다. 경상대 이홍우(李洪雨) 교수는 내 고등학교 동창이며 허물없이 우정을 나누는 친구이다. 근래에는 서로 바빠 언제 한 번 만나자는 기약 없는 약속을 하다가 겨우 서너 달에 한 번 꼴로 만나는 정도이다. 그런데 요 사이에는 우리가 나이가 들어가는 모양인지 서로의 삶을 왜 그렇게 목소리 돋우어 가며 토로해야 할 것이 많은지 나는 그 친구의 이야기를 들을 때면 마치 김원 교수의 이야기를 듣는 시간처럼 인내심을 갖고 기다려 주어야 한다.

또 앞서 소개했던 고시공부 하다가 실패하고 아파트 관리소장 일을 하는 김낙현이도 이들과 닮은 친구이다. 이 친구 역시 대학 시절 만들었던 「추구회」라는 서클을 통해 고시로 진출해 판검사 생활을 하는 선후배들의 영광을 마치 자기 자랑처럼 침을 튕기며 열변을 토할 때 나는 또 숨 막히는 고통을 참아 가며 침묵한 채 들어야 한다. 그럴 때는 가슴이 답답해진다.

하도 이야기 꼬리를 놓지 않고 떠들어대기에 "야 인생은 설명하지 않는 거야. 다만 상대방이 느껴야 할 뿐인데, 뭐 그렇게 설명이 많으냐"라고 일침을 가해도 내 말의 의미를 잘 못 알아듣는 듯하다.

그러면 나는 내 친구들에게 어떤 모습으로 비칠까? 나는 그들처럼 물려받은 재산도 없고 그렇게 의리 있게 인생을 살지도 않았으며 주변에 이용할 만한 힘 있는 친구도 없으니 침을 튕기며 열변을 토할 꺼리 또한 없어 기껏해야 인생이야기나 시(詩) 이야기 아니면 술집 주모(酒母)와 세속적인 얘기나 나누는 편이다.

그래서인지 나의 시 「개똥살구」를 읽은 친구가 "야 니 진짜 이래 해 봤나? 와, 예술도 직접적인 경험이 있어야 되는 거 아이가?"라는 질문을 던졌다. 그러면 나는 망설이지 않고 "당연하지!"라고 대꾸해버렸다. 믿든 말든….

「개똥살구」

슬픔을 앞세우고 개똥살구 가지를 헤치고 가면
속새 잎사귀가 바람에 흔들리고 있다
풀벌레를 후쳐 날리고 나란히 누워
속치마 자락을 찢어 몸을 섞으면
갈대들은 하늘을 털어댄다
우수처럼 흩어지는 햇살이 떨어지면
옷을 털고 다시 일어선다
눈물 한 방울 없는
무심한 기쁨은 언제나 내 앞을 걸어가는 비애다

『종이나발』 1986

이 시는 사람들의 일상성에 대한 슬픔을 노래한 것이다. 매일 밥 먹고 섹스하고 똥 누고 살지만 넥타이를 매고 출근하면 아주 근엄한 모습으로 섹스나 똥 누는 일 등은 아주 자기와는 상관없는 일인 것으로 여기는 평범한 범인들에게 그들의 내면에 가려진 인간 본연의 슬픔을 이야기한 것에 지나지 않는다.

나에게는 마치 청개구리같이 남들이 꺼리고 싫어하는 일에 접근해 보려는 모험심 같은 콤플렉스가 있다. 마치 자기를 자랑하고 PR하는 이들의 왕자병에 염증 같은 것을 느끼며 자기 비하(卑下)를 통한 쾌감을 얻으려는 정신병적 증세가 있는 것 같다.

그런데 역시 요사이 세상은 자기 PR시대인 것은 분명하다. 떠들어야 알아주고 능력 없이도 사람들과 연합하여 어떤 일에 책임자가 되어 거드름을 피우는 족속들을 보노라면 나와 같이 자기 비하, 자기 학대를 통한 가학증적 정신병 증세를 가진 이유는 내 유년기 또는 청소년기에 받은 정신적 상흔 때문이 아닐까 스스로 진단해 본다.

옆자리에 앉은 여학생과 함께 도시락을 제대로 꺼내 먹지 못하다가 뭔 고기반찬이라도 싸오는 날이면 같이 먹자고 상대가 먹기 싫어해도 억지로 주고 싶었던 어린 시절의 가난이라는 염세주의가 성인이 되어도 내 곁에 있으니 말이다. 이제는 내 삶을 스스로 실험하는 일을 그만두어야겠다.

그리운 동창생

고등학교 옆짝이었던 경허 김남형 계명대 교수의 퇴임 서화
전에 갔습니다. 단아한 난과 대나무에 곁들이 짧은 시들이 여백을
메우고 있었습니다. 세월의 깊이처럼, 캐나다로 이민을 갔다 일시
귀국한 비행기조종사였던 동기도 함께 고딩때 이경희, 박근술 미
술 선생님들의 이여기도 나누며 절절한 세월의 추억을...계엄령 위
반으로 어려운 시간을 보냈다가 미국외교사 연구를 선도하는 권
용립 경성대 교수 이야기도 곁반찬거리로 재잘거렸습니다. 교육
부에 근무하다가 은퇴한 이문희는 외국 공보관에 나가 있어서 참
석하지 못했네요. 가까웠던 고교동창들, 무척 그립습니다. 은퇴한
후 창령에 올관정사를 짓고 만년을 보낼 이야기도 나누었습니다.
빈밭을 평생 갈다가 이젠 높은 곳에서 두루내려다 보며 만년을 건
강하게 보내시구료.

오래된 불빛

오래된 기억

덧없는 인간의 삶

2001년 5월 24일

아침부터 머리가 맑지 않다. 새벽에 일어나 강우방 선생의 책을 읽다가 다시 잠이 들어 겨우 8시 반경에 일어났다. 오늘 펜(철필)을 사서 생각을 정리하며 좀 천천히 살아볼 요량을 실천하기로 작심하였다. 그러나 밥숟갈을 놓자 다시 세속적인 이야기로 이어진다. 출근길에 곧장 서점으로 향하여 Louis Althusser의 『마키아벨리의 가면』과 앙드레 말로의 『덧없는 인간과 예술』이라는 책을 구입하였다.

축제기간이라 교정 여기저기 주막의 포장막이 바람에 파들거리고 있다. 한때 대학에서 이맘때쯤이면 최루탄이 날고 아이들은 눈에 퍼들거리는 살기와 흥분에 압도된 정의의 우렁찬 구호와 찬연한 5월 민주항쟁의 노래가 가슴을 서늘하게 식혀 주곤 했는데⋯. 왜곡된 역사에 항거하고 저항할 젊은이들의 의식은 급속도로 자본주의의 물빛 자락에 번져 가고 있다. 오늘날 대학은 순종하는, 저항하지 않는 지식인들을 양산하는, 지적공장의 노동자를 배출하는 곳이라는 생각이 든다.

오늘은 미술전시회에 다녀와 미루어 두었던 책을 읽을 생각이다. 지난 시절 책가방에 넣어 다니던 잉크병의 잉크가 쏟아져 도시락 반찬 국물과 함께 책 모서리를 물들였던 군색스러움이 그리워져 그 잉크와 철필로 이 일기를 쓰려고 했는데 문구점에서 그런

거 팔지 않는다고 이상스럽다는 듯이 나를 쳐다보는 문구점 주인의(머리가 홀랑 벗겨진) 맑은 모습이 학교로 들어서는 내 뒤를 한참 따라오는 듯한 느낌을 받았다.

오늘 시인 김춘수 선생이 대구에 오신다고 6시에 현대시학 출신들이 모이자고 여러 차례 연락이 왔다. 연세도 많아서 출타하기도 힘들어 대구에 오실 기회가 그리 많지 않을 듯하다.

대학원 시절 가끔 선생님 연구실에 들르면 허브차가 위장에 좋다며 선생님께서 손수 끊여 주시던 생각이 스친다. 이진홍 시인과 함께 선생님한테 공부를 하던 때가 어제 같은데 벌써 팔순이라니 세월은 역시 무정한 바람처럼 왔다가 지나가나 보다. 얼마 전 선생께서 출판한 시집을 보니 돌아가신 사모님 생각에 안절부절 못하고 외로워하는 모습이 역력히 시에 배어 있다. 청령하고 조직적인 이론에 봉사(?) 또는 순종하던 언어들은 다 어디가고 지극한 삶의 한가운데로 고즈넉이 주저 앉은 모습이다. 역시 자신을 떠난 어떤 진리도 별 소용이 없나 보다. 정글에서 생존을 위한 강렬한 눈빛을 다소곳이 죽이고 더불어 살아가는 살이에 익숙해져 있을 뿐 궁극으로 사람도 이 자연의 극히 일부에 지나지 않는다.

토요일 늦게까지 이상화(李相和)가 발표한 시들을 복사하여 스크랩하는 작업을 하였다. 좀 피곤한 것 같다. 지난번 담도 절제 수술 후 쉬 피로를 느낀다. 어제 고려대 법대를 다니는 맏아들 학근이에게 상화 시가 실린 시집을 찾아 보내 달라고 했더니 애써 찾아 보낸다고 연락이 왔다. 벌써 많이 성장했구나 하는 생각을 하니 한편으로는 든든하다.

2001년 5월 27일 (月)

이하석 시인 그리고 서울대 오세영 교수와 MBC에서 상화 탄신 100주년 기념 방송 패널로 참석하느라 하루가 정신없이 지나가 버렸다. 내일은 아침 일찍 은사님이신 이기백 선생을 만나러 서울에 가야 한다. 행동반경을 최소화하려고 노력해 보지만 무슨 일인지 자꾸만 생겨나니 참으로 허랑하다. 느리게 살자. 정신없이 가다 보면 아무 것도 생각할 수 없을 뿐만 아니라 아무런 느낌도 갖게 되기 힘들다. 모두 다 텅 빈 것이지만 텅 비었으니 더욱더 느리게 자연의 일부를 느끼도록 노력해 보자.

2001년 5월 28일 (火)

새벽 일찍 서울에 이기백 교수를 만나러 안동대 김창식 학장과 함께 갔다가 오후에 돌아왔다. 세월을 건너 뛰어 사는 사람은 없는가 보다. 많이 노쇠해진 모습을 보고 세월의 무상함을 느꼈다. 하시고 싶은 얘기가 많은 모양이며 오랫동안 헤어져 있었던 이들에 대한 그리움도 큰 모양이다. 미움도 모두 무상의 상태로 공전될 수밖에 없는 것도 인간 삶의 유한성 때문이리라. 사람들은 백년(百年)을 살기를 원하지만 우리의 삶은 백년을 그리워하긴 너무나 짧은 세월이 아닌가?

살아가면서 조그마한 행복이 폭풍노도와 같이 어려운 삶을 버리게 해 줄지도 모를 일이다. 책을 보며 생각하고 또 걸어다닐 수 있는 공간 마련이라는 꿈이 현실화된다니 기분이 괜찮다. 서울에 있는 아이에게도 자랑삼아 슬쩍 얘기해 보니 그놈도 좋아하는 듯하다. 언젠가는 그 아이의 아이들이 가끔 찾아와 할머니에게 매달려 있는 모습을 상상하니 마치 산다는 것이 꿈만 같다. 뭐 평소

오래된 불빛

에 물욕과는 거리가 먼 생활을 해 왔으나 이런 생각도, 행동도 이기적인 탐욕이 아닌지 모르겠다. 저녁에 타이페이 출신이자 대학 동기인 장가급(張可級)이라는 화교 친구가 30년 만에 만나자는 연락이 왔다. 대학 1학년 때 함께 다니다가 일본으로 건너간 친구인데 타이페이를 오가며 무역업을 한다고 한다. 참 오랜만이다. 30년이 바로 어제의 일로 뇌리에 그때의 추억으로 남아 있다.

2001년 5월 31일 (木)

삼세판이라는 말이 있다. 실패를 거듭하더라도 세 번째까지 도전하고자 하는 반복적 욕구 내지는 욕망을 드러내는 말이다. 바둑을 연거푸 지다가 다시 한 판 더 두자는 내면의 적의, 공격적 충동을 완곡하게 삼세판으로 한 번 더 하자고 제안한다. 축구나 배구 같은 경기를 할 때에도 3전 2승 하면 승리하게 되지만 3패는 결국 종결, 죽음을 의미한다. 동서를 막론하고 3의 숫자에는 많은 신화적인 이야기가 숨어 있다. 곧 절망, 패배, 죽음이라는 신화의 코드라 할 수 있다. 인간은 오랫동안 이분법적 구조화에 길들여 왔다. 선-악, O-X 등 선택적 이분법은 오늘날 디지털 정보 교환 방식의 기초가 되듯 예부터 바이너리 방식에 따라 인간 행동이나 의사 결정이 이루어져 왔다고 해도 과언이 아니다. 바로 A or B가 아닌 마지막 예외가 바로 C일 것이다. 이 3은 매우 화려한 욕망의 여신이다. 억압된 욕망 속에 꿈틀거리고 있는 신데렐라의 에로스이다.

이렇듯 우리나라에서도 최 진사댁 셋째딸이 단연 최고요 나무꾼과 선녀의 이야기에서도 셋 할 때까지 감춘 옷을 보여 주지 않아야 하는 3의 계율을 따르며 금도끼, 은도끼도 아닌 세 번째 무쇠 도끼를 선택한 억제된 욕망이 신화의 코드로 작용하고 있다. 외국의 경우 O-men에서 숫자 3은 곧 죽음을 상징한다. 곧 3은 최고의 에로스(Eros)를 함의하고 있다. 신데렐라나 프시케, 코딜리어는 모두 셋째딸이고 셰익스피어의 『베니스의 상인』에 나오는 포샤까지도 구혼자 앞에 세 개의 상자를 내어 놓고 선택하라고 말한다. 바로 3은 Eros인 동시에 Amore이다. 최대의 아름다움은 죽음과 상통한다. 인간 세상에서 가장 열렬하게 사랑하는 이에게 죽음으로써 그 사랑을 증명해 보인 예는 너무나 많다. 로미오와 줄리엣처럼 말이다. 시작과 끝, 출발과 귀착, 탄생과 죽음, 이는 모두 하나이다. 뫼비우스 띠처럼 어둠과 밝음의 경계가 없듯이 숫자 3은 바로 그 중립 지역의 신화적 부호이다. 인류의 삶은 생과 사의 중간에 놓여 있는 숫자 3, 그 숫자 반복의 우연한 결과라고도 말할 수 있다.

2001년 6월 1일 (金)

새는 비난 받지 않는다
세상에서
사람들은 신화를 지어 내고
사람들만이 뜻을 만들며
환상을 통해
사물을 만난다.

세상에서
사람들은 말로 사물을 그려내고
사람들만이 뜻을 만들며
사물을 통해

오래된 불빛

환상을 본다.

사람들이 만든 뜻이

사물과 얼마나 다른지도 모르고

침에 젖은 사물을 거꾸러뜨리는가

그러나 뜻을 만들지 않으면서

사랑 없이도 정을 나누는

자유의 징표, 새

새는 비난 받지 않는다

반복되지 않는 의미는

죽음일 뿐이다.

"문명은 죽음 충동이라는 블랙홀을 덮은 얇은 베일에 지나지 않는다."

2001년 6월 4일 (月)

어제 청도에 있는 대웅사라는 절에 파키스탄에서 온 린포체와 라마승의 법회가 열린다는 앞집 송 원장의 아내인 경애 씨의 전갈을 듣고 채비를 차려서 아내와 함께 절에 다녀왔다. 군수와 경찰서장 등 국회의원 비서들까지 건강하고 재물 왕등하기를 기원하는 소시민들 틈에 버젓이 앉아 있었다. 때론 위엄을 부리며 비서가 써 준 연설문을 운율에 맞추어 읽어 내려가면서 말이다. 린포체를 친견하기 위해 접수를 해야 하는데 나나 아내나 무일푼이었다. 아침에 둘째 학성이가 독서토론 모임에 참가하러 간다며 우리 두 사람 수중에 있는 돈을 다 가져갔기 때문이다.

접수대에 앉아 있는 아낙네가 우리를 쳐다보고는 뭐 돈 한 푼

없이 극락 가는 기차에 무임승차 하러 왔느냐는 듯이 못마땅한 표정을 지으며 아래위로 훑어보았다. 미안하기도 하고 한편으로는 창피하기도 하여 아내의 팔뚝을 잡아당기며 접수대를 비켜서려고 하니 「만 원만 주이소」라며 좀 봐 준다는 듯이 말을 건넸다. 나는 더욱 황당하여 어쩔 바를 모를 지경이었다. 단돈 만 원. 그것도 안 갖고 왔단 말인가? 생불의 법어를 듣기 위해서 말이다. 그런 위기를 마침내 그 식에 참석했던 동화사 주지스님이 자리를 뜨자 주변의 여러 스님이 우우 일어서는 환송을 하는 북새통이 일어났다. 얼른 아내와 나는 다른 자리를 찾아 그 복잡한 큰 스님의 틈 사이를 헤쳐 멀찌감치 친견(親見)하는 나이 어린 생불을 바라보다 하산하였다. 오는 길에 촌두부에 동동주 한 사발을 들이켜고(아내 친구인 경애 씨에게 얻어먹었음) 어둠의 낙조를 밟으며 하루를 접었다. 피곤하였다.

2001년 6월 5일 (火)

『기싱의 고백』을 읽었다. 상화(尙火)가 이미 1920년대에 일본을 거쳐서 우리나라에 소개된 기싱의 작품과 그의 기층민으로서 삶에 탐닉했다니 시간과 공간을 뛰어넘어 지식인의 의식과 정신력은 남다른 면모가 있었나 보다.

1980년대 후반 전 세계를 지배하다시피 했던 대영제국 무명의 문인 기싱이 살아가는 모습은 우리들에게 시사하는 바가 매우 크다. 가난을 가난으로 받아들이지 않고 철저하게 삶의 한 부분으로 수용하면서 자신의 생활 철학을 견지해 나갈 수 있다는 것은 대단한 일이 아닐 수 없다. 오늘날 무절제한 풍요와 낭비, 자본의 풍요 속에 길들여진 우리들에게 큰 교훈인 것 같다. 베른하르트의 죽음을 넘어선 글쓰기의 행위와 마찬가지로 어느 구석진 방에서 가난과 더불어 평생을 영위했던 글쓰기. 곁을 돌아보지 않고 일관된 자신만의 삶을 자신답게 살아갈 수 있었던 지식인의 고뇌를 우리는 배워야 한다.

2001년 6월 7일 (木)

베른하르트의 『영웅광장』 제2경 폴크스가르텐에서 아버지의 장례식을 치른 안나와 올가 그리고 그녀의 삼촌인 로베르트 슈스터 교수가 앉아 있는 안개 속 부르크테아트의 암울함. 희미한 도심은 안개 속의 원근에 따라 형체를 드러내고 그 원근의 거리를 깨뜨리고 환하게 빛나는 창틀 속의 전깃불. 그 거리는 마치 이승과 저승의 공간 내지는 간격의 격자가 놓여 있는 듯하지만 사람들은 각기 무심하게 이승을 떠났다가 되돌아 온 영혼의 까마귀가 앉아 있는 가지가 모두 잘려진 나무 둥치 아래 있다. 그들의 눈빛은 저마다 다른 방향으로 흩어져 있다. 마치 피어오르는 밤안개처럼. 베른하르트의 문학적 망명을 실현시킨 거작이다. 그는 "가능한 한 좋은 글을 쓰기 위하여 되도록 노회하고, 되도록 사악해지려 해야 한다."라고 말한다. 천재와 광기의 인접성.

2001년 6월 9일 (土)

한 주일이 빨리도 지나간다. 아무 것도 한 것 없이 시간이 물 흐르듯 한다. 서울에 있는 큰아이가 늦게 집에 다니러 왔다. 육체적으로나 정신적으로 성장해 가는 모습이 눈에 띄는 듯하다. 아침에 아내가 아이 방에 가서 "내 아들아! 일어나거라!" 하며 깨우는 소리에 나도 덩달아 깨어났다. 오랜만에 온 아들이 무척이나 반가운 모양이다. 평소에는 늘 자신의 일에 쫓겨 아들에게 눈에 띄는 애정 표시를 않던 아내가 오늘 아침에는 무척 행복에 젖은 목소리인 듯하다. 무엇인가 마음을 다잡아먹은 듯한 대견스러워 보이는 학근이의 모습을 보면 나 역시 마음이 넉넉해진다. 내일 아침 또 서울로 떠나겠지…. 산다는 것이 늘 그렇게 왔다가는 또 떠나가는 그런 공허한 틀이 아닐는지?

요사이 책 읽기 진도도 느리고 사람 만나는 일도 지친 듯하다. 곧 종강이 되면 무심이 산사(山寺)에 들러 텅 빈 마음이 되고 싶다. 봉암사 절에 있는 추사의 '版展'이라는 고졸한 글씨체의 조화(調和)가 무심, 허심(虛心)의 경지가 아니면 어찌 가능했을까? 그렇다고 마구 다 비우고 아무 노력 없이 그러한 경지에 들어가기를 바라는 것도 잘못이리라. 어느 선, 어느 경지를 넘어서는 일이 그리 쉬운 일만은 아니리라.

징검다리 물이끼 닦아주던 물살이
등 푸른 고기의 지느러미를 키우고 있었네
　　　　　　　　　　　– 이중기의 「나의 갈등」에서

2001년 6월 12일 (火)

유탁일 교수 강의를 들었다. 한 학자의 고고한 체취가 그의 자태에서나 학문에 있어서나 별개가 아니라 하나로의 합일이라는 생각이 든다. 그리고 대구시에서 2003년 유니버시아드대회의 이념 정립을 위한 위원 위촉을 받았다. 문화의 축전이 될 수 있는 슬로건이 재정되었으면 한다.

'하나 되는 꿈' 이루어진다

2003년 대구U대회 이념제정위원으로서 나는 '하나 되는 꿈(Dream For Unity)'이라는 주제 제정을 주도하였다. 그 주제에 담겨 있는 '역시 꿈은 꾸는 자의 것이다'라는 말을 실감한다.

우리 민족이 하나 되어, 아니 전 세계 젊은이가 하나 되어 이루어 내는 아름다운 꿈을 현실로 보고 있기 때문이다. '하나 되는 꿈'이란 빈부, 계층, 성별, 이데올로기, 인종, 국가, 민족 등 우리 지구촌의 모든 벽을 허물고 오로지 인류의 자유와 평화와 사랑만을 축복할 것을 염원하는, 그야말로 꿈은 꿈꾸는 자의 몫일 수 있다는 신념으로 제정된 주제였다.

이 축복의 젊은이 축제를 거부할 그 어떤 이데올로기도 '하나 되는 꿈' 앞에서는 맥을 못 추리라는 가슴 벅찬 상상이 우리 눈앞에 현실로 펼쳐지고 있다.

'그대 아직도 꿈꾸고 있는가'라며 혀 날름거리며 대구U대회를 비웃는 듯하였다. 그러나 북과 우리가 하나가 돼 입장하는 모습, 서로가 서로를 응원하는 모습에서 우리는 스포츠를 통해 하나가 되는 현실을 보고 있다.

북의 기습적인 불참 통보, 다시 하루 만의 참가 통보 소식은 결과적으로 대구U대회 '하나 되는 꿈'에 가장 극적인 효과를 가져다준 훌륭한 반전장치가 된 셈이었다.

전 대구시민, 아니 전 세계인의 가슴 조마조마한, 그래서 더

없이 긴 하루를 통쾌하게 만든 낭보였던 것이다. 대구하계유니버시아드의 주제인 '하나 되는 꿈'이 달구벌 언덕에서 전 세계인을 상대로 화려하게 펼쳐지고 있다.

전 세계의 젊은 대학생들이 이 대구의 땅을 찾아와 대지를 쿵쿵 디디며 그들, 가장 아름다운 젊음을 스포츠로 불태울 것이다. 우리는 그들을 사랑으로 맞이하고 또 그들에게 인류의 우정 어린 진정한 평화가 무엇인지를 활짝 열린 마음으로 가슴속 깊이 새겨 주어야 한다.

일상의 방식으로, 가식이 아닌 진정으로 우리의 사랑이 무엇인지 가슴을 열어 안아야 한다. 내 젊음의 시절, '러브스토리'와 '나자리노'라는 영화가 한창 유행했던 적이 있다. 젊음의 혈기가 방창할 무렵 본 '러브스토리'의 마지막 장면에서 암으로 아내를 잃어버리고 고통스러워하는 아들에게 "사랑은 후회하지 않는 것"이라는 충고로 아들의 쓰라린 아픔을 달래던 아버지의 큰 뜻을 30여 년 세월이 흐른 지금, 내가 아버지로서 새삼 기억해 내고 있다. '나자리노'는 보름달이 뜨면 늑대로 변하는 인간과의 사랑 이야기였는데, 비현실적인 사랑의 비극에 눈물 훔치며 감동한 기억은 아직도 귓가에 맴도는 영화의 주제가로 남아 있다.

그 두 영화의 무엇이 그토록 날 감동케 하였을까? 당시 나를 비롯한 젊은이를 감싼 현실이 군사독재 시대라는 지루한 어둠의 터널 속과 같은 숨 막히는 상황이었기 때문이었을까? 현실과 너무나 동떨어진 비 일상의 영화 스토리가 날 그렇게나 몽환적이게 만들었을까?

그러나 어쨌든 시대나 나이를 초월하여 지금 깨닫는 불변의 진실은 사랑이라는 것이다. 사랑의 힘이야말로 가장 크나큰 힘이

오래된 불빛

다. 사랑한다는 힘은 이데올로기와 같은 비이성적 현실 따위를 초월할 수 있는 큰 힘을 가지고 있는 것이다.

대회 사흘 전 북한 선수단이 불참한다는 소식을 접하는 순간 군사독재정권에 대한 민주화 투쟁을 하던 혈기 방창하던 1980년 대의 젊은이가 이 사태를 어찌 받아들일 수 있을 것인가 하는 걱정과 과거 30여 년 전의 내 젊은 날의 몽환적 사랑이 함께 오버랩되면서 사랑의 힘에 의지하자는 감상적 해결밖에 떠오르지 않는 것이었다.

그러나 그 우려는 이제 말끔히 씻겨졌다. 우리가 쏜 살의 꿈은 결코 비켜가지 않았다. '하나 되는 꿈'이 비로소 이 달구벌의 언덕에 펼쳐지게 된 것이다. 사랑한다는 일이 그렇게 쉽지만은 않다.

또한 '하나 되는 꿈'이 이루어지기가 그렇게 쉬울까? 그러나 삶과 죽음의 배반감에서 방황하다 지친 아들에게 "사랑은 후회하지 않는 것"이라며 어깨를 토닥이는 따뜻한 아버지의 사랑의 손길이 있다면 꿈은 이루어지지 않을까?

어렵사리 남과 북이 하나 된 대구하계유니버시아드가 '벽을 넘어 하나로, 꿈을 펼쳐 미래로', 내일의 남북과 세계 평화를 열어내는 단초가 되기를 진정으로 기대한다.

빠듯하고 지루한 일상의 터널을 벗어나 이 신선한 젊은이의 축제, 그 한가운데로 뛰어가자. 전 세계의 젊음의 축제 그 한가운데에서 함께 숨 쉬고 함께 호흡해 보자.

2001년 6월 13일 (水)

아침부터 애타게 기다리던 비가 내리더니 하루 종일 가뭄에 시달리던 땅을 촉촉하게 적시고 있다. 그런데 계명대학의 신 모 교수가 투신자살 하였다는 소식을 전해 들었다. 어찌 그런 일이 일어 났을까? 대구 사회에서 그래도 엘리트 가운데 한 사람이었는데 기가 막히는 노릇이다.

2001년 6월 15일 (金)

2003년 대구U대회의 이념제정위원으로 위촉되었다. 짧은 식견으로 무엇을 어떻게 기여할지 걱정이다. 그러나 그동안 철학, 문학, 역사 등 인문학에 걸쳐 두루 독서한 내용을 나름대로 정리하여 새로운 비전을 제시할 수 있는 이념을 창안해 볼까 한다. 우선 생태주의, 페미니즘, 하이테크놀로지에 의한 인류문명의 전환점에서 어떤 화두로 세계 대회의 이념으로 설정할지 좀 더 시간을 두고 고민해 보자.

어찌됐든 내 개인적으로 매우 영광이고 또 보람 있는 일을 할 수 있어 가슴이 벅차다. 사대 장동익 교수가 나를 천거해 줘 늘 고맙게 생각하고 있는 터인데 또 나를 위한 배려를 해 주어서 고맙기 짝이 없다. 어진 그릇은 멀리 내다볼 뿐 아니라 자기 것을 남의 몫으로 내어줄 줄 아는 것 같다. 같이 늙어 가면서 서로 보답할 기회가 있으리라. 장주효 형이 전화로 박지극 선생의 교육감 출마 과정을 몹시 언짢아 하는 생각을 전해 듣고 보니 괜히 마음이 좀 불편하다. 어쩌면 계명대 신 교수의 죽음과도 관련이 있는 듯하여 할 말을 다하지는 못했다. 지역에서 어른 노릇하기가 결코 쉬운 일이 아닌 모양이다. 조만간 장주효 형을 만나 저간의 일들을 좀 상의해야 할 것 같다. 『라캉과 현대 철학』이라는 책을 읽기 시작한다.

오래된 불빛

2001년 6월 20일 (水)

대구U대회 이념제정, 원고 교정에 다른 일들이 겹쳐서 한참 일기를 쓸 겨를도 없었다. 천천히 살겠노라고 다짐하고는 돌아서면 일에 치여 매일 지친 상태가 된다. 무능한 자신을 깨닫지 못한 탓이리라. 무릎에 상처 난 저녁놀이라도 눕혀 놓을 여력이 없음을 다시 한 번 되돌아보노라.

이상화 고택보존

2001년 7월 1일 (日)

문학 속의 파시즘. 지난날 일제에서 해방공간의 미군정기, 남북의 전쟁, 박정희 군사 파쇼, 5.18민주화운동으로 이어져 온 한국 현대사를 돌이켜 보면 숨이 찰 정도 혼란 연속이었다. 그런데 최근 민주화된 국민 정부가 들어섰지만 지방 분권적 토호 세력과 일제 예속 관료를 배출하기 위해 만든 경성제국대학의 후신 S대를 중심으로 한 세력들의 눈에 보이지 않는 결속과 유대 강화를 통한 권력화 과정에서 나타난 비인권적 파시즘은 일상 속에 짙은 안개처럼 퍼져 있지만 감히 또다시 운집 형성되어 가는 이들 파시스트들에게 어느 누구가 비판을 할 것인가?

일제 때 이상화를 낭만주의적 퇴폐적인 경향을 띤 작가라고 폄훼해 버린 비평적 관점이 1950년대를 거쳐 오늘날에 이르기까지 전혀 시각의 교정이 이루어지지 않은 채 대학 강단에서 지식의 전수 체계가 작동되고 있으니 어찌 한심치 않겠는가? 시인 상화의 작품을 분석해 보면 누구라도 쉬 무산층에 대한 각별한 관심과 무산작가(사회주의)에 대한 매우 깊이 있는 관심과 지식을 갖고 있음을 알 수 있다. 그뿐만 아니라 그의 작품 「거러지」, 「엿장수」 등에서 무산 계층에 대한 남다른 애정과 프롤레타리아의 분노를 그려내고 있다.

그럼에도 불구하고 상화를 부르주아적 성향을 띤 데카당스트로 편훼된 관점이 수정되지 않은 이유가 바로 우리 사회의 구조적 모순, 특히 대학의 국문학 연구자들의 일상적 파시즘의 틀을 벗어나지 못한 데서 그 원인을 찾아 볼 수 있다. 아직 우리나라 대학 교수나 문학평론가들이 제국주의와 식민주의의 파시즘의 그늘로부터 탈피하지 못한 증거이다. 상화가 『개벽』에 쓴 「무산계급과 무산 작품」(1-3)이라는 평론에서 1980년대까지 「무산」이라는 용어를 일절 사용하지 못하게 했던 사실을 되돌아보아도 우리들 주변에 남아 있는 파시즘이 새로운 권력화를 모색함으로써 논의의 본질을 흐리게 하고 있는 것이다.

지식인이나 언론인 등의 권력화 양상은 매우 심각한 국면에 도달해 있다. 특권 계층화, 특권 고교, 대학의 동창세력, 향우회, 산악회 등의 권력화를 산출하는 집단 구성의 이면에서 눈에 보이지 않을 인권의 사각지대를 생각해 보자.

「기독교의 선교사들이 16세기 이후로 식민주의를 위해서 일정한 역할을 행하였다면, 이제는 인도주의와 인권(물론 자유로운 서구 인간의 인권)의 '철학자들'이 이처럼 탈사회주의적 제국주의라 부를 만한 그런 현대적인 제국주의를 위해서 그 역할을 행하였던 것입니다.」

「들뢰즈 – 존재의 함성」 알랭 비티우

2001년 8월 9일

「거대한 집을 나서며」

시적 언어는 끊임없이 기의로부터 미끄러져 가는 비표 상자에 담긴 기표이다. 시인은 때로는 무료한 존재를 드러내어 주기도 하고 또 존재에서 멀어지기를 갈망하기도 하는 인간 이성의 능력이기도 하다.

그러기에 인간 삶은 비록 일회성이지만 시를 통해 무한성에 도달할 수도 있는 것이다. 시인은 무한의 새로운 세상으로 향하는 의미의 창고에 신비한 문을 열어주는 신의 열쇠를 쥐고 있는지도 모른다.

한때 이 민족의 슬픈 시대사를 휘청거리며 고뇌하려 기거했던 거대한 집을 떠나 다시 먼 길을 나서는 길손이 되기 위해 그동안의 작품을 묶는다. 존재의 본질에 이를 수 있는 유일한 통로인 언어는 또한 본질을 엄폐하는 엄청난 과오의 흔적이기도 하다. 시 속에 언어로 만들어진 모든 과오는 신이 만든 최고의 상상이다.

2001년 10월 27일

불과 몇 달 만에 세상은 많이 변해버렸다. 무더위가 밀려난 자리에는 삽살한 겨울 기운이 옷자락을 비집고 따뜻한 가슴의 열기가 허공으로 흩어지면서 가을의 그리움이 무늬를 이루며 가로수 길거리를 굴러다닌다. 미국의 뉴욕 세계무역센터가 허무하게 내려앉고 멀리 허드슨강을 지키고 서 있는 자유의 여신상 위로 살찐 비둘기가 떼를 지어 맛있는 팝콘을 던져 주는 여행객 꽁무니를 따르고 있다. 그리고 탈레반 정부를 붕괴시키려는 음모에 숨겨진 자유 대신 많은 인민을 살상하는 엄청난 군사작전이 진행되고 있다. 테러로 규정된 세계무역센터와 펜타곤(국방부)의 공격에 대응하는 뚜렷하고 확정된 물증도 없는 미국의 공격을 두둔하는 수많은 자유주의 국가들. 마이너리티보다 메조리티에 줄을 서려는 경쟁적 자본주의의 끝자락은 보이질 않는다.

『ROGUE STATES(불량국가)』 미국을 질타하는 지식인 놈 촘

스키(Noam Chomsky) 자신의 조국인 미국을 침략주의적 패권국가로 규정하고 이를 비판하고 있다. 완전한 자유란 무엇인가? 현재 미국의 세계 지배 방식인 힘의 논리 전개 방식에는 문제가 많은 것 같다. 지난 세기 박애정신으로 가난한 이웃 나라를 보살피던 청교도 정신은 어디로 갔는가? 폭력과 지배는 반드시 그 대가를 되돌려 받게 된다는 자연사의 원리는 인류가 존속하는 날까지 불변의 진리일 것이다.

중년의 늦가을 바람이
허리춤을 돌아나와
삐걱거리며 길을 간다.

길 섶 들국화 꽃 잎 하나하나에
함초롬히 맺힌 이슬 방울
바람에 대롱대롱 겨우 매달려 있다

가을이 깊어갈수록
서울 간 큰아이가 보고 싶다
세월의 깊이만큼
멀어져 가는 인연들

−「인연」

2001년 12월 22일 (土)

30년 전 내가 대학원을 다닐 무렵이니까 만조카인 학본이가 4~5세였던 시절 대명동 집 아래채에 세를 들어 살았다는 중년의 아주머니가 학교 연구실을 찾아왔다. 당시 여고 2학년이었으니까 지금은 45~47세쯤 될 것이다. 우연히 신문(매일신문)에 나의 사진과 기사가 실린 것을 보고 연락처를 수소문하여 그동안 수차례 전화를 했지만 통화가 불가능했으나 이번에 마침 아들이 대학에 지원하였기에 마음먹고 나를 찾아왔다면서 그 당시 추억(나는 이미 다 잊어버린)을 하나씩 들추어내었다. 늘 공부만 하던 모습이 유난히 기억 난다는 말을 여러 번 하여 매우 어색했지만 지금 미국에 가 있는 큰조카 학본이 질녀인 민정이 이름까지 또렷이 기억하고 있는 것이 여간 고맙지 않았다. 아마 당시 여고생이었고 세 들어 사는 집 주인의 아들이 대학원을 다니고 있었으니 처녀 총각의 관계로 여긴 추억이 있다면 그 정도의 추억을 가슴에 묻고 사는 일이야 당연하겠지만 한편으로 나의 내면을 훤히 기억하는 이가 있다는 것은 또 하나의 부담이 되는 일일 수 있다는 생각이 들었다.

세월이 약 30년이 접쳐져서 기억 속에 남아 있는 사람을 다시 만난다는 일은 기쁨일 수도 있지만 한편으로는 세월의 흐름을 알려주는 시간의 눈금을 확인하는 곧 반추와 세월을 추스르는 슬픔일 수도 있다는 생각이 들었다. 지난 일주일 경북대학교 입학고시 논술출제 위원장으로 시사이드호텔에서 문제 출제 관계로 구금(?) 생활을 하였던 피로가 풀리지 않은 상태에서 우연찮게 찾아온 아주머니와 한 시간 가까이 나눈 대화 내용은 지극히 일상적인 삶의 편린뿐이었다. 어쩌면 인간 삶 그 자체가 그렇게 큰 의미 있는 것이 아니라 파출소장의 아내가 된 이의 손톱 사이에 물든 김칫국물 같이 불그스레한 삶의 땟자국 같은 것이리라.

12월 27일 서울대 이병근 교수 회갑연이 열린다고 한다. 아마 내가 그 기억에도 남아 있지 않는 여고생과 큰방 아랫방 사이에

오래된 불빛

서 기거하던 공간을 떠났던 1978년 40대 초로의 교수였던 이병근 교수를 정신문화연구원에서 만났던 것이다. 그립다. 그리고 그립고 고마운 정을 또 가슴에 묻어두고 이병근 선생의 회갑을 기리며 늘 건강하시기를 진심으로 기원한다. 또 오늘 이광호 교수의 회갑 기념 논문집을 받았다. 그 시절에 갓 태어났던 민정이가 벌써 미국 유시 얼바인(UCI)대학교를 졸업한 어엿한 처녀가 되었으니 인생은 너무나 바삐 지나갈 뿐이다.

2002년 1월 22일 (火)

아침에 택배가 왔다는 전화가 왔으나 MBC의 방송 현장 출연 (이상화 고택 보존)을 위해 하루 종일 찬바람을 맞으며 밖에 있었기에 저녁 늦게 아내가 와서 비로소 택배를 수위실에서 찾아왔다. 감기가 좀 수그러질 즈음 하루 종일 찬바람을 맞은 탓인지 음성도 변하고 또 열이 많이 나는 듯하다. 택배는 일본에서 온 것이었다.

한일문화교류재단에서 온 것 이었다. 올해 9월부터 1년간 도쿄대 대학원에 초빙 연구교수로 결정되었다는 통보서였다. 물론 매월 연구비 43만 엔을 받으며 왕복 항공료도 제공받는 최상의 대우를 받는 것이었다. 너무나 반갑고 또 기쁜 일이 아닐 수 없다. 십여년 전 영국에 있는 리딩(Reading)대학교에 유명한 피터 트루질 (Peter Trudgill) 교수 초청으로 공부하러 갈 기회가 있었으나 여러 가지 재정적인 여건이 맞지 않아서 가지 못했던 적이 있다. 그동안 늘 그 기회를 놓친 것이 내 학문의 발전을 위해 아쉬웠는데 결국 또 한 번의 기회가 더 찾아온 것이다.

도쿄대 후쿠이(福井玲) 교수가 무엇보다 결정적인 도움이 되어 준 것이다. 내가 울산대학 교수에서 경북대 교수로 자리를 옮기고 아마 학근이가 4~5세 되던 무렵 후쿠이 교수가 대구에 방언조사를 하러 왔을 때 대명동 우리 집에 며칠 머문 적이 있었다. 그것이 인연이 되어 그가 한국에 오면 서너 차례 우리 집에 머물기도 했다. 이런 저런 인연으로 이번에는 내가 그에게 신세를 지게 되었으니 인연이란 묘한 것이기도 하다.

후쿠이 교수가 처음 우리 집에 왔을 때 아주 어렸던 학근이가 '일본놈'이라고 하는 바람에 곤혹해 한 적이 있다. 물론 인근에 정해 두었던 여관에 배웅하러 간 사이 엄마가 학근이에게 야단을 칠 일이 있었다. 평소 일본 특히 조선 왕조(대한제국)를 멸망시킨 일본의 행적에 비판적이었던 나의 언사(일본놈)를 어리고 철이 없었던 학근이가 어느새 배워서 저녁 밥상머리에서 아빠와 마주앉아 식사를 하던 후쿠이 교수에게 '일본놈'이라고 했던 것이다. 이 어찌 어린 탓으로만 돌릴 수 있을까? 그놈이 벌써 자라서 우리나라 최고의 수재들이 들어가는 법대에 들어갈 것으로 기대된다. 세월이 무상하다. 그리고 막상 올 한 해를 안식년으로 쉬고 싶었는데 막상 9월부터 1년간 외국 생활을 해야 한다고 생각하니 건강 문제 등으로 좀 착잡한 심정이다.

며칠 전 학근이가 면접(대입) 보는 날 아내와 함께 지리산 실상사에 가서 대원을 치성하고 지리산 제일 골짜기에 위치한 영원암자에 갔다가 안개에 휩싸여 갈 길을 재촉했던 일이 기억난다. 올해는 두루 좋은 일이 많이 생기고 또 가족 모두 건강하고 소원이 이루어지리라. 시간을 내어서 수도암을 찾아야 할까 생각 중이다.

일기를 쓴다는 일은 개인의 인연을 까뭉개버리는 역사의 마성에 대응하려는 두려움일까 아니면 그러한 소멸적 역사의 횡포에 반항하는 것일까?

2002년 1월 26일 (土)

1943년 45세의 나이로 그토록 그리던 조국 광복을 보지 못한 채 병마의 고통 속에 이승을 하직한 상화가 마지막 거주했던 계산동 2가 84번지 고택이 도시계획선에 물려 머잖아 헐려 나갈 위기 앞에 있다니 안타깝기 짝이 없다. 오늘 대구 MBC 방송을 통해 그 현장이 방송된다.

계산성당 옆 현지 고려예식장과 주차장 뒤편으로 약간 반원형으로 옛날 고가옥이 세월의 흐름과 산성비에 삭아 허물어져 가는 모습으로, 그래도 한때 번화했던 옛 자태와 흔적이 묻어나는 모습으로 그 자리를 지키고 서 있다.

이번에 나는 이곳이 대구의 근대 문화계를 이끌 매우 중요한 인사들과 밀접한 관계가 있는 공간임을 확인할 수 있었다. 바로 한국 가톨릭 발원지가 대구, 칠곡과 밀접한 관계가 있으며 그 가운데 빼놓을 수 없는 성지 계산성당이 바로 이곳에 위치하고 있다. 아직 고풍스러운 자태와 아침 햇살에 반짝이는 모자이크 채색 성화의 스테인드글라스 너머 새들의 지저귀는 소리가 해묵은 수목의 나뭇가지에 흩어져 내린다. 바로 그 계산성당 남쪽 담장에 연해 있는 84번지에 상화가 1938년부터 1943년까지 살다 간 공간이다.

일제의 탄압이 어느 때보다 고조되었던 시기. 가난과 병마, 실연으로 인해 젊음의 기세가 한풀 꺾인 상화의 이승에서 고통스러웠던 마지막 삶의 현장이기도 하다. 교남학교 교가 가사에 항일적인 요소가 있다는 문제로 일제 순사들은 상화의 가택 수사를 하여 당시 고월 이장희의 육필 원고초와 상화의 원고초를 압수당하는 압박 속에서 백기만, 이장희 등의 문학 예술가들과 함께 밤늦도록 조국 광복과 문학에 대한 담론이 이어졌던 사랑채는 세월의 풍화를 이기지 못하고 기울어지고 시멘트 벽면은 삭아져 내리고 있었다. 마당 한가운데 세월의 흔적과 자취를 드러내 놓고 하늘로 치솟아 있는 석류나무에서 딴 것이라며 현재 살고 있는 집주인이 내놓은 석류 알의 알싸한 맛은 금방이라도 눈물이 핑 돌게 하며 그 당시 아이를(총환 씨) 안고 멋진 와이셔츠 바람으로 석류나무 앞에서 찍은 사진 속의 상화가 이승으로 다시 왈칵 걸어 나올 듯 하다.

바로 그집 골목 입구에 모 병원이 서 있는데 그곳이 바로 한솔 이효상 시인이 살았던 고택이며, 한 집 건너 아직 적벽돌 담과 담쟁이 넝쿨이 뒤덮고 있는 한옥이(85-2번지) 바로 국채보상운동을 주도했던 서상돈 선생이 살았던 집이다. 다시 두 집쯤 건너(90번지) 거의 상화의 집과 비슷한 고옥이 상화의 백형이자 독립군 이상정 장군이 살다가 이승을 하직한 공간이다. 그뿐이 아니다. 이곳은 뽕나무 골목으로 알려져 있으며 화가 이중섭이 대구 생활을 할 무렵 이 골목을 휘청거리며 거닐었던 곳이기도 하며 바로 고려예식장 길 건너편 남산병원이 있던 자리에는 화가 이인성의 화실이 있기도 한 근대 100년 한국 예술의 태동 본거지가 바로 이곳이라고 할 수 있다.

이미 우리의 기억 속에 희미하게 사라져가는 다이애나비의 장례가 치러진 웨스트민스터 사원을 가 보면 초기 고딕 건축의 아름다운 자태를 뽐내는 사원 첨탑이 하늘 높이 솟아 있으며 그 경내에는 실낙원을 지은 밀턴, 셰익스피어, 워즈워스 등 세계적인 시인들의 기념비와 존 매크리의 「플랑드르 전선」이라는 시비가 제1차 세계대전 중에 전사한 무명용사의 무덤을 지키고 있는 모습은 가슴 깊숙이 전율을 느끼게 한다. 이것이 바로 문화의 충격과 무게라고 할 수 있다.

우리가 살고 있는 이곳 대구, 웨스트민스터 사원에 버금가는 문화공간이 있음에도 천박한 자본의 힘에 휘둘려 모래톱처럼 현대식 건물이 들어서고 그 지난날 지워낼 수 없는 문화의 자취가 헐려 가는 모습을 보노라면 안타깝기 짝이 없다.

지금이라도 진실로 대구를 사랑하는 사람들이 한마음이 되어 이 문화공간을 지켜 가는 노력을 해야 한다고 판단하고 「민족 저항시인 이상화 고택 지키기 100인 서명운동」을 시작하였다.

2002년 1월 28일 (月)

예술을 한다는 사람들은 사소한 일에 매우 열광적으로 자신을 드러내려고 하는 것 같다. 어제 대구예총회장 선출을 하였는데 내가 임시 의장 후보로 추천되었다. 아무 영문도 모르고 임시 의장을 맡겠노라고 하였으나 박동희라는 원로가 다시 또 추천되어 같은 문인협에서 의견이 갈라진 모습으로 결국 투표 상황까지 가게 되었다. 결국 48:26으로 내가 임시 의장으로 회의를 진행하게 되어 주변 사람들로부터 많은 격려와 성원을 받으며 무난하게 주어진 임무를 완수하였다. 그날 회의가 진행되는 동안 회의 형식과 절차에 너무나 많은 시간을 낭비하는 것을 보고 때로는 민주적 절차와 방식이 지니는 비효율성을 극복하는 그 어떤 것도 없다는 생각이 들었다.

4월 아카시아 나무 곁에서
사슴의 울음소리처럼
완두콩 녹색 띤 노 젓는
소리를 들어라.

깨끗한 그 향기 속에서
달(Phoebe)을 향해!
그대는 옛 성자 머리가
흔들리는 것을 보는구나

- 사슴의 울음소리처럼 들어라

상화 고택 보존 서명운동 관련 기사가 매일신문 사회면 머리 기사로 실렸다. 역시 지역 신문이지만 사안의 중요성을 기자들이 이해해 주니 여간 다행이 아니다. 저녁 9시 MBC 뉴스에서도 보도 방송이 나갔다.

언어란 궁극적으로 은유적인 것이라 믿고 있는 사람들에게 비유법과 수사학은 이성과 감성을 하나로 결합하여 세계를 새롭게 인식할 수 있게 해 주는 촉매와 다름없다. 은유는 상상력과 함께 무쇠 덩어리에 지나지 않는 현실을 황금으로 만들 수 있는 연금술과 같은 것이다.

미명의 창가에 돋아나는 새싹, 화사하게 자라나는 모습을 우리가 지켜야 한다. 그림과 사랑이 함께하는 삶.

2002년 1월 31일 (金)

내가 30대 초반 이 아이를 낳고 곧바로 울산대 교수로 부임하여 시간이 나면 야음동 아파트 뒷산을 아내와 함께 거닐었던 추억이 아련하다. 발목 깊이만큼 낙엽이 쌓여 푹신한 쿠션 같은 산길을 걸으며 영롱하고 귀여웠던 학근이 눈빛에 머문 푸른 하늘의 구름, 유난히 어렸을 때부터 착하고 엄전했던 이 아이가 벌써 청년이 되고 입시 때문에 고민해야 하는 모습을 보니 안타깝다. 신경이 예민해져서 잠을 잘 이루지 못했다. 큰아이가 수능 381점(인문계 대구지역 수석)인데 서울대 법대에 응시하여 떨어졌다. 본인이 얼마나 답답해 할까 싶어 내색도 못하고 어찌 대학의 입시제도마저 미친 듯이 날뛰니 말이다. 오늘 새벽 서울로 갔다. 고려대 법대를 가기로 결정했다. 누구보다 기대에 벅찼던 아내가 며칠째 누웠다. 가슴이 아파서 그럴 것이라 생각되나 무슨 말로 위로해도 소용없을 듯하여 그냥 보고만 있었다. 썰물처럼 밀려오는 잡념이 꽤 긴 시간 머릿속에 머물고 있다. 빨리 벗어나야 할 것 같다.

어제 대구시에서 상화고택보존 서명운동 관계로 문화예술국장이 만나자고 해서 그를 찾았다. 온통 불만 가득한 모습으로 추궁하듯 말을 했다. 관료들의 속성이 다들 그러하지만 말이다. 대구시에서는 문화 인프라 구축을 위해 그동안 많은 노력을 했으나 순수한 문화예술을 위한 사업 추진에는 인색한 편이었다. 내 생각으로 상화 고택뿐만 아니라 이상정 장군 고택, 서상돈 고택 등 계산성당 옆 고가를 전부 보존한 뒤 약령시장과 연계하여 문화사적지로 개발해야 할 것이다.

「악의 축」

알싸한 초콜릿 향기에 싸여 있는
기억들
월남전 참전 용사, 오천 아재
귀국하던 날 따불백에서 쏟아져 나온
추잉껌 말보로에 묻어나는 서쪽 향기
문병란 시인은

세월 지나

오늘은 코카콜라 마시고

시큼새큼 게트림 같은 사랑만 배우네

랄랄랄 랄랄랄 지랄병 같은 자유만 배우네라고

노래한다.

초콜릿 껍질, 말보로 담배 껍질

화사한 금박지 은박지에

묻어나는 강한 서쪽 빛깔과 향기

맥도널드에 익은 입맛

지난 추억이 그리워지네

부시가 북쪽 동포를 악의 한 축이라 한다.

그러면 우리는 세상에서 가장 악한 한 축 곁에서 사는 사람

그들과 한뿌리 같은 동족이라네

맥도널드로 위장 가득 채우고

초콜릿 먹던 이빨 추잉껌 씹다가

산탄 같은 금속성에 해체될

두려움이 눈앞을 가리네

추잉껌 말보로에 묻어나는 고급향기

그래도 그리운 걸 어떡하나

대롱을 통해 빨려드는 코카콜라

식물성 창자와 연약한 이빨을 섞여 내리는

악의 축

2002년 1월 31일

일본 도쿄대 후쿠이 교수에게 일한문화재단 외국인 장학금

오래된 불빛

이 확정되어 연락이 왔다는 전화를 하고 또 그 수락서를 작성하여 일본에 보냈다. 앞으로 일본어 공부를 비롯해 일본 역사와 문화 전반을 이해하기 위해 시내 서점에 나가서 몇 권의 책을 사 왔다. 가와이 이사오(河井朝雄)가 쓴 『대구이야기』라는 책을 단숨에 내려 읽었다. 일본이 1908년 이전에 조선을 침략하기 위해 많은 상인들을 각 지방에 내 보낸 정략이 눈에 훤하게 보이는 듯하다. 그리고 현재의 봉산육거리에서 동아백화점과 계산성당을 돌아가는 경부국도 1번 도로변의 음산하고 인분 냄새가 번지는 황량한 모습들 그리고 대구 읍성곽이 허물어지는 역사의 조락 현장이 지금의 전경과 오버랩되는 것 같다. 에드워드 베르가 지은 『히로히토 등 뒤의 신화(Hirohito Behind the Myth)』의 역자 서문에 「사소한 사건이라도 태양에 바래지면 역사가 되고 달빛에 물들면 신화가 된다」라는 말처럼 쓰라린 과거를 우리는 너무나도 쉽게 잊어버리고 또 쉽게 지워버리는 것 같다. 어쩌면 우리 민족의 천박성(약속을 어기거나 거짓을 그리고 부정을 쉽게 여기는)은 역사를 되새김질하지 않으려는 급조성에 기인하는 것이 아닐까?

위선과 거짓 그리고 악행이 아무런 반성 없이 신화로 변질되어 가는 것을 막거나 비판하는 일은 뒷사람들의 의무일 성싶다. 이러한 비판은 새로운 창조적 정신으로 이어지기 때문에 비판과 반성을 결코 두려워해서는 안 될 일이다. 히로히토(Hirohito)는 분명 인지의 범죄자임에 틀림없다. 그러나 왜 미국은 이를 전범자 재판에서 제외했는가? 어제 저녁 뉴스에 영국 기자가 한국전쟁에 양민학살 명령과 관련된 자료(비밀문서, Secretary Document)가 발견되었으니 이제라도 정부와 지식인들이 문제 해결을 위한 대안을 제기해야 할 것이다.

2002년 2월 1일

오늘 시내 삼덕동 카페에서 대중예술을 사랑하는 사람들의 모임(대사모)이 저녁 7시에 있었다. 대구 지역의 대중예술을 주도하는 재주꾼들과 서울에서 초청돼 온 온 유명 가수와 음반 제작자 두 명이 왔다. 한상덕 교수가 재치 있게 진행한 이 모임에서 대중예술이 나아가야 할 길을 두고 열띤 토론이 전개되었다. 모두가 지방 예술 환경의 열악함과 또 지방정부의 지원이 적다는 데 불만이 큰 모양이다. 자칫 성토장으로 변질될 것 같은 불안함이 재즈음악의 파열음처럼 실내 분위기를 압도하였다. 이 지역 문화 인프라를 구축하기 위해 지방정부는 거의 손을 놓고 있는 상황이다. 가까운 경북만 하더라도 경주세계문화 엑스포다, 유교 문화권 개발이다 하여 중앙정부로부터 엄청난 지원경비를 받아 다양한 문화 기반 구축사업을 진행하고 있다. 그런데 대구지역은 밀라노 사업이라고 하면서 기술 개발이나 패션산업에 주력하고 있을 뿐 이들을 실질적으로 이끌어 줄 수 있는 기술개발이나 문화 인프라 구축은 외면하고 있으니 섬유, 패션 산업도 결코 성공하지 못하는 것 아닌가?

어찌 되었든 대중문화의 지평을 넓혀 나가는 동시에 그 콘텐츠의 질과 수준을 끌어올리기 위해서는 대중예술의 담당자뿐만 아니라 그 기반의 변화를 위해 관에서도 더욱 노력하지 않으면 안 될 것이다. 많은 관객의 사랑을 받는 화려한 무대 뒤편에는 쓸쓸한 고독과 외로움이 버티고 있다. 마치 우리들 인생살이와 마찬가지로⋯.

대중예술은 그래도 민중의 거센 열정의 힘이 기다린다. 그렇기 때문에 비록 그 생명은 짧지만 불나방처럼 몸을 던지려 하는 이들이 그만큼 많은 것이다. 이젠 이들에게 따사로운 태양볕을 받을 수 있도록 키우고 보호해야 한다. 그들에게 가장 필요한 것은 관심과 사랑이리라!

2002년 2월 7일

피곤하여 일찍 잠에 녹아 떨어졌다. 9시 저녁 뉴스 화면이 얼핏 내 무의식 갈피 사이에 흔적처럼 묻어 있는 듯 잠이 들었다가는 새벽 1시 무렵 『이중섭 평전』이 다시 내 무의식의 갈피를 들추어내면서 일어났다. 갑자기 불을 켜니 곁에 잠들었던 아내가 아무 말도 없이 슬그머니 아이 방으로 달아났다. 아마 그대로 있다가는 잠자기 글렀다는 예민한 판단을 경험적으로 내린 것이리라. 책장을 들추다가 허만하의 『낙타는 십리 밖 물 냄새를 맡는다』를 뽑아 제일 뒤쪽부터 읽어 내려오다가 눈을 감고 있는 「초상화 이인성 유서」를 읽었다. 아마 이 글에 나오는 김영진의 동생인 김성진이 형님과 친구였으며 1967~68년경 서울로 가기 전 국일 따로국밥집에서 후춧가루를 넉넉하게 뿌려 함께 먹던 국밥 생각이 문득 났다. 지금은 이인성의 화실이 있던 남산병원은 도시계획으로 헐려 나가고 없다. 그 김성진이라는 형은 대구농고 출신인데 말수가 매우 적고 멋을 제법 부린 것으로 기억된다. 물론 지금은 무얼 하는지는 모른다. 내가 책을 거꾸로 읽어 가는 습관이 생긴 연유가 있다. 새로 사 온 책을 열심히 읽다가 뒷부분을 모두 읽지 않고 덮어두게되면 시간의 흐름 속에 잊어버린 경우가 많기 때문에 뒤에서 다시 읽다가 보면 기억의 흔적 속에서 그 접점을 찾아내는 경우가 있다. 그럴 때 무척 기분이 좋아진다. 책 한 권을 완전히 다 읽었다는 완쾌감이 좀 더 크다고나 할까. 이와 같이 책 읽는 습관과 비슷하게 추억을 찾아 나서는 사유도 그 어느 접점을 찾아내는 양방성(兩方性) 충격이 더욱 심연의 즐거움을 배가시켜 준다.

내가 경북대동창회 편집국장을 맡고 있을 무렵 천석(千石) 박근술 선생께 회보의 표지화(국화)를 부탁하여 서울 강남터미널 지하에서 만났다. 천석 선생은 내가 다녔던 고등학교 미술 교사였으니 은사님과 만남이었다. 당시에 국전 대통령상을 수상한 사군자 계통으로 전국적인 명성을 날리는 화백의 위엄이나 권위 같은 것은 전혀 없이 신문지로 둘둘 말아 온 작품을 옆에 끼고 "이 박사 소주 한 잔하고 우리 집에 가서 자고 내일 내려 가세"라며 손을 끌고 지하상가 내에 김밥집에 들어가셨다. 어묵 한 그릇에 소주 두 병을 나누어 부으면서 포개진 세월을 펼쳐 낸 뒤 다시 그리움을 뒤로 하고는 헤어졌다. 본관 총동창회 사무실이 조운해 회장의 노력으로 북문 밖에 회관이 새로 건립되고 이사를 하면서 나도 편집국장에서 물러났다. 지금 그 그림이 어디 있는지는 모르지만 내 기억 속에 한 대가의 그림처럼 호방 단아한 추억의 감정이 고스란히 남아 있다. 그 천석의 수제자가 바로 계명대학에 있는 김남형 교수인데 그를 통해 천석께서 세상을 떠나셨다는 얘기를 세월이 많이 흐른 뒤에야 들었다. 아마 나와의 만남이 있고 불과 몇 년 뒤에 간암으로 가신 것 같다. 세월의 무심함과 인간 삶의 덧없음 같은 것이 새삼 눈앞을 가로막는다.

어제는 천석의 먹물 빛 힘을 내려받은 경허 김남형의 세필 한 점을 책갈피에 접어 넣어 두었다가 액자 집에 표구를 맡겼다. 올해 도쿄에 가기 전까지 머리맡에 걸어두고는 경허와의 허무한 먹물 빛 접점을 찾아보고자 한다. 어제 새벽 1시 무렵 호림의 추모 논문의 유고를 정리하다가 그 서문에 놓일 내 시 몇 구절을 좀 수정해야 할 것 같다고, 약간은 한 수 높은 안목을 가진 듯한 전화 한 통을 받았다. 나는 너무나 쉽게 그렇게 하라고 대답을 하였다. 그것이 바로 내가 책을 읽는 양방성 독서법의 지혜에서 응용한 삶의 방식이다.

2002년 2월 9일

설을 며칠 앞두고 한나라당 이회창 총재께서 이상화 고택을 방문한다는 연락이 왔다. 4시 40분경 도착하여 내가 현장에서 안내를 맡아 한 시간 가까이 시간을 함께 보냈다. 상화 상정, 서상돈 씨 등 항일과 연관된 민족 선각자들을 기리는 문화공간으로 조성하는 것이 좋겠다는 생각을 말씀하셨다. 특히 대구시민의 문화운동으로 불꽃을 지피는 데 격려와 지원을 하시겠다니 여간 고마운 일이 아니다.

이상화 고택 보존을 위한 100인 서명 운동이 서서히 본 궤도에 진입되는 듯하다. MBC의 공재성 부장과 리젠트호텔 김 사장이 의논하여 서명운동본부 사무실을 호텔에서 제공하기로 약속했다. 시민들의 자긍심뿐만 아니라 민족정기를 바로잡기 위해 계산동 2가 일대를 민족 성지로 가꾸어 갈 필요가 있으리라. 오후 늦게는 도광의 문협회장과 권기호, 김소운 시인들과 함께 저녁을 먹으며 한잔 나누었다. 일을 추진하는 데 많은 도움을 주기로 약속하였다.

너는 오랑캐의 피 한 방울 받지 않았건만
오랑캐꽃
너는 돌가마도 털메투리도 모르는 오랑캐꽃
두 팔로 햇빛을 막아줄게
울어보렴 목 놓아 울어나 보렴 오랑캐꽃

－이용악 「오랑캐꽃」에서

2002년 2월 12일 (火)

오늘은 설이다. 어린 시절 느꼈던 세모의 한풍이 몰아치는 듯하다. 찬바람이 윙윙거리며 창문을 종일 흔들어댄다. 오후 늦게 『이용악 시전집』을 읽기 시작했다. 서지월 시인에게 이용악 시집 『오랑캐꽃』 복사본을 구입한 적이 있었는데 어디로 가 버렸는지 없어지고 창비사에서 구입한 시집만 남아 있다. 나는 그런 책들을 내가 본 후에는 대학도서관에 기증하거나 누가 달라고 하면 주어 버리곤 하여 시간이 지나 필요할 때 또 새로 구입하곤 한다.

이 시집의 「병(病)」이라는 작품에 "화병의 씨들은 따알리야가/ 날개 부러진 두로미밖에/ 그렇게밖에 안뵈는 슬픔─"에서 씨들은 흰 달리아꽃을 날개 부러진 두루미로 비유하고 있다. 더구나 '-밖에'라는 조사를 두 번이나 거듭 사용함으로써 생명의 강한 의지를 반어적으로 드러내고 있다. 화사한 달리아의 생명력을 좌절된 날개, 부러진 두루미로 비유함으로써 더욱 강열한 생의 의지를 보여 준다. 또 「길손의 봄」에서 "지난밤/ 휘파람은 돌배꽃 피는 동리가 그리워/ 북으로 북으로 갔다."라는 대목의 돌배꽃은 두고 온 고향의 정경을 상징하고 있다. 낯선 경성을 방황하며 굶주림에 못 이겨 연한 새순을 씹으며 지난밤 새워 불던 회오리바람도 고향인 함경도 경성, 돌배꽃이 피는 고향 동리로 달려가고 있다고 노래하고 있다. 「해당화의 순정은 해마다 붉어진다」라는 시에서 '해당화'와 '발자국', '기다림'에 대응되는 '순정'의 꽃으로 세월이 지날수록 사무치도록 더욱 붉어진다고 노래한다. 역시 「검은 구름이 모여든다」에서는 "해당화 정답게 핀 바닷가/너의 무덤 작은 무덤 앞에 머리 숙이고/숙아/쉽사리 돌아서지 못하는 마음에/검은 구름이 모여 든다"라고 노래한다. 여기서는 되돌아오지 못할 먼 길

오래된 불빛

을 떠난 쓸쓸한 바닷가 언덕 작은 무덤가에 피어 있는 해당화이다. 「해당화」라는 작품에서 해변 흰 모래사장에 남겨 놓은 발자국의 어린 주인공, 결코 되돌아오지 못할 이를 기다리는 비탄과 애원으로 더욱 붉게 피어 있다. '검은 구름이 모여 든다'는 「길손의 봄」과 「해당화」라는 작품이 시점(point of view)의 차이를 지렛대로 연결하고 있다. 「아이야 돌다리 위로 가자」에서 "봉사꽃 유달리 고운 북쪽 나라/우리는 어릴 적/해마다 잊지 않고 우물가에 피었다"의 '봉사꽃'이 어떤 꽃인지는 정확하지 않지만 돌배꽃이 피는 고향 동리와 마찬가지로 봉사꽃이 유달리 곱게 피는 내 고향 북쪽 나라를 상징하고 있다. 역시 「고향아 꽃은 피지 못했다」라는 작품에서 '하얀 박꽃', '당콩'은 모두 '고향'의 이미지와 관계가 있다. "하얀 박꽃이 오들막을 덮고/당콩 너울을 하늘로 하늘로 기어올라도/고향아/여름이 안타깝다. 「무너진 돌담」에서 박꽃과 당콩 넝쿨이 기어오르던 고향의 담벼락이 무너져 내렸다는 것은 상실한 고향, 잃어버린 조국의 기민의식을 드러내는 조작의 상징물임에 틀림없다. 역시 "돌아오라 나의 아들아/까치 둥주리 있는/아까시야가 그립지 않으냐"에서 「아카시아」 역시 고향을 상징하고 있다.

이용악에게 고향의 상실, 실향은 자의적인 것이 아니라 타자적인 박탈, 빼앗김, 쫓겨남에 의한 것임을, 「오랑캐꽃」에서 민족 의식의 자각과 의식의 확대를 보여 준다. 시인(詩人)에게 '꽃'은 매우 주요한 박탈, 빼앗김, 쫓겨남을 상징하는 오브제 역할을 한다. 특히 이용악에게는 더욱 그러하다.

2002년 2월 16일

일상의 밥, 욕기에 젖은 악착같은 희망의 덩어리

화려한 궁전

허망함을 잊기 위해

빚어낸

황금빛 화병에 꽂힌 붉은 장미꽃

지난 기억의 땟국물이 무늬진

벽면이 금이 나고

욕망의 사슬을 풀어내며

스스로의 시체를 갉아 먹는

꿈의 좀벌레들

욱실거린다. 그 속에서 자란

상처투성이의 어린 왕자는

스스로 제 살을 쥐어 뜯어내는

불온한 왕이 될 것이다

그러면 화려한 궁전의

아늑한 벽이 금이 나서 그리고 무너져 내릴 것이다.

「집과 밥」 2002-2-16

　불행했던 기억으로부터 탈출하기 위해 얼마만큼의 시간 앞에 황홀한 꿈과 이상을 배치해 둔다. 그리고 걸레조각 같은 불결하기만 했던 낡고 때묻은 불행을 쥐어짜서 시궁창 같은 땟국물을 짜 버리려고 한다. 그러나 그러한 욕망의 몸짓에서 우리는 쉽게 탈출할 수 있는 공간을 찾을 수 없다. 이런 속수무책의 위협적인 운명이 인간들 앞에 놓여 있는 것이다. 욕망과 욕기에 젖은 밥은 아무리 먹어도 늘 공허할 뿐이다. 샤미소(A.V. Chamisso)처럼 자신의 그림자를 돈과 맞바꾸어 만든 화려한 궁전도 잠시 뒤면 산성비에 허물어져 내리기 마련이다.

시를 위한 산문─

지금 우리가 사는 땅에서 가장 버림받고 있는 집단이 늙은이이다. 게다가 새것을 받아쓰고 베끼는 일에 혼신을 쏟아 넣는다. 이처럼 오늘날의 역사는 이리도 몸을 가눌 수 없는 속도감에 취해 얼빠져 있지 않으리라

2002년 2월 17일 (日)

'프렌즈'라는 한일합작 드라마에 거리를 달리는 사람의 모습을 영상에 담는 모습이 나온다. 걷는 것, 달리는 것은 우리 존재를 확인하는 유일한 방식이며, 우리 사유의 한가운데 우리 몸이 있는 것이다. 몸의 예찬은 존재의 예찬이요 인식의 예찬이라 할 수 있다.

걷는다는 것은 정지된 사유의 문을 열어놓는 행위이다. 롤랑 바르트는 1950년대에 이미 "도보는 아마도 신화적인 측면에서 볼 때 가장 범속한, 가장 인간적인 몸짓인 것 같다."라고 말했듯이 걷기는 존재론적인 사유의 출발점이자 도착점이라 할 수 있다. 다비드 르 브르통(David Le Breton)의 『걷기예찬』(Eloge de la marcbe)이라는 책에서 "걷는 사람은 시간의 부자다. 또 자기 시간의 하나뿐인 주인이다."라고 말하고 있다. 인류 문명의 발달로 신이 만들어준 인간 육체의 기능은 점점 쇠퇴해져 가고 있다. 그런 육체 기능의 쇠퇴가 문제가 아니라 정신적인 기능도 고향으로부터 점차 멀

어져 가고 있는 것은 아닐까? 이러다가 영원히 되돌아올 수 없는 진공 상태로 도태되는 것은 아닐까? 편리해진 만큼 덧없는 우리들 삶의 본질로 되돌아 서 보면 허위, 이율배반, 지식에 대한 혐오와 분노 같은 감정이 생겨난다.

본래, 근원으로 회귀하기 위해 '걷기'는 사물의 본래 의미와 가치를 일깨워 주는 한 방식이며 자신과 솔직하게 대면하는 유일한 길이다. 이 우주의 끝을 향해 달려가 보자. 이 세계에 대한 시야를 확대하고 자연이 무엇을 나에게 요구하며 나는 또 자연에서 무엇이 필요한가. 걸으면서 느껴 보자.

「멀어진 고향」

쪼개어지지 않는 것을 늘 둘로 쪼개려고 하는 악습에서 벗어나지 못한 자들아! 그대 이름이 바로 불쌍한 현대 지식인이어라.

언어의 허무한 성곽으로 둘러치고 아무나 근접할 수 없도록 시퍼렇게 눈 부릅뜬 매몰찬 이성의 반란이 없으면 이미 너무나 멀리 있는 무라의 고향으로 어찌 돌아갈 수 있으리. 선과 악, 유능함과 무능함, 우수와 열등, 정신과 권력, 역사와 신화, 태양과 달 이쪽과 저쪽의 편 가르기 언어를 지어 내는 두개골의 위선과 수사에 갇힌 자들아! 멀어진 고향(故鄕)으로 돌아갈 정당한 열쇠를 돌려다오.

2002년 2월 18일 (月)

※ 두보 「종무생일」 "시는 곧 내 집의 일(詩是吾家事)"

두보도 절구 만흥 구수에서 "이월이 가고 나니 삼월/점점 늙어가는 몸, 봄 만날 일 몇 번일까?/몸 밖의 끝없는 일이야 생각지

말자/생전에 마실 수 있는 술이나 우선 다 마실 일이로다."라고 노래하고 있다. 그저께 정월 초닷새 어머님 기일이었다. 설 차례 음식 냄새가 멎지도 않았는데 제사상을 차리니 음복상에도 손이 가지 않는다. 그리고 오늘 음력 정월 초이레는 아내 정옥의 생일이다. 전날 큰아이가 시내에 나갔다가 립스틱을 생일선물로 사 왔는데 거기에다 샴페인 한 병을 곁들여 들고 왔다.

치즈 크래커에다 치즈와 과일을 곁들여 생일 전야제로 아들과 함께 축배를 드는 모습을 보니 무척 흡족해 보인다. 아마도 남편 손에서 받는 선물보다 의미가 있겠지. 벌써 저렇게 장성하여 제 어머니의 뜻을 맞추어 줄 수 있으니 고요히 사는 데 명예란 아무 소용없는 것이리라. 조그마한 뜻 맞는 사랑이 있으면 더 큰 무엇이 필요할까? 두보가 노래했듯이 몸 밖의 끝없는 일이야 생각할 일이 아니다. 오가의 큰 기쁨이 이렇게 자그마한 데 있음을 어느 누가 알리요?

이 지상의 '삶'은 '텅 비어' 있다.

2002년 2월 19일 (火)

「오늘 또 하루」

어느 누가
이 따위 삶의 방식 속에서
진리가 있고
도덕이 있고
정의가 있다고

말을 했는가?

손 내밀면 닿을
푸르름의 삶이 있는데
다가가지 못하는
거리 때문에
어둠 속으로 늘 걸어가야 하는가?

차가 달리는 교차로에
신호등이 가로 막고 있는
거리에서 나는 무엇을 얻으려고 하는가?
아무리 걸어도
다가서지 못하는
바다를 보며 그냥 그리워만 하는
오늘 또 하루가
흘러간다.

밤낮으로 쓸모없는 시간을
죽여 가는
발자국 소리에
기계음으로 만든 타종 소리에
돌이킬 수 없는 절망을 믿음으로 만든
골짜기에
오늘 또 휴식을 취한다.

살아온 시간은 반복적으로 상속해 온 허구라는 기표 상자의 뚜껑이 열릴 무렵 육체와 언어는 증발한다. 그러면 그동안 인간은 속고 살아왔다는 말인가, 아니면 그 자체가 무의미한 해독 불가한 동물적 소유욕과 탐욕이었을까? 영원히 그 신의 계시로, 진리의 복음으로 기표 상자 뚜껑을 해독하지 말아야 내 얼굴에 신의 얼굴을 덧칠할 수 있는 부재의 존재인걸…. 우리들 몸은 오랜 신화와 역사의 문신이 골 깊게 새겨져 있다. 어깨에, 팔뚝에 새겨진 문신이 가학이 가장 본래적인 아름다움이었음을 잊어버리고 있었을 따름이지. 그것은 인간이 해독하지 않아야 할 기표인데 눈치도 빠르게 기의를 판독해 낸 죄악을 저질러 놓은 셈이지. 축제의 날에는 가면을 쓰고 목포의 세발낙지 젓가락에 감듯 내장 깊숙하게 뽑아 휘휘 감아내어 속맛을 보아야지. 그러나 끝 날은 이성을 포기하고 대대로 상속받아 온 방식을 솔직하게 받아들이며 살다가 분해되어야지. 사방에 걸린 거울에 발가벗고 서서 너 자신을 만나봐! 당장.

2002년 3월 13일 (水)

한 생애의 방향을 바꾸어 놓을 수도 있는 변혁의 출발인 '떠남'을 이제 개인이 기도하는 것이 아니라 거대한 회사가 '경영'하기 시작한다. 그 외롭고 쓸쓸한 기행의 자리에 자본이 조종하는 관광이 권리행사를 하기 시작했다. 은밀하고 고독한 영혼이 방황하는 여행자가 없어지고 있다. 추억도 집단적으로 저장되고 감동도 함께 나누는 다중감성의 시대이다. 소유를 버리기 위해 떠나는 삶의 여행. 모든 소유로부터 참으로 떠나지 못한다면 우리의 마지막 소유인 비밀은 간직되지 못한다.

나의 행복 위에 걸터앉아

고향을 바라보는

나의 집은 주소가 없다.

기억들, 추억들을 담고 있는

주소가 없는

집 창밖으로 보이는 풍경을 끌고 다닌다.

망막 속에 카피된

풍경과 공간을

시간 순차적으로 꽂아두고

새로운 혼란된 방향을

통제할 수 있는 풍경을 그린다.

이 시의 제목을 무어라고 할까?

2002년 3월 20일

　살아가면서 만난 사람들의 아름다움이나 사람의 향기를 기리며 칭송해 줄 수 있다는 것은 사람들이 누릴 수 있는 행복 중 하나일 것이다. 어쩌면 이해관계로 사람을 서로 헐뜯고 비난하는 세상에 오랫동안 만난 사람의 장점을 칭송해 줄 수 있는 따뜻함이 살아가는 데 큰 윤활유 구실을 할 수 있을 것 같다. 어제 대구문화예술회관에서 홍종흠 회관장을 만난 뒤 이상숙 씨와 매장에 들렀다.

　평소에 가난하고 불우한 아이들을 위해 열심히 노력하는 이상숙 씨를 만나면 늘 마음이 밝아지고 또 기쁘다. 지난번 지체부자유 아동 돕기 미술전시회에서 나도 그림 한 점을 구매하여 일조를 하려고 노력했으나 이상숙 씨는 직성으로, 자신의 삶 일부가 된 듯이 남을 돕는다.

어제 우연히 일산의 작품인 흙으로 빚은 아이의 모습 '고기잡이 아이'를 보니 너무나 맑고 깨끗한 모습이었다. 일산 최명순 작품인 분홍빛 달 내음이 풍기는 아이의 모습, 진흙으로 빚어낸 맑고 순박한 아이 모습이다. 근 20여분 이 석고로 빚어 흙칠을 한 소품을 들여다보니 나의 큰아이 학근이와 너무나 닮았음을 알았다. 최근에 지나가는 아이들을 보면 왜 그렇게 귀여워 보이는지? 아내 말로는 손자 손녀를 볼 나이가 가까워져서 그렇다고 한다. 진짜 그런 것일까. 옛 어른들 말씀으로 두벌자식이 더 귀하다는 말이 실감날 것 같다.

주머니를 털어 그 소품을 구입해서 집에 돌아와 탁자 위에 올려 두었다. 둘째 학성이에게도 저 작품이 너의 형을 닮지 않았느냐고 물어보니 학성이도 동의하는 것을 보니 내 생각이 전혀 엉뚱하지는 않았던 것이리라. 우리 집에 서울로 간 학근이 대신 식구가 하나 더 늘었다. 머리에 고기 한 마리를 이고 있는 착한 아이. 학근이를 무척 닮은 아이 얼굴에서 젖빛 냄새가 나는 듯하다. 무척 기쁜 날이다. 식구가 한 명 더 늘어난 날이다. 큰아이가 대구에 오면 적당한 이름을 지어줄 생각이다. 저녁에는 만학회 3월 발표회에서 김양동 교수의 『고대문화의 원류를 찾아서』라는 매우 유익한 발표를 들었다.

2002년 4월 9일
"백마강은 공주 곰나루에서부터 시작하여 백제 흥망의 꿈 자취를 더듬어 흐른다. 풍월도 좋거니와 흐르는 물도 맑다. 그러나 그것도 부여 전후가 한참이지, 강경에 다다르면 장꾼들의 흥정하는 소리와 생선 비린내에 고요하던 수면의 꿈은 깨어진다."(채만식, 『탁류』에서)

2002년 5월 1일

벌써 5월이다. 어제는 호림(湖林)의 유고논문집 간행 기념행사가 왔다. 내가 조시를 썼다. 세월은 참으로 무심하게도 빨리 흘러가는 것 같다. 일본어 공부에 매달려 있으니 세상의 변화를 감지하지 못하는 듯하다. 학교도 벌써 몇 개월 쉬고 있으니 참 멍멍한 것만 같다. 다시 되돌아가 적응하려면 많은 시간이 걸릴 듯하다. 8월이면 일본으로 가서 1년을 외롭고 고독한 연구 생활에 몰입해야 한다. 자꾸 두려워지고 새로운 환경에 직면하는 것이 싫어진다. 이것이 타성인가? 쉽게 살아가려는 본능인지 모른다. 며칠 동안 학성이가 시험을 준비한다면서 밤을 새우는 모습이 여간 대견하지 않다. 이제 제가 할 일을 스스로 찾고 또 해결하려는 의지를 보여주니 너무 고맙다. 며칠 전 다녀간 학근이도 제몫을 할 정도가 되었고 둘째 성이도 형을 따라 가려는 의지가 생겨나는 모습을 보니 매우 기쁘다. 나보다 정옥이가 더 기뻐하는 눈치다. 자다가도 몇 차례 일어나 성이의 머리를 쓰다듬고는 잠자리에 다시 돌아온다.

살아가는 멋이 무엇일까? 결코 부를 누리고 사람을 지배하는 일이 아니리라. 그냥 이렇게 아이들이 자라나고 또 약간씩 변화하는 모습 속에서 기쁨과 행복이 있는 것이리라. 봄비가 한없이 내리고 있다. 지식의 또 다른 축이 있다.

오래된 불빛

2002년 8월 8일

엄청난 비가 내린다. 전국 곳곳이 물난리이다. 지금도 창밖에 내리는 빗소리가 마치 거대한 폭포에서 물줄기가 떨어지는 듯한 느낌이다. 나이 50이면 지천명이라 하는데 아직 생각하고 행동하는 것은 철이 덜 든 아이 같으니 참으로 한심하다. 참고 생각하고 관대해지도록 노력하자! 얼마 있으면 일본으로 간다. 1년이 짧은 기간이지만 의미 있게 보내야 한다.

일본 도쿄대학에서

2002년 9월 1일 (日)

지난밤 태풍이 멎자 새벽에 김해공항까지 가족과 함께 왔다가 헤어지고 나는 도쿄에 무사히 도착하였다. 후쿠이 교수의 도움으로 도쿄 시내에 있는 센고쿠(千石) 2-19-4 위클리 맨션에 짐을 풀었다. 무거운 가방을 들고 오느라 몸이 녹초가 되었다. 집에 여러 차례 전화를 걸어도 연결이 잘 되지 않는다. 이곳에 서울대 임홍빈 교수와 전남대 손희하 교수가 나보다 먼저 와 있었다. 1년간 차근하게 공부해야 할 것을 정해야 할 것 같다. 아이들이랑 아내가 걱정이다. 도쿄대 혼고(hongo) 캠퍼스는 그리 크지도 않고 규모가 아담하다. 곳곳에 제국대학 시절의 고풍스러움과 위용이 남아 있다. 절제의 숨결이 일본인의 정신인 것 같다. 움츠리고 목소리도 나직하게 죽이는 이들의 내면에는 무엇이 숨 쉬고 있을까? 길들여진 인형과 같은 모습이다. 6시 비행기로 학근이가 대구에서 서울로 간다고 했는데 잘 갔는지 모르겠다. 저녁 늦게 전화를 해 볼 요량이다. 도쿄에서의 첫날.

2002년 9월 2일 (月)

아침 일찍 깼다. 긴장 탓인지 깊은 잠에 들지 못하고 일어나서 짐 정리를 한 뒤에 일한재단에 갈 준비를 했다. 2번선 전철을 타고 센고쿠(千石)에서 히비야(日比谷)에서 가미야(神谷)로 가는 전철을 바꾸어 타고 10시경 도착하였다. 마루야마 상과 약속한 시간보다 일찍 도착하여 EXCELSIOR CAFE 가미야점에서 커피를 마셨다. 일본 지명에 익숙하지 않아 전철 안내 방송을 들을 수 없어서 문자 확인을 해야 하는 것이 좀 답답했다. 곧 익숙하게 되리라 생각한다. 이곳이 신궁(神宮)과 멀지 않은 곳이니 도쿄에서도 중심가인 것 같다. 언론 기관과 금융가가 밀집해 있는 일본 자본의 동맥이 모여 있는 지역에 해당한다.

어제 전화카드가 달라서 한국에 전화를 못하다가 10시쯤 겨우 통화했다. 아내가 무척 걱정이 되었던 모양이다. 학근이도 7시 비행기로 서울로 갔다고 하니 다행이다. 늘 국가나 사회에 대한 담론을 중시했던 나도 결국 가족을 먼저 걱정하는 것을 보니 범부에 지나지 않는다. 물론 스스로 범부가 아니라고 생각했던 것은 아니지만 가사에 의도적으로 소홀하려고 생각했던 것이 결코 정당하다고만 판단할 수 없는 노릇이다. 가족을 지나치게 생각하는 일도 좋지 않지만 가사 외에 다른 일 때문에 가사를 방치하는 일도 온당한 일은 아니었던 것 같다.

2002년 9월 3일 (火)

여행의 피로와 긴장 때문인지 무척 피곤하다. 그리고 도쿄 무더위는 가히 살인적이다. 계속 갈증이 나고 또 온 몸이 땀으로 뒤범벅이다. 연구실에 정착하여 낮 동안 방언학 재판 교정을 보다가 피로하여서 일찍 숙소로 돌아오는 길에 사과 두 개를 500엔을 주고 샀다. 먹어 보니 어릴 때 먹던 '이와이'라는 일본 품종의 그 맛이다. 우리나라에는 이미 없어진 품종인데 일본에서는 그 품종을 계속 재배하는 모양인가?

쉽게 변화하지 못하는 일본 특히 도쿄 사람들의 모습을 보니 무척 노쇠한 늙은이처럼 느껴진다. 한국도 산업개발시대의 억센 힘이 차츰 없어지면서 안정감이라고 할까 무기력함이라고 할까 침잠이라 할까 뭐 그렇게 가라앉는 것 같다. 마치 내일의 한국 모습이 도쿄에서 예견되는 것 같다. 자본의 힘과 지배 자본에 철저하게 예속된 한국인의 모습. 1960~70년대 개발 독재의 시대를 살아온 형편에서 되돌아보면 민중의 건강한 모습, 저항하며 또 순응하여 국가 개발에 쏟아붓는 국민 총화의 힘을 이제 찾을 수 없다. 얼마 전 월드컵에서 붉은 악마의 응원전이 그러한 내재된 한국의 저력이 폭발한 것이리라. 일본인들이 한국이 두려운 단 한 가지가 바로 그 폭발적인 단합의 힘이라고 한다. 펄펄 뛰는 힘이 솟는 나라의 이면에는 아직 정제됨이라든지 안정감은 없지만 정제되고 안정된 '일본의 무기력'이 없어서 더 좋은 것 같다. 저녁에 산책을 겸해서 센고쿠(千石)에서 고쿠지(護国寺) 방면으로 나가 보았다. 고요한 정적 속에 침잠되어 있고 좁고 컴컴한 주막에 몇몇이 따로 앉아 있는 모습은 무기력감으로 다가 올 뿐이다. 전쟁이 일어나지 않고서는 자본주의의 이 늙은 기운을 떨쳐낼 수 없으리라.

"1920년대 이후 식민지 지식인들 가운데 일부는 「무산 계급의 생활감 처지를 사실주의적으로 형상화하면서 힘찬 인간 정열을 표시」"(안광함, 1999년 1월 24일) 『그 나라의 역사와 말 - 궁리 - 』에서

2002년 9월 6일

어제는 경북대 일어과 출신인 이연주라는 도쿄대 박사과정에 있는 후배가 찾아 왔다. 그러잖아도 여러 가지 불편함이 많았는데 이렇게 찾아오면서 오차와 예쁜 컵 그리고 꽃향기 병을 사 들고

　　　　　　　　　　　　　　　오래된 불빛

연구실로 찾아왔다. 장상이라는 부산 출신의 석사과정에 있는 후배와 함께….

먼저 휴대전화를 마련할까 해서 함께 가게에 들렀다가 대학 부근에 있는 우에노(上野)공원을 한 바퀴 돌면서 이곳 생활 이야기와 장래와 관련한 이야기를 함께 나누었다. 모교 은사 이야기와 그들에 대한 불만들. 도쿄대에서 고생하면서 박사과정을 마친 자부심이 가득한, 속에 알이 꽉 찬 학생이라는 느낌이었다. 학문 성과도 매우 훌륭하며 한편 품성도 매우 좋아 보였다. 경북대 출신인데도 저렇게 괜찮은 학생이 있다니 그녀의 장래는 아마 매우 밝고 또 그의 학문의 전로도 활짝 열릴 것으로 기대되었다.

함께 불고기와 냉면을 먹고 또 맥주와 일본 청주를 마셨다. 긴장과 피로가 풀리는 듯했다. 이 먼 곳에 아들을 데리고 유학을 온 젊은이를 보니 대견하고 또 한편으로는 왠지 가슴이 아리는 듯했다. 한국에서 풍족하게 가족과 함께 살 수 있었을 터인데 7~8년 이 타국에서 아르바이트를 하면서 면학을 하는 조국의 젊은이들이 있으니 이 얼마나 기쁜 일인가. 내가 현재 머물고 있는 곳에서 20분쯤 걸으면 고쿠지(護国寺)가 있고 또 도쿄대 농대 소속 식물공원도 가까이에 있다. 옛날 유명하던 긴자거리가 고요와 침묵 속에 어둠으로 휩쓸려 들고 있다.

저녁부터 비가 제법 내린다. 태풍 16호가 스쳐지나 타이베이 북쪽으로 지나가고 있다. 허리가 아파서 어둠과 가을을 재촉하는 비가 몰려오는 거리를 걸었다. 큰아이와 아내에게 전화를 하고 무심한 마음으로 길을 걸었다. 나이 50에 고생길이 훤하게 열렸다. 이 거리에 찬바람이 휩쓸고 지나가고 다시 꽃이 펴 땀방울이 송골송골 돋을 무렵 나는 무엇을 얼마나 배우고 또 얼마나 익히며 느낄 수 있을까? 그것은 내 삶의 근원과 어떤 관계로 정리될 수 있을 것인가? 인생의 텅 빈 허무를 채워 넣기 위해 사상을 만들고 글과 학문을 만든 것은 아닐까? 그러나 인생은 뻥 뚫린 채, 그대로 살아간다면 짐승들과 다를 바가 무엇이 있겠는가? 그러한 순환적인 모순, 그 근원적인 미궁에 인생이 걸려 있는 것이리라. 점심 무렵 비를 맞으며 대학 정문 앞 고서점에서 방언학 책을 300엔에 샀다. 시간 날 때 번역해 볼까 생각하면서….

2002년 9월 7일 (土)

비가 계속 내린다. 늦잠을 자고 나니 피곤이 좀 풀린 것 같다. 점심 무렵 밖에서 북소리가 요란하다. 오늘부터 내일까지 마쓰리 행사가 있는 모양이다. 마을 이곳저곳에 독특한 복장을 한 어른들과 아이들이 북을 함께 메고 마쓰리를 외치면 북을 친다. 동네 곳곳에 있는 절에서는 온갖 부적에 모금액을 적어서 벽에 붙여 둔다.

동네 사람들 모습은 무척이나 진지하다. 어른들과 아이들 그리고 남자와 여자가 허물없이 함께 모여 추수를 감사드리는 축제 모습을 보니 우리나라와 차이가 있다. 아이들과 어른들이 저처럼 함께 어울려 즐기는 모습을 보니 한가정에서, 나아가 마을 동네 사람까지 서로 알고 지내며 존경하는 마음을 갖도록 하는 민속인 듯하다. 길거리에는 음식을 만드는 리어카가 좁은 골목길에 연이어 있다. 맛있는 음식 냄새가 비가 걷힌 골목길에 낮에 드리워져 퍼져 가고 사람들은 신명이 더욱 잡히는지 큰 소리로 외치면서 신나게 북을 친다.

분쿄(文京)에서 유명한 센고쿠식물원에 들렀다. 도쿄대 실험 농장이기도 한 이 식물원에서는 시바다 박사의 기념동상과 더불어 은행나무의 식물 정자를 발견한 고목과 온갖 수목이 비 온 뒤 습기를 담뿍 머금고 있다. 생기에 찬 수목과 일본 정원 사이로 몸 집이 유난하게 큰 까마귀가 한낮의 적막을 뒤흔들고 있다. 가끔 멀리서 들리는 마쓰리 북소리와 함께 식물원의 적막은 더욱 깊은 것 같다. 이 부근이 도쿄에서 전통적인 출판 공장이 몰려 있는 지역인 모양이다. 원래 분쿄쿠(Bunkyoku)라는 문고가 유명하듯 여기저기 출판 관련 가게가 밀집해 있고 유원지 방향으로 합동 인쇄소가 빼곡히 들어서 있다. 일본의 문화적 전통 곧 서적 출판의 중심이 바쿠산(白山)과 고이시(小石) 부근이다. 저녁 무렵 다시 굵은 빗줄기가 내리는 소리가 요란해진다. 베란다 앞 좁은 공간에도 이름 모를 풀잎이 싱싱한 모습으로 삶의 기를 돋우고 있다. 무엇에서나 빈틈이나 허점이 보이지 않는 절실함이 바로 일본의 모습인 듯하다. 2차 세계대전의 패망에서 세계 제1의 자본주의 왕국을 이뤄 낼 수 있는 저력과 힘이 바로 한마을 사람들이 모여 흥겹게 벌이는 그들의 축제인 마쓰리에서 결집된 것이라 이해가 된다.

2002년 9월 8일 (日)

숙소 문제 때문에 기타센주(北千住) 쪽으로 이연주 씨와 함께 집을 둘러보러 다녔다. 함께 술(おさけ)을 마셨다. 학문과 삶의 이야기를 나누었다. 히비야(日比谷)에서 차를 갈아타고 되돌아 왔다. 살아 있다는 유일한 이유는 고뇌하기 때문일까? 지나가는 자리에는 빗줄기도 물러서고 서늘한 겨울 찬 기운이 침대머리에 서성거리고 있다. 또 겨울이 올 테지. 한꺼번에 온갖 그리움을 다 함께 가슴에 얹고서 낙엽을 우수수 몰고 그렇게 아름답게 또는 쓸쓸하게….

서울에 있는 학근이가 보고 싶다. 참으로 무던한 그놈의 표정이 왠지 그립다.

숲이 우거진 거리의
낯선 좁은 골목 벤치에
앉아 길고 긴 살아 왔던 이야기를
종이비행기처럼
예쁘게
차곡차곡 접어본다.

아무리 곱게 접어봐도
한 겹 한 겹 겹쳐지는
삶의 진실은
까만 눈동자처럼 빛나는
허허로움뿐이다.
허리가 고꾸라진 할머니가
열심히 꽃밭에 물을 주고 있다
전철이 쿵쾅거리며
하루에 몇 번이나 그 아름다운 정원 위를
깍깍 까마귀 날개 털 듯이 지나간다.
숲이 우거진
정갈한 골목길에
외방인의 긴 고독의 오라를 풀어
하늘에 연을 날려본다
그 표표한 외로움은
살이 오른 까마귀의 날갯짓일 뿐이다.

오래된 불빛

2002년 9월 9일 (月)

길을 걷다가 꽃향기가 빗줄기에 섞여 물씬 풍긴다. 분꽃이다. 꽃나무가 마치 가지가 많은 나무처럼 벌어져 숱한 꽃을 피우며 비를 맞고 있다. 붉은색보다는 흰색에 가깝지만 간혹 가느다란 붉은 빛 선이 흐르고 있어 덜 단조로워 보인다.

오전에 연구실에 갔다가 은행 통장을 만들러 재단을 다녀왔다. 비가 며칠째 계속 내린다. 새벽녘에는 제법 쌀쌀한 느낌이다. 벌써 겨울로 건너뛰려는가? 어릴 때 마당에 가득 피어 있던 붉은 분꽃 기억이 새롭다. 세월도 건너뛰고 또 공간도 건너뛴 이곳에서 잠시 걸음을 멈추고 허리를 굽혀 분꽃 향기를 한껏 들이켜 본다. 까만 씨앗 속 흰 살로 분을 만든다고 분꽃이라 이름이 붙었는데 일본어로는 무엇일까? 오시로이하나(オシロイバナ)라고 한다. 우리말 분꽃이 그보다 더 예쁘다. 어릴 때 이 분꽃 씨앗을 따서 엄마가 화장을 하도록 분을 만들어 드리고 싶었다. 머리를 곱게 빗고 한복을 단아하게 차려 입었던 40대의 엄마는 무척 고왔던 것으로 기억에 남아 있다. 그러나 벌써 세월이 흘러 이승을 떠난 지도 근 7년이나 되었다. 1995년이었다. 그해 4월에 학생부처장을 보직 받았으니 세월이 무던히도 빠르다. 하루에 4km 정도는 걸으니 벌써 지방질이 좀 빠진 듯하다. 한국의 평소 식사 질이 너무 높은 것 같다. 이곳 일본인은 먹는 것을 좀 소홀하게 생각하는 것 같다. 영양을 과다하게 섭취하는 식사 방식을 개선할 필요가 있다.

2002년 9월 10일 (火)

논리적 형식으로 인민에게 봉사하는 자들이 지식인의 책무인가? 책 읽기도 엄연한 비평 행위. 항시 시대의 첨단에 서려는 조급함, 피상성의 취약성과 격동하는 경박성 세계사의 무대엔 언제나 영웅은 두 번 옷을 고쳐 등장한다. 한 번은 배우로 또 한 번은 희극 배우로. 논리적 결백성이 문학의 한계성을 무효화하거나 또는 논리적 한계가 문학의 탁월성을 무효화할 수는 없는 것이다.

「우산 받은 요코하마의 부두」

더구나 너는 이국의 계집애 너는 식민지의 산아희
그러나 - 오즉 한 가지 이유는
너와 나 - 우리들은 한낱 근로하는 형제이었든 때문이다.

2002년 9월 11일 (水)

도서관 출입증과 휴대전화를 신청했다. NY사건 1주기이다. 일본 방송에서도 특집으로 몇 시간 동안 방송하고 있다. 공격과 파괴의 본능은 동물적인 인간 본성의 일부이다.

2002년 9월 15일 (日)

갑자기 기온이 뚝 떨어졌다. 하긴 날씨가 쌀쌀해질 때도 되었다. 그런데 올해는 유난하게 더웠다. 특히 도쿄가 타향이라 하루에 족히 4~5km를 걸으니 땀이 뒤범벅이 안 될 수가 없는 노릇이다. 갑자기 가을이 성큼 다가선 느낌이다. 발로 차대던 이불을 가슴까지 끌어올려 덮는 것을 보니 계절의 흐름을 속일 수가 없는가 보다. 이곳에는 3일 연휴이다. 15일이 노인을 공경하는 날이라 하여 하루 더 놀게 해 준단다. 신주쿠에 나가 보니 많은 젊은이가 연휴를 즐기기 위해 여행사 앞에 길게 줄을 서서 장사진을 이루고 있다. 신주쿠 지하도 G4에 연결되어 있는 백화점에 들어가 보니 엄청난 규모이다. 역시 첨단 자본주의 나라인 일본. 그도 그 한 중심인 신주쿠 사람들의 소비 패턴은 한국이나 큰 차이가 없는 듯하다. 인간은 소비하기 위해서 이 세상에 태어난 것일까? 더 고가의 고급 소비를 누리는 인간의 지배 계층에 위치하는 것이고 국가는 이러한 소비를 모든 인민에게 적절하게 가능하도록 조정해 나가면서 즐길 수 있도록 하는 것일까. TV에서 하는 코미디, 놀이 등 자본주의의 불량한 짓은 한국이나 미국이나 마찬가지이다. 일본에 온 지 벌써 반달이나 훌쩍 지나갔다. 18일 아내가 여기 온다니 기다려진다. 아침에 장동익 교수의 전화가 왔다. 밥 꼭 챙기라는 말에 타향살이를 하는 서러움이 뭉클 가슴에 치밀려 올라왔다. 연휴 동안 휴식을 푹 취할까 한다.

2002년 9월 16일 (월)

하루 종일 가랑비가 내린다. 늦잠을 잔 탓인지 좀처럼 잠이 오지 않는다. 저녁을 먹고는 가스가토리(春日通り)의 고라쿠엔(後樂園)까지 1시간가량 걸어서 돌아 왔다. 몇 가지 일이 정리가 되지 않아서 그런지 신경이 무척 예민해진 것 같다. 몸의 휴식도 중요하지만 자꾸 무거워 가는 머리를 비워야 할 텐데 밤늦도록 북의 김정일과 조일 국교 정상화와 관련된 특집 방송을 내보내고 있다. 특히 북의 공작으로 납치된 사람들의 가족이 패널로 나와 국교 정상화를 반대하며 북의 공식 사과를 요구하고 있다. 역사를 어느 누구가 보상할 수 있으며 또 어느 누구가 그 보상의 수혜자가 될 수 있는가? 일제강점기 36년의 수탈 역사는 시간의 무대장치 뒤로 숨어 버리고 부화질 올리려는 인질 납치극만 부각되는 것은 아닌지. 역

사의 인과와 응보 고리는 늘 일정한 방향으로만 향해 있는 것이 아니라 때로는 그 방향성마저도 찾기 어려운 것인지도 모른다. 도전과 도발은 역사의 단조로움을 깨뜨리는 조미료이면서 때로는 진보를, 때로는 퇴행을 맛보게 하는 것일까? 그래서 많은 인류사의 영웅들은 더 규모가 큰 전쟁을 치르려고 하는 것일까? 미국에 있는 김천수 군이 조금 일찍 연락이 되었으면 도쿄에서 만날 수 있었을 텐데, 며칠 전에 한국을 떠났다고 한다. 훌륭하게 커서 미래의 한국 지도자가 될 수 있기를 기대해 본다.

2002년 9월 17일 (화)

조일회담이 열렸다. 김정일이 일본 고이즈미 총리에게 그동안 여러 가지 미안한 일이 많았다며 향후의 친선을 기대하는 발언을 하는 장면이 TV에 연속 방영되었다. 그러고는 실족가족 8명의 애환을 담은 내용도 함께 방송되고 있다. 모든 것을 각설하고 조일 관계가 잘 풀려 나갔으면 좋겠다. 가까우면서 먼 나라가 아니라 가장 가까우면서 가장 우호적인 나라의 관계로 발전되기를 기원해 본다.

오늘 숙소 문제가 해결되어서 다행이다. 10월 1일부터 시로가네다이(白金台)에 있는 도쿄대 외국인 기숙사로 들어가게 되어서 좀 안정된 연구생활을 할 수 있을 것 같다. 야스다 도시아키(安田敏郎, 1968~)가 쓴 『언어의 구조(言語の構築)』이라는 책을 구입하여 읽어 보았다. 오구라 신페이(小倉進平)의 연구 성과를 새롭게 평가하고 있으나 일본의 시각에서 쓰인 것 같다. 식민지의 수탈 이면의 문화정략이 얼마나 고도한 침략적 술책인가?

　　　　　　　　　　　　　오래된 불빛

2002년 9월 22일 (일)

지난 18일 아내가 왔다가 오늘 1시 반 대한항공(KAL)편으로 한국에 돌아갔다. 하네다공항에서 돌아오는 길에 우에노역에 들러 재래시장을 둘러보고 집으로 돌아왔다. 더 텅 빈 느낌이다. 혼자 있을 때는 잘 몰랐는데 아내가 다녀간 빈자리가 느껴지니 더 쓸쓸하다는 생각이 든다. 하긴 언젠가는 예상되는 영원한 이별도 해야 할 텐데. 추석을 여기서 보내니 어머님 다례도 못 드려 죄송하다. 그래도 큰아이가 다례를 지내고 어제 어머님 산소에 벌초를 하고 오늘 새벽에 서울로 갔다니 다행이다. 며칠 동안 도쿄 시내 여기저기를 돌아다니느라 피곤하다. 어제 밤늦게 읽던 『두 개의 한국(The Two Korea)』이라는 책을 좀 더 읽다가 자야겠다. 4시 반경에 아내가 김해공항에 도착했다는 전화가 왔다. 세상은 참으로 멀고도 넓으면서도 가깝기도 하고 가슴에 품을 만큼 좁은 것 같다.

2002년 9월 23일 (월)

도쿄에는 가을축제의 날로 지난 금요일부터 오늘까지 연휴이다. 그저께부터 읽던 『두 개의 한국(The Two Korea)』이라는 책을 종일 읽었다. 전직 워싱턴포스트 기자가 바라본 한국의 근대사 이야기이다. 이 이야기는 바로 내가 중학교 다니던 시절 박정희의 군사쿠데타 발발 기억으로부터 저녁노을처럼 번져 가는 내 삶의 공간 이야기였다. 이 글에 쓴 'Don Oberdorfer' 자신도 분명히 밝히고 있는 한국 분단에서 나타나는 미국의 두 가지 분명한 오류(정치적, 정책 · 정략적)에 한국의 지식인들은 도무지 한마디 항변도 하지 못하는 이유가 어디에 있는가?

그리고 미국의 지미 카터 대통령의 한국 내 미군 철수 안을 한국의 보수 지식인이나 일부 진보적 지식인조차 왜 그렇게 독재 군부의 지도자들과 마찬가지로 쌍수를 들고 반대하고 있는가? 이와 함께 급진적인 한국의 진보주의자를 포함하여 스스로 기회주의자라고 인정하는 엘리트 계층에서 북의 수정주의와 세습적 김정일 체제 비판을 꺼리는가? 궁극적으로 김정일 역시 반혁명적 수정주의자이며 귀족적인 생활을 즐기는 자본주의자가 아닌가?

이 나라의 미래는 소수 엘리트층의 의사 결정에 전적으로 의존할 수 없음을 위에서 든 두 가지 상반된 사례를 통해 분명히 해야 할 것이다. 미군 철수 요구와 함께 북으로부터 불가침의 세계적 선언을 동시에 추구해야 될 것이다. 미군이 국내에서 저지른 숱한 만행을 반인권민주라는 이름으로 얼마나 위장해 왔는가? 포름알데히드 방류 사건보다 훨씬 잔인한 정치지도자에 대한 무언의 압력(한미 양국의 긴밀한 협력 관계에 심각한 결과가 초래될 것)을 보면 평범한 한국의 시민은 매우 열등한 종족 그 이상으로 결코 고려하지 않고 있는 것은 분명하다. 바로 정글의 법칙처럼 그들의 군사력과 정보, 경제력의 우위를 이용한 또 하나의 반인권의 전형을 보여 주고 있는 모순을 범하고 있다.

2002년 9월 30일 (월)

오늘 후쿠시마 교수와 만나 언어지도 작성에 관한 공부를 하였다. 그리고 오늘 도쿄대 국제로지 B동 1015호로 옮겼다. 여기서 앞으로 12개월을 살아야 한다. 이 동네 시로가네다이(白金台)가 부자 동네로 알려져 있는데 매우 조용하고 환경이 좋은 것 같다. 센고쿠(千石)에서 1개월을 보내다가 이곳으로 정착하니 생활비도 절약되고 여러 가지가 안정될 것 같다. 연락이 끊겼던 제자인 조정아

오래된 불빛

가 메일을 보냈다. 늘 안타까운 생각이 든다.

2002년 10월 6일

「우산 받은 요코하마의 부두」

-임화

그러나 요코하마의 새야
너는 쓸쓸하여서는 아니 된다. 바람이 불지 않느냐
하나뿐인 너의 조희 우산이 부서지면 어찌하나
어서 들어가거라
언제 네의 게다 소리로 빗소리 파돗소리에 뭇혀 사러졌다
가 보아라 가 보아라

일본 시인 나카노 시게야루(中野重治)의 「비내리는 시나가와
역(品川驛)」에 화답하는 시이다. 아무리 민중을 위해 자신의 모든
것을 버려가며 살았던 시인이지만 애틋한 이별의 정한은 동서고
금을 그리고 이념조차도 다 넘어서는가 보다. 이별의 순간에 하나
밖에 없는 종이 우산이 부서질 것을 걱정하는 그 섬세한 시인에 대
한 추억을 더듬기 위해 아침 일찍 전철로 메그로역까지 가서 바로
시나가와역에서 JR를 타고 요코하마(横浜)까지 35분 정도 걸려 도
착했다. 마침 전철(사철, 국철) 축제로 역에 있는 백화점에는 엄청난
사람들로 붐볐다. Rouge라는 배로 야마시타(山下)공원에 도착했
다. 1930년대 임화가 종이우산을 쓰고 기모노를 입은 일본 애인과
부두에서 이별했던 현장이다.

「Yokohama의 잿빛 하늘」

껵꺽

울음소리를 껵으며

하늘을 돌고 있는 갈매기

울음은

해안선을 둘러 싼

고층 빌딩 숲을

깊은 잠 속으로 가라앉히고 있다.

잿빛 태양에

바스라질 듯 허물을 벗어내며

일어나는 파도는

물보라만 일으킨다.

일본어로 서툰 농담을 섞어가며

마술을 하는

미국 청년의 불꽃 쇼를

열렬한 박수를 구걸로 보내는

사람들이 둘러선

야마시타공원

잿빛 비둘기가

길거리 사람들이 버린

찌꺼기를 쪼아대고 있다.

오래된 불빛

「동경 Rainbow Bridge」

이 세상 어딜가나
서민들에겐 따듯한 온기가 있다.
언어가 통하지 않아도
기쁨과 사랑을 얼마만큼쯤
나누어 가질 줄 아는 것 같다

이 세상 어딜 가나
상류 지식인들은
벽을 만들고
사람을 가려 분류하고
식은 납덩이 같은
견고한 벽을 쌓아
그 자체로는 존재하지 않는
풍경을 만들려고 한다
그리고 전쟁을 도모한다

사람의 시각에
영혼의 메아리가 남긴
자본주의의 저 끝은
Rainbow bridge
반짝이는 불빛은
낯설고 파악할 수 없는
사람의 사랑을 단정하는 것

그 불빛은

하늘을 나는

존재하지 않는 풍경을

둘러싼 대기와 쉼 없는

성군이리라

가난한 방문을 여는

일본 여인의

덧없는 웃음

그 속에

이 세상이 파도로 일렁거리고 있다.

2002년 10월 11일

날씨가 제법 쌀쌀해진다. 가을의 깊숙한 곳으로 시간이 달려 왔다는 느낌과 계절이 바뀔 때마다 느낄 수 있는 독특한 감정이 생긴다. 토요일 오전에 이곳에 있는 자연박물관을 구경했다. 들풀의 꽃향기 속에 내 어린 시절 기억에 묻혀 버린 흔적이 느껴졌다. 대자연은 "전지전능한 영원한 아버지 신으로서 우리 앞에 펼쳐놓은 쇼"라는 발자크의 말대로 영원히 아름답다. 도시 한가운데 이렇게 멋진 대자연의 공간이 있으니 얼마나 좋은가? 벤치에 앉아 무상의 마음으로 나무 숲을 바라 보았다. 멀리, 가까이 있는 나무와 숲의 나뭇가지 선들이 선명하게 보이다가 차츰 뒤엉킨 덩어리만 내 망막에 닿는다. 모네의 말처럼 풍경은 그 자체로는 존재하지 않는다. 내가 보기에 진정한 사물의 가치를 부여할 수 있는 것은 신뿐이다.

오래된 불빛

인간도 역시 사물의 하나이며 신이 만들어 놓은 피사체에 지나지 않는 것이 아닐까? 가을의 끝자락 겨울로 가는 길목의 바람은 묻어놓은 그리운 이들의 생각을 내 마음에 부유하게 한다. 어쩌면 그리움이라는 것조차 허망의 길목에 서 있는 허상이지 않을까?

이곳에는 일본인이 2002년도 노벨 물리학상과 화학상을 받게 되어 그들의 자긍심을 한층 더 고취시켜 주는 것 같다. 가만히 들여다보면 2003년 이후 10년간 정부에서 대학 육성 계획에 엄청난 지원을 하고 또 이를 지방정부와 대학이 적극 공유하고 있다. 그러니까 국가의 에너지 공급원인 대학 연구 지원에 무엇보다 선행해서 투자해야 한다. 며칠 전 일본의 과학교육장관이 제시한 전국 대학의 특성과 계획안(COE프로젝트)을 보니 무척 부럽다는 생각이 든다. 왜 우리나라에서는 이렇게 하지 못하는 것일까?

2002년 10월 16일

며칠 계속 잠이 잘 오지 않아 피곤이 너무 겹쳐지는 것 같다. 벌써 새벽 2시가 넘었다. 25일 한국에 이창동(문체부 장관)을 만나러 잠깐 다녀오기 위해 외국인 출입국 관리국에 가서 멀티비자를 발급받았다.

커피 잔에 따라 나온 점(占)이다. 일본에는 공공연하게 점을 보는 이가 많다.

내가 지금 살고 있는 곳은 도쿄(東京)도 도쿄대 국제 로지 B-1015호이다. 내 편지함에 들어 있는 마사지걸의 선전 전단을 오래 남겨두려고 한다. 자본주의의 저 끝자락에 전쟁의 포화로 붉게 물들기 전, 인민의 고독을 해소하기 위한 향락산업이 한때 세계적인 명사들이 머물렀던 이 기숙사까지 그 파도가 밀려오고 있다.

춘원(春園)과 동인(東仁)이 1920년대 머물렀던 유서 깊은 도쿄대 외국인 기숙사이다. 시간의 관념, 사람 사는 방식의 변화, 문화라는 이름으로 세계가 유사한 꼴로 닮아가고 있다. 자본의 한가운데 소용돌이에 가까이 갈수록 사람은 고독하고 외로워지게 되어 있다. 국가와 이념의 전쟁을 좁혀서 본다면 언젠가 그 파도의 물결이 분노처럼 개인에게로 밀려올 것이다. 이라크 후세인이 전 국민의 100% 지지를 받았다고 한다. 북에 납치되었던 일본인 5명(북에 강제 납치)이 아마 스스로 북으로 되돌아가고 싶다고 말하는 것을 이해하지 못하는 일본 부모 심정처럼 살아가는 방식이 문제이지. 결코 자본이 절대적인 가치가 아닐지도 모를 일이다.

2002년 10월 22일

계절이 또 한 번 흔들린다. 물든 나뭇잎이 떨어진 빈자리에는 푸른 하늘이 깊숙이 자리하고 있다. 어느새 쌉쌀한 바람이 투명한 푸른 하늘이 더욱 멀어져 보이도록 달아나고 있다. 그 깊숙한 세월의 골짜기에는 잊히지 않은 과거들이 가까이 다가온다. 그래서 가을은 사념(思念)의 계절이라 했던가?

19일에는 모교(고등학교)에서 졸업 30주년 홈커밍데이(Home coming day) 행사를 했다고 한다. 나는 참석하지 못했지만 벌써 세월이 많이도 흘렀다. 여러 친구의 모습이 눈에 선하다. 특히 원주에 살고 있는 학균이라는 친구가 날 만나러 왔는데 내가 한국에 없어 못 만나고 가서 아쉽다는 전화가 왔다.

이번 주부터 시작된 일본어 강좌를 듣는다. 하루가 너무 빨리 지나간다. 어제부터 James Crosswhite가 지은 『이성의 수사학』이라는 책을 읽기 시작했다.

오래된 불빛

우리가 사용하는 이 이성이 도대체 무엇인가?

그것의 厂史的 효과는 무엇인가?

그것의 한계는 무엇이며, 그것의 위험은 무엇인가?

우리는 어떻게 하여, 불행하게도 본질적인 위험과 교차하는

合理性을 운 좋게 위임받은 이성적 존재로 있을 수 있는가?

Michel Foucault, 『공간, 지식, 권력』

나는 너를 그리워하는데 왜 나는

나를 그리워하나

서 있는 집으로 되돌아 올 소리가 겹친

길 틈으로 너를 찾아 나선 길은

빛에서 해방된 어둠의 반향만 있을 뿐

나는 너를 단 한 번도 사랑하지 않았네

나는 너에게 달려가는데 왜 나는

자꾸 나에게로 오는가

누워 있는 집으로 되돌아 올

바람으로 너를 찾아 나선 길은

의심받는 무질서의 빛의 반향만 있을 뿐

나는 너를 단 한 번도 사랑할 줄 몰랐네

마술에 걸린 새처럼 늘

홑이불 펼치듯 노래로 빈 칸을 채우네

비스듬히 기운 집 창문에서는

부끄러운 내 자궁에 미끄거리는

바람소리가 들리네

끝없는 반복이 분만된 흔적이

논리에서 해방된 부끄러운 흰 빛으로 부시네.

지하철 그리움이 숱하게 겹쳐진
미궁의 꽁무니 부글거리는 자궁 속으로
아우성치는 시간의 거리를 밀고 당기고 있다.

곰팡이들이 먼지 바람을
일으킨 옷에는 모질게도 들풀 한 포기 발 디딜 곳 없다.
집으로 되돌아가는 환희가 틀어막은
전철 통로는 들풀이 담길 자리가 없다.
흩어 놓은 곰팡이들의 그리움으로 밀려오는
차량에 얼룩무늬 반복된
세월은 악마가 그리움을 파먹는 죽음의 골목길이다.

자궁의 통로로 억세게 밀려들었다. 바람 몰고
빠져나간 텅 빈 자리는 곰팡이들이 펼쳐든
환영의 질벅거리는 체액으로
존재하지 않은 채 都市를 건설한다.

내일 우리는 일터로 나가야 한다.
전철창에 비치던 바람처럼 미궁 속으로 숨어버린
눈이 유난히 큰 女子의 모습을 그리며

오래된 불빛

2002일 11일 5일 (화)

감기 기운이 좀 가라앉은 듯하다. 그래도 뼈 속을 스며들 듯한 도쿄의 초겨울을 처음 맞는 나그네에게는 좀 당황할 정도로 변절이 심한 것 같다. 오늘 낮에는 내가 처음 도쿄에 발을 디뎠던 센고쿠 쪽으로 나갈 때에는 땀이 잔등에 밸 듯 후텁지근 더웠는데 지금 책상에 앉아 책을 읽고 있으니 다시 어깻죽지가 시큰거리는 냉기가 한방 가득하다. 며칠 전 기운을 차려 긴자에 나가 구입한 전기장판을 깔아놓은 침대 속으로 곧장 기어들어가고 싶은 심정이다. 매일 이러한 욕망을 이기지 못하면 도쿄에 와서 잠만 자고 갈 것 같다. 그렇잖아도 아둔한 머리로 좀 더 많은 책을 읽고 공부를 해야 하는데….

일본은 분명히 자본주의의 저 끝자락에서 화려한 차림을 하고 있는 나라이다. 출판 그리고 개인적 사치 그러면서 관대한 인간관계 등. 그런데 이상하게도 내가 이곳에 와서 본 많은 애완견이 제대로 생긴 것을 좀처럼 보질 못했다. 늙고 비루먹었든지, 살이 쪄서 짧은 다리로 뒤뚱거린다든지, 여하튼 정상적인 인간이 곁에 이상한 개를 몰고 가는 일본인의 유토피아는 어딜까? 자기보다 가련한 동물을 끔찍이 사랑하면서, 새벽녘 개 꽁무니를 따라다니며 개똥을 주워 종이에 싸서 주머니에 넣고 그 뒤를 따라가는 인간 애정의 실체는 무엇일까? 어떤 면에서는 대단히 아름다운 모습일 수 있다. 못나고 비루먹은 개를 저토록 지순하게 사랑하는 것이 결코 자신을 위한 사랑이 아니라면 참으로 소박한 사람의 사랑으로….

세월이 무척 빠른 것 같다. 엊그저께 땀을 뻘뻘 흘렸는데 벌써 이 정도의 추위에 이렇게 온 몸을 옴츠리니….

세상이 내놓은 길을 모두 따라가고 싶은데 길은 유한하나 삶은 끝이 없어 보이는 곳만큼만 달려가서 오늘 밤 또 하루 묵고 갈 뿐이라네.

2002년 11월 8일 (금)

오늘 도쿄대에 와 있는 외부(外府) 객원 연구원 모두(120여 명) 학교에서 제공하는 관광으로 닛코(日光)를 다녀왔다. 일본 도치기 현 북부(도쿄에서 약 2시간 반 거리)에 있는 고대 도시로 1617년 도쿠가와 이에야스(德川家康)의 위패를 둔 도쇼구(東照宮)와 그의 무덤이 있는 곳이다. 도쿠가와의 손자인 이에미쓰가 시즈오카에 묻혔던 조부를 이곳으로 옮겨와 이장하고 화려한 도쇼구를 건설한 것이다. 이 도쿠가와의 상징물이 무궁화라는 점에 놀라지 않을 수 없었다. 우리나라 국화가 16세기 일본 막부의 상징물이었다는 사실을 어떻게 해석해야 할까? 조선을 침략한 도요토미 히데요시(豊臣秀吉)와 동맹하여 일본 천하를 평정한 뒤 에도시대를 열게 된 것이다. 1614~15년 2차에 걸쳐 오사카 히데요시의 아들 히데요리를 비롯한 오사카성의 잔당을 토벌하여 일본 근대 봉건 사회를 수립하게 된다.

이 지역에 도쿄대 식물원이 있고 그 안에는 대정(大正)이 다녀간 자취와 한시가 남아 있었다. 연세대 법대 김성수 교수, 전남대 손희하 교수, 서울대 임홍빈 교수 등은 하루 동안 우리에게 쓰라린 상처를 주었던 일본 무신정권의 자취를 둘러보면서 역사의 무상처럼 우리의 삶 또한 무상함을 느끼지 않을 수 없었다. 돌아올 무렵 다시 일상성 속에 곤히 잠들어 버스가 흔들리는지도 모르고 도착한 곳은 도쿄대 아카몬(赤門) 앞이었다.

오래된 불빛

2002년 11월 18일

황포 돛대

돛을 올리면
맵싸게 불어오는 서남풍 타고
무릉도원 언저리까지 나마
갈 줄 알았는데
치달려 가 봐도
구불구불 굽이 난 강 언저리도 벗어나지
못한걸

통사구조를
헝클고 사전 언저리에 숨은 놈은
꺼내 놓으면
사람들이 기뻐 달려들 줄 알았는데
번쩍이는 조명 밝 아래에선

외롭게 기억을 수걱거리며
따다 잡는 가수 이미자의
황포돛대
석양 저문 강가
어디까지 왔노? 차랑 멀었다.
가도가도 끝없는 길.

2002년 12월 3일

참 세월이 빠르다. 지난 토요일은 김달웅 신임 경북대학교 총장이 도쿄를 다녀갔다. 마침 도쿄에 있는 유학생들과 함께 모여 즐거운 시간을 보냈다. 이종환 교수도 멀리서 달려와서 2일 동안 함께 지냈다. 아무 관계도 없던 사람이라도 자주 만나면 이해의 폭이 넓어지고 서로 가까워지는 모양이다. 어제 떠난다니 섭섭한 마음이 들었다. 물론 내가 지금 외국에 혼자 있어서 그런지는 모르지만…. 그러나 자기 스스로의 이해관계 때문에 인간관계를 이용해서는 안 된다.

예전에 모시던 문경삼 교수가 돌아가셨다고 한다. 참 인생무상이다. 소멸의 원리를 수용하는 삶의 덕을 닦아야 할 것 같다. 이승의 사람들과의 구업을 지우지 않으면 이승을 떠나기 고통스러우리라.

2002년 12월 10일

아내가 며칠 도쿄에 다녀갔다. 독감에 걸려 콜록거리는 기침소리에 몇 번인가 잠에서 깨어났다. 무척 안쓰럽고 애처롭다. 방학이 되자 날 만나려고 부랴부랴 달려왔다. 마음에 있는 그 어떤 것도 내보여 주지 못하고 화만 벌컥 내는 내가 이중적인 건가? 차별의 슬픔을 경험해 본 이는 화를 내는 것 또한 투명한 불빛 같은 것임을 안다. 허기와 추위 속에 눈이 내린 나리타공항에서 비행기가 결항되어 시로가네다이로 되돌아오면서 메구로역 부근에서 영하의 날씨에 식은 도시락으로 허기를 채우며 우리는 시간을 지워 갔다.

다음날 새벽 찬 바람을 맞으면 삭지 않는 독감을 안고 한국으로 돌아가 전화를 해 주었다. 한국은 미래의 푸른 바람으로 영하의

오래된 불빛

찬 날씨라는 일기예보로 전화는 끊어졌다. 아내가 가던 그날 우에 노역에서 후배 최봉태 변호사를 만났다. 그는 일본 전쟁 희생자들(특히 정신대 희생자)의 법적 인권을 찾기 위해 부지런히 일본을 드나들고 있었다. 이 시대 모든 이가 한 시대의 운명이 되려고 하지만 산길을 외롭게 걷는 이만 하나의 의왕(意旺)이 되리라. 그는 선배 내외에게 따뜻한 점심을 대접했다. 그도 머리가 많이 빠져서 나와 머잖아 비슷해질 것 같았다. 나무 그늘을 한 번이라도 물 안에 잠기게 하고 싶다. - 허만하 시인의 「아름다운 것은 가늘게 떤다」에서

「동경만 바다에서」

아침 수줍은 주홍빛 얼굴이다가 사람들의 숨결처럼
군청빛 거친 몸부림으로 밤이 되면 다시 칠흑의 어둠으로
퍼덕이는 생명의 흰 파도의 자락으로 뉘엿뉘엿 한 낮의
숨찬 거부의 몸짓을 가라앉힌다.
파도는 사람들로부터 무척 멀찌감치 달아나 있다가
사람들이 살고 있는 물과 만나는 곳은 어제나 갈매기나
도요새 다리를 젖게 하는 군청빛 거친 몸부림으로 와 닿는다.
군청빛 파도 소라껍데기처럼 흰 켜를 쉼 없이
사람들이 살고 있는 곳으로 우우 함성을 지르며 달려온다.
갯바람 살 냄새마저 포말된 東京만 바다는 이미 바다가 아니다.
우람한 철골 구조 레인보브리지를 달리는 자동차와 모노레일
휘발 기름에 풍화한 바닷가
꿈이 달아난 모래알에는 바다의 거친 숨소리뿐이다.
아득히 먼 추억 같은 동경만 물결이 걸어온 푸른 길에는 거대한

짐승들만 오가고 있다.

잔모래 사이에 닳은 조개껍데기에 반짝이는

도요새의 노래와 퍼덕이는

갯바람의 냄새는 추억의 비늘구름이 되어 증발하고 없다.

눈부신 동경만의 해안선 파도가 와 닿는 곳에는 깨어진 소라껍데기의

아픔만 더해 가고 있다.

「낙서」

덧없는 인간의 삶

살이 흘리는 피를

정신은 흘리지 못한다.

피를 흘리지 못하는

정신은 썩지 않는다.

2002년 12월 20일

　오늘 일본 국립국어연구소에서 열린 연구발표회에 참석했다. 어제 노무현 대통령의 당선을 축하하며 시로가네다이(白金台)에 한국인 연구 교수들과 밤이 이슥도록 술을 마시며 우리들의 내일을 걱정했지만 왠지 일본 정책들과 비교해 보면 아직 거칠고 더딘 것 같다. 방대한 일상어 연구 자료 확보와 전산처리를 능동적으로 대처하고 있는 일본이 마냥 부럽다. 내일 아침 일찍 니가타로 후쿠시마 교수를 만나러 간다. 과제 일부는 성공해서 다행이지만 아직 해결해야 일이 매우 많다.

　우리는 누구나 고독하다. 때로는 사랑이나 애정 혹은 창조적

계기를 통해 고독으로부터 벗어날 때도 있지만 이러한 인생의 승리도 우리 스스로를 위해서 만들어 내는 빛이며 길 양쪽은 어둡기만 하다. 결국은 누구나 홀로 죽기 마련이다. 깊은 감정을 가진 이는 아무리 고상한 정신을 가지고 아무리 행복하다고 할지라도 또 행복의 절정에 서 있는 고상한 정신의 소유자일지라도 그 본질에 있어서 인생의 부담이라는 고뇌, 고독의 존재라는 점에서는 영원히 순환하는 불변의 진리인 것이다.

인간은 외로움과 고독을 피하기 위해 종교나 도덕적 함정에 매몰되어 세상에 등을 돌린 채 자기 자신의 비극에 안심입명(安心立命)하여 다른 사람들을 버려두고 제 혼자만의 영혼 구원을 받으려는 것 또한 속물(俗物)이 아닌가?

무명의 그림 그리던 친구의 죽음

베른하르트의 죽음을 넘어선 글쓰기의 행위처럼 어느 구석진 골방에서 가난과 더불어 평생을 일관된 삶을 살기란 결코 쉬운 일이 아니다. 그는 『영웅광장』 제2경 폴크스가르텐에서 아버지 장례를 치른 안나와 올가 그리고 그녀의 삼촌인 로베르트 슈스터 교수가 앉아 있는 안개 속의 부르크테아트의 암울한 거리의 장면이 떠오른다.

여기서 잠깐 2003년 1월 9일의 내 일기장 속으로 들어가 본다.

"그림 그리던 오랜 친구 김근태가 1월 3일 세상을 떠났다. 대구에 있는 주막집 마메종의 진숙이(일명 청이[淸伊])가 보내온 메일에 묻혀버린 지난 세월, 30대 내 신혼살림 단칸방에서 발 고린내 풍기며 함께 자기도 했던 그가 죽었단다.

내가 그 친구의 흔적을 거두어 주어야 할 텐데. 그나 나나 이 세상에 무명의 아티스트일 뿐, 찬란한 색을 쓸 줄 모르는 그의 죽음 역시 큰 반향 없이 소멸했을 뿐이다. 어느 주막집 여인의 기억 속에 한 자락의 슬픔을 남겨 둔 채 허무하게 무너져 버렸다. 내 곧 귀국하면 '건너지 않은 강'의 그 투명한 화선지에 검은 흑연가루 문지르던 엄지손가락의 지문을 덧없이 더듬어 보리다.

다시 주막집 마메종의 처녀 진숙이가 보낸 메일을 더듬어 본다.

오래된 불빛

교수님

안녕하세요? 저 진숙이에요. 인사 늦어 죄송합니다.

건강하게 잘 지내시는지... 어떻게 한 해 마무리는 잘하셨는지... 한국엔 언제쯤 오시게 되는지....

여러 가지로 궁금하네요.

남순 언니도 교수님 소식 많이 궁금해 하고 있어요. 메일 보낸다니까 안부 전해 달랬어요. 오늘은 간단하게 인사만 드리고요.

다음에 또 쓸게요.

그리고요 교수님, 며칠 전 신문기사 한 건 적겠습니다.

대구 출신 김근태 화가 별세

순수한 영혼의 표현을 추구해 온 화가 김근태 씨가 1일 숙환으로 타계했다. 향년 54세. 독특한 기법으로 내면세계를 형상화한 김 씨는 고통과 인내 없이 참다운 작품이 나오지 않는다는 신념으로 1981년 대구를 훌쩍 떠나 경주시 건천읍 한 야산의 오두막에 기거하며 창작에 몰두해 왔다.

판화지에 손가락으로 문질러 작업을 해 왔으며 「산에 안긴 여인」 등 다수의 작품을 남겼다. 유족은 1남 1녀. 발인은 3일 오전 6시 대구 파티마 병원 장례식장. 장지는 대구시 수성구 연호동 선영 하.

이미 알고 계시겠지만 혹시 모르시고 계신다면 괜한 소식 드린 건 아닌지 모르겠네요.

신년 초부터 너무 쓸쓸한 소식이라서.... 교수님, 항상 건강하시고요.

복 많이 받으세요. 또 안부 드리겠습니다.

다시 김근태가 나에게 보낸 편지 한 장을 읽어 본다.

바람은 타래를 풀어

마른 가지에 엉켜 있고

남쪽나라 바위들도

수정의 알을 품고

외짝 촛불은 미동도 없이

오두막 방문은 조용히 닫혀 있다.

한 해의 마지막 날에

남애서당

1986. 1. 2 Tristan 김근태

경북 월성군 건천읍 송선1리

성암사(남애서당)

내가 김근태를 위해 쓴 시 한 편과 글의 한 대목을 읽어 본다.

나에게 또 한 사람의 소중한 그림쟁이가 있다. 15년 전쯤 우연이 알게 된 김근태라는, 언더그라운드에서 작업하는 환쟁이다. 깊어 가는 어느 겨울날 김근태가 전화를 걸어 왔다. 돈 3만 원 좀 빌려 달라는 요청이었다. 약속 장소에 나가니 커다란 그림 액자를 하나 주었다. 그 그림의 보답으로 그를 위해 시 한 편 썼다. 제목을 "기둥 사이에 끼여 있는 달과 오골계"라 짓고 '–김근태에게'를 부제로 달았다.

「기둥 사이에 끼여 있는 달과 오골계」
-김근태에게

나이 사십이 다 되도록 닭털같이 털어내도 아무 것도 없는
스몰 군복에 길들여진 가난으로
밤이 되면 뒷산 털어 군불 때고
굴뚝으로 소물소물 기어 나오는 연기를 몰아 낙엽지게 하고
빈가지 떨듯 그는 자주 울었다
번개처럼 대구에 나타나는 날이면 건천에 떠오른 달을 몰고와
내 집 기둥 사이에 꽂아두고
손등 발등에 소복이 내려앉는 어둠을 털어내고
뜬눈으로 몇 밤을 보냈다
그는 내 터지지 않은 목청을 조율해 주고
서리 걷히듯 대구를 떠나가 버렸다
이젠 그를 만나 산에 올라
오골계 날개 털듯이 머리에 낀 비듬을 털어
함께 눈을 맞아야겠다

『낭만시 동인』 1집

  그림 그리는 김근태는 때로 현학적으로 아는 체하기 때문에 미울 때도 많지만 사람 냄새가 짙게 풍기기 때문에 나는 그를 좋아한다. 우리는 그동안 추억 어린 숱한 이야깃거리를 공유하고 있다. 얼마 전 그의 연합 전시회가 끝나는 날, 우리들의 약속이 비켜갔기 때문에 나는 술에 취해 실컷 욕지거리를 날린 적도 있다. 그러나 그는 내가 진심으로 욕을 하지 않았음을 간파하고 있기 때문에

아무 일 없었던 듯이 다시 만나면서 우리의 우정 어린 추억을 이어 가고 있다.

아마 올해 첫눈이 펄펄 날리는 저녁 무렵, 그는 경주 단석산 (斷石山) 중허리에 있는 오두막 방문을 활짝 열고는 흰 눈에 함께 묻히는 꿈을 꾸고 있으리라…. 올겨울, 그가 좀 따뜻하게 살아 주었으면 하는 바람을 가져 본다.

다시 현실 속으로….

사람들은 무심하게 이승을 떠났다 되돌아온 영혼의 까마귀가 새벽녘 이승과 저승의 원근 거리를 깨뜨린 도쿄의 도심. 새벽녘 안개 속의 원근에 따라 차츰 형체를 드러내고 그 원근의 거리를 깨뜨리며 환하게 밝아 오는 창틀 바깥의 공원 벤치에 앉아 있는 늙은이들의 눈빛은 제마다 다른 방향으로 흩어져 있다.

2003년 1월 9일

그림 그리던 오래전 친구 김근태가 1월 3일 세상을 떠났단다. 마메종 청이가 보내 온 메일에 묻힌 지난 세월 30대 내 집 신혼살림 단칸방에서 발 고린내를 풍기며 잠을 자던 그가 죽었단다.

내가 그 친구의 흔적을 거두어 주어야 하는데 그나 나나 세상에 무명으로 살아온 아티스트였기에 그의 죽음 역시 큰 의미 없이 소멸했을 뿐이다. 어느 주막집 여인의 기억 속에 한 자락의 서글픔만 고스란히 남겨둔 채 뭘 그렇게 위대한 정신적 세계를 가졌다고 그리 허무하게 무너져 버렸는가? 내 한국에 돌아가면 친구, 그대의 흔적을 조그마한 모습으로 수습해 보겠네. 『건너지 않은 강』의 그 투명한 화선지에 검은 흑연가루 문지르던 엄지손가락의 지문

오래된 불빛

을 덧없이 더듬어 보리라.

　오늘 어머님 제삿날이다.

　계획으로는 도쿄에서 제사를 모시려고 했는데 아내의 승진 면접이 오늘이라고 해서 한국으로 갔다. 한국에서 어머니 제사를 모시도록 했다. 학성이랑 아내랑 제사를 지냈단다. 중국의 시안에서 무명의 작가가 가위로 오려 준 것이라는데 너무나 닮았다. 도쿄에 머무는 동안 내가 받아서 붙여두었다. 진짜 닮았다.

「몽환」

　밤길이 달빛 묻어 강물 자락처럼
　가물거리며 이어진다
　산등성이를 날던 새들이 바람 일으켜
　꿈에 불러온 어머니가
　옆구리에 칼을 맞고 쓰러졌다

　십오륙 년 전 돌아가신
　어머니 제삿날
　삼헌 드릴 제관이 없어
　서둘러 상을 물린 파제삿날 그날 밤은

　전설 같은 지난 생각에 슬펐다
　머리끄덩이를 움켜잡은 할머니가
　손을 놓을 때까지

꽥 소리 한마디 못하고 눈물만 쏟아내던
갓 서른 넘긴 어머니
지독한 양반 권력에
오늘밤에도 피를 쏟아냈다
누임 조금만 기다려 보세요
좋은 시절 올 낍니더
말을 끝내기 무섭게 뒷산 파계재 너머로
떠나간 속칭 빨갱이 외삼촌

정지문에서 몇 발자국
눈물이 앞을 가려 나서지 못하고
가물거리는 외삼촌 뒷모습만 쳐다보던
그 외줄기 산길 긴 나무숲은
바람에 부들거리고 있을 뿐이었다
그 길이 영영 하직 길이었음을
알았을까

잠에서 깬 창밖은
눈발이 휘날린다
삼헌 드릴 제관이 없어
외로워 서둘러 상을 물린
파제삿날 그날 밤은
꿈속에서도 슬펐던 모양이다

2003-2-5

몽환적인 상상으로 어머님 잿날을 지내지 못한 아픔을 실은 시이다. 시는 비현실적 변주이다. 시는 내면을 스케치하는 빠른 눈빛을 가지고 있다.

이곳 로지(Lodge)에 함께 있던 한국 교수들이 3월 신학기에 거의 떠날 준비에 어수선한 것 같다. 한편 나는 7월 말에 출국해야 하기 때문에 마치 나 혼자 외로운 섬처럼 남는 것 같다. 며칠 전 김근태 의원이 북한의 핵문제로 한일의원 외교의 조율을 위해 도쿄를 다녀갔다. 김의원에게 미리 통역 관계의 요청이 있어 언어학과 동경대 조교로 일하는 이연주 씨를 소개했다. 도쿄대에서 한국 교수 십여 명과 신주쿠에서 만찬을 나누며 한국의 정치 현안을 주제로 의견을 나누었다. 미래의 한국 지도자답게 당당한 엘리트 정치가라는 생각이 들었는데 참석한 모든 사람이 동감을 표시했다.

북한 문제로 일본 언론 보도가 무척 자존심을 상하게 한다. 거의 대부분 뉴스 시간에 10~20분을 할애하여 한국 문제를 다루고 있는데 마치 전쟁이 일어나기를 바라는 듯한 태도이다. 하긴 세계 최고 채무국으로 한국전이 발발함으로써 경제 위기를 극복하려는 눈에 보이지 않는 그들의 야망이 내재되어 있을지도 모를 일이다.

그런데 또 일이 터졌다. 대구 지하철 화재 사건이 다시 NHK 톱뉴스로 거의 일주일 이상 계속되고 있다. 부끄럽다. 전철 기관사가 마스터키를 가지고 달아나 300여 명이 죽었다니, 참 기가 막힐 노릇이다. 영남중고교 앞 사거리에서 가스폭발로 수백 명이 희생되는 사고를 미국 CNN방송에서도 생중계 할 정도로 국가적 창피이다. 민주화다, 선진화다 모두 기초 없는 모래 위에 급조한 자본주의의 폐단이 유독 왜 한국에서만 끊임없이 꼬리를 물고 대형 참사가 이어지는가?

제 본분을 잊어버리고 허둥거리며 큰소리 땅땅 치는 한국인
들이여, 이젠 좀 더 침착하고 차근차근 주위를 살펴보자. 내가 해
야 할 일이 무엇인지?

2003년 2월 21일

아내 이정옥 여사와 결혼한 지 꼭 22년째 되는 날이란다. 22
년째 2월 22일. 미국이 기어코 이라크 침공을 하기 위해 G7 강대
국의 외교 강화와 더불어 경제 지원까지 약속을 받아내고는 아마
3월 3일이 이라크 침공 'D-day'인 것 같다.

국제 관계나 화가 나서 싸우는 개인이나 어떤 이유로든 힘이
문제인 것이다. 인류의 평화를 위장하면서 한편으로는 전쟁에 가
담하는 일본의 모습이 이해가 되질 않는다. 미국이 거칠게 침공했
던 이라크의 개발자금으로 일본이 미, 영 등의 국가보다 훨씬 더
많은 원조를 한다는 외무성 발표를 보면서 의아하기 짝이 없다는
생각이 든다. 전자 무기를 침공했던 나라에 원조하는 행위는 이미
미국에서 오래전부터 해 오던 관행이다. 6·25전쟁이 끝나고 살을
에는 듯한 겨울을 버티도록 그들은 구호물품을 우리에게 보내주
었다. 우선 춥고 배고픔을 달래주던 그 위대한 미국이 얼마나 고마
웠던지. 머리 좋은 사람들은 전부 미국으로 유학가고…. 쭉정이 같
은 인민은 역사의 아린 상처도 모르고 강냉이죽이다 뭐다 하는 구
호물(특히 크리스마스 카드)로 전쟁의 상처와 교환해 버렸기에….

'자본이 절대 정의이다.' 헌법이니 국제법이니 인간들이 만든
어떤 도덕이나 법률적 장치보다 우선될 가치이다. 인간을 무참히
대량 살상하는 전쟁도 정당성을 갖춘 자본의 원리이다. 이 지구상

오래된 불빛

인류가 언제 진정한 평화를 쟁취할 수 있을까?

2003년 3월 4일

봄기운이 돈다. 이곳 도쿄대 로지에 있던 교수들이 한 사람 한 사람 떠나고 나 혼자 남은 것 같다. 세월이 무척 짧지만 외로움의 터널은 상당히 길게만 느껴진다. 시즈오카대학 교수로 진출한 남부진 박사와 만나 한국의 근대화를 중심으로 긴 담론을 나누었다.

우리나라의 미래 발전을 위해서는 적어도 이런 단계의 면밀한 검토를 통해 반성할 것은 철저하게 반성함으로써 역사적 진전을 기대할 수 있을 것이다. 박정희 군사독재 정권의 책임이 박 대통령에게 일차적으로 있지만 그 시대사를 이끌었던 엘리트 지도자층에 대한 비판과 책임을 논하지 않고는 역사의 진전을 기대할 수 없다.

전 시대사에 대한 비판과 반성이 늦어지면 늦어질수록 역사의 발전은 더딜 수밖에 없을 것이다.

잠이 오지 않아 뒤척인다. 잠을 좀 자야 내일 일정에 지장을 받지 않을 텐데….

2003년 3월 5일 새벽 4시

새벽에 잠이 깨면 이렇게 그날 오전까지 가수면 상태로 빠져든다.

먼저 달려가는 바람의 마지막 자락은 늘 자취가 없어진다.
겨드랑이에 안겼다 빠져 달아나는
속도의 쾌감으로

상처와 허무가 대기하고 있는
노스탤지어의 공원으로
달려간다.

우듬지 끝을 날쌘 전기톱으로 잘라낸 은행나무의
굵은 가지가 어둠의 윤곽을 허물 무렵
스스로 맑고 청정한 바람이 되어
은행나무 가지를 감돌며
상상의 날갯짓을 해 본다.
한낮 동안 까마귀들이 깃을 털던 은행나무의
우듬지에는 아직 덜 털어낸 겨울 눈바람이 소리를 지르고
달리고 있다
그 눈바람의 끝자락은 자취 없이
풋미나리 냄새 같은 봄의 꿈을 일으켜 세우고 있다.

국립국어원의 권재일 어문연구부장으로부터 연락이 왔다. 5월 초 중국 베이징(北京)에서 남북 국어학자들의 학술회의 모임을 연다는 전갈이었다. 민족이 하나 되려는 꿈을 짓밟는 무리(국가)가 있다. 미국이 이라크를 결국 침공하겠다는 계획을 버리지 않고 있는 한편으로 북에 대한 생트집을 이해할 수 없다.

2003년 3월 6일 역시 새벽 4시
NHK에서는 유엔안보리의 이라크 침공과 관련한 회의를 중계하고 있다. 언제부터인가 내 삶의 무게를 조금씩 느낀다는 것을 깨달았지만 정확한 시간적 경계는 헤아릴 수 없다. 나는 터무니없

이 이 세상 사람들을 모두 사랑하려고 했다. 내가 만나는 모든 사람이 정도의 차이는 있지만 딱딱하고 빈틈없는 껍질을 뒤집어쓰고 사람을 경계하면서 스스로의 도덕적 잣대를 가진 엄숙한 사람이 많았다. 그런 사람들을 위해 먼저 그런 껍질의 허위성을 증명하고자 전혀 내 본질과 다른 모습으로 접근하는 무모한 사랑법은 내 삶의 정당방위의 한 방식이었다.

술에 취하면 사람들로부터 받은 상처 때문에 곧잘 혼자 울었다. 처음 울기 시작할 때에는 서러움으로 시작했지만 금방 서러움은 어딜 가고 관성만 남는다는 사실을 깨닫기 시작하면서 눈물의 샘도 말라 가는 것 같았다. 이것이 나이가 든다는 것이로구나.

한때 세상 사람들이 다 버리려고 하는 것을 고집스럽게 버리지 않으려는 청개구리 같은 생각과 또 실천을 기도해 보기로 했다. 지금 생각하면 다 덧없는 삶의 한 구석이라고 치부할 것만도 아닌 것 같다. 대학교수로 발을 딛고 있는 남아 있는 시간을 더 열심히 가르치고 연구해야 할 것 같다. 그리고 그 후에는 남들이 하지 않는 아파트 수위나 모교 정문 수위를 하면서 아침저녁 출퇴근하는 후배 교수나 학생들에게 기분 좋게 거수경례 하면서 내 인생을 거두어 가고 싶다.

일본에서 진행하는 연구과제도 어느 정도 윤곽이 잡혔다. 4~5월 두 달간 정리하면서 귀국 준비를 해야 할 것 같다. 4월에는 서울, 6월에는 베이징 학술회의에 참석했다가 귀국해야 할 것 같다.

봄비가 종일 도쿄를 적시고 있다. 사람들을 더 사랑하자. 안보리 결정이 어떻게 종결 날지 모르지만 위대한 미국의 사랑법을 갖도록 합리적인 방식을 미국 스스로 가져야 한다. 반미라는 가이드를 내리고 인류의 평화를 위해 스스로 무장을 해제하려는 성실성을 보여야 한다.

일본인은 자연을 무척 아끼고 사랑하는 것 같다. 특히 식물 보호와 관찰은 한국과 비교하면 큰 차이가 있다. 지난 일요일은 SEAL도 완성하였고 몸도 피곤하여 휴식을 겸해 온천에 갔다.

진다이지(深大寺) 곁에 있는 식물원에는 온갖 꽃이 이미 만개하였고 많은 관람객이 사진을 찍고 그림을 그리고 야단들이다. 일부는 도시락과 음식을 장만하여 가족과 함께 나누어 먹으며 즐거운 시간을 보내는 모습을 보니 한국의 가족과 친구들이 그리워진다.

2003년 3월 26일

아라크 침공을 이유로, 침략적 미사일을 제거하지 않은 것을 근거로 미국은 이라크 민간인을 살상하는 것을 어떤 이유로든 정당화할 수 없다. CNN의 전쟁 중계가 급기야 미, 영의 일방적 폭력임을 증명하게 되고 미국의 폭력을 비판하는 국제적 여론이 점점 높아져 가고 있다. 일본이 미국의 앞잡이 노릇을 톡톡히 하면서 전후 이라크 점유권을 장악하려는 미국, 영국, 일본의 합작인 이라크 침공이 언젠가는 세계 인류의 혹독한 비판을 면하기 힘들 것이리라.

그저께 아내가 수술하고 오늘 퇴원했는데 상태가 양호하다니 다행이다. 또 내일이면 교토대에서 함께 공부하던 김란기 박사가 귀국한다고 오늘 환송회를 하였다.

4월경 꿈에도 그리던 평양을 처음으로 방문하게 된다.

2003년 3월 29일

내가 일본에 온 지 7개월이 지났다. 그동안 열심히 공부를 했던 것 같다. 이곳을 떠나면서 몇 가지 공부했던 흔적, 특히 언어와

오래된 불빛

관련된 책을 읽고 그리고 나의 학문적 글을 쓰는 매우 중요한 시간을 보냈던 것 같다.

이성이 그렇게 인류 역사에 기여한 것처럼 거들먹거리지만 실은 인간의 내면적 성정이 이성의 위기 극복을 차단하면서 이성주의적 자본주의를 면면이 이어 왔을 것이라는 생각이 든다. 이라크 전란을 바라보며 인류 평화와 자유를 소리 높여 외치는 미국의 자본주의적 침략의 밑바닥엔 이성의 우월주의라는 바이러스가 잠복해 있기 때문이리라. 위대한 이성주의적 자본주의야! 그대는 전쟁으로 멸망하리라.

꿈에도 그리던 평양! 그곳에 내 발을 딛고 소리 높여 외치리라. 사랑은 멀리 있지 않고 손닿을 듯 가까운 나의 숨소리를 느낄 수 있는 지척에서 기다림 속에 망설이고 있다고….

지상의 평화란 인류의 꿈이자 희망일 뿐 인간 역시 저 초원의 이리떼와 조금도 다를 바 없는 생식과 번영의 꿈을 꾸는 살아 움직이는 기계일 뿐.

조금만 벗어나면 쉽게 썩어버리는 연약한 살점으로 이성의 영혼을 감싸고 있는 것. 일본주의는 오늘 위성을 쏘아 올리면서 사거리 400km 미만의 대동강 미사일을 쏘아올린 북의 위협을 우려하는 호들갑을 떨며 미국의 침북을 유도하고 있다.

가까운 한반도에 전쟁이 터지면 제2의 6·25 특수를 누리게 될 꿈을 실현시킬 노력을 하고 있을 테지.

2003년 4월 4일

이라크의 바그다드가 조만간 미국 점령군의 더러운 손아귀에 들어갈 것이다. 내 어린 시절 유프라테스 강변의 알리바바와 40

인의 도둑 같은 동화의 세계를 침략주의가 무너뜨리고 있다. 미국은 인류역사만 함몰시키는 것이 아니라 인류의 실화와 종교마저 인간의 이성주의와 과학주의의 자본으로 무참하게 뭉개버리고 있다. 인류 역사는 늘 이토록 강자의 힘에 의미 없이 소멸되어야 하는가?

양탄자를 타고 하늘을 날며 신화 속에 묻어 두었던 고대 인류의 신화가 숨 쉬고 있는 저 페르시아만은 포화로 피어오르는 연기 속에 서서히 숨을 고르고 있다.

미국은 위대한 인류 문명을 살상한 어떤 정당한 명분과 가치도 없는, 오로지 자본의 힘으로 침략을 정당화하려 하고 있다.

40여 년 전
열려라 뚝딱
그 찬란한 금은보화 가득한
동굴에 터번을 두른
알리바바 도둑은 누구였을까

모래사막 벌판을
양탄자를 타고 날던
그 하늘엔
검게 타오르는 전자 미사일의 화염과 파편
신화가 죽어가고 있다.

영원히 다시 찾을 수 없는
신화를 지워내리는

오래된 불빛

전란의 포화

알리바바 도둑
그 숨겨놓은 흑진주를
움켜쥐는 순간
그대들은 굳은 돌로 변하리라.

2003년 5월 6일

세월이 바람이 밀려가듯 지난 것 같다. 일본에 온 지 벌써 9개월이 되었다. 쉬지 않고 달려왔다. 지칠 줄 모르고. 돌이켜 보면 많은 일을 소화해 냈다. 지난 1일에는 도쿄대 정보과학 전공자들에게 언어지도 제작의 미래라는 주제로 특강하였고 내주 수요일은 레이타쿠대학 특강 그리고 일본국립언어연구소 특강 등 7월 말이 가기 전에 해야 할 일이 산적해 있다. 건강에 이상이 생길까 두려웠는데 별 탈 없이 소화해 낼 수 있어서 다행이다.

2003년 5월 26일

도쿄를 휩쓸고 간 센다이 6도 지진. 저녁을 먹다가 집은 물론 나도 마찬가지로 시계추처럼 흔들거린다. 그순간 존재의 탈생을 생각해 보았으나 다 덧없는 일이라는 생각이 들었다. 지난 이라크 전란에 쏟아 부은 미국 무력의 역반응으로 지구가 몸살을 앓듯 꿈틀거리는 것이 아닐까! 베트남전 충격이 고베 지진으로 이어졌다는 생각은 지나친 상상일까? 유추일까?

병에 물을 가득 채워서 어느 한 귀퉁이를 치면 병 속에 든 물이 진동을 일으키듯 이 지구라는 병을 이라크에서, 베트남에서 치명적인 무력으로 침공했으니 이 지구가 몸살을 하지 않고 배기겠는가?

이라크 침공을 적극 찬양했던 일본 열도가 그 업을 받는 것이리라. 이승과 저승이 크게 멀리 있지 않다. 남에게 해가 되지 않도록 살자. 그리고 사람을 사랑하자. 아직 세상에는 착한 사람이 훨씬 더 많이 있다.

2003년 6월 1일

귀국할 일자가 꼭 두 달 남았다. 16일 일본국립언어구소에서의 언어지도 제작에 대한 강의와 22일 조선어연구회 발표가 끝나면 공식 일정은 마무리된다. 1년 동안 무척 보람된 시간을 알차게 보냈다. 6월 후반기에는 여행을 좀 다닐 예정이다. 그런데 국제정세가 심상치 않다. 북에서는 화풀이를 남한에 하려는 듯 서해에서도 문제를 일으키고 있어 답답하다. 일본에서는 근 1여 년을 집요하게 북의 납치 문제와 핵 문제를 이슈화하여 G8국가 대표 회의에서도 이 문제를 연속해서 제기하고 있다.

우리나라에서는 무엇을 하고 있는가? 민족 우위의 관계라면 북도 이만한 국제정세의 흐름을 읽고 있을 텐데 결국 남한만 이데올로기와 민족의 분열, 정치적 혼란만 가중되는 것이 아닌가 크게 우려된다.

일본 국내 경제의 한계를 극복하기 위해 마치 한반도에 전쟁이 일어나기를 기다리는 듯하다. 마치 조선 말기처럼 중국, 러시아, 일본의 입김이 더 세어지고 있는 듯하다. 남북이 합쳐도 힘이 역부족일 텐데 주변국으로부터 늘 문제를 안고 있는 나라, 민족이라는 굴레를 왜 벗어 던지지 못하는가? 이것은 분명 정치지도자의 문제이다. 어느 쪽이든 왜 이런 현실을 주변국 눈치 볼 것 없이 자주적이고 주도적으로 마음의 창을 열고 문제 해결을 하려는 노력을 하지 않는가?

구한말 주변국이 압박해 들어오듯이 최근 일본의 외교적 압박은 결코 심상찮은 상황인 것 같다. 미국이 허락하는 범위 내에서 북의 액션이 조금이라도 취해지면 바로 북, 일본 전쟁이 터질 가능성이 점점 커져 가고 있다. 일본은 이미 여야가 합의하여 일본의 자위를 위해 선제 무력 공격도 가능한 법안을 5월에 통과시켜 둔 상황이다. 군국주의로 회귀하는 빌미를 북조선 문제를 이슈화하여 이용한 것이다.

이런 상황에서 한국에는 좌파니 우파니 극우니 운동권이니 친북이니 하는 내부 분열의 논란만 더 큰 목소리로, 더 큰 힘으로 파급되고 있으니 참으로 답답하다. 민족과 국민의 대통합이 어느 때보다 중요한 시점이다. 정치적으로나 경제적으로 안정된 사회로 나아가기 위해 국민과 민족의 대통합을 위한 논의를 펼쳐야 한다.

2003년 6월 27일

7시 10분경 도쿄 오다이바(台場)항에서 배를 타고 시코쿠(四国) 도쿠시마(德島)로 순항 중 잠이 오질 않아 오랜만에 일기를 쓴다. 키시에(岸江信介) 교수를 만나러 도쿠시마로 가는 길이다. 물론 좀 쉴 겸 일본 구경도 겸한 여행이다. 6월은 무척 바빴다. 일본국립언어연구소 특강과 조선어연구회 '논문 발표'까지 무사히 끝내고 재단(財團)보고서도 완성되었기 때문에 7월은 여행을 떠날 수 있었다.

오늘 이 배를 타보니 일본은 소리 없이 구석구석 너무나 완벽

하다는 느낌을 지울 수가 없다. 시설이 새것은 아니지만 항상 깨끗하게 손질을 하여 사용하여 사람의 기분을 상하게 하지 않는다. 화장실, 샤워실 등의 청결함을 보니 일상에서도 이런 주도면밀한 준비성은 나라 경영에도 그대로 반영되는 것 같다. '1년 한일 수교를 위한 회담 이후 강제 피랍자 문제를 이슈화하여 드디어 유사시 대처 법안을 통과시키고 이를 정당화하기 위해 남한의 노무현 대통령을 법안 통과 1일 전 한국의 현충일을 택해 일본을 방문토록 하는 외교적 치밀함으로 드러난다.

노무현 대통령이 방일하기 전 이미 미국의 조지 부시와 만나 납치 문제를 테러로 규정하고 NHK 방송을 통해 거의 매일 10분에 가까운 시간을 할애하여 북한 문제를 이슈화하는 데 힘쓰고 있다. 급기야 북의 모든 선박들을 여러 가지 이유를 들어 입항 금지를 강행하며 북의 통상 압박을 가하고 있는데 동족의 문제에 한국 정부의 태도와 대처는 어떠한가? 이러한 국제 외교 문제는 뒷전이다. 노 대통령의 미국 방문 전후의 말 바꾸기처럼 전임 대통령의 외교 부문을 부정 돈 거래를 한 상황처럼 몰아붙일 논쟁만 일삼을 뿐 당사국의 현안을 주도적으로 해결할 리더십을 어디에서고 찾아 볼 길이 없다. 그저 주변 상황에 급급히 적응하려는 눈치만 그리고 상황에 대한 변명만 잡다하게 늘어놓을 뿐이다.

준비성이 없다. 치밀하고 세심하게 주변을 살펴 추스르는 일상적 훈련이 되어 있지 않기 때문이다. 언제 어디서 어떤 사태가 발생할지 예측할 수 없기 때문에 늘 주변을 살피고 손질해야 하는 것처럼 외교 문제도 동일한 원리이다. 해외 특파원이나 연구자들에게 해외 상황을 모니터링하여 공식 채널로 수합되는 정보와 비교하며 정확한 대처 방안을 진단할 수 있는 시스템을 구축하고 활

오래된 불빛

용하지 못한다면 그것은 바로 대통령의 무능이라고 할 수 있다. 지루하게 언론과의 전쟁을 하는 동안 세계는 무상하게 변화하고 있음을 알아야 한다.

이제 자유민주국가를 포기하고 김대중 정부가 추진한 민족주의 우위의 친북정책을 계승할 것인가. 망가뜨려진 국가의 자존심을 포기하고 미, 일과 더불어 북한의 목조르기를 할 것인가 결정해야 한다. 아직 표면으로는 미, 일과 더불어 자유주의 방식을 이면으로 친민족주의의 뒷거래를 하는 이중적 태도나 기회주의 방식을 취한다면 그 이중적 부도덕성을 모를 사람이 이 세상에는 아무도 없을 것이라는 사실을 명심해야 한다. 세월이 지나면 역사가 어떻게 쓰일 것인가. 대통령은 고뇌해야 할 것이다.

2003년 11월 4일 화요일 저녁이오

당신에게

내용이 약간은 산만하게 일그러져 있는 듯한 당신의 편지를 받고 한참 답답함 같은 것이 내 몸 구석구석 불규칙적으로 파동을 일으키며 휘젓는 흐름을 느끼고 있다. 당신과의 교신이 얼마만인가라는 산술적 시간과는 다른 차원의 시간과 공간의 거리. 당신의 편지를 받고 그동안의 시공간을 차단한 단단한 벽의 둘레와 두께가 세월의 자국처럼 더 두꺼워져만 가는 듯한 불안감이 허물어지는 것 같았다. 일본 떠나기 전과 그 이후 몇 차례의 접속 시도가 코드의 불일치로 불발탄이 되었다.

일본에 체류하는 동안 머리를 빡빡 깎고 제3의 거울을 통해 이 세상의 모든 물상과의 거리를 측정해 보았지만 결국 나에게 남는 것이라고 그저 텅 빈 것임을 느낌으로 안아 보았다. 가발같이 초라하게 남았던 몇 가닥의 머리카락은 몽땅 잘라 내었다(신문 사진은 지난날의 내 허상임). 내가 지금까지 세상을 살아오면서 향해 쏜 화살은 늘 과녁을 비켜 날아갔지만 이제 돌아보니 내가 세상에서 조금 비켜나 있었음을 알았다.

힘에 겹지만 좀 더 험한 길로 들어서서 외롭지만 외롭지 않고 쓸쓸하지만 쓸쓸하지 않게 걸어갈 작정이다. 닫힌 시간은 우리를 접속시키지만 그만큼 내면의 깊이는 더욱 깊어지는 것 아니겠나. 우리 살아 있음을 지워 내리는 작업이 일상이듯 이렇게 가는 길이나 저렇게 가는 길이나 매한가지로 만나는 곳은 한줌의 흩어지는 흙이 아니겠소. 그 흙 속에 더 따사한 햇살을 받으려 경쟁하며 목을 내미는 나무나 풀들의 새순처럼. 어떤 새싹은 넓은 잎사귀에 가린 음습한 음지에서, 어떤 새싹은 의기양양하게 태양의 영양분을 만끽하면서 머리를 쳐들 듯. 돌이켜보면 우리 모두 한 포기의 들풀 같은 존재일지도 모르죠.

당신은 몸뚱아리는 작아도 마음은 늘 너그러운 큰 그릇이었죠. 그 그릇에 옹기종기 자라나는 움터는 새싹의 발돋움을 바라보며 창가에 날아와 생의 본질을 만끽하는 비둘기 깃털에 부서져 내리는 생의 한가운데 서 있는 당신이 그립다.

당신은 이제 문학가가 되어 가는 것 같소. 당신이 보내온 글이 여간 아니라는 생각이 들어요. 인생의 빈틈에 아무 소용이 없을 듯한 들에 핀 잡풀에 의미를 부여하는 원예학과 학생의 시각에 포착된 여기저기 반짝거리는 삶의 편린이 마치 살아난 물고기처럼 3장의 편지 종이 위를 헤엄치고 있는 것 같다. 사랑하면서 뻗대고 사랑한다는 말 차마 하지 못하던 지난 시절이 그립다. 투명함을 다 벗어 던져버린 세월을 탓할 순 없겠지만 점점 초라해지고 왜소해지는 세월의 구석자리에서 지난 시간을 바라보면 너무나 황홀했던 시간이 멀리 있지 않은 것 같다.

오늘밤 잠자리에 들기 전에 지난 시간으로 거꾸로 달려가 봅시다.

건강하고 아름다웠던 시간을 헤아려 봅시다.

산 돌아 산 돌아 기차는 간다
어디로 가느냐 기차 따라 가고 싶다

산 돌아 산 돌아 바람은 간다
어디로 가느냐 바람 따라 가고 싶다

언덕 위에 느티나무 한 그루 너는 내 친구
나는 네 친구

느티나무 서 있던 마을

이렇게 쓰는 편지가 며칠을 계속해서 쓸 수 있을 것 같지만 또 4교시 수업에 들어가야 할 시간이 우리의 코드를 막아서는군요. 있는 거리 그 자리에 그냥 우두커니 서서 당신을 바라만 보고 있을게요. 다가갈 수도 다가설 수도 없는 깊은 늪과 같은 인생의 거리를 당겨보고 싶다는 허망한 욕망의 저 건너에 그저 그냥 서 있는 우리 사이에 바람은 변함없이 불어오고 또 밀려가겠지요.

세월을 밀어 가는 기적소리가 차츰 가까이 다가오고 있어요.

사랑하는 영혼이 오늘 이만 줄이겠소.

2003년 11월 4일
남북 학술회의 참석자와 일정이 이메일로 왔다.

KE851(10시 반) 베이징 출발
2003년 11월 5일 → 3층 5번 게이트

「북쪽 인사」
문영호 사회과학원 언어학연구소 소장
권종성 사회과학원 언어학연구소 실장
방헌봉 사회과학원 언어학연구소 실장
신학철 사회과학원 과학지도국 부원
홍석희 사회과학원 언어학연구소 실장
리명길 사회과학원 언어학연구소 부원
방정호 사회과학원 언어학연구소 연구사
리창원 사회과학원 언어학연구소 연구사
리승길 사회과학원 언어학연구소 연구사
리호경 사회과학원 언어학연구소 연구사
곽선욱 사회과학원 대외사업처 처장

2003년 11월 6일 베이징(北京)호텔에서
아침 비행기로 나리타 공항에서 북경공항으로 날아갔다.
　겨울을 재촉하는 늦가을비가 베이징 시가지를 적시고 있다.
남과 북, 한동포가 만나니 마음도 통하고 뜻도 통하는데 왜 그처럼

　　　　　　　　　　　　　　　　오래된 불빛

눈에 보이지 않는 장벽이 우리 사이를 가로막고 있는가. 하루 종일 몸도 마음도 피곤하지만 저녁을 먹으면서 함께 잡은 손, 그리움 내리던 가을비가 급기야 흰 눈으로 바뀌었다. 호텔 창밖에 온통 하얀 눈이 베이징 시가지를 뒤덮고 있다.

2003년 11월 8일

이틀간의 회의가 끝나고 베이징대학과 이허위안을 관광하였다. 저녁에는 환송파티가 열렸다. 숙소로 되돌아오는 버스에서 '나의 살던 고향은 꽃피는 산골'이라는 노래를 불렀다. 남북 방언조사가 이제 시작될 수 있을 것인가?

이러한 분위기라면 일이 잘 진행되리라 기대된다. 방헌봉 실장의 과묵한 처신, 권종성, 리명길, 홍석희 등 오래 기억에 남아 있을 사람들이다. 이번 베이징회의는 남북의 어문정책에 많은 영향을 끼치리라 기대된다.

저녁 잠자리에 들어서도 날씨가 추워 몸이 옴츠려진다. 옌벤 (延邊)에서 달려온 곽충구 선생, 전학석 선생과 늦도록 차를 마시면서 이야기를 나누었다.

「언어와 중심」

언어는 가장자리가 모지라지지 않고
중심일수록 먼저 허물어진다.

세상 만물은 외곽일수록 먼저 닳는데
사람의 언어는 가운데가 앞서서 변하는 기표와 기의

먼 곳에 더 남아 있는 언어의 원형
그 속에는 신의 무늬가 실핏줄처럼 흩어져 있다.

풍화하는 기의의 언어
문풍지 그 사이에 어제와 오늘이 세대교체를 하는
바통 넘기는 소리가 몰려온다.

변방에 머물러 있는
언어의 원형들은 쓸쓸하게 외치고 있다.
기표와 기의가 털거덕거린다.

「일상의 가벼움」

그는 단편적인 이야기에 회귀하지 못한다.
가족에 대한 무력한
죄의식에 과거의 이야기는 묻어올 뿐이다.
유년 시의 기억은 허물어질 듯하면서
거꾸러지지 않는다.
굵어진 어깨에 세월의 흔적처럼
희미해져 가는 우두자국을 만져 본다.
깊은 살점의 상처도 세월을 이기지 못하고
돋은 새살로 채워지는 가벼움
기척 없는 눈물이 더 고요합니다.
슬픔보다 더 뜨겁습니다.
궂은비가 오는 밖에는 어처구니없이 사람들은

오래된 불빛

많이 울 겁니다.

2003년 12월 30일

「페르시아여」

난파 직전의 배처럼 희롱 당하는 인간들의
영혼은
핏빛으로 쏘아대는 화염을 적시는 비가 되어 내린다.
유프라테스 강줄기의 흐름이
여러 차례 바뀌고 미 점령군들이
새로 이라크의 흰빛 역사는 저녁 바람이다.
과연 인류가 광기의 언저리를 벗어나
살아간 시간이 얼마나 되는가

광화문 서울시청 거리엔
80년 독재타도의 함성이 채 지워지지 않았건만
촛불로 유린하는
자애로운 봄의 밤은 비로 다스리고
들끓던 파도가 잠에 깃들다

이라크 파병군이 하얀 이빨을 드러내고
아이에게 손을 흔든다.
그를 실은 비행기는 또다시
인류를 희롱하고 있다.

조일(朝日) 정상회담

도쿄 생활은 무척 단조로웠다. 어깨 뼈마디에 스며 오는 추위와 함께 치통은 내가 기억할 수 있는 가장 분명한 추억의 일부이다. 도쿄대에서 전철로 40분 거리에 위치한 시로가네다이 외국인 기숙사는 일본 도쿄대 의대 연구소와 인접해 있었다. 학교와 기숙사를 오가며 또 도쿄대 농대 정문 앞에 있는 치과 병원을 경유한 행동반경은 극히 제한적일 수밖에 없었다. 기숙사에 돌아오는 저녁 무렵이면 슈퍼에 들러 몇 가지 반찬거리를 사서 텅 빈 기숙사 방으로 돌아와 지극히 반복적인 인간의 본능적 욕구를 채우는 일과의 연속이었다.

방일 당시 나의 연구과제는 SEAL을 통한 언어지도 제작에 관한 연구였으나 이미 상당한 부분은 성취되었기 때문에 비전공 책을 가까이 할 수 있는 시간이 많았다. 도쿠가와 이에야스의 전기를 읽는다든지, 시를 쓴다든지, 무료함을 달래는 지적인 방법과 함께 니혼슈가 제법 입맛에 적응되는 시간이 이어졌다.

또 한 가지 빠뜨릴 수 없는 것은 자전거를 타는 일이었다. 기숙사를 출발하여 고탄다 전철역을 경유하여 에비스 광장을 돌아오는 코스에 거의 매일 자전거를 타면서 일본의 삶, 일본인의 등 뒤에 비치는 일상을 느낄 수 있었다.

그들은 북조선 사람들과 닮은 점이 참으로 많은 것 같다. 어둑한 동굴 속에 사는 박쥐와 같은 모습이라고나 할까. 그러나 한

오래된 불빛

가지 차이는 매우 지적이며 남에게 피해를 주지 않으려는 매우 의도적인 노력을 상대에게 눈치 채도록 하는 삶의 방식이 있다는 것이다. 그래서 일왕의 인민인 일본인과 김일성의 인민인 북조선인 간에는 엄청난 차이가 드러난다.

일본의 NHK에서는 연일 납치범 문제를 보도하면서 북조선과의 관계를 최악의 상황으로 몰아가며 내부적 단결과 결속을 강화시키는 무렵 한국에는 그토록 기대하던 노무현 대통령의 당선 소식이 싸늘하던 시로카네다이 기숙사에 살던 한국 교수들을 흥분하게 만들었다. 건축공학자인 김란기 박사와 전남대 손희하 교수 등이 둘러 모여 맥주파티로 밤늦은 줄 모르고 떠들어댔다.

문화관광부 장관에 고등학교 때 한반이었던 영화감독 창동이가 내정되었다더니 1기 장관으로 발표가 났다. 남북방언조사의 필요성과 더불어 서울 중심의 표준어 정책을 확대해야 할 필요성을 주장하고 있던 나는 몇 장의 정책제안서와 함께 일본 국립언어연구소의 운영 상황을 파악하여 국내 정책 수립에 도움이 될 자료로 이 장관에게 보냈다. 당시 도쿄대 구내 곳곳에 국립대학교 법인화 찬반 논의와 관련된 대자보가 붙어 있었다. 갈수록 세계적 경쟁력에서 밀려나는 일본의 대학들은 경쟁력을 회생하기 위한 온갖 노력을 다하고 있었다. 마침 한국의 국립국어원 남기심 원장께서 남북방언조사 사업을 착수하도록 결정하고 관계 학자 모임에 참석해 달라는 연락이 왔다. 첫 모임에는 참석하지 못하고 대충 방언조사사업의 방향과 방법을 정리한 내 견해를 한국으로 보냈다.

지루하던 일본의 유학시간을 그래도 즐겁게 보낼 수 있었던 계기가 생겼다. 레이타쿠(駒澤)대학에 불교사 연구를 하러 온 조 박사를 만나 그와 함께 대만에서 유학온 묘령의 여성과 더불어 도쿄 시내 이곳저곳을 다니며 구경할 수 있는 시간이 많았다. 그러다가 후지산 아래에 있는 절에도 가고 또 시내 박물관, 미술관 등을 돌아다닌 일은 일본의 역사와 문화에 좀 더 밀착할 좋은 기회였다.

조 박사와 일본국립언어연구소에 연구하러 와 있었던 한유석 교수 등이 모여 나랏일도 걱정하고 일본과 한국의 관계도 깊이 토론하며 세월을 묻어가고 있을 무렵 김근태 의원(당시 민주당)이 방일한다면서 현지 통역자를 소개해 달라는 연락이 왔다. 이연주라는 도쿄대 언어학과 박사과정에 재학 중인 후배를 소개해 준 다음 김근태 의원이 일본을 방문해 도쿄대에서 간담회를 주선하였다. 젊은 학자들이 김근태 의원과 함께 아카사카에서 밤늦도록 토론했던 추억이 빛바랜 사진처럼 남아 있다.

이상화 시에 나타난 방언 어휘를 잘못 해석한 사례가 엄청나게 많다는 사실을 알고 우리나라 표준어 정책이 지역 방언에 지나치게 배타적인 규정이라는 판단이 들었다. 표준어가 일제 문화정책의 잔재임을 차츰 깨달아 가면서 모국어의 운용 폭을 넓혀야 한다는 생각이 신념의 밑바닥에서 싹을 틔우고 있었다.

방언으로 된 문학 행위가 모국어의 위반이 될 수 없듯이 표준어와 배타적 위치에 있는 지역 방언이나 북조선 동포가 사용하는 말도 표준어 이상으로 모국어를 풍족하게 하는 민족적 문화 자산임에 틀림없다. 이러한 내 생각이 국가 정책에 반영될 수 있도록 할 필요가 있다는 판단에서 남기심 원장과 이창동 장관의 미팅을 주선하여 잠시 한국으로 출국하였다.

문화관광부 뒤편 한정식집에서 우리나라 어문정책의 기조를 확대해야 한다는 주제로 이야기를 이어 가면서 느낀 점은 이 장관의 오랜 고등학교 근무경험을 바탕으로 나와 생각의 기조가 거의

오래된 불빛

동일하다는 것이었다.「국어기본법」과「문화비전 21」등에서 어문 정책의 기조는 장관의 판단이나 국립국어원장의 판단이 상당 부분 반영되어 있음을 알 수 있었다. 뒤늦게 안 사실이지만 서울대 권재일 교수(당시 어문규범 부장)의 숨은 노력도 지나쳐 버릴 수 없었다. 특히 이때부터 시작된 남북언어학자 학술회의의 두 가지 주요 주제가「민족 언어유산 조사 발굴」그리고「민족 언어의 코퍼스」구축과 관련된 것이다. 남북한 언어학자 학술회의는 신중하게 추진되었다. 당시 남북의 관계가 화해와 협력이라는 정부의 대북 외교 기조에 따라 남의 국립국어원과 북의 사회과학원 언어 연구실 간에 긴밀하게 추진되고 있었다. 분단된 나라, 그나마 언어마저 분열된다면 어떻게 될까?

도쿄의 겨울은 무척 춥게 느껴진다. 한국과 실내 보온 방식이 다른 일본에서 한국 사람이 버텨내기는 참 힘겹다. 더군다나 태평양에서 밀려오는 바닷바람까지, 때로는 겨울비마저 함께 몰려오는 저녁 무렵 점멸하는 자동차 불빛에 튕겨 퍼지는 겨울 빗방울은 외방인을 더욱 쓸쓸하게 만들어 준다.

도쿄대 후쿠이(福井수) 교수가 니가타에 있는 후쿠지마(福嶋秩子)교수에게 함께 가자고 하여 신칸센을 타고 도쿄에서 니가타로 2박 3일 일정으로 여행을 떠났다. 가와바다 야스나리가 쓴『설국』의 배경 지역 부근에 있는 니가타는 유난히 눈이 많이 내리는 지역이며 온천으로 유명한 지역이다. 언어지도 제작 시스템인 SEAL을 활용하기 위한 논의와 함께 일본의 전통 료칸에서 얼어붙었던 어깨를 온천에 녹이며 3일을 보냈다.

고마바에 있는 도쿄대 오고시 나오키(生越直樹) 교수에게서 도쿄대 대학원생을 위한 특강을 요청받고 일본과 한국에서 얻어지는 제작 현황과 전망이라는 주제로 발표를 하자 이어서 레이다쿠(麗澤)대학의 우메다 히로유키(梅田博之) 박사에게서 특강을 요청받고 그곳 유학생들과 즐거운 시간을 보냈다.

그해 겨울이 지나고 봄이 왔다. 일본의 봄은 유난히 아름답다. 일본인은 꽃과 은은한 꽃 향기를 매우 좋아하는 것 같다. 아무리 좁은 공간이지만 곳곳에 꽃과 나무를 기르고 있다. 일본 사람에게 꽃향기와 같은 은은함이 몸에 배어 있는 것 같다. 도쿄 시내 신바시(神田)에 있는 조그마한 대학에서 세계적인 방언학자인 피터 트루질(Peter Trudgill) 교수의 공저서인 『DIALECTOLOGY』라는 책을 경북대출판부에서 번역판으로 출간하였으며 내 방언학 이론의 근간을 이루도록 해 준 분이다. 1984년에는 영국의 레딩(Reading)대학으로 디플로마 코스로 초청을 허락해 준 인연이 있다. 그동안 여러 차례에 걸쳐 편지를 주고받으며 내 『방언학』 역서의 서문도 써 준 분이다. 이 외국에 와서 만나게 될 줄은 어떻게 이해해야 하는 것인가? 세상이 좁아진 것인가. 도쿄 우에노역에서 위안부 할머니 보상을 위한 국제적 네트워크를 만들기 위해 뛰어다니던 최봉태 변호사를 우연히 만난 것처럼 인연이란 참으로 묘한 일이다. 트루질 교수와 만나는 날 또 한 분의 연이 이어졌다. 도쿄외국어 대학의 이노우에 교수를 만난 것이다. 2004년 12월 다시 도쿄를 방문하여 이노우에 후미오(井上史雄)교수와 만나 한국 음식점에서 함께 저녁을 먹으며 방언조사와 관련해 논의하게 되었으니 인연은 인연을 이어가는 것이 분명하다.

일어회화를 안내해 준 두 사람에 대한 기억 또한 잊을 수 없다. 도쿄대 법대 교수 부인이었던 나카야마 이쓰미(中山いづみ) 상과 세츠코 상이라는 분이다. 외국인을 위한 일본어 교육 프로그램

　　　　　　　　　　　　　오래된 불빛

이 매우 체계화되어 있음은 우리나라로서는 무척 부러운 일이었다. 한국으로 돌아갈 시간이 다가올 때쯤 가쿠슈인(學習院)대학의 아베세이야(安倍せいや) 교수, 유학생인 한영숙 군과 에비스광장에서 함께 중국음식을 먹었던 일도 추억의 갈피 속에 스며들어 잠을 자고 있다.

2002년 9월 16일 월요일이다.

하루 종일 가랑비가 내린다. 주변에는 가을 마쓰리 행사 소리가 조수처럼 밀려왔다 밀려간다. 할아버지로부터 어린아이에 이르기까지 마을에 있는 주요 사찰에 하루 종일 마쓰리 행사를 끝내고는 모두 모여 앉아 음식과 음료수를 나누며 즐긴다. 일본인의 단합심은 이 마쓰리 축제로부터 시작되는 것이 아닐까?

NHK에서는 밤늦도록 북조선 김정일과 조일국교정상화를 위한 회담을 내용으로 특집 방송을 내보내고 있다. 그런데 북의 공작원들이 데려간 일본인 피랍자 가족들이 조일회담을 적극 반대하며 북의 공식 사과를 요구하는 연극을 펼치고 있다. 역사를 누가 어떻게 되돌릴 수야 있겠는가마는 일제 36년의 수탈과 살상의 역사는 흘러간 시간의 무대 뒤에 숨겨 놓고 일본인의 부화질을 올리려는 인질 납치 문제만을 저토록 부각시키는 나카소네의 의도는 무엇인가? 역사의 인과응보 고리는 늘 일정한 방향만으로 향해 있는 것이 아니라 때로는 그 방향을 찾기 어려운 것인지 모른다. 도전과 도발이 역사 흐름의 단조로움을 깨뜨리는 조미료일까? 비록 역사를 진보 쪽으로 또는 퇴행 쪽으로 굴러가더라도 말이다.

조일 정상회담이 열렸다. 김정일이 과거를 덮고 양국의 친선을 바란다는 희망적인 메시지가 여러 차례 방송되었다. 그러나 조일 외교 정상화를 위해 건너야 할 강은 길고 넓어만 보인다. 일제 보상 청구에 대한 일본의 태도는 결코 만만하지 않다. Don Oberdorfer가 쓴 『The Two Koreans』의 한국 현대사 이야기를 되새겨 읽어 보았다. 박정희 군사독재 시절에 청년기를 보낸 나로서는 워싱턴포스트 기자가 객관적인 관점에서 바라본 한국 현대사의 이야기는 나의 흥미를 끌기에 충분했다. 그의 이야기에서 저녁노을처럼 번져 가는 한국 현대사의 움직임은 곧 내 삶의 공간에 대한 이야기였으며 그 시공간의 극히 미미한 시점에 나는 서 있었다.

한반도 분단에 대한 미국의 두 가지 분명한 오류에 대해 왜 한국의 지식인들은 단 한마디도 항변하지 못하는가? 지금 한반도 내 미군 철수 문제를 향해서도 보수 지식인들은 독재군부 지도자들과 마찬가지로 반대만 하는가? 이와 같은 관점에서 북조선의 사회주의 수정 노선 비판을 왜 꺼리는가? 한반도는 영구 분단의 땅으로 남게 되는가? 이 나라의 미래는 소수 엘리트의 의사 결정으로만 의존할 수 없음을 위에서 든 두 가지 상반된 사례를 통해 분명히 이해할 수 있다. 미군 철수와 함께 남북 불가침 원인을 통해 민족이 하나 되는 꿈을 실현시켜야 한다.

10월이 되니 태평양에서 건조한 가을바람이 불어온다. 임화 시인의 「우산 받은 요코하마의 부두」라는 시의 현장을 찾기 위해 아침 일찍 길을 나섰다.

「그러나 「요코하마」의 새야
너는 쓸쓸하여서는 아니 된다. 바람이 불지 않느냐
하나뿐인 너의 조희 우산이 부서지면 어찌하나
어서 들어가거라

오래된 불빛

언제 네의 「게다」 소리도 빗소리 파돗소리에 뭇혀 사라졌다
가 보아라 가 보아라」

　일본의 나카노 시게야루(中野重治)의 「비 내리는 시나가와역
(品川駅)」에 화답 형식으로 쓴 임화의 「우산 받은 요코하마의 부두」
라는 시의 일부이다. 무산 계급 민중을 위해 헌신한 시인이었지만
일본에 와 잠시 정이 든 게이샤와 이별하는 장면에서 보이는 정한
은 이념마저 넘어서는가 보다. 이별의 순간 태평양 바다에서 밀려
오는 세찬 바람에 종이우산이 찢어져 버릴까 걱정하며 돌아가라
고 손짓하는 그 섬세한 시인의 모습을 더듬어 보기 위해 아침 일
찍 전철로 메그로역까지 가서 JR로 시나가와에 도착했다. 시나가
와역은 물류 이동의 중심이기 때문에 전철과 기차 선로가 엄청나
게 교차하는 역이다. 도쿄에서 해안을 타고 아타미로 연결되는데
요코하마(橫濱)까지는 30~40분 거리이다. 요코하마역 구내에서
는 전철 축제로 엄청난 사람들로 붐볐다. 시나가와에서 요코하마
로 가는 전철에서는 기차의 도착과 출발을 알리는 멜로디가 귀에
익은 것이었다. 내 어린 시절 심훈 원작의 「상록수」라는 영화의 배
경음악이었던 「학도야 학도야 청년 학도야 …」라는 노래의 곡이어
서 친근했지만 한편으로는 식민시대의 흔적이 이렇게 연결되는구
나 하는 쓸쓸함을 감출 수 없었다. 요코하마의 SOGO백화점의 연
안에서 Rouge라는 배를 타고 오산바시부두를 돌아 야마시타(山下)
공원에 도착했다. 바로 시인 임화가 연락선을 타고 조선으로 돌아
갔던 그 부둣가이다. 일본에서 최초로 태평양을 횡단한 환마누라
는 거대한 배가 일본의 개항을 자랑하듯 부둣가에 정박해 있다. 비
가 내리고 종이우산을 들고 기모노를 입은 일본의 게이샤와 이별

의 손을 흔들던 그 현장에는 하늘의 태양빛이 하얗게 부서져 비둘기가 되어 내려앉는다. 부둣가에 사람들이 둘러 모여 서 있다. 서툰 일본말로 농담을 섞어 가며 불꽃마술쇼를 하는 미국 청년에게 동전을 던져주고 있다. 야마시타공원엔 자본주의의 매스꺼운 찌꺼기를 잿빛 비둘기가 쪼아대고 있었다.

일본 언론들이 북조선 문제를 보도하는 태도가 무척 자존심을 상하게 한다. 거의 매일 10시 NHK에서 10~20분 납치 문제를 이슈화하고 있다. 세계 최대의 채무국인 일본의 위정자들이 노리고 있는 것이 무엇일까? 그런데 날벼락 같은 소식이 전해졌다. 내가 살고 있는 대구에서 지하철 화재로 300여 명이 죽었다는 소식이 CNN을 비롯한 전 세계 언론에서 현장 생중계로 뉴스를 전하고 있었다. 그러는 와중에 미국은 기어이 이라크를 침공하기 위한 단계적 수순을 밟고 있었다. 미국은 G7 강대국과 이라크를 압박하기 위한 외교를 강화하는 한편 이라크 침공을 위한 경제지원 약속까지 받아내고 있었다.

침공을 통해 침략하고 그 피침략자에게 베풀어 주는 원조에서 어쩌면 역사는 철저한 비이성의 소산물임을 알아야 한다. 6·25 전쟁 전후 시대를 살아온 우리에게 미국은 강냉이죽과 구호물품을 보내 주어서 배고픔과 추위를 달래주었던 위대한 나라였다. 머리 좋은 친구들은 모두 미국으로 유학을 떠나고 쭉정이 같이 남아 있는 우리들은 역사의 아픔도 생각할 겨를 없이 강냉이죽이나 구호물로 전장의 상처와 아픔을 바꾸어 버렸던 것이다. 그들이 보내 준 루돌프 사슴이 몰고 온 자본의 환상은 우리들의 현대사를 지워 버리고 철저하게 왜곡된 역사의 자문을 남겨둔 것이다.

2003년 3월 5일 국립국어원의 어문규범 부장인 권재일 교수로부터 5월 초 중국 베이징에서 남북언어학자 국제학술회의가 개최될 예정이며 여기에서 남북방언조사와 관련해 주제 발표를 해 달라는 연락이 왔다. 『겨레말 큰사전』 편찬의 물꼬가 된 이 학술회의의 의의는 매우 큰 것이며, 이때부터 쌓아올릴 남북 언어학자 간의 신뢰는 앞으로 전개될 남북통일의 선봉 역할을 하는 바탕이 될 것이라 믿었다.

미국의 이라크 침공

2003년 3월 6일 새벽 4시경 NHK에서는 유엔안보리 회의를 생중계하고 있었다. 이라크 내에 대량살상무기가 있음에도 사찰을 반대하는 이라크에 대한 징계수위를 놓고 격론이 벌어지고 있었다. 점점 전쟁이 가까워 오고 있었다. 드디어 이라크 침공이 시작되었다. 미·영·일이 이라크 점유권 장악을 위해 인류 평화라는 가면을 뒤집어쓰고 무차별 공격을 시작한 것이다. 인간의 이성만이 인류역사를 진보의 계단으로 끌어 올린 것으로 생각할 수 있으나 실은 인간 내면의 감성이 도리어 이성이 연출하는 위기를 차단하거나 가는 길을 바꾸어 가면서 인류 역사를 이어온 것이리라. 인류의 평화와 자유를 높이 외치면서 베트남과 이라크 그리고 한반도를 유린한 미국 침략주의의 밑바닥엔 우월한 자본주의의 몹쓸 바이러스가 잠복해 있기 때문이다.

꿈에도 그리던 내 민족 평양 땅!

그곳에 내 첫발을 딛고 소리 높여 외치리라. 사랑은 멀리 있지 않고 손닿을 만한 가까운 그 기다림 속에 있다고….

세상의 평화란 인류의 꿈이자 희망일 뿐일까?

이라크 바그다드가 미국 점령군의 더러운 손아귀 속으로 함락되었다. 내 어린 시절 알리바바와 40인의 도둑이라는 동화 세계가 침략주의의 포탄에 파멸되어 가고 있다. 고대 인류의 역사와 신화와 꿈이 최고 성능 미사일에 여지없이 깨어지고 있다. 인터넷에

오래된 불빛

서 방정아의 홈페이지에 들어가서 나의 울분을 몇 줄 시로 남겨 두었다.

2003년 3월 29일 내 일기의 일부분을 다시 더듬어 본다. 「지상의 평화」 인류의 꿈이자 희망일 뿐. 인간 역시 저 초원의 이리떼와 조금도 다를 바가 없는 번식과 번영의 꿈을 꾸며 살아 움직이는 기계일 뿐. 조금만 벗어나면 쉽게 썩어버리는 연약한 살점에 이성이라는 영혼이 감싸고 있는 기계가 아닌가? 일본에서는 북한의 인권 문제를 심각하게 논의하고 있다. 그러면서도 제2차 세계대전의 결과 군사재무장을 금지한 미일의 외교적 관계를 북한 핵무기 문제를 지렛대로 이용하여 유사 법안을 통과시켜 다시 군국주의 나라로 복귀하는 데 성공하였다.

미국의 중동평화라는 허울 좋은 명분을 앞세워 이라크 침공을 감행하듯 언젠가 동북아시아의 평화라는 명분으로 일본의 군사작전이 펼쳐질 날도 머지않았다. 전쟁은 인간이 이룩해 놓은 인류 역사를 함몰시킬 뿐만 아니라 인간의 영혼과 상상력까지 무참하게 부숴버리거나 변형시켜 버린다. 양탄자를 타고 하늘을 날며 신화(神話)에 묻어두었던 고대 인류의 흔적이 살아 숨 쉬고 있는 저 페르시아의 이라크는 포화에 휩쓸려 생존의 숨을 고르고 있다.

2003년 5월 무렵 나는 도쿄대 대학원 학생들에게 특강을 하고 레이타쿠 대학 특강 등 일정을 숨 가쁘게 소화해 가며 내 연구 주제에 골몰하고 있었다. 5월 26일 저녁 무렵 식사를 하다가 갑자기 집 건물이 꿈틀거린다는 것을 느꼈다. 시계추처럼 방바닥이 수평으로, 좌우로 기울어지는 듯한 순간 내 생존 문제가 순간 내가 여태 살아온 삶의 기반인 진실의 허구성에 대한 충격이 흔들리는 삶의 기반을 거북등 무늬처럼 적극적 균열을 일으킨 것이다. 옳다고 또는 진실이라고 판단했던 가치가 지진에 흔들려 균열을 일으키듯이 혼란스러움이 가중되었다.

봄이 짙어져 가고 산천의 온갖 꽃이 아름다운 문양을 이루고 있었다. 조 박사와 타이베이에서 유학 온 리 선생과 함께 후지산 부근에 있는 타이베이에서 전파된 사찰을 찾았다. 그 며칠 전 나는 면도로 머리를 박박 밀어버렸다. 이 길로 절에 들어가서 속세계와 인연을 끊어버릴 요량으로 저지른 내 행동에 책임을 추궁하는 의미로…. 그러나 그 모든 것은 순간에 지나지 않았다. 나는 속물에 지나지 않는 지극히 평범한 한 인간일 뿐이라는 자각과 함께 더 인간적인 삶을 살아야겠다는 생각으로 하산한 것이다. 지금도 그 오데라 앞에 있는 저수지에 흰 눈을 이고 있는 후지산의 물결 그림자가 바람결에 따라 모자이크처럼 깨뜨려졌다가 다시 잠깐 동안의 평정을 찾을 무렵 온전한 모습을 드러내는 후지산. 그 모습은 바로 일왕의 존엄성을 인정하며 제도적 민주화를 실천하는 일본인의 양면성과 무척 닮아 있다고 생각한다.

도쿄 유학생들의 모임

시로가네다이에는 한국에서 건너온 교수, 판사 그리고 대학원생이 더불어 기거하고 있었다. 손회하 교수, 김란기 박사, 그리고 기숙사 가까운 곳에 있었던 조명제 박사, 국립국어연구소에 있었던 한유석 교수 등이 기숙사 로비에 모여 캔맥주를 마시며 국내 정치 후수로 우정을 돈독히 하고 애국적 논의를 살찌워 갈 무렵이었다. 김근태 의원이 일본을 방문하면서 도쿄대를 방문하겠다는 연락이 왔다. 마이니치신문사 방문과 일본 민주당 관료를 만나는 등의 일정으로 몇몇 야당 의원과 대사관 관계자들과 함께 공항에서 만났다.

당시 일본에서는 북조선의 납치 문제로 NHK 10시 뉴스에 핫뉴스 거리로 북조선의 내부 문제를 비열한 방법으로 보도하면서 일본 국민으로 하여금 반(反)조선, 반한(反韓) 감정을 극도로 부추기고 있었다. 도쿄 시내 음식점에 들러 유학 온 동료들과 한국말을 사용하노라면 금방 불친절한 감정을 역력히 읽을 수 있는 경험을 쉽사리 할 수 있었다. 가끔 특집으로 김정일 위원장의 사생활 문제를 들먹거린다거나 니이가타 항구에 못 쓰는 자전거를 한배 가득 실은 북조선 무역원을 비춰 주면서 굶주림에 떨고 있는 북쪽 동포의 모습을 보여 주는 날이면 더욱 분노하지 않을 수 없었을 뿐만 아니라 민주화된 선진국인 이 나라가 이토록 비이성적이라는 사실 앞에 우리가 살아가는 21세기의 이 지구가 얼마나 큰 위기 앞에 서 있다는 충격을 감출 수가 없었다.

김근태 의원은 나의 친구인 이원배를 통해 몇 차례 만났던 인연으로 내가 일본에 오기 몇 해 전 한반도 재단 모임에서도 만났다. 특히 2000년 말에 한강 유람선을 타면서 멋있게 보냈던 추억도 있다. 지금의 노무현 대통령과 더불어…. 몇 년의 세월에 한 사람은 대통령이 되었고 또 한 사람은 그 곁에 함께하는 정치인으로 머물고 있다. 인생은 참으로 묘한 것이다.

　　　　　　　　　　　　　　　　　　　　　　오래된 불빛

오래된 일기

남북 학술대회 교류

남북언어 동질성 유지를 위한 학술대회

이명박 정부가 들어설 무렵 인수위원회 위원장의 '오렌지' 발음에 논란이 불거진 우연찮은 사건이 터진다. 파편화된 영어로 회의를 한다는 이야기도 들리고 대통령 당선자도 TV 인터뷰에서 영어를 간혹 섞어 쓰기도 하였다. 급기야 영어 몰입교육을 하겠다는 정책이 발표될 무렵 몇몇 신문사 기자들의 인터뷰 요청이 있었다. 조심스러운 시기였으나 영어몰입교육은 문제가 있다는 국어원장으로서 생각을 언론에 표명하였다.

이것이 화근이 되었다. 유인촌 장관이 취임한 지 얼마 지나지 않아 좌파 인사들의 자진 사퇴에 대한 무언의 압박을 느꼈다. 내가 국립국어원장으로 간 것은 좌파이기 때문도 아니요, 노무현 대통령과의 인맥으로 간 것도 아니다. 어느 날 아침 전 원장이 내일까지 후임 원장 원서 마감이니 서류를 제출해 보는 것이 어떻겠느냐는 전화를 받았다. 걸출한 국어학자가 차지하는 그 자리를 언감생심 꿈에도 생각해 본 적이 없었으나 내 평소 꿈꾸던 어문정책을 실현해 볼 수 있는 기회로 생각하고 서류를 제출하였다. 고려대 정광 교수는 면접을 보다 말고 퇴장한 뒤 인터넷을 통해 심사의 공정성 시비를 걸어 인터넷에 전혀 근거도 없는 내용을 유포하여 한동안 어려웠다.

새로 시작한다.

회망과 꿈을 좌절할 수 있음 또한 살아 있음의 증거이다.

한민족 사랑의 매듭『겨레말 큰사전 사업의 기반」

남기심 국립국어원장은 남북 간 어문정책의 조율이 매우 중요한 과제라고 판단하고 북의 사회과학원 쪽과 학술교류를 통한 중장기에 걸친 어문정책 조율을 할 수 있는 물꼬를 텄다. 2001년 12월 중국 베이징 중원빈관이라는 곳에서 남북언어순화를 공동 주제로 학자들과 전문가의 학술회의가 열렸다. 실은 그 이전 1989년에 남북 언어 차이 조사를 위한 학술회의도 한 차례 있었지만 2000년 남북 정상회의를 통한 남북 학자들의 공식적인 접촉은 2001년 12월 회의를 그 출발점으로 볼 수 있다. 그 이유는 학술회의의 지속적 연계 시작이라는 점과 또 겨레말큰 사전 사업이라는 남북공동추진사업의 실마리가 되었다는 점에서 그 회의의 중요성이 강조되어야 한다.

2001년 회의에 이은 2차 회의는 쉽게 이어지지 못하고 소강상태로 접어들었다. 아마도 북쪽 내부 사정이 복잡했던 때문이었을 것으로 추정된다. 2003년 도쿄대학교 대학원에 연구교수로 가 언어지도 제작에 관한 연구를 수행하고 있을 무렵 국립국어원에 권재일 어문규범 부장으로부터 메일이 날아왔다. 2003년 말에 남북 학술회의의 주제가 남북 언어 동질성 회복을 위한 "민족 고유어의 통일적 발전과 방언조사 연구"라는 주제로 학술회의 일정이 잡혔으니 방언조사 연구와 관련된 논문 발표를 해 달라는 주문이었다.

논문 발표의 구체적인 내용을 정하여 보내기로 결정하였다. 남북 학자들이 공동으로 만나 학술회의를 한다는 그 자체가 우선 내 마음을 들뜨게 만들었다. 반토막 난 한반도의 지도 위에 방언의 형태를 상징부호로 그리는 전산시스템인 K-map(Korean-map)을 거의 완성했던 나는 항상 한반도 전체를 지도시스템으로 전환하고 남북 전체 지도에 방언형을 기입하는 작업을 마무리했다.

2003년 11월 5일 서울에 들러 인천공항에서 10시 30분발 KE851편으로 베이징으로 향했다. 3층 5번 게이트를 통과하여 홍윤표, 강신항, 곽충구, 소강춘, 이기갑, 이승재, 전수태, 양명희 등 일행과 미리 왔던 남기심 원장과 함께 호텔에서 여장을 풀었다.

회의는 그날 저녁 6시에 바로 시작되었다. 베이징대학교 이선한 교수 사회로 남북 참가자들이 서로 인사를 나누고 호텔 식당에서 만찬이 시작되었다. 서울보다 훨씬 더 세찬 바람이 불면서 만찬이 시작될 무렵 눈이 내리기 시작했다. 베이징에서 눈을 구경하기란 여간 어렵지 않은데 흰 눈이 내리기 시작하니 남의 남기심 원장이나 북의 문영호 사회과학원 언어학 연구소장도 입을 모아 이 학술 모임이 창밖에 내리는 서설의 축복처럼 지속적으로 발전될 것이라 축하의 인사를 나누었다.

그 회의에서 연변대학의 전학석 교수를 만난 일은 나에게는 매우 큰 의미가 있었다. 연변대에서 방언학을 전공한 분으로 그 이전에 서신으로 서책을 서로 교류한 사이인데 직접 만나 너무나 기뻤다. 저녁 만찬 자리는 시간의 흐름이 서먹서먹하던 관계를 녹여갔다. 지명 연구와 사전 편찬 일을 했던 방인봉 선생, 경북 영덕이 고향인 김종성 선생과 마치 고향 친구를 만난 듯 따뜻한 손을 마주잡았다.

공식 만찬이 끝나고 남에서 간 박창원 교수의 인도로 이기갑, 전학석, 곽충구 교수와 중앙민족대에 있는 김 교수와 베이징 시내

오래된 불빛

에 나와 여홍의 꼬리를 길게 드리웠다. 전학석 교수와 만남이 나와
는 마지막이 될 줄이야…. 간암으로 그 이듬해 돌아가셨다는 부음
을 받고 2006년 연변대에 들른 날 바로 전학석 교수의 1주기라는
소식을 듣고 연변대 김 총장과 그의 묘소를 찾아 고인의 명복을 빌
고 고인의 부인과 아들을 조문했다.

11월 6일 조호일 베이징대 교수의 사회로 호텔 회의실에서
학술회의가 열렸다. 이선한 교수(중국 대표), 문영호 원장(북측 대표),
남기심 원장(남측 대표)의 인사말에 이어 기조연설이 있었다. 북측
문영호 원장의 기조연설 중 한 대목을 살펴보자.

"이번 토론회에서는 반드시 북과 남의 언어적 차이를 줄이고 민족어
의 통일적 발전을 이룩해 나가는 데에 학술 이론적으로나 또는 실증적으
로 도움이 되고, 자리가 날 수 있는 그런 많은 연구와 론문이 나올 것으로
생각하고 있습니다. 역사적인 6.15 공동선언의 기치 아래 온 민족이 다함
께 연대해서 민족 통일을 기어이 실현하려는 통일시대의 흐름에 맞게 우
리는 있는 힘과 지혜를 다 발현해서 후배들에게는 반드시 통일된 우리의
언어, 우리의 민족성과 순수성이 충분히 반영된 우리의 고유한 민족어를
넘겨주어야 한다는 그런 숭고한 사명감에서 이번 학술 모임에서 많은 토
의와 지혜를 발휘해야 할 것입니다."

민족주의라는 바탕이 곧 통일의 기반이라는 판단 아래 학술
이 이론적으로, 실증적으로 전개되어야 한다는 문 원장의 기조는
고유한 민족어를 지켜내어 통일의 기조를 이루자는 말이다. 그 이
후 내가 국립국어원장으로 있으면서 남북 교과서 통일을 위한 제
안이라든지 기초적인 학술 용어 통일 방안 문제에서도 유연한 태

도를 보여 주었다. 남에서는 이런 언어 통일 문제의 중요성을 깊이 인식하는 이가 별로 없지만 북에서는 언어 정책 문제를 대단히 중시하고 있음을 북의 사회과학원 언어학 연구소장의 행정적 지위가 남의 국립국어원장보다 더 상위 직이라는 점에서도 알 수 있다.

제1분과의 주제는 민족 방언 공동 연구로 곽충구 교수가 「방언 자료 수집의 현황과 남북 공동 조사 방언」을, 방인봉 선생이 「서북 방언 분포 지역과 조사 지점에 대한 연구보고」라는 논문을, 필자가 「한민족 언어지도 제작과 그 전망」을, 이기갑 교수가 「국어 방언 연구의 현황과 앞으로의 방향」을 발표하였다.

제2분과의 주제는 민족 고유어의 통일적 방안으로 강신항 교수가 「민족 고유어 쓰기」를, 리호경 선생이 「어휘 정리와 민족 고유어」를, 박창원 교수가 「민족어 공동 순화를 위한 제안」을 발표했다.

만찬이 끝나고 나와 룸메이트였던 홍윤표 교수와 방으로 되돌아 왔다. 홍 교수가 저녁에 한국에서 온 소설가 정도상 선생과 만날 약속이 있는데 함께 가자고 했다. 실은 그 전날 중국 동주에 지쳐서 쉬고 싶어서 혼자 가시라고 하고는 일찍 잠자리에 들었다. 11시 반 무렵 홍교수와 진 바지 차림에 유난히 큰 눈망울을 가진 정도상 선생이 함께 호텔방으로 왔다. 잠에서 깨어나 이 학술회의를 통해 남북 통합민족어 대사전 편찬 사업을 추진하자는 이야기를 진지하게 했다. 당시에 너무 갑작스러운 제안이었고 나는 국립국어원과 아무 관계도, 어떤 결정권을 가진 위치도 아니었기 때문에 듣기만 하였다. 우리 국어학계에 그래도 열린 생각을 가진 홍윤표 교수는 매우 진지하게 이 문제에 관심을 가지고 있었던 것 같다.

11월 7일 제3분과의 말뭉치(copus)와 부호 표준화라는 주제로 권재일 교수(당시 국립국어원 어문규범연구 부장)가 「구어 말뭉치를

오래된 불빛

통한 국어문법의 통계적 분석」을, 권종성 선생이 「조선어 본문 코퍼스의 개발 원칙과 방향」을, 홍윤표 교수가 「어휘의 역사 검색 및 사전 편찬을 위한 말뭉치 활용 방안」을, 방정호 선생이 「코퍼스 자료의 론리 정보 언어와 부호 덧붙이기」를 발표하였다.

남에 비해 북쪽의 언어정보처리 기술 연구가 상당히 발전되고 있다는 생각이 들었다. 언어 전산화 사업은 지식, 정보를 관리하고 공유하는 매우 중요한 영역이다. 책을 통해 전수되는 시대에서 디지털 지식, 정보가 공유되는 IT시대에 고급 지식 정보의 대량 말뭉치로 디지털자료화하고 이를 검색하는 자연언어처리 연구는 언어과학 연구 분야의 핵심 과제이기도 하다. 오후에 리승길 선생이 「본문 코퍼스 구축을 위한 조선글 입력 활용」을, 이승재 연구원이 「자료 교환을 위한 파일 형식과 부호 표지 추가 방안」을 발표하였다.

남의 국립국어원의 연구원과 북의 사회과학원 언어연구원의 연구원 간 공동 발표인 민족어 관련 사업 소개 및 공동 사업 협의로 이어졌다. 전수태, 이승재, 양명희, 이준석 연구원의 발표와 남북 공동 분과별 토론회를 끝맺고 남북 공동 자료집 간행과 공동 어휘 정리 사업에 관한 실무 협의가 추진되었다.

학술회의의 지속을 위해 김재일 부장과 북측의 곽선국 사회과학원 대외사업처 처장 간에 긴장감이 감도는 기밀 회의가 진행되는 동안 간간이 남기심 원장에게 업무협의와 지시를 받고 있었다. 당시 남기심 원장은 남북 교류 학술회의를 순수한 학술회의로 이어 가기를 원했기 때문에 후일 구성된 겨레말 큰사전 편찬위원회에 일절 관여하지 않게 된다. 그러나 이 회의가 겨레말 큰사전 편찬위원이 구성되는 첫 디딤돌이 된 것이다.

11월 8일 남북 학술회의에 참석한 이들이 함께 시내 유적지를 둘러보았다. 이허위안(頤和園) 호숫가를 거닐며 좀 더 내밀한 이야기를 나눌 수 있는 기회였다. 북쪽 사람들은 2~3명 모이면 반드시 보위부 관계자가 1명씩 밀착하여 무슨 이야기를 나누는지 듣고 메모장에 기록하기 때문에 호숫가를 걸으며 거리가 떨어지면 신변의 이야기를 나눌 수 있다. 권종성 선생은 일본 교토에서 개최된 고려학회에서 만난 적이 있다. 특히 권종성 선생은 일본 교토대학을 졸업한 재일동포인데 제1차 북송선을 탄 인사이다. 아주 정갈한 모습에 옷차림새도 고급스러웠다. 그의 논문 수준도 매우 높았으며 문영호 원장으로부터 신임도 매우 두터운 것으로 보였다. 그 후 이루어진 남북 교류회의에 한 번도 빠짐없이 참가하였다. 유난히 내 눈길을 끈 한 분이었다. 특히 권 선생의 고향이 경북 영덕이라 마치 고향 후배를 만난 느낌이었다. 이번 회의를 통해 남북 공동으로 방언조사를 추진하자는 데 의견을 모아 공동 선언문을 채택하게 되었다. 대단히 큰 성과를 이끌어 내는 데 권재일 부장의 역할이 숨어 있었다. 마지막 만찬은 북측의 초대로 북측이 경영하는 베이징시 '해당화'에서 베풀어졌다. 아마 그렇게 흥겹게 연회가 열렸던 기억은 내 추억 가운데 중화되지 않은 흔적으로 남아 있다. 학계의 일로 강신항 교수를 비롯한 모두가 어깨를 걸고 아리랑과 우리의 소원은 통일을 부르며 추억의 막을 내렸다.

　　식당 앞 꽃을 파는 아이들에게 장미 한 다발을 사서 북쪽 사람들에게 한 송이씩 건넸다. 짙은 녹색 잎에서 어떻게 그리 고운 장미꽃 빛을 뽑아 올리는지 매혹적인 사랑의 빛을 띤 장미꽃 송이들고 호텔로 되돌아 왔다. 며칠 사이 김치찌개가 먹고 싶어 호텔 조식 대신 한국 음식점에서 땀을 흘리며 김치찌개를 먹었다. 눈이 걷힌 베이징 시가지 곳곳에는 흰 눈이 쌓여 있었다.

남북지역어 조사 사업

2003년 일본에서 귀국하였다. 남기심 원장이 2003년 회의에서 합의된 남북 지역어 조사사업 추진을 위해 남쪽 지역어 조사 위원회를 구성하고 조사 추진을 위한 「지역어 조사 질문지」를 만들기 위해 업무 추진을 맡아 달라는 연락을 받았다. 국립국어원 지역어조사추진위원회는 필자가 위원장을 맡고 이기갑, 강영봉, 김정대, 김봉국, 박경래, 소강춘, 최명옥, 한영목, 홍윤표 교수가 선임되어 일차로 조사 질문지 제작에 들어갔다.

남과 북이 우리 민족의 귀중한 지역어를 공동으로 조사하고 정리하여 언어 자산의 틀을 키울 수 있는 좋은 기회가 마련되었다. 지역어의 어휘, 음운, 문법 차원뿐만 아니라 문장과 담화 차원까지 조사할 수 있도록 질문지를 만드는 데 2년이 넘는 세월이 흘렀다. 조사위원들이 모여 밤을 새우는 긴 마라톤 회의를 거치면서 초안 윤곽이 잡혔다. 남기심 원장도 이 사업에 각별한 관심을 가지고 위원회 회의에 참석하여 사업 추진 과정을 점검하였다.

조사 질문지는 2004년, 2005년 두 해 동안 예비 조사 성격으로 남북이 함께 조사를 통한 문젯거리를 수정 보완하였다. 이와 함께 현지 음성자료의 디지털화와 음성 전사를 위해 음성 전사 소프트웨어 transcrive1.4를 활용하는 방안에까지 이르렀다.

2004년 12월 바깥의 체감 기온은 영하 28도의 찬바람이 몰려오는 선양(瀋陽)에서 3차 남북학술회의가 열렸다. 남기심 원장과 문영호 원장은 참석하지 못해 남쪽의 국립국어원 어문 정책부장인 김하수 교수와 북측의 곽선욱(사회과학원 대외 사업처 처장)이

단장이 되고 중국의 전정환(고려민족문화연구소 소장)과 더불어 12월 22일 쿤룬바이호텔에서 개최되었다. 제1분과에서는 민족 방언의 공동 연구를 주제로 필자가 「방언자료 수집과 전사 자료 관리」라는 주제 발표와 함께 최병수 실장(사회과학원 언어학 연구소)이 「방언 소유자 선택과 그에 따르는 문제」를 발표하였다. 이어서 김정태 교수가 「방언 조사를 위한 논문 환경과 설비 및 녹음자료 관리」를 발표하였다.

제2분과에서는 말뭉치의 구축과 활용을 주제로 권재일 교수의 「구어 말뭉치 구축을 위한 자료의 선정과 입력원칙」을, 방정호 실장이 「조선어 본문 코퍼스의 개발환경」과 「조선어 본문 코퍼스에 기초한 통계적 언어 연구」를, 이승재 연구관이 「말뭉치 구축 형식과 기본원칙」이라는 논문을 발표하였다.

저녁 만찬은 평양 모란관에서 열렸고 남북 지역어 공동 조사 추진을 위한 예비적 학술회의로 이미 전달된 『지역어 조사 질문지』의 문제점과 보완해야 할 점의 논의도 함께 진행되었다. 그런데 예상치 않았던 문제가 발생하였다. 만찬 후 뒤풀이 자리에서 북측 인사들이 갑자기 자리를 박차고 일어섰다. 순간 '내일 일정이 무산되겠구나'라는 생각이 머리를 스쳐 지나갔다. 김하수 언어 정책부장은 부랴부랴 북측의 갑작스러운 집단행동의 원인이 무엇인지 그쪽 보위부 요원에게 들은 답은 차마 이 글에서 밝힐 수 없는 내용이었다. 권재일 교수와 필자는 북측 사회과학원의 구성원과는 충분이 소통되어 있는 관계여서 문제를 진화하기 위해 호텔에서 긴 시간 논의했다.

그러나 북측 사정으로 그 다음날 일정이 무산되고 실무 접촉을 통한 방언조사(예비) 자료를 검토하는 것으로 향후 학술회의 일

오래된 불빛

정도 조정하지 못한 채 12월 24일 회의는 종료되었다.

이 무렵 민간 차원의 남북교류 협상 파트너로 사단법인 통일맞이 정도상 선생이 정해지면서 남북 방언조사 사업과 겨레말큰사전 사업이 병행되어야 할 상황으로 발전되자 북측에서도 겨레말큰사전 사업에 무게를 실을 수밖에 없었던 것으로 보인다.

12월 22일 회의가 열리기 열흘 전인 12월 12일부터 12월 13일까지 금강산에서 북측 민족화해협의회와 겨레말 큰사전 남북 공동편찬위원회의 실무협의를 위한 모임이 열렸다. 이 편찬위원회의가 개최되기 이전 2004년 4월 4일 중국 룽징(龍井)에서 민족화해협의회와 남의 통일맞이 사이에 「남북 공동 겨레말 큰사전」 발전을 위한 세부의향서를 교환한 것을 근거로 금강산에서 남북 공동편찬회 실무협의가 이루어지게 된 것이다. 그 이후 선양에서 개최된 회의가 파국으로 치닫게 된 배경을 이해할 수 있을 것이다.

필자의 판단은 남북 공동 방언조사사업은 지속적으로 추진하면서 남북 겨레말 큰사전 사업이 동시에 진행되기를 희망하고 있는 상황이었기 때문에 겨레말 큰사전 편찬 위원으로도 함께 활동하였다. 당시 홍윤표 교수(편찬위 남측편찬위 공동위원장 내정)와 필자, 이태영 교수, 조남호(국립국어원 연구관), 정도상(통일맞이 사무처장), 김재규(통일맞이 사무차장), 정호선(동 홍보부장)이 실무 교섭을 위해 금강산 현대호텔에서 접촉함으로써 「남북 공동 겨레말 큰사전」 사업 추진을 위한 구체적인 사항을 합의하게 된다.

남북 공동편찬위원 구성, 사전의 개요, 차기 실무협의 일정 등에서 일괄타결이 이루어졌다. 결국 남북 공동방언조사 사업 추진 및 남북 학술회의는 뒷전으로 밀려날 수밖에 없는 상황이 된 것이다.

2004년 12월 13일 새벽 광화문에서 금강산으로 가는 버스편으로 통일전망대를 경유하여 출입절차를 밟은 뒤 북에 들어갔다. 당시 금강산 관광객이 많아 통과 절차를 밟는 데 많은 시간이 걸렸다.

사전 남측의 홍윤표 교수(편찬위 공동위원장 내정)와 사전 협의 내용에 대한 논의를 거쳤지만 여러 가지 예상되는 문제도 한두 가지가 아니었다. 일제강점기에 추진되었던 조선말 대사전 사업은 이념과 공간을 초월한 절실한 사업이었음에도 불구하고 광복과 더불어 이념적 분할과 한글전용 문제에 따른 대립과 갈등이 지금까지 이어져 오고 있지 않은가? 그러나 피상적으로 남북언어통일 사전이라면 그 누구도 반대할 어떤 명분도 없지만 각론으로 들어가면 이념적 차이와 정치체제의 차이로 나타나는 언어 차이를 과연 얼마만큼 조정과 합의가 가능할 것인가? 이 문제보다 더욱 심각한 문제는 국민적 합의를 과연 이끌어 낼 수 있을 것인가? 그리고 사전 편찬의 기술적인 문제, 어문규범 차이를 얼마나 좁힐 수 있을 것인가? 등이 현안으로 대두됐다.

금강산으로 가는 길은 버스가 다니는 도로 양쪽으로 철책으로 긴 통로가 이어져 있었고 길 도중에는 성냥갑 같은 공동 아파트가 드문드문 이어져 있었다. 마을 입구에는 얼굴 길이보다 더 높은 군모를 쓴 자위군대 군인들이 AK소총을 메고 거의 부동자세로 인형처럼 서 있었다.

2004년 12월 12일 상견례를 마치고 그 다음날 아침부터 회의가 진행되었다. 합의된 내용은 다음과 같다. 남북 공동사전은 6.15 공동선언의 기본 정신에 따라 민족적 특성을 높이 발양시키고 남북 단합과 조국 통일에 이바지하는 방향이 되도록 한다. 사전의 특징은 민족어 유산을 총 집대성한다. 사전 이름은 『겨레말 큰

오래된 불빛

사전』으로 하고 2005년 1월부터 2009년 12월까지 5년간 편찬을
진행한다. 사전 편찬을 위해 남북 각각 10명씩 공동편찬위원회를
구성한다. 그리고 사전 편찬과 관련된 제정비는 남측이 책임지고
보장한다.

　　민간단체인 통일맞이가 주관하고 민족화해협의회에서 발기
한 이 사업은 순수 민간단체의 사업이라는 측면에서 사전 편찬 경
험이나 역량이 전무한 상황에서 출발되었다. 북에서는 사회과학
원 언어학 연구소를 중심으로『조선말 대사전』의 편찬자들과 그
실무를 담당했던 역량 있는 사람들 중심으로, 정부 조직원 중심으
로 구성되었다.

　　문영호(조선어학회 위원장, 공동위원장)

　　윤춘현(조선사회과학지도 위원회 국장)

　　정순기(조선어학회 부위원장)

　　고인배(조선사회과학지도위원회 처장)

　　고인국(조선사회과학원 부원)

　　최병수(조선언어학회 서기장)

　　방린봉(조선사회과학원 실장)

　　권종성(조선사회과학원 실장)

　　리경복(조선사회과학 지도위원회 위원)

　　곽상무(민족 화해협의회 과장)

　　이상 10명으로 구성되었다.

　　2004년 9월 10일 북의 사회과학원에서 출판한『조선말 대사
전』편찬위원회의 핵심 인사인 문영호, 방린봉, 권종성과 같은 역

량과 경험이 있는 인사들로 구성되었다.

남에서는 당시 『표준국어대사전』 편찬팀, 연세대 국어사전과 고려대 사전 팀 등 사전 편찬의 경험과 역량을 가진 분이 많았기 때문에 민간 차원의 사업으로도 충분히 대응할 수 있는 상황이었다.

고은(공동편찬상임위원장, 민족작가회의 통일위원회 위원장)

홍윤표(남측 편찬위원회 공동위원장)

김재용(편찬위원, 원광대 교수)

오봉옥(편찬위원, 서울 디지털대 교수)

이상규(편찬위원, 경북대 교수)

이태영(편찬위원, 전북대 교수)

이희자(편찬위원, 경인교육대 교수)

조남호(편찬위원, 국립국어원 연구원)

조재수(편찬위원, 한글사전 편찬위원)

홍종선(편찬위원, 고려대 교수)

정도상(편찬위원회 집행위원장)

이상 10인의 편찬위원과 남북공동편찬위원장으로 고은이 선임되었다. 남측의 위원 구성을 보면 "민족어 유산을 총 집대성한다."라는 사전이 지향하는 목표에 맞추어 지역어 조사와 문학인을 중심으로 문학작품에 나타나는 사전 미등재 어휘를 추출하는 데 초점이 맞추어져 있음을 알 수 있으며 대사전 편찬의 기술과 대량 말뭉치를 활용할 수 있는 경험자들로 구성된 것이다.

2004년 12월 13일 제1차 실무회의에서 이미 추진 중인 지역어 조사 사업을 위해 북측에는 36명의 조사원이 구성되었으며 남에서는 국립국어원의 지역어조사위원회가 구성되어 공동조사에 필요한 조사질문지와 자료의 녹음, 전사 방법, 기준 마련이 진행되고 있었다.

규범이 서로 다르고 서울을 중심으로 개정된 표준어와 평양을 중심으로 한 문화어를 인위적으로 하나의 사전으로 엮어 내는 일이란 결코 간단한 문제가 아닐 것이라는 사실은 너무나 명백할 것이다.

이 회의에서도 이러한 단결 문제가 있을 수 있다는 인식을 가지고 어문 규범의 통일을 위한 문제점을 3가지로 요약하여 그 해결 방안을 제시하였다.

첫째, 한글 맞춤법, 로마자 표기법, 외래어 표기법, 표준어 규정
둘째, 표준어 규정은 '공통어'라는 개념으로 표준어와 문화어를 포괄할 수 있다.
셋째, 사전 편찬에서 중요한 자모 배열 순서, 어두 'ㄹ'의 표기 문제, 사이시옷 문제 등 현안을 조정하기 위해 남북 어문규범시정위원회(가칭) 구성의 필요성을 겨레말 큰사전 사업과 별도로 하자는 남기심 국립국어원장의 제안이 있었으나 이는 무산되고 후일 겨레말 큰사전 추진위원회의 어문규범위원회 구성으로 이어졌다.

2004년 4월 4일 중국 룽징에서 민화협과 통일맞이로부터 북으로 전달된 세부의향서는 향후 전개될 사전 사업의 기초가 되기 때문에 그 세부사항을 정밀하게 검토해 볼 필요가 있다.

2005년 2월 18일

서울 광화문 부근에 작은호텔에서 1박을 하고 19일 새벽 6시 세종문화회관에서 버스를 타고 통일전망대로 향했다. 겨울 찬바람에 움츠린 산하의 나무와 앙상한 가지만 남긴 들풀의 가지 사이로 괴성을 지르며 달려왔다 밀려나는 바람의 날개를 타고 남북합작의 문화사업인 사전 편찬의 성공을 기원해 보았다.

북으로 들어가는 통관절차를 마치고 금강산으로 향했다. 북상하면서 날씨는 더욱 냉랭해지더니 온 산천이 흰 눈으로 뒤덮여 있었다. 간혹 사람들의 모습이 점처럼 버스 차창 뒤편으로 미끄러져 소멸하는 원근의 구도를 흰 눈이 지워 내고 있었다.

버스에는 고은(상임위원장)을 비롯한 편찬위원과 장영달(사단법인 통일맞이 이사장), 김인호(한길사 대표), 박용길(문익환 목사 부인)과 장녀인 문영금을 비롯한 관계자들과 하남신(SBS 남북교류협력단장), 허윤석(SBS 기자), 최준호(조선일보 기자), 함보현(연합뉴스 기자), 이광길(통일뉴스 기자), 안수찬(한겨레 기자) 등이 동승하였다.

남북 겨레말 큰사전 공동편찬위원 발족식에 박용길 여사가 연로한 분임에도 동행한 것은 특별한 의미가 있었다. 1989년 문익환 목사의 방북은 당시 우리 사회에서 충격적인 일이었다. 남북의 지속적 평화와 화해를 위한 발걸음이었다. 당시 문 목사는 김일성을 만나 통일국어대사전의 필요성을 역설하고 이에 동의를 얻었지만 실행은 이루어지지 않았던 것이다. 2004년 1월 문 목사 10주기 추모 행사에 참석한 북쪽 대표단의 주진구 단장을 통해 민화협에서 통일국어대사전 편찬 추진을 전달하여 북 내부의 승인이 이루어진 것이다.

아침 조찬을 끝내고 삼삼오오로 회의장으로 들어설 때 북의 편찬위 문영호 위원장을 비롯하여 일렬로 도열하여 우리 일행을 반가이 환영하였다. 이미 여러 차례 남북 학술회의에서 만나 친숙해진 북쪽 위원들과 반갑게 인사를 나누고 곧바로 본회의가 시작되었다.

저녁 만찬을 끝내고 고은 시인을 모시고 금강산 관광지구 안에 있는 노천온천을 찾았다. 물리적인 남북사전의 통합 과정에 많은 어려움 특히 사전기술적인 면을 예상하고 있던 절차로서는 오늘 회의의 서막 연설문은 매우 중요한 의미가 있다고 생각하고 있었다.

인간의 지적인 결정물이 언어이다. 특히 변두리 언어가 지니고 있는 지식 체계가 쉽게 분기하고 있는 국가별 어문정책이 확장될 필요성이 강조된 고은 시인의 언어관은 높게 평가되어야 할 것이다. 눈이 하얗게 덮인 금강산 노천 온천에서 유난히 밝게 빛나는 우주의 별빛을 바라보면서 많은 이야기를 이어 나갔다. 고은 선생의『방언의 우주』라는 책과 필자가 쓴『방언의 미학』이라는 책은 이러한 인연으로 연결된 고도의 수학의 일면이다. 하늘에 무한한 별자리를 체계적인 격차로 인식하듯 우리의 언어 또한 마찬가지다. 중심에서 벗어난 언어를 배제하면 더욱 단출한 체계로 용이하게 구성할 수 있으나 엄청난 인류의 지적 재산이 동시에 소멸되는 것처럼 정원에 다양한 꽃들이 이루어 내는 조화가 단 한 종의 꽃이 이루어 낼 수 있는 조화보다 더 우수한 원리이다. 별빛이 잦아질 무렵 홍윤표, 정도상, 오봉옥, 김재홍 등 편찬위원과 정담을 나누며 즉흥시를 낭송했던 기억이 시간의 흐름처럼 빛이 바래져 가고 있다.

편찬위원회 발족식과 함께 제1차 겨레말 큰사전 남북 공동편찬위원회의가 속개되었다. 1차 회의 내용이 정리되어 '겨전' 공동 편찬 요강이 마련되었다.

2005년 7월 8일부터 12일까지 평양에서 제2차 남북 겨레말 큰사전 공동편찬위원회 정기회의 일정이 확정되었다.

오래된 불빛

국립국어원장 시절

2006년 03월 01일 (눈)

3.1절이다. 철도 파업으로 내가 거주하는 용산 LG자이 아래로 지나다니는 전철이 가끔씩 운행하니 세상이 조용해진 것 같다. 창밖 미군 용산기지 주차장에 세워둔 차량 위에도, 멀리 인왕산 중턱에도 희끗희끗 흰 눈이 쌓였다. 서울로 옮겨온 지. 한 달하고 며칠이 지났다. 오랜만에 한가한 시간을 보내 본다. 국립국어원의 업무를 어느 정도 파악 해 보니 참으로 이해하기 어려운 부분이 많이 있다. 역대 원장 가운데 몇몇 분은 임기를 마치고 세계화재단이니 한국어(자격)능력 연구원 등의 기구를 설립하여 국가 재정을 받아가고 있다. 그들 내부에는 눈에 드러나지 않는 결속 구조가 있다. 소외 내지는 왕따 대상도 있고 때로는 뻔한 사실을 모르쇠로 일관하는 이도 있다.

변화 없이 오랫동안 권위적인 원장의 지배구조에 익숙해진 그들은 아마 가장 창의적이어야 할 인재임에도 불구하고 철저히 비창조적인 사람들로 변해 있음을 깨닫지 못하고 있는 것은 아닐까? 이들을 바꿀 것이다. 창의적이고 인간적인 조직으로 새롭게 태어나도록 개혁을 해 나가리라. 어제 내부 혁신 1차 결과 발표를 통해 이와 같은 나의 심경의 일단을 전 직원에게 전한 바 있다.

가야 할 길은 멀고 험난하다. 그리고 지루할 것 같다. 나의 이상과 신념이 어느 정도 실현된다면 임기 도중이라도 다시 대학으로 돌아갈 예정이다. 그리고 남북 겨레말 큰사전 사업의 추진을 위해 일할 것이다 조만간 「민속어휘 및 생활현장 언어 조사를 위한 도해 질문지」 제작을 시작해야겠다.

2006년 03월 02일 (수)

삶의 속도를 의도적으로 느리게 조절해 본다. 세상일이 내 마음대로 되는 것이 아니다. 모든 순리와 조화가 이루어질 때 세상은 움직이고 변한다. 퇴근길에 광화문 교보문고에 들러 책을 몇 권 싸서 밤늦도록 읽었다. 이준수 교수의 『중국고대문화』를 읽으니 마치 곁에 이 교수가 있어 자상한 음성이 들리는 듯하다. 국어원장으로 온 뒤 인사도 드리지 못해 죄송하다. 지난해 말에 이메일로 연하의 글을 받았는데 서울로 자리를 옮긴다고 어수선하여 답장도 드리지 못했다. 오전에 조선일보 기자 인터뷰를 했는데 아마 내일쯤 신문에 실리게 될지 모르겠다. 1838년 독일에서 간행된 『류합』 원본을 구경했다. 큰 인연이라고 할까?

2006년 03월 06일

아침 기차로 서울로 왔다. 국립미술관에서 문화부 기관장 회의를 하였다. 국어원 업무보고 내용에서 조리가 좀 부족한 듯하다. 나는 생각이 너무 많아 담론이 논리를 너무 건너뛴다. 정동채 장관과는 마지막 회의일 듯하다. 천천히 가기란 너무 먼 길 개혁이 혁명보다 어려울 것이라는 점은 예측했지만…. 18일경 베이징으로 가서 북쪽 사회과학원 문 소장을 만나야 할 것 같다. 믿음 없이 무슨 일을 할 수 있을까? 우대식이 쓴 『죽은 시민들의 사회』(새움)를 읽으며 봄을 기분 좋게 맞는다. 왜 우리는 시민에게 그렇게 가혹한

오래된 불빛

시련을 당연하게 맞아들여야 한다고 생각하는지? 파멸되어 가면서 건져 올린 그들의 시(詩)에 어떤 영광을 준 적도 없이 성직자보다 더 참혹하게 부서지는 시인들의 모습을 당연하게 받아들여야 한다는 믿음의 근거가 무엇인가? 아마 이승에서 저주받은 자들이 시인이니라.

오후 최성해 동양대 총장과 용산에서 만나 밤늦도록 예술과 문화 그리고 우리들의 현실을 화제로 이야기를 나누다가 헤어졌다. 강찬석과 김란기와 함께 바닷가에 이르고 싶다. 뭍으로 가는 길은 한 갈래 길이지만 뭍에서 신발을 벗어 놓고 바다 위를 걸으면 천 갈래 만 갈래 길이 열리고 나뭇가지처럼 세로로 일어서는 (뭍에서 일으키는) 물자락은 늘 새로운 길을 열어 낸다. 뭍으로 난 길을 되돌아가는 길이나 왔던 길도 한가지이지만 바다에 난 길은 왔던 길과 되돌아가는 길이 다르다. 그래서 나는 바다와 뭍이 만나는 경계에 더 있고 싶다. 「바닷가에 이르고 싶다」 그렇게 이경직 선생님께서 (아마 1994년일 것으로 기억되는) TRISTAN 김근태 전시 도록을 한 권 주었다. 버림받은 화가 김근태가 보고 싶다. 마치 요절한 시인처럼 그도 비슷한 모습으로 삶을 구겨버린 이다. 오늘 밤 만난 김민부 시인, 남사당패가 되어 날아갈 임홍재, 송유한 시인과 김근태 화가 모두 천상에서 행복한 봄밤을 맞이하시길….

2006년 3월 13일 (日) (황사 짙음)

봄이 성큼 다가서면서 중앙아시아로부터 밀려오는 짙은 황사 현상으로 서울의 가시거리가 10m 정도이다. 어디 잠깐 들렀다가 조금 일찍 집으로 돌아왔다. 대구문화방송과 전화 인터뷰를 마치고 용산에 있는 김 박사와 만나 그의 부친이 입원해 있는 순천향

대병원을 들렀다. 시골 어른 모습이 너무도 평화롭다. 서강대 곽충구 교수의 전화가 왔다. 세월을 건너뛰어서인지 옛날 같은 정(情)이 새롭지 않다.

여성들은 말하자면 훼손된 남성이다. 그리고 월경의 피는 더럽혀진 정액이다. 여자들이 소유하지 않은 유일의 것이 있다면, 그것은 영혼이다.
　　　　　　　　　　　　　　　　　　　　　　　　　－Aristoteles

2006년 3월 19일

베이징에서 개최된 남북겨레말큰사전 편찬위원회에 참석하였다. 국립국어원장으로 취임하면서 편찬위원회에서 물러나 이사직을 맡게 되었다. 인사차 격려차 이번 학술회의에 참석하여 만찬 자리에서 다음과 같은 내용의 축사를 하였다.

오늘 이렇게 겨레말큰사전 남북 편찬위원님을 다시 만나게 되어 무척 기쁩니다. 특히 북측 편찬위원장님이신 문영호 선생님을 비롯한 정순기, 방연봉. 권종성, 최병수 선생님 그리고 남측의 홍윤표 편찬위원님을 포함한 남측위원님! 우리는 도도히 흘러가는 민족사의 큰 물줄기를 늘여 가기 위해 여기 함께 모였습니다. 긴 시간 쌓아 온 믿음과 신뢰도 「겨레말 큰사전」 편찬사업이라는 대업의 목표를 반드시 달성할 수 있으리라 굳게 믿습니다.

저가 편찬위원을 그만두고 국립국어원장으로 자리를 옮겨가면서 가장 아쉬웠던 일이 바로 북측 위원님들을 자주 뵐 수 없다는 것입니다. 한 분 한 분 얼굴을 떠올리면서 금강산에서, 평양에서 또 개성에서 겨레말 큰사전 편찬을 위한 논의를 하던 모습에 새삼스러워집니다. 이번에도 여러 바쁜 일정을 뒤로 미루고 베이징으로 달려왔습니다. 여러분을 뵙고 싶었습니다. 역사의 수레바퀴를 돌리는 자는 합리적 다수가 아니라 비합리적 소수자의 몫이라는 생시몽의 말이 기억납니다. 어쩌면 우리들이 하고자 하는 일이 매우 힘들고 고통스러운 일이 아닐까 생각합니다. 그러나 우리 겨레가 하나 되는 그날을 향해 우리들이 쌓는 하나하나의 겨레말은 반드시 큰 빛나는 금자탑이 되리라 믿습니다. 오늘 조촐한 만찬자리이지만 남북(북남) 편찬위원님들의 노고를 기리는 자리입니다. 즐겁고 흥겨운 시간이 되길 바라며 모든 편찬위원님들께서 건강하시길 기원드립니다. 앞으로도 편찬위원님들을 함께 모실 수 있는 영광된 기회를 자주 허락해 주시길 바라마지 않습니다. 건강하십시오. 감사합니다.

2006년 3월 23일 (해)

지난 주말 베이징에 다녀왔다. 베이징 한국문화원 박영대 원장이 선물까지 챙겨 주는 환대에 감사했다. 베이징은 한국어 해외 보급의 주요 전진 기지라는 생각을 했는데 박 원장은 혼자서 이 일들을 잘 감당했고 있는 듯하다. 호텔에서 문영호 소장을 비롯한 남북 겨레말 큰사전 편찬위원들을 반갑게 만났다. 19일 저녁에는 내가 마련한 저녁 자리에서 겨레말 큰사전 사업의 성공적인 출발을 기원하는 만찬사를 하게 됐다. 남북 위원들이 무척 가까워진 모습이었다. 문 소장도 소상하게 사업에 관한 소신을 밝혀 주었으며 보위부 동무들도 전과는 달리 우리들의 대화를 허용해 주는 분위기였다. 남측 홍윤표 교수가 무척 피곤해 보였다. 부친이 편찮으신데도 이곳까지 오셔서 일들을 알뜰하게 챙기신다. 모든 일이 낙관적이지만은 않지만…. 야마다 쇼지가 지은 『가네코 후미코』(푸른역사)라는 책을 맛있게 읽고 있다. 이승의 삶이 비록 고되고 괴롭더라도 그처럼 세월 건너서도 되뇔 수 있는 삶이라면 얼마나 좋았을까. 그 가운데에는 삶의 진실이라는 게 자리하고 있을 것이다.

2006년 4월 30일 (황사가 밀려옴)

지난 금요일 강화도에서 국립국어원 전체 직원들과 혁신 위크숍을 진행하였다. 돌아오는 길에 횟집에서 맛있는 매운탕을 먹었다. 곳곳에 남아있는 곶(串)의 흔적을 보면서 병와 선생이 쓴『강도지(江都志)』를 생각해 본다. 300여 년이 지나 병와의 후손인 내가 다시 이 땅을 밟으리라 누가 상상했을까? 인연의 무한함이 아닐까. 아내가 어제 올라와서 있다가 오후 기차로 대구로 떠났다. 점심을 63빌딩 중국집에서 이미지 사장과 함께 했다. 방언에 관한 이야기로 시간을 메웠다. 오후에는 이진경의『미래의 맑스주의』라는 책을 사서 읽었다. 난해한 편이었다. 시간이 빠르긴 빠르다. 규칙적으로 할 일들은 챙겨서 해야 할 것 같다. 3년 동안 학문의 공백이 길어질 것 같아서 걱정이다. 책 출판 문제 등 밀려 있는 숙제가 많다. 봄이어서인지 쉬 피로하고 아무 일도 하기 싫어 늘 빈둥거리는 일상이다. 내일은 문화부 기관장회의가 있다.

2006년 05월 11일

사람들에게는 영혼이 있다고 하는데 왜 아름다운 영혼을 가진 사람은 많지 않은가? 9일은 국어책임관 협의회 구성 관계로 김명곤 장관을 만나는 등 바쁜 일정을 소화하고 오늘 아침은 조금 늦게 매우 귀한 손님 마중을 위해 중앙박물관으로 향했다. 지난 3월 베이징에 갔을 때 베이징문화원장과 만나 국어 해외 보급 문제를 진지하게 논의했는데 이번에 해외 문화원장 회의차 귀국한 부궁

　　　　　　　　　　　　오래된 불빛

다(補丞大) 원장과 하노이의 김상욱 문화원장 등을 만나기 위해서이다.

　내가 국어원장에 취임하면서 국어의 해외 보급 문제가 매우 중요한 과제라 생각하던 차 베이징에 가게 되면 베이징문화원을 방문할 결심을 하였다. 그런데 조남호 학예관은 나의 베이징 방문을 탐탁하게 생각하지 않는 듯 해외 출장에 노골적으로 불만의 표시를 하는 게 아닌가. 세계화재단에서 진행하려는 남북 사업에도 도움이 되지 않는다는 판단으로 나의 행동반경을 제한하려는 심사였으리라. 세월이 한참 지났다. 문화부에서의 한국어 보급 문제는 문화원을 거점으로 대중적인 한국어 세계화를 위한 교육 체계를 구축해야 한다고 생각한다. 그래서 미리 13개 해외 문화원장들에게 인사를 겸한 서신을 보냈더니 오늘에야 그들의 반응이 뜨겁게 달궈져 되돌아온 것이다. 내년에 3~4개 문화원에 국어원 학예관을 파견할 예정이다. 문화 침략의 수단이 아닌 문화 상호 전달의 상호주의 관점에서 세계 속에서 호흡하는 한국이 되기 위해 허리를 낮추고 세계로 나아가야 할 것이다. 11시에 EBS에서 일괄적 업무 협력 조인을 해결하고 EBS 간부들과 함께 점심을 먹었다. 오늘 장관께 보내는 공문서에 오자투성이로 결재를 올렸다. 김세중 부장과 담당자가 검토한 내용이라고 하는데 어찌 이 모양일까? 문제는 사람의 능력이 아니다. 얼마나 책임감을 느끼며 성실하게 일하느냐이다. 오후 늦도록 회의를 하였으나 기분이 상쾌해지지는 않았다. 사람들….

　김용희 교수가 『순결과 숨결』이라는 책을 보내 주었다. 상큼한 글 속에 마치 김 교수의 음성이 배어 있는 것 같다. 며칠 즐겁게 글 읽을거리가 있어 다행이다. 3주째 대구를 다녀오지 못했는데 내일은 대구를 갈 예정이다. 시간이 나면 한국어 해외 보급과 관련한 책을 집필해 보고 싶다.

2006년 6월 8일 (해)

주강현 씨의 『두레와 돌살』(들녘)이라는 거질의 책을 출판한 기념모임이 있었다. 대학 동기인 청도 출신 박봉규(산자부 차관), 대학 후배인 후지쓰 김 사장과 저녁자리를 같이하는 인사동 모임에 참석하였다. "공동체를 꿈꾸며 살아가는 인류사회의 꿈은 '유효기간'이 없다. 현실 사회주의가 끝났다고 하여 사회적 이상향의 꿈마저 사라져가서는 안 된다." 그 책 서문의 일부이다. 그의 사상과 학문 세계를 집약한 대목이라고 생각된다. 기층 농민의 애환과 삶속에서 찾아낸 기쁨과 환희의 뒤섞임, 무늬처럼 흩어져 있는 그들 삶의 모습을 구술사자료를 통해 조각난 무늬를 짜 맞춘 뛰어난 시인의 모습을 엿볼 수 있다.

오늘 퇴근길에 'An-트리오'의 음악연주회에 들렀다. 서울과 지방의 문화적 격차가 얼마나 큰 것인가?

2006년 6월 20일 (비온 후 맑음)

6월 20일이 무슨 날인지 아시나요.
6월의 밤꽃이 짓궂게 빗물에 떨어지는 날이지요.
3월 12일은 무슨 날인지 아세요.
글쎄요. 개나리 꽃 활짝 펴서 집 앞 창문을
온통 물들인 날이지요.

오래된 불빛

그러면 4월 10일은요.

아. 집 입구에 외롭게 서 있던 백목련과 자목련이

청상과부의 자태로 지던 날이지요.

11월 8일은

당연히 은행잎들이 우수수 떨어져 거리를 휩쓸어 가는

365일 어느 하루도 의미 없는 날은

단 하루도 없지요. 살아 있는 동안

2006년 7월 18일 (비)

폭우와 장마가 휩쓸고 간 뒷자리는 늘 어수선하지요. 참 편안
해지는 원리가 비가 오기 때문일 것 같아 그 원리는 인류 멸망으로
해결되지 않는 부분이지요.

이젠 돌아가거라. 비를 더 맞을 것 같아 걱정이다. 찢어진 우
산살 사이로 쏟아지는 빗줄기에 온 몸이 젖을지도 모른다. 목요일
은 한국어 세계화 추진을 위한 예산 확보를 위해 기획예산처 공무
원을 만나러 갈 것이다. 이미 욕볼 것 다 보았잖아.

2006년 8월 23일

이미 오래전 나는 가슴 한쪽을 뜯어냈다.

더는 상하지 말라고 던져 버렸다.

남은 가슴으로도 충분하게 아플 수 있으므로

돌연 추억이란 게 필요할 때

피도 눈물도 나지 않는 세상살이다

느껴질 때, 그런 내가 대낮인데도
하늘을 훔쳐보게 될 때

남은 가슴 퍽퍽 치면
등 뒤의 어둠이 갈라지며
어둠이 토해낼 비명처럼 떠 오른 것이기에
머잖아 내게도 그런 날이 잦을 때
꺼내 와서 채워 보리라.

남은 가슴이 받아들일 힘이 있는지
꺼내 와서 맞춰보리라

—김정용 「초승달」

울음이 조절되지 않을 때
거꾸로 말려 들어가는 웃음은
다만
바다를 나는 갈매기 소리

한 가지 소리는 어두움 속으로 삼키는 것이라면
다른 소리는 푸른 바다를 향해 쏟아 내는 것
매우 유사한 소리이지만
그 빛이 다르고
울림이 다르고

그러나 외형은 같을 뿐이다.

오래된 불빛

참지 못할 절망적인 울음을

때로는 웃음보다 더 행복을 느낄 수 있다.

그것이 본질에 더 가까이 다가서 있을 수 있기 때문이다.

「울음」 이상규

2006년 10월 27일

　시간이 많이 흘렀다. 이번 10월만 해도 평양을 다녀오고 또 몽골을 쏘다녔다.

　긴 갖가지 여행의 상념을 글로 남겨 두려는 생각이었지만 내 삶은 늘 현실에 차압당하고 없다. 국경일로 제정된 한글날. 갖가지 방송, 신문의 화면과 환상 속에 내 단편의 생각들을 흘려보냈다. 마치 흘러가는 물처럼. 그 와중에 북에서는 핵실험을 하고 유엔에서는 갖은 대북 제재 조치들이 결의되는 시간. 그 간극 사이로 파편화된 그림처럼 이라크를 침공하던 가공할 만한 미국의 살상무기의 잔영이 간혹 나의 새벽잠을 흔들어 깨우기도 하였다.

　나의 네 번째 시집 『헬리콥터와 새』를 신고 없이 세상에 흘려보내고 사람들을 만나고 또 만나며 내 삶을 저물게 하고 있다. 지쳤다. 하늘과 땅이 맞닿은 몽골 초원에 티끌 같은 사람들의 존재를 과연 무엇이라 호명할 수 있을까? 불어오는 바람과 같을까? 밀려오는 저런 노을일까, 부옇게 부유하는 먼지일까? 아무런 말을 하지 않고 대자연과 교호할 수 있는 일상성의 시간과 공간을 마련할 수 있다면 하늘을 이불로, 저 넓은 대지를 누울 자리 삼아 누워보고 싶다. 황홀하게 소멸하는 황혼과 만난 잿빛 하늘의 마술에 흠뻑 취해 꿈 속에서도 이룰 수 없는 불타는 '혁명'의 진군을 해 보고 싶다.

　전쟁 곁에 서성이는 사람들의 이기주의는 늘 평화를 대뇌며 모순된 껍질을 벗겨내어 사람들에게 뒤집어씌울 뿐이다. 평양의 거리가 조금 달라져 보인다. 양강도 호텔에서 새벽 4시 무렵 내려다보이는 시가지는 밤안개에 싸인 전기불빛이 눈덩이처럼 흩어져 수를 놓는다. 멀리 유경호텔의 뾰족한 삼각탑이 버티고 있는 밤하늘은 아직 자신의 무게를 풀어주지 않고 있다. 위로 멀리 보이는 주체탑, 그리고 건너면 인민 궁전의 청기와를 일으켜 세우는 조명이 치장처럼 알록달록한 불빛으로 퍼들거리고 있다. 희망과 절망은 늘 함께한 곳에 있다. 우린 지금 어느 물마루 위에서 누구와, 어딜 향해 달려가고 있는 건가?

　이 무한의 혼란이 없으면 사람들은 얼마나 삶을 지루해 할까? 우리는 인류의 평화를 부르짖으며 평화를 내동댕이치는 이들이 누구인가 잘 알고 있다.

2007년 4월 2일 (새벽 4시 35분)

　내 나이가 60이 가까워 가는데 아직 '저항'이라는 말에 흥분과 위안을 느끼는 것을 보면 나는 근원적으로 불순한 태생인지도 모를 일이다. 쑨거(孫歌)가 쓴 『다케우치 요시미라는 물음』-(동아시아의 사상은 가능한가?)을 읽으며 2003년 이라크 침공을 시작한 미제국주의자들은 오늘 한국을 향해 FTA협상을 달성시키는 위대한 외교적 승리를 이라크의 패전에 보상하는 전승물로 이끌어 낸 것이다. 어젠 낮 하늘이 캄캄할 만큼 중국 대륙으로부터 밀려온 황사현상으로 호흡이 답답함을 느끼며 중국과 일본 그리고 미국이라는 거대 국가의 제국화의 암울한 그늘이 우리를 엄습해 오고 있다고 생각했다. 절망은 없는 길을 가야 한다는 저항에서 생기며, 저항은 절망의 행동화로 나타난다. 그러면 나는 무엇을 절망하고 있

　　　　　　　　　　　　　　　　　오래된 불빛

는가? 모든 언어가 변화되는 순간 가벼운 언어유희로 증발해 버리는 공허한 시간의 형식 속에 살고 있기 때문일까? 오늘 새벽 세종학당 자문교수와 조찬 약속이 있다. 세종학당 설립을 주도하면서 늘 주장해 온 문화상호주의의 원칙이 과연 어디까지 유효한 것일까? 이 아시아에 다시는 전쟁이 시작될 기운이 없다고 단정할 수 있는 것인가?

이젠 세상을 평형된 시각으로, 따뜻함으로 어루만지며 관대함으로 감싸는 나이임에도 불구하고 아직 용서할 수 없는 자잘한 일이 많으니 역시 나는 소인이다. 이라크 공습을 지켜보면서 밤을 새우던 도쿄의 생활이 불현듯 생각난다. 역사 속에 무겁게 가라앉은 과거와 현재가 중첩된 현실을 어떻게 대면하면서 살아야 하나. FTA를 반대하는 노동자 한 사람이 분신으로 중태에 빠졌다고 한다. 개인은 두꺼운 벽 앞에서 아무런 힘도 없는 미물일 뿐이다.

2008년 6월 30일

광우병 촛불 시위로 내가 기거하는 좁은 공간은 섬이 되었다. 버스도 끊기고 전철도 끊겨 서대문에서 거세게 밀려오는 시위대를 거슬러 오르며 사람들 면면을 쳐다본다. 지난 세상을 바꾸어 왔던 화염병을 팔힘 다하도록 휙휙 돌리며 저주스러운 세상을 향해 돌격하던 이들과는 너무 다르다. 평화스러운 얼굴들. 그 사이사이 어둠이 잦히지 않고 높은 산성이 쌓인다. 무엇이 사람들을 분노하게 만드는 걸까?

봄은 늘 외롭게 다가와서 사람들을 들뜨게 해 놓고 진달래 꽃잎 지듯 소리 소문 없이 달아난다. 작열하는 태양 아래 노출된 그리움이 노란 은행잎 되어 가을비 질척거리는 바닥에 나뒹그러지면 녹아 가는 눈빛에 결이 삭아지듯 겨울의 땅속으로 머릴 파묻는다. 늘 모순의 순환. 이것이 살아 있음일까? 언제 백마를 타고 와 힘에 겨운 사람의 손목을 잡아줄 이가 있으리?

2008년 8월 17일

베이징올림픽으로 TV가 후끈 달아오르는 것 같다. 조금 전 배드민턴 경기에서 한국이 금메달을 땄다. 경기가 끝나기 전 학근이와 아내는 신림동으로 또 대구로 갔다. 며칠 아내가 와 있어 덜 쓸쓸했는데 텅 빈 방안에 혼자 남아 있으니 공간이 더 넓게 느껴진다.

이번 주는 여러 가지 일로 바쁠 것 같다. 한글사랑 큰잔치를 한다고 하는데 뭐가 사랑인가? 나랏돈이 아깝다는 생각이다. 문제가 있어도 이를 고민도 깊이 하지 못하는 관료나 장관이나 그 나물에 그 밥이다. 다 훌훌 떨치고 고향으로 내려가서 책이나 읽으며 아이들을 가르치며 살고 싶다. 명리가 다 무슨 소용인가? 세상을 바꿀 책임이 있는 자들은 오로지 명리나 돈에만 관심을 가진 세상이니 한심한 세상이다.

찬바람이 건듯 불어오니 가을이 벌써 외로운 섬에 다가선 듯한 느낌이다. 낮에 본 영화의 잔잔한 연상이 번진다. 깊은 생각을 많이 하는 사람은 얼굴 표정에 남아 있는 것 같다. 3년 동안 쓴 일기가 고작 5~6장이니 내 삶이 얼마나 고단하고 깊이가 없었는가? 하긴 그동안 겪은 숱한 일들 모두가 단순한 일상의 한 단면으로 소멸할 뿐이었는데 어떨 때는 기뻐하고 또 화를 내었다니, 모두 무엇을 위한 일이었을까?

오래된 불빛

2008년 12월 13일 평양

2008년 12월이 저물어 가는 날 제7차 겨레말 큰사전 편찬회의에 참석하기 위해 새벽 일찍 선양으로 향하는 비행기에 올랐다. 평양으로 가는 비행기 시간을 기다리느라 선양공항에서 찬바람을 맞으며 기다리다가 다시 고려항공을 타고 순안공항에 도착한 것은 저녁 6시가 다 될 무렵이다. 초등학교 시절 시골 공기 맛처럼 차가운 겨울 날씨지만 불어오는 찬바람은 아늑한 옛 시골의 그리움이 묻어나는 따뜻한 느낌이었다. 문○호 언어학 연구소장의 영접을 받으며 30분 정도 버스로 달려와 평양 양각도 국제호텔에 도착하였다. 3년 국립국어원장의 임기를 마무리하면서 그동안 남북 간 언어 통일을 위해 전개해 왔던 사업들을 점검하고 또 그 미래를 설계하기 위해 좀 무리한 여행을 시도했다. 장관님과 문화부 주요 정책 결정자들의 호의로 이번 여행이 성사되기는 했지만 출발할 때부터 어떤 기대도 하지 않은 것은 사실이다.

차창 바깥으로 펼쳐지는 밤경치라고는 갓 지난 보름달과 유난히 빛을 발하는 별빛, 그리고 낙엽 진 앙상한 백양목 나뭇가지들이 어둠이 더한 조국 산천의 어두운 대지의 지평선 경계를 드러내 주는, 옛날 내 고향의 들녘 같다는 애잔한 추억이 스쳐 지나갔다. 성냥 곽처럼 뜨문뜨문 자리를 지키고 서 있는 아파트 창문 사이로 흘러나오는 불빛이 그래도 어둠이 집어 삼킨 평양 시가지와 조화를 이루고 있다.

저녁 환영만찬 자리에서 문 소장은 매우 단호하게 겨레말 큰사전 사업의 중단도 가능하다는 언급을 하였다. 나는 남북의 교과서 전문 학술용어의 통일을 위한 공동의 노력이 필요함과 그것을 추진하기 위한 조직화 작업의 필요성을 역설하였다. 권재일 위원장은 작업 방식의 변화를 시도하자는 제안도 하였다. 3시간이면 올 수 있는 평양을 하루를 걸려 달려왔지만 말이 통해도 생각하는 것은 너무나 다르고 멀리 있다는 생각을 하니 참 가슴이 아려온다. 아직 끝나지 않은 20세기 동아시아 냉전의 질서가 꽁꽁 얼어붙은 대동강의 물줄기와 같다. 그래도 역사의 봄은 우리에게 찾아오리라.

나는 최근 국어규범을 두고 많은 생각을 해 왔다. 남과 북의 차이, 새로 쏟아져 들어오는 외국 전문용어들을 어떻게 수용해야 할 것인지를. 다수의 국어학자들은 언어이론의 수용과 적용에 급급하지만 과연 우리의 언어 현실을 진지하게 고민하고 있는지 의문과 그 안타까움을 생각하면 가슴이 답답해진다.

'띄어쓰기'는 「독립신문」에서부터 시작되었다. 한문쓰기와 세로쓰기의 글쓰기 방식이 전복된 순간이다. 한문쓰기에서 한글쓰기로 또 띄어쓰기로의 변화는 오랜 역사에서 단절되었던 계층 간 의사소통 방식의 혁명적 변화를 이끌어 온 것이다. 줄글로 쓰던 방식에서 단어 단위로 띄어 쓰면서 가독성을 높이는 동시에 우리말의 단어를 새롭게 규정하는 학문 연구에 영향을 미치게 되었다. 전통적인 파생이나 복합 형식의 단어 개념이 고정되지 않으면 하나의 단어로 굳어진 낱말을 두 개의 분리된 단어로 처리하지 않을 수 없게 된다. '소금꽃, 소금땅'과 같은 낱말이 『표준국어대사전』에서는 '소금 땅', '소금 꽃'으로 두 개 단위의 낱말로 인식하도록 하고 있다. 우리말의 생태 환경을 유지하려면 두 단어로 분리시킨 파생, 합성 단어를 인정하여 띄어쓰기가 아닌 붙여 쓰기를 대폭 인정해야 한다. 전 지구적 환경 속에서 인색하게 외래 지식을 받아들이기 위해 이러한 언어 환경에 대한 철학적 사유를 언어규범 관리 이전에 고려해야 한다.

　　　　　　　　　　　　　　　　　　　　오래된 불빛

띄어쓰기 문제는 문어와 구어를 분리시키는 촉매 역할을 하고 있다. 우리는 문어와 구어가 완전 불일치한 그런 오랜 세월을 지내 왔다. 우리의 말과 한문의 서사 방식은 완전 불일치했으며 소수 지배층만이 그런 불일치적 소통 구조 속에서 문어 해독 능력을 갖추었다. 소통의 차등성을 깨뜨리려는 국가적 노력을 시도한 이가 바로 세종이었으며, 문어와 구어의 소통 체계를 극복하고자 시도한 이가 고종이었다. '고가사다리'는 불자동차에 장착된 기구이다. 그런데 이것을 '고가'와 '사다리'로 별개의 낱말인 것처럼 띄어쓰기를 하면 고가와 사다리 사이에 호흡단락이 주어지기 때문에 구어와 문어의 호흡단락이 달라질 수밖에 없게 된다. 언문일치가 가져다주는 소통의 편리함을 국가 언어 관리기관인 국립국어원이 앞장서서 혼란을 가중시키는 것은 결코 온당치 않다.

일반 전문 지식 서적을 출판하는 출판사에서는 스스로 사전 표제어로 실리지 않은 신지식어의 띄어쓰기 규정을 별도로 마련하여 사용하고 있다. 그러니 책마다 띄어쓰기는 다를 수밖에 없다. 정부 부처의 보고서 한 쪽에 수십 군데 띄어쓰기 오류가 나올 수밖에 없고 국민에게 가장 큰 영향력을 미치는 신문, 잡지사에서는 지면 제한, 정보 신속 전달이라는 이유로 아예 띄어쓰기쯤은 무시해 버리기 일쑤이다. 내가 문화방송국 우리말위원회 초대 위원장직을 맡으면서 제일 먼저 당시 이긍희 사장을 설득하여 TV 자막 띄어쓰기 자동 시스템 개발을 착수했던 적이 있다. 그러나 국가 규범 관리 기관인 국립국어원의 학예 담당자들의 인식이 따라오지 않음으로 성과의 빛을 보지 못했다. 변화와 그 변화의 선택은 결코 쉽지 않다. 그러나 변화가 없다면 정체된 현상에 영원히 머물게 되지만 늘 떠밀리는 변화에 익숙해진 정부 관료들이나 주요 정책 담당자들의 안이한 선택에 결국 애꿎은 국민의 고비용 부담만 늘어나는 것이 아닌가?

3년 동안 국립국어원장으로서 단 한순간도 내가 내릴 수 있는 결정에 대해 내 개인의 이해관계를 생각해 본적이 없다. 국민의 세금을 어떻게 국민을 위해 환원할 수 있을까에만 깊은 고뇌의 시간을 보냈다. 띄어쓰기는 붙여서 쓰고 붙여 쓰기는 띄어서 쓴다는 해학적인 그리고 자조적인 이야기만 할 것이 아니라 학계, 언론, 정책 책임자들이 함께 진지한 논의를 거쳐 글쓰기 소통에 편리함을 줄 수 있도록 노력해야 할 것이다.

이번 평양 출장 동안 읽기 위해 가져 온 서너 편의 책 가운데 이시카와 쇼지와 히라이 가즈오미가 엮고 최덕수가 옮긴 『끝나지 않은 20세기』라는 책을 읽으며 역사는 선택이 아니라 만드는 이의 몫으로 그려지는 인간 세상의 풍경이라고 생각해 본다. 단 한 번도 세계 경영을 해 보지도, 또 하려는 의지조차도 꿈꾸어 본 적이 없는 우리 민족도 이제 지식인들조차 이해하는 데 어려움을 겪고 있다. 이것을 찾아볼 사전 하나 갖추지 않은 나라가 한국이다. 지식의 경영에 국가가 눈을 돌리지 않는다면 국가 지식 경쟁력 세계 40위, 교육 경쟁력 세계 80위라는 부끄러운 꼬리표를 떼기란 쉽지 않다. 전문 용어가 일대일 대응으로 단어가 구성된 경우는 드물다. 몇 개의 단어가 합쳐 한 가지 의미 단위로 뭉쳐진 경우 띄어쓰기를 할 것이 아니라 당연하게 붙여 써야 함에도 붙여 써도 좋고 띄어 써도 좋다는 매우 어정쩡하게 규정하고 있다.

격조사를 품사로 인정하면서 예외로 붙여 쓰도록 한 규정부터 예외 규정이 되었다. 토(吐)문법으로 격조사나 어미를 모두 어미로 처리하면 문법 기술이 매우 간편해 지는데도 불구하고 학문의 이론의 논지를 근거로 하여 기본이 되어야 할 원칙을 예외로 처리하게 하고 또 국민의 어문 생활을 곤경에 처하도록 하고 있다.

갑오개혁을 정치적인 측면에서는 내각제도의 창설과 중앙집권적 통치기구에 대한 개혁이 중심을 이루고 경제적 측면에서는 조세금 납화, 제도적 측면에서는 과거제 폐지, 신분제 철폐가 이루어졌다. 여기서 문화적 측면에서는 글쓰기의 변화를 손꼽지 않을 수 없다. 청의 연호 폐지와 함께 개국기년을 사용하면서 국가 공용어로서 '한글' 사용과 이에 따른 어문일치의 시행이야말로 오늘날 소통의 민주화와 IT 강국으로 진입하는 첫 단추를 끼운 셈이다. 소중화사상을 신봉하는 많은 위정척사파의 반대를 겪고 새로운 표기법의 전복을 가져다 준 갑오개혁의 의미를, 물론 일본이 조정한 결과이긴 하더라도 새롭게 평가해야 할 것이다.

한문과 구어의 불일치 사회가 그토록 국가 경영에 약체였던 조선의 역사를 연장시키는 데 기여했듯이 밀려드는 외국 신조어와 전문용어가 다시 문어와 구어의 불일치 시대로 접어드는데도 이를 방관하는 일은 신지배층인 지식인과 일반대중을 영속적으로 분리시키는 정책이라 할 수 있다. 세계사의 경영에 대비한 비전을 준비할 때이다. 지난 20세기 세계열강이 꿈꾸었던 식민지배 방식이 아닌 서로 나누고 위로할 수 있는 상호호혜의 철학적 기반을 마련해야 한다.

우리나라 어문규정은 서울 지역의 교양인이 사용하는 말을 표준 곧 규범으로 인증하고 있다. 이 서울 지역의 교양인 계층이라는 잣대는 20세기 제국국가 일본의 표준어와 동일한 기준이다. 그런데 이 기준을 1948년에 이르면 일본은 공동어정책으로 전환하여 국어위원회를 중심으로 일본의 다양한 변방어를 소통 가능하도록 기획한다. 심지어 오키나와와 같은 유국국의 이질적 언어마저도 일본의 내부 언어로 끌어안게 된다. 그런데 우리는 아직 제국의 기획물인 중심어와 변두리어의 차등, 교양인과 비교양인이라는 계층적 위화감을 내세우며 언어의 불평등적 관리를 지속하고 있다. 그뿐 아니라 새로 생산된 파생어, 복합어를 두 단위의 단어나 구로 처리하여 국어 생존의 생태계를 압박하고 있는 것이다. 특히 밀려오는 신지식 용어를 마구잡이식으로 표음표기의 강점을 지닌 한글음차표기로 전환함으로써 우리말의 낱말밭은 혼란스러운 정도가 아니라 국민의 이해의 단절이 이루어지고 있다. 외래어는 국어심의회에서 국어의 일부로 인정한 낱말이고 외국어는 한글로 표기한 경우 외국어 음차어일 뿐이다. 여기에다가 전문용어가 대량으로 밀려들어 지식인 간에도 소통의 단절이 진행되고 있다. 매일경제신문의 경제 관련 외국어와 전문용어, 약어는 지식 분야가 다른 경우 용어를 이해할 방도가 없다. 전자신문을 한번 읽어보자. IT, CT, NT, BT 관련 전문 용어와 외국어 음차 표기는 관계 분야 전문인이 아니면 이해하기 어렵다.

1950~60년대를 건너오면서 국어학자들은 물론이고 많은 지식인 그리고 국가 지도자에 이르기까지 일제 외래어의 잔재를 박멸해야 한다고 대대적인 국어순화운동을 펼친 적이 있다. 그런데 우리 모국어의 기반에 이름 모를 외국어와 전문용어가 대량으로 밀려들어와도 오히려 대대적으로 환영하면서 신문이나 TV에서 전문용어를 사용해야 인텔리 대접을 받는다는 듯이 쏟아내고 있는 모습을 보면 아연 우리 스스로 삶의 일관성을 잃고 있는 것이 아닌가. 심지어 영어를 잘하기 위해 한글로 영어발음을 정확하게 쓸 수 있도록 문자 체계의 변화를 요구하는 이도 있다.

오래된 불빛

세계화 시대에 슬기롭게 적응할 수 있는 비전이 절실하다. 국민이 없는 국가가 있을 수 없고 국가 없는 국가 지도자도 존재할 수 없다. 국민의 의사소통이 단절되지 않고 국민의 지식 총량을 강화하려는 노력이 국제 경제 질서에 편입하는 일 이상으로 중요한 국정 과제임이 분명하다. 들끓는 국어 표기법 문제를 제기하는 민원을 마냥 외면할 것인가? 국부를 위해 노력하는 이들만 국가 발전에 절대 기여하는 이들인가? 국가 지식 경쟁력이 없으면 국가 문화 발전 경쟁력을 바랄 수 없다. 감나무 아래에서 입을 벌리고 우연에 가까운 기대를 하는 짓과 다를 바가 없다.

국어 정서법을 담은 한글 맞춤법은 국어사전에 모두 담아 늘 곁에 두고 찾아보는 습관을 들이는 국가나 민족은 그만큼 지식 경쟁력을 강화할 수 있다. 선진화된 나라에서는 매우 다양한 사전이 개발되어 보급되고 있다. 귀신사전, 술사전, 포커사전에 이르기까지 다양하게 개발된 사전에는 인류 지식을 가장 간편하게 정리된 사전에 담아냄으로써 국민의 지식 기반을 더욱 공고하게 할 수 있는 지름길인 것이다.

규범이니까 일반 국민은 얼마나 헷갈리겠는가? 규범이 국민의 언어생활을 용이하도록 하는 것이 아니라 마치 심오한 언어연구의 성과에 기반한 것으로 착각하고 규범에 매양 따라오라는 방식이 되면 안 된다.

띄어쓰기의 문제는 단순히 규범의 문제가 아니라 언어 철학의 문제와 맞닿아 있는 연구과제 가운데 하나이다. 곧 국어의 생태적인 문제와 밀접한 관계가 있다. 현재의 한국어는 남과 북이 서로 다른 규범에 따라 관리되고 있으며 서구 지식과 과학 발달에 따른 각종 신생 조어가 물밀 듯 유입되고 있다. 특히 남에서는 외래어와 외국어 음차 표기의 벽이 무너진 상황에서 영어의 음차 표기, 두문자 약어들이 대량으로 국어 낱말의 생태 질서를 교란시키며 머잖아 국어의 기반이 붕괴될 조짐을 보이고 있다.

한국어의 건강한 유지를 위해서 한 개별 언어 생태지수를 측정하는 문제에 눈길을 돌려야 한다. 깨끗하고 청정한 수돗물을 마시기 위해 정수장에서는 원수를 여러 단계의 정화 공정을 거쳐야 하듯이 우리의 국어도 정수장의 여과 공정을 거치듯 관리하지 않을 수 없다. 현재 한국어 원수는 자생 조어 방식에 의한 우리말 낱말을 거의 찾아볼 수 없다. 국립국어원에서 간행하는 연간 신조어 조사 결과서를 검토해 보면 전부 외국어의 두문자를 결속한 혼태형과 인터넷을 통해 누리꾼이 생산해 내는 생명력이 유한한 불순한 것들뿐이다. 여기에다가 우리말 조어로 만들어지는 파생어, 합성어는 전부 분리된 낱말로 처리해 버림으로써 우리말의 항고는 차츰 우리말을 밀어낸 빈자리에 외국어 음차형이나 국적 불명의 외국어 혼태형이나 두문자 약어 일색이다.

2008년 12월 15일

이번 평양 방문은 국립국어원장으로서 마지막 출장이다. 겨레말큰사전에 지금까지 남북에서 간행된 사전에 올림말로 실리지 않았던 많은 낱말이 실릴 것이다. 한 민족의 언어자산은 지식 정보의 축적물이라는 점에서 표준어나 문화어로 지정될 낱말이 아닌 둥지 밖에 버려두었던 것을 체계적으로 정비하여 싣는다는 것은 고유 토착지식을 보전한다는 점에서도 매우 소중한 작업이라 할 수 있다.

돌이켜 생각해 보면 지난 3년이 나에게는 매우 소중한 시간이었다. 한국어 세계 보급을 위한 〈세종학당〉 설립을 추진하였으며 표준국어대사전 개편을 위한 방향을 국어원의 연구원들에게 충분하게 설득하였다. 한글학회 100주년 기념행사, 국어사랑 큰잔치, 세계 언어학자 대회 유치 등 우리나라 국어 발전을 위해 사심 없이 뛰었다. 눈에 뚜렷이 드러나지는 않았지만 국어 어문 관리를 위해 국어 생태학이라는 철학적 사유의 기반을 마련했다는 점에서 위안을 삼고 싶다. 몸과 마음은 그만큼 망가져 버렸다. 대학으로 돌아가면 푹 쉬면서 건강도 챙겨야 할 것 같다. 한 달 남짓 남아 있는 기간 2차 세종계획 등의 사업 추진을 위해 있는 힘을 다해야겠다. 국가 관리를 담당하는 이들도 좀 더 큰 눈으로 세상을 바라보면 얼마나 좋겠는가? 관용과 화해로 세상을 보듬으면 따뜻한 세상이 되련마는 3년 만에 들른 평양도 눈에 띄는 변화는 없으나 자동차도 늘어났고, 대동강 건너 건물의 불빛도 더욱 밝은 것 같다. 민족의 화해와 결속을 한 걸음 한 걸음 앞당기려면 조금씩 양보하는 미덕과 믿음이 쌓여야 되리라. 그래서 나 스스로 겨레말 큰사전의 성공적인 출간을 기대하는 것이다.

푸른 바다 춤추는 고래의 꿈

나의 만년의 생활을 듬성듬성 간략하게 기록한 일기인 『여수일기』에서 뽑은 글이다. 나이가 들수록 아이들과 손자손녀 이야기가 많아지는 것 같다. "느릿한 저녁 햇살이 가볍게 불어오는 바람처럼 푸른 하늘에서 퍼져 이 땅에 내려앉고 있다. 짙은 유월의 신록이 더욱 푸르다." 황혼을 좀 더 멀리, 깊이 보고 느낄 수 있어 한가롭다.

2013년 12월 21일

2013년 12월 21일 척추 수술을 위해 병원에 입원하였다. 저녁에 맏며느리 시정이에게서 전화가 왔다. 아이를 가졌다는 반가운 소식이다. 올해 말을 보내며 제일 바라 온 소식이 아닐 수 없다. 맏아들 학근이가 재판연구원(로클럭) 시험에도 합격되어 서울중앙지법에 재판연구원으로 발령을 받고 또 아이까지 가졌다니 이보다 더 기쁜 일이 어디에 또 있을까?

저녁에는 아내가 며느리에게 받은 아기 초음파 사진까지 받아서 보여 준다. 태명은 '돌삐'(돌멩이)라고 한다. 여물고 튼튼하라는 염원을 담은 이름이다. 손자인지 손녀인지도 모르지만….

아침에 병원 5층 옥상에서 앞산 기슭에서 살이 토실토실하게 찐 까마귀 한 마리가 새벽 별이 떨어지지 않은 나무 둥지로 날아오르는 것을 보았는데 아마도 기쁜 소식을 날라다 줄 모양이다. 세상을 바르게 살면 덕은 스스로 찾아온다고 했으니 우리 가족 모두 건강하게 새해를 맞이할 것 같다. 나의 건강도 곧 회복될 조짐을 보인다. 미리 병원에서 정밀 검사를 했으면 이 고생을 하지 않았을 것인데 지난 일을 돌이킬 수 없는 일이다. 시정이가 참 고맙다. 천생연분으로 착한 우리 가족이 될 것이다. 돌삐는 경상도 사투리인데 시정이가 그 뜻을 잘 이해할 수 있을까? 어찌됐든 돌삐처럼 건강한 아이가 태어나길 기대한다.

2013년 12월 24일
크리스마스 전날
아내가 태몽을 꾸었다고 한다. 손자인지 손녀인지 모르지만 큰 고래가 푸른 바다에서 춤을 추는 태몽이었다고 한다.

2014년 8월 15일
드디어 우리 집 가족이 한 명 늘었다. 맏손녀가 푸른 바다를 헤치고 제일병원에서 태어났다.

2015년 6월 7일 일요일
지난달에는 둘째아들 학성이를 장가보내고 대현동에 살림을 꾸려 주었다. 둘째 며느리 예쁜 민지랑 평생 행복하길 바란다. 당분간 영덕에서 내왕해야 하니 매우 피곤할 것이다. 가까이 와서 대학원을 마쳤으면 좋을 텐데. 서울 맏손녀 윤이는 무럭무럭 성장하고 있다. 아주 건강하고 또 명랑하게 자라나고 있다. 매일 휴대전화로 윤이랑 통화도 하고 동영상을 보는 것이 여간 기쁜 일이 아니다. 맏며느리가 직장 다니느라 아기 키우느라 녹초가 될 것 같다. 윤이 어미가 교육을 잘 받은 것 같다. 아이 키우는 거랑 남편에게 하는 처신이나 무척 잘하는 것 같다. 곧 경산 아파트를 팔고 대구 수성구로 이사를 갈 예정이다. 시내랑 떨어져 있어 여러 가지 불편했는데 다시 수성구로 옮겨서 살 것을 생각하니 좋다. 짐도 줄이고 책도 간추려 이사를 해야 할 것 같다. 하긴 여기 경산으로 옮긴 뒤 학근이와 학성이 둘 다 장가보내고 학근이는 로클럭에, 학성이는 공무원 시험에 합격하였고 나도 학술상도 받고 저술 연구비도 받는 등 모든 일이 잘 풀린 것 같다. 무엇보다 맏손녀 윤이가 태어난 일이 가장 기쁘다. 8월 16일이면 윤이의 돌이다. 자라는 모습을 보니 대견하고 귀하다. 춤도 잘 추고 고함도 잘 지르고 인사도 잘한다. 윙크도 하고 토끼 이빨처럼 아래 위에 이빨이 두 개씩 나 있다. 오늘 오후에 둘째 며느리가 와서 저녁식사를 함께 할 것이다. 학성이가 오늘 당직이라서 오지 못한다니…. 오후에는 서울 며느리가 윤이랑 공원에 놀러 가서 찍은 윤이 사진과 동영상을 보냈다. 보고 또 보고, 다음 주에는 서울에 가서 윤이를 보고 올까…. 느릿한 저녁 햇살이 가볍게 불어오는 바람처럼 푸른 하늘에서 퍼져 이 땅에 내려앉고 있다. 짙은 유월의 신록이 더욱 푸르다.

나의 아호로 지은 '여수(如水)'는 논어에 나오는 글귀로 '물 흐르듯 하다'라는 의미이다. '如水는 學'의 뜻은 '학문을 하는 길'이라는 의미이다. 나의 아호를 '여수(如水)'로 정했기에 『여수일기(如水日記)』라는 이름을 붙였다. 꾸준하게 쓰기란 쉽지 않지만 손녀 윤이를 바라보며 자라는 것을 소재로 하여 써 둘까 생각한다. 윤이가 자라나서 이 할배가 쓴 일기를 읽으며 몸과 생각을 바르게 할 수 있기를 희망하면서….

오래된 불빛

2015년 6월 8일

칠흑 같은 어둠을 일으키는 파장이 밀려든다. 천 년 전의 소리. 소음의 바다에 살면서 세속의 소리에서 벗어나 멀리 사라져 간 천 년 전의 소리 자락을 붙들기 위해 눈을 감고 청각에 집중한다. 무자각의 상태에 이르면 검은색 파장이 일어난다. 소리 이전의 얕은 파장이 색상을 일으키고 있다.

어둠이 다시 밝아질 때까지 적멸(寂滅)의 공간에 귀로 감지되는 물상이 아직 없다. 급성 호흡기 질환 메르스의 확산으로 온 나라가 떠들썩하다. 급속 성장 뒤에 숨겨져 있는 음침한 환경에서 사람을 죽일 수 있는 치명적인 별종 바이러스가 확산되고 있다. 이미 돌이킬 수 없는 인간 문명의 재앙. 얼마나 더 많은 사람이 희생돼야 하나. 급속한 전염성의 무서움…. 잉카제국을 종말로 이끈 질병…. 이번 메르스도 중동에서 온 호흡기 증후군, 곧 급성 감기 중 하나이다. 폐를 급속도로 망가뜨리는 감기의 일종이다.

마침 학교는 지난주에 종강하였다. 다음 주에 기말시험만 남았다. 하루 빨리 이 국가적 재앙에서 벗어나길 바란다. 이형구와 박노희가 쓴 『광개토대왕릉비 신연구』를 알뜰히 읽어 본다. 형형색깔의 조화로….

윤이의 예쁜 원피스. 생후 18개월 아이가 입는 프랑스제 옷이라는데 어찌 딱 맞아 보인다. 눈빛과 표정, 몸의 움직임. 예사롭지 않다. 제 어미가 잘 키우기도 하지만 잘 자라는 것 같다. 개성이 뚜렷한 그리고 지성적인 아이로 자라날 것 같다. 아직 걷지는 못하지만 무엇을 잡고 일어서는 것을 보니 머지않아 혼자 걸을 수 있을 것이다. 잘 웃기도 하고 인사도 하고 윙크도 한다.

좀처럼 울지 않고 건강하게 자라고 있는 윤이. 아이고 보고 싶어라. 할매가 오시면 영상통화로 네 모습을 보고 싶어한다. 할매도 윤이 이야기만 나오면 웃음이 가득하다. 우리 가족의 꽃이 바로 너이다. 세상의 이치가 물 흐르는 것과 같듯이 학문, 진리, 정의 등 모든 인간의 가치 또한 물 흐르는 것과 같은 이치이다.

2015년 6월 9일

백래시(Backlash), 반동의 시대. 민주화의 성과들이 다신 반민주적 국가 통제 내지는 한정된 권력 집단에 의한 퇴행적 반동으로 진행된다고 투덜거리고 있다. 그 정점에 박근혜 대통령을 모셔놓고. 세월호 사건이나 최근 바이러스 메르스처럼 번지는 공포의 문제를 국가적인 문제로 상정해 두고 박근혜 권력 집단의 억압적 통치와 이를 수용하는 민간으로 자처하는 이들의 상대적 피해의식이 충돌됨으로써 우파의 백래시는 더욱 격화되는 양상을 보인다.

한국 사회의 미래가 걱정스러운 점이 바로 이것이다. 정치적 승자의 '지적으로나 도덕적 우위'를 국민 대다수가 감정적으로 승인한 것을 기반하여 다수의 횡포로 다시 되돌아 오고 있다. 따라서 상대적으로 개혁파는 점점 왜소해진 결과 민주화의 현재성을 형편없이 평가 절하를 하고 마치 그 미래가 암담한 듯 시비조로 대응하고 있다.

무서운 일이 아닐 수 없다. 권력 쟁취의 방법론이나 기존 사회시스템의 구동 방식의 미시적 관찰을 포기한 채 5년마다 다가오는 대선에만 올인하고 있다. 백래시가 아닌 프리래시(Prelash)를 위한 공유 영역을 마련하지 못하고 있다. 정치적 쏠림, 편향화가 어느 때보다 격심하다. 사회적 통합이란 말은 전혀 실현 불가능한 공론임을 SNS를 통해 확인할 수 있다.

오래된 불빛

남북의 문제를 전제한다면 한국 사회는 유기적 통합 사회에서 한 발자국 물러선 준 전쟁 상황으로 표상화할 수 있다. 이념·자본·지식 기반의 차이, 생존 인식 등의 차등성을 극복할 대안을 마련해야 한다. 정상적인 대한민국, 정서적으로 안정된 국민적 열망이 현실화될 수 있는 리더십이 필요하다. 증오와 혐오가 어디에서, 누구로부터 출발되었는가. 바이러스 메르스가 확산되듯 사회 집단의 호흡 마비 증후군의 발병치료를 시작해야 할 것이다.

손녀 윤이가 떼쟁이란다. 떼를 쓰는 것은 자기 존재를 인식하는 행위이다. 귀하다. 뒤로 나자빠지는 윤이가 보고 싶다. 한 생명체의 자의식 창문이 서서히 열리고 있음을 보여주는 것 아닌가?

2015년 6월 10일

네가 태어난 지 아홉 달. "까꿍…." 엄마에게 장난도 치고 까르르 웃으며 숨기도 하고 말도 알아듣는 듯. 어찌 저렇게 유관하고 귀여운 게 있을까. 쥠쥠도 하고 짝짜꿍짝짜꿍도 하는 윤이 너는 장난해서 운동도 되고 즐겁겠지만 엄마는 기쁘고 할머니한테는 행복을, 할아버지에게는 즐거움을 주는 우리 집 귀염이. 영상전화로 널 만나는 즐거움이 어찌 이토록 큰 기쁨일까? 하루가 다르게 무럭무럭 자라는 윤이는 집안 식구들을 기쁘게 만들어 준다.

침대 아래에서 몸을 숨겨 엄마에게 장난을 치는 저 어린 윤이의 머리로는 무엇을 생각하는 걸까? 장난치며 캐들캐들 웃는다.

2015년 6월 11일

오랜 가뭄 끝에 비가 올듯 말듯하다. 저수지는 대부분 바닥을 드러내고 역질 메르스가 창궐하여 10여 명이 죽고 천 여 명이 보호

중이라 한다. 대통령은 방미 계획을 뒤로 미루고 역질 퇴치에 노력을 한다고 한다. 어찌될지 걱정이다. 나라가 어찌 이 모양인지.

오늘 신평 교수의 재판 증인으로 나갔다. 대학교수들 꼬라지(꼴)도 한심하다. 사람을 키우고 가르치는 대학교수도 이 모양이니 한심하다.

2015년 6월 15일

오랜 가뭄과 메르스가 확산 일로에 있다. 대통령의 미국 방문 계획이 중단될 정도로 나라 안 사정이 보통 일이 아니다. 나라를 이끄는 국모의 치덕이 바닥난 것일까? 하늘도 무심치 않다.

지난주 일본에서 키시에(岸江信介) 교수가 가와세 유키오(河瀨幸夫)가 쓴 『석보상절』이라는 책을 구매해서 보내 왔다. 최근 『월인천강지곡』을 해석하는 데 꼭 필요한 책이어서 여간 기쁘고 고맙지 않다. 지난 주말 이 책을 보느라 시간이 어떻게 가는지 몰랐다. 주말에 학성이 내외가 와서 점심과 저녁식사를 함께 했다.

아이들이 찾아와 식사를 함께 해 주는 것 만도 고맙고 기특하다. 둘째 며느리가 볼수록 귀하다. 제 밥그릇에 발을 넣은 서울 맏손녀 윤이의 동영상을 보내 왔다. 온통 음식을 방바닥에 흩어 놓고 웃는 모습. 영어로 된 동화책을 거꾸로 보면서 엄마와 밀당(?)을 한다.

아침 일찍 일어나 잔뜩 흐린 하늘을 향해 시원한 비가 퍼붓기를 빌어 본다. 전국의 논바닥이 타들어 가고 저수지는 바닥을 드러내고 있다. 넉넉한 비가 내려 조급해져 가는 사람들의 마음을 조금이라도 적셔 주면 좋을 듯. 베란다에 있는 화분과 꽃들도 목말라 하는 듯….

오래된 불빛

2015년 6월 19일

무욕의 욕망이 자제나 수련으로 성취되는 일이 아니라 시간이 가져다 주는 과정의 선물이다. 때가 되면 가진다. 가지고 싶다는 욕망이 저절로 소멸해 버리는 증발의 시간이 오는 거지.

시가지가 죽음의 기운으로 음산해지는 느낌이다. 메르스가 통제하지 못하는 수준에 도달한 것이 아닌가. 국가 존재에 회의가 생긴다. 막강한 행정 관료 체제가 통제 불능의 상태로 빠져들고 있다. 대통령의 문제뿐만 아니라 관행화되고 권력화가 강화된 행정 관료 제도 개혁이 없는 한 대한민국의 미래는 기대하기 힘들 것이다. 조화를 이끌어야 할 정치권은 불법과 비리로 그 권위가 이미 무너졌다. 나라의 앞일을 예측하고 적절하고 효율적인 정책을 수행해야 할 정부 기능이 이토록 마비 상태에 빠져 있으니 걱정이다.

서울 윤이 어미가 아까 병원에 입원했으나 다행이 메르스는 아니란다. 아내가 문어와 전복을 보내서 보양하도록 했다니 고맙기도 하고 다행이란 생각이 든다. 며느리 사랑이 시아버지인데 우리 집에서는 시어머니다. 윤이가 외할머니 집에 있기로 했단다.

나에게는 시작과 끝이라는 개념이 없다. 언제 시작되었는지, 내 삶이 또 언제 끝날지 알 수 없어 존재의 불연속적 연속만이 이유 있는 의미이다.

2015년 6월 21일

일요일이다. 어제는 그토록 기다리던 비가 잠시 내려 타들어 가던 땅을 적셔 주었다. 좀 더 많이 내렸으면 좋았는데 하늘은 사람들이 원하고 바란다고 선뜻 들어주지 않는다. 곳곳에서 기우제를 올린 덕일까? 나이가 들수록 주위를 바라보면 제일 실망스러운 것이 사람들의 모습이다. 간악하고 이기적인 사람들. 좀 푸근하고 기댈 만한 사람이 없는 것만 같다. 어쩌면 내 자신의 자화상일까? 오늘도 또 내일도 반성하여 더 새롭게 사람의 도리를 하면서 살아야 할 것 같다.

윤이는 외할머니 댁에서 온갖 저지레를 하며 잘 논다니 다행이다. 윤이 어미, 큰 며느리가 회사도 옮긴다고 한다.

며칠 동안 『월인천강지곡』 해석과 복원 작업을 하느라 정신없이 시간을 보냈다. 점점 무더워져 가는 여름 창밖 뿌옇게 덮인 먼지 낀 하늘을 멍하게 바라본다. 멀리 경산 남천 산기슭의 완만한 능선 따라 솔바람이 지나간다. 가끔 새들도 하늘을 향해 날아오르고 오랜 기억이 연줄처럼 끌려 나온다. 세월이 무척 빠르다.

그러다 이처럼 무심과 무상의 상태에 오랫동안 머물러 있으면 얼마나 좋을까? 사과머리를 한 윤이의 우는 사진이 날아왔다. 앞으로 20년 지난 시간 우리 윤이 모습을 상상해 본다. 세월이 이처럼 건너뛰기도 잘한다면 얼마나 좋을까? 곁에 미니핀 베리(우리집 애견 이름)가 내 허벅지에 고개를 파묻고 잠이 들었다. 윤이 할머니는 심인당에 가서 불공을 올리고 있는 시간이다. 옴마니 반메훔. 휴일 오후 온 세상 물상이 잠에 취한 듯 고요하고 적막하다.

2015년 6월 22일

하늘이 뿌옇다. 미세먼지 농도가 만만찮다. 눈이 뻑뻑하고 가래도 생긴다. 메르스가 좀 숙지는 듯하다. 이런 나라가 국제적으로 선진 국가라고 할 수 있을까? 보건복지부에 의료 전문인은 없고 행정고시 출신이 둘러싸고 있으니 국민 건강의 장기적인 대응 능력뿐만 아니라 급박한 상황 대처는 더욱 어려운 것 아닐까? 정치

오래된 불빛

권력을 쥔 사람들은 스스로를 위해서가 아니라 국민 복지를 위해 헌신해야 함에도 그렇지 못한 것 아닐까?

목요일 계명대 신일희 총장을 만난다. 세종학당의 후속 사업인 해외 교원연수와 교육 평가 전문기관 수립, 온라인학당을 위한 사이버대학 설립을 건의하려고 한다.

저녁 베리와 함께 산책하는 데 윤이 동영상이 왔다. 호두알을 깨무는 귀염이. 푸푸거리는 거 보니 비가 오려나. 며칠 푸근하게 장맛비가 내렸으면 저 미세먼지도 씻어 내고 가뭄에 말라버린 저수지도 채우련만. 기차소리도 가까이 들리는 것 보니 비가 오려나 보다. 시간은 현재와 미래가 없다. 오로지 과거의 연속일 뿐. 그래서 과거는 늘 그리운 것이리라.

오늘 『조선의 대외 정벌』(알마, 2015)를 구입하여 밤늦게까지 읽었다. 여진의 역사는 언제 읽어도 흥미진진하다.

2015년 6월 24일

계명대 신일희 총장과 오전 10시 30분에 만나기로 약속되어 있다. 온라인 디지털대학 설립 문제를 건의하려고 한다. 김선정 교수가 바쁜데 연락을 해 주었다. 『월인천강지곡』 저술이 순조롭게 방학기간에 마무리되었으면 좋겠다. 『조선시대 책의 문화사』를 읽다가 잠들었는데 새벽 4시 30분경에 깼다. 어제 저녁 일찍 잠들었기 때문에 새벽에 일어나 일기를 쓴다. 가족 밴드에 올라온 윤이의 동영상을 본다. 막 울려고 하는 앙증맞은 윤이 모습이 너무너무 예쁘다. 오래 울지 않고 금방 캐들거리며 웃을, 울음과 웃음이 섞여 있는 영상이 보인다. 곧 제 혼자 걷겠지. 돌날이 머지않았다. 『시경』에 나오는 글귀를 붓으로 써서 돌날 선물로 주겠다고 할매가 미리 준비한단다.

2015년 7월 1일

며칠 동안 사람들 때문에 마음이 많이 상했다. 나라에도 대통령이 유승민 짓밟기에 다른 정치적인 이슈가 가물가물 보이지 않는다. 말을 해도 못 알아들으면 침묵할 수밖에 없다. 그래도 화를 내는 것은 아직 내 인격 수양이 모자라기 때문이다. 좀 느긋하게 살아야 할 듯….

2015년 7월 2일

슬픔만 담겨 있을 것 같은 이별. 망각을 정지시키는 고통이 슬픔보다 더 큰 것이리라. 오래 살아 있다는 것은 그만큼 더 많은 이별 앞에 서야 하듯 이별의 슬픔 또한 더 큰 것이리라. 사람을 잃어버린다는 것. 부모와의 슬픈 이별을 자연 현상의 일부로, 제의적 과정으로 아픔을 땜질하며 쉬 망각하면서 비극을 아무런 일도 없었던 것처럼 비켜 서 왔다. 한 해 또 한 해. 그러다 보니 어느덧 내 나이 60이 넘었다. 오늘 아침 아내는 중국으로 학술답사 차 떠났다. 역에 태워준 뒤 집에 와서 한숨 자고 학교에서 하루 종일 책을 썼다. 혼자 집에 돌아와 밤이 늦도록 책을 본다. 왠지 살아있다는 이 순간 도리어 두렵다. 독백처럼 밀려올 죽음의 시간들. 내가 흘려 두고 갈, 이별의 시공간. 금세 안개처럼 지워질 기억과 추억 그리고 사랑의 흔적들. 단지 몇 마디의 기억으로 환원될 지나온 내 삶의 살갗이 차츰 견고해져 가고 있다. 이미 나보다 먼저 떠나간 이들처럼 나 또한 떠나야 할 시간. 태양도 보이지 않고 바람도 불지 않는 조금만 기다리면 세월도 멈추어 버리는 슬프지도 기

오래된 불빛

쁘지도 않은 한적함이 기다리고 있어 분노하지도 슬퍼하지도 말아야…. 떠나왔던 그 무인칭이 바다 그곳으로 가고 있을 뿐, 육체적 노동 경험 없이 성장해 온 나의 정신세계는 어쩌면 절름발이일지도 모른다. 지난밤 이어령이 쓴『굿나잇키스』를 읽었다. 딸에게, 먼저 죽은 딸에게 보낸 아버지의 정염, 지성적 사랑의 이야기가 왜 공허한 낱말로, 낱말의 배열로만 느껴질까? 인생의 참바다에는 정신만이 아닌 몸의 진한 노동의 언어가 더욱 감동적인 것일지 모른다. 내 곁에 미니핀 베리가 날 쳐다본다. 마치 친구처럼…. 눈을 마주치며 서로 외로운 존재를 확인하고 있다.

2015년 7월 8일

장마와 태풍으로 우기에 접어들었다. 너무나 건조하던 날씨가 눅눅해지니 생각과 행동도 느긋해지는 것 같다. 날씨와 인간들의 생활리듬이 밀접한 것이 아닐까? 서울 며느리가 아프다고 한다. 아이 키우며 직장 생활에 시달린 때문일 것이다. 어제 낮에 백화점에 들러 옷을 사 줄까 둘러보았다. 윤이 동영상을 보낸 것을 보니 많이 컸다. 뽀뽀하는 윤이가 튼실해진 것 같다. 중국에 간 아내가 저녁에 온다고 한다. 일주일 동안 혼자여서 밥을 여러 끼 굶었다.

2015년 7월 13일

이 나라의 국정이 식물상태에 빠진 것인가? 탄력성을 완전히 잃어버렸다. 예를 들면 초등학교 한자 병기 문제만 하더라도 국민 여론이 둘로 갈라져 물 끓듯 하고 있으나 정부의 해당부처에서는 먼 산불 구경하듯 바라보고만 있다. 작은 일 같지만 경북대학교의 총장 임용을 하지 못해 총장 공백 문제가 해를 넘길 듯하지만 교과부에서는 팔짱만 끼고 바라만 보고 있다. 이런 일이 한두 가지가 아니다. 결국 국가 통수권자인 박근혜 대통령에게 비난 여론의 화살이 몰리고 있다. 정부가 여론에 눈치를 보며 끌려가지만 말고 능동적으로 대처해 줄 때 국민은 정부와 대통령을 믿고 의지할 수 있을 것이다. 노(No)면 왜 노(No)인지 명쾌하게 밝혀서 국민 여론이 더는 이반되지 않게 해 주어야 할 일이다. 정부부처가 지금까지 잃어버린 역동성을 다시 회복하지 못한다면 대통령은 이미 레임덕 상황임을 언론 보도의 곳곳에서 지적하고 있다. 아직 2년 반, 너무 긴 시간이다. 결국 국민을 불행하고 힘들게 만드는 일이 아닌가? 희망과 꿈을 향해 다시 힘을 뭉칠 수 있도록 모든 이들이 슬기로운 지혜를 발휘해야 할 때이다.

오래된 불빛

나의 사랑 맏손녀 윤(允)

2015년 7월 18일

우리 윤이 돌잔치 때 입힌 한복 사진을 보내 왔다. 어디서 조렇게 예쁜 게 나왔나. 엄전해 보이기도 하고 까탈스럽게도 보이고 점잖하게도 보이고…. 한복도 너무너무 잘 어울리고 예쁘기도 하다. 요사이는 가끔 떼도 쓰는 모양이고. 8월 16일 한 달이 남았다. 돌 달이. 아이가 태어나서 자라온 과정을 곁에서 바라보니 신기하다 못해 애처롭기까지 하다. 내 아이를 키울 때는 몰랐는데 한 다리 건너 손녀가 태어나 꼬물꼬물 성장해 가는 모습을 바라보며 진한 행복감을 느껴 본다. 저녁에 이기갑 교수가 쓴 『담화 문법론』 책을 구입해서 읽어 본다. 너무 어렵다. 내 어머니는 이런 공부를 하지 않았는데도 책을 읽고 편지를 쓰고 말씀도 잘하셨다. 인문학 연구가 너무 궁벽해지고 있는 것이 아닌가. 창의적 정신과 동떨어져 있는 느낌이다.

2015년 7월 28일

지난 주말 서울에 윤이와 큰아들이 왔다 갔다. 윤이가 할매와 할배 만나러 대구 오는 나들이를 환영하기 위해 전복으로 이유식도 만들고 호박과 치즈로 간식을 만든다고 분주하게 시간을 보냈다. 제 어미는 일본에 휴가 겸 여행을 가고 제 아비가 안고 왔다. 동대구역에 마중가 보니 학성이랑 둘째 며느리도 환영하러 나왔다.

상전의 행차다. 어린 윤이는 우리 집에서 최고로 귀한 존재이다. 윤이 숙모인 미국에 있는 민정이 다음으로 여자애로 태어났으니 얼마나 귀한 존재인가? 윤이를 참 잘 키운 것 같다. 품성도 좋고 잘 울지도 않는다. 늘 웃고 다양한 표정과 몸짓은 할리우드 1급 여배우와 같다. 일요일 동대구역으로 전송 가는 길에 교통사고가 났다. 차만 부서지고 사람은 다치지 않았다. 그들 부녀를 서울로 보낸 후에도 눈에 삼삼하다. 어제 윤이 어미가 돌아와 화상통화로 윤이와 만났다. 그립고 아쉽다. 함께 살면 얼마나 좋을까? 어제 수성못 부근에 있는 아파트 매매계약을 하고 새로 자동차를 구입하러 벤츠와 아우디 매장을 들렀다. 아마 아우디를 구입할 것 같다. 사고를 당해 보니 국산차는 종이조각과 다름 없었으니….

2015년 8월 9일

황금빛 햇살이 바람에 흔들리며 흩어진다. 바람의 속도, 주변 온갖 나무가 열기를 식히며 황홀한 소리와 색깔을 품고 한여름의 찬란한 열기를 탱글탱글하게 익혀대고 있다. 다음 주말은 우리 윤이 첫돌잔치이다. 이젠 말도 배우려 한다. 옹알이 속 다양한 소리의 가능성을 내려놓고 집단끼리 소통할 수 있는 소리체계만 선별해서 학습하는 일종의 언어 퇴행기에 들어섰다.

2015년 11월 8일

일본 도야마대학교에서 동아시아 지리언어학 국제 발표 대회에 참석하여 논문을 발표하였다. 중국의 유명한 방언학자 이여룡(李如龍) 교수와 일본의 신다 나카이 키시에 등의 교수를 만났다.

2015년 11월 25일

둘째와 며느리가 저녁에 다녀갔다. 아기를 가졌다는 반가운 소식이다. 아내는 좋아서 어쩔 줄 몰라 했다. 윤이와 비슷한 내년 8월경 태어날 것이다. 얼마 전 둘째가 대구로 직장을 옮겨서 매우 기뻤는데 아기도 가졌다니 참 행복하다. 오늘 크리스마스날 윤이가 온다고 하니 무척 기다려진다. 오늘 목공예 작가 이상윤의 소품 '개'를 윤이 선물로 받았다. 시간 나면 이번 크리스마스 선물도 준비하고 트리와 산타도 사서 윤이가 오면 즐겁게 놀 수 있도록 해 줘야겠다. 그동안 이삿짐 속에서 이 일기장을 이제야 겨우 찾아서 일기의 공백이 많이 생겼다. 그동안 경산에서 대구 지산동으로 집을 옮겼고 둘째 학성이도 영덕군에서 대구 달성군으로 전근하였다. 그리고 둘째의 아이도 생겼다. 손녀일지 손자인지는 아직 모르지만 어쨌든 기쁘다.

2015년 12월 22일

또 한 해가 지나간다. 돌이켜 보면 15년은 정말로 다사다난했던 한 해였다. 둘째 학성이가 결혼하여 아기를 가졌다. 그리고 영덕에서 대구 달성군으로 전출되었다. 또 윤이가 걸어다니고 스스로 자기의 의사를 표현할 정도로 무럭무럭 자랐다. 이정옥이 학교에서 처장 보직을 받았다. 나는 내년 1년간 안식년을 맞아 연구년이 된다. 명곡 최석정의 운서 연구를 주제로 할 것이다. 병와와 명곡이 만났던 1680년과 정확하게는 모르지만 1683년 무렵일 것 같은데 300여 년의 세월이 지나 그분들 연구를 내가 하게 됐다. 인연이란 참으로 오묘한 일이다. 잊어질 것 같으나 잊어지지 않고 끊어질 듯 끊어지지 않는 것이 인생사인가. 올해 저서도 여럿 발표하였다. 2013년 이래 연구 실적이 경북대학교에서 인문계 1위를 차지하였다. 이젠 좀 천천히, 욕심 부리지 말고 쉬어가면서 해야겠다. 건강 적신호가 여기저기에서 들린다. 경고음이다. 이번 주말 서울서 며느리 시정이와 손녀 윤이 대구에 온다. 크리스마스 선물로 노란 전기자동차를 한 대 사 두었다. 윤이가 무척 좋아할 것 같다. 환하게 웃으며 자동차를 가지고 노는 모습을 하루 빨리 보고 싶다. 둘째 학성이와 며느리 민지가 집에 와서 잔다. 집이 가득한 것 같다. 어제 내가 팥죽을 끓여 함께 먹었다. 그런데 생선 3마리를 구워 먹으려 사 왔는데 구울 줄 몰라 냉동실에 그냥 보관 중이다.

2016년 2월 8일

음력 설. 서울에서 윤이가 왔다. 통통해지고 활달하게 잘 놀고 또 순하다. 가족이 다 모여 기념사진도 찍었다. 아내가 벌써 환갑이다. 세월이 무상하다. 이번 설 전날 북에서 위성을 쏘아 올리는 바람에 세상이 시끌하다.

2016년 2월 12일

내일은 아내의 환갑날이다. 세월이 무상한 것만은 아니다. 아들 둘, 예쁘고 참한 며느리 둘, 귀여운 손녀 윤이 그리고 손자 슈슈(태명)가 있다. 아들 둘 탈 없이 잘 커서 맏이는 변호사, 둘째는 공무원. 이만 한 집이 잘 없을 것 같다. 돌이켜 보면 젊을 때 경제적인 어려움이 많았고 두 사람 모두 대학교수로 크게 넉넉하지 않았지만 남부러울 것 없이 사회와 나라를 위해 일도 많이 하였다. 이제 제2의 인생을 향해 나아가야 한다. 지금껏 노력했듯이 어제 선물로 금시계를 주었더니 무척 좋아한다. 나이와 관계없이 선물을 싫

오래된 불빛

다는 사람은 없다. 오늘 낮에는 서울 며느리와 이사 문제로 문자를 주고받았다. 사랑스럽고 참한 며느리이다.

2016년 2월 15일

새벽에 일어나 『경세훈민정음』을 읽는다. 명곡과 관련된 책을 쓰기 위한 준비 과정이나 너무나 지루하고 난해하다. 요사이 세상이 하도 어수선하니 참 답답하다. 권도도 무너지고 4년마다 당하는 정치에 대한 실망과 낭패감. 왜 지도자들이 백성을 위해 헌신하지 않고 자신의 부귀영화만 쫓는 걸까? 서울 윤이가 제법 말을 배우고 저지레도 하는 모습. 무엇을 해도 예쁘고 귀엽다. 맏며느리인 시정이가 무던히도 잘한다. 아이도 참 선하게 자라는 것 같아 기쁘다. 떡잎부터 다르다는 말처럼 윤이가 앞으로 잘 자라날 것으로 기대한다. 윤이 할매는 부산에 1박 2일 연수회에 갔다. 혼자 텅 빈 집에 있으니 심심하다. 이 책 저 책 뒤척이다 잠이나 잘까?

2016년 3월 10일

나종일 씨가 쓴 『장성택의 길』(일마, 2016)을 읽었다. 북한을 기어츠(Clifford Geertz)의 용어를 빌려 '극장국가'라는 개념으로 묘사하기도 한다. 이 개념의 현실 적용에 관한 학문적인 논의와는 별도로 이는 정치적인 기획의 비현실성을 정신적인 혹은 문화적인 설득을 통해 끌고 가려는 시도로 설명할 수 있다. 그러나 권력을 상징과 의례를 통한 설득으로 포장한다고 해도 결국은 엄청난 규모의 감사와 폭력 행사 없이는 극장도 사상도 모두 허사라는 점을 염두에 두어야 한다.

2016년 3월 11일

햇살이 더욱 무겁게 느껴진다. 어제는 내가 태어난 영천 차당실을 들렀다가 어머님 산소가 있는 관동을 거쳐 대구로 돌아왔다. 한적한 겨울의 끝자락 내려 쪼이는 태양. 온갖 생명이 봄을 맞이하려 몸부림치는 소리가 겨울 찬바람에 묻혀 내 귀에 들려온다. 죽음과 생명의 윤회 속에 그냥 한 점으로 어디로 향해 질주하는 외로운 내 모습이 실루엣처럼 드리워져 있는 것 같다.

18개월 된 윤이가 과자 봉지에 남은 가루와 조각을 흩뿌리며 눈이라고 얘기한다. 인간 비유와 은유를 벌써 인지하다니. 그러나 이세돌은 알파고에 2연패로 바둑에서 밀렸다. 인간이 만든 기계에 다시 종속되는 로봇의 시대가 다가온다. 윤이가 그립고 그립다. 둘째 며느리가 태아 사진을 보내 왔다. 슈슈가 건강하게 잘 자란다고 한다.

2016년 3월 14일

월요일이다. 어제 윤이 어미는 회사에 출근하여 밤늦게 퇴근했던 모양이다. 주말에 찍었던 동영상을 올렸다. 이걸 되풀이로 보다가 잠들었다. 살이 통통하게 오르고 자기 의사 표명이 매우 분명하다. 싫어. 좋아. 오랜만에 학교에 나가서 밀렸던 일을 처리하고 목욕도 하고 와야겠다. 바깥은 4.13 총선으로 시끌시끌. 남북 간 긴장으로 단 하루도 편안한 날이 없다. 눈 딱 감고 내 일이다 보기에는 참 가슴이 답답하다. 커피를 한 잔 마시며 오늘 하루를 생각해 본다.

오래된 불빛

2016년 3월 16일

윤이가 어제 저녁 침대 모서리에 얼굴을 박으며 입술이 찢어 져서 6바늘 성형수술을 했다고 한다. 얼마나 놀랐을까? 저녁에 영 상통화로 보니 그만하기 다행이긴 한데 애처롭고 안타깝다. 집이 너무 좁아서 아이가 싸대고 놀 수 있는 공간이 적어서 사고가 난 것이다. 하루 종일 윤이를 생각하니 가슴이 죄어오는 것만 같다. 다들 자라면서 다치고 토하면서 크겠지만 예쁘게 자랐으면 하는 마음이다.

2016년 12월 2일

이상규의 시집 『13월의 시』와 『아내 이정옥의 수필집 『고비 에 말을 걸다』가 함께 2016년 세종도서 문학나눔 도서로 선정되 었다.

2016년 12월 8일

한국-터키 국제문화교류 행사에 아내인 이정옥 교수가 주제 발표 및 토론에 참석하였다. 덕분에 함께 경주 현대 호텔에서 하루 를 묵었다.

2016년 12월 24일

내일 내 생일이라고 우리 가족이 모두 모인다. 서울 손녀 윤 이는 크리스마스 산타 선물 받을 꿈에 설레고 있을 것 같다. 캐럴 을 애국가와 뒤섞어 부르는 윤이가 마냥 귀하고 소중하다. 큰 며 느리와 둘째 며느리 모두 아이를 갖고 있어 힘들어 하는 모습이 안 타깝다. 나라는 온통 최순실 파문으로 떠들썩한데 꼼짝도 안 하는 대통령은 자기 방어에 급급하고 도탄에 빠진 국민의 삶에는 아랑 곳하지 않는다. 참 답답하고 안타깝다. 어떻게 권력을 가진 이들이 저런 모습일까? 억울한 백성의 삶은 꾹 눌러 참고만 사는 시대가 아닌데 광화문에는 촛불집회가 주말마다 이어지고 있다. 내가 타던 그랜저를 서울 큰아들 명의를 변경하고 세금도 모두 정리하였다. 1월에는 일본 홋카이도대학을 들렀다가 교토로 자료조사 겸 여행을 다녀올 예정이다.

2016년 12월 25일

윤이가 아침 6시에 일어나 산타선물을 한아름 받고서 매우 기뻐했다. 변신 로봇, 인형, 색연필 등. 할머니와 술래놀이를 하며 캐들거리며 웃는 윤이의 머릿속은 신비와 상상력이 가득한 것 같다. 종이를 깔아 놓은 위에 수건을 길게 펼쳐 놓고는 길이란다. 할머니랑 길을 함께 걷자면서 징검다리 같은 종잇조각 위를 걷는다.

점심 먹으러 나갈 무렵, 옷을 입다가 갑자기 울기 시작한다. 아마도 양말을 바꾸어 신으려 했는데 아무도 윤이의 말을 알아듣지 못하고 아빠가 도리어 운다고 야단을 치니 더 큰 소리로 울어댄다. 한참 울다가 차에 올라서 할머니께 "실수했어요"라고 말한다. 무슨 소린가 했더니 조금 전에 울었던 일을 실수했다며 할머니께 미안하단다. 세 살밖에 안 된 윤이의 생각. 어른 같은 생각을 하니까 온 세상이 마법의, 상상의 세계로 이해하고 있다.

한편으로 애처롭기도 하고 귀엽기도 하다. 서울 큰 며느리도 둘째를 곧 낳게 된다. 무척 힘들어하는 모습이다. 둘째 며느리도 둘째를 임신하고 있어 힘들어한다. 올해는 다시 두 명의 어린 식구가 늘어난다. 세시 무렵 아들 둘 모두 돌아갔다. 서울 초행길 운전

하는 아들을 보내니 걱정이 앞서나 아무렇지 않게 떠나보냈다. 내가 우리 아이들을 키울 때는 몰랐는데 손녀와 손자 모습을 보니 마음이 더욱 애틋하다. 아무리 생각해도 실수했다는 윤이의 모습, 늘 그렇게 그리운 마음으로 널 기다릴게. 사랑하는 윤이, 건이….

2016년 12월 26일

울다가 울음을 그치는데 엘리베이터에 올라 조금 전 떼를 쓰면서 울었던 것을 후회하는지 "할머니 실수했어"라고 한다. 무슨 말인지 금방 이해하지 못했던 할머니가 "무슨…"이라고 하니까 "실수해서 울었어"라고 하자 엘리베이터에 타고 있던 엄마, 아빠 모두가 웃음바다가 되었다.

세 살밖에 안 된 놈이 뭐 저렇게 영특하지? 할머니가 그러면 앞으로는 다시 실수하지 말아라 하니 자신이 없는지 "아니" 하면서 웃는다. '마음에 들지 않으면 또 울거다'라는 의미이리라.

3시에 출발하여 9시에 서울에 도착했다는 전화가 왔다. 중간에 윤이가 칭얼대서 휴게소에 들러 알라께끼(아이스크림) 먹는다고 전화가 왔다. 온 세상이 아이들의 상상의 세계이자 판타지 공간이다. 곰곰이 생각해 보면 윤이가 대학을 들어갈 때까지 내가 살아 있을지 모르지만 오랫동안 윤이가 성장해 가는 모습을 보고 싶다. 윤이가 떠나간 공간은 텅 빈 것 같다.

이처럼 기다리고 상상하고 그리워하는 사이에 시간은 자꾸 흘러간다. 최근에 연구비를 받은 저술 『명곡 최석정의 경세훈민정음』의 마지막 교열을 하느라 촌각이 아깝다는 생각이다. 아침에 홋카이도대학에서 곧 초청장을 보낸다는 연락을 받았다. 1월 10일부터 20일까지 홋카이도대학 도서관에 들러 자료를 좀 찾고 또 여행도 다녀올 예정이다.

아마도 할아버지는 윤이를 짝사랑하는 것 같다는 아내의 말에도 아랑곳없이 할배는 윤이를 진실로 사랑하나 보다. 아침에 눈을 뜨면서 네가 케들케들 웃는 모습을 상상하며 커피를 마신다. 저녁 무렵 어둠에 묻어오는 겨울비가 온종일 내렸다. 코감기 기운이 있어서 병원에 들렀다. 창밖을 하염없이 내다본다. 힘들어 하는 서울 며느리의 애처로운 모습이 눈에 아른거린다. 문자메시지로 사랑하는 큰 며느리에게 힘내라는 격려의 문자를 보냈다.

오늘 낮에는 소남 이일우 기념사업회에 들러 상화문학관 건립을 의논하고 맛있는 점심을 먹었다. 뉴스 특보에는 최순실의 감방 청문회 소식을 계속 내보내고 있다. 무슨 나라가 이런 나라가 있나. 얼빠진 대통령이 국민의 생활은 안중에도 없다. 저만 공주처럼 살겠다고 몸부림치는 모습을 보니 더욱 가관이다.

2016년 12월 27일

프리드리히 니체는 아이들의 심성과 눈빛 그리고 감성이야말로 가장 순결한 창조의 근원이라고 했다. 모든 예술은 어린이의 마음으로, 어린이의 눈빛으로, 어린이의 귀로 느낀 것을 진실하게 표현해야 한다고 믿고 있다.

Unschuld ist das kind,	아이는 순진무구
und Vergessen,	아이는 망각
ein nou-beginnen,	새로운 시작
ein Spiel.	놀이이고
ein aus sich rollendes Rad, eine	스스로 구르는 바퀴이며

오래된 불빛

| erste Bewegung, | 최초의 운동이기도 하며 |
| ein heiliges Ya-sagem | 거룩한 긍정이다 |

화분에 있던 돌을 꺼내 새의 알이란다. 크리스마스날 서울 만 손녀 윤이가 대구 할아버지 집에 와서 이 돌을 천으로 감싸서 품고 있다. 새가 알을 품듯이. 병아리가 돌을 깨고 깨어 나올까?

니체가 어린 아이는 순진무구요 망각이며, 새로운 시작이자 즐거운 놀이요, 스스로 상상력의 힘으로 돌리는 풍차의 운동이자 거룩한 긍정이라 했다.

세상에서 가장 순진하고 깨끗함 속에 창의와 창조의 싹이 돋을 수 있다. 떼를 쓰면서 울던 윤이가 잠시 뒤 할머니께 "내가 실수 했어"라 말하는 세 살짜리 내 손녀. 할머니가 "다음에는 그렇게 안 할거지?"라고 하니 "아니야"라고 한다. 이렇듯 어린이의 천진한 마음으로 세상을 바라보면 모든 것이 놀잇감이요, 구경거리이며 즐거움으로 한가득하다. 이 세상이 윤이는 우리 가족의 희망이자 꿈이다.

이덕무도 영처론에서 문예나 글쓰기가 어린아이의 순수한 눈빛으로 느낀 감정으로 표현해야 한다는 말이 가슴에 와 닿는다.

밤늦게 윤이 할매가 서울 교육부에 출장을 갔다가 동대구역에 도착한다고 차로 마중 나오란다. 밤 열한시 반에 도착하는 KTX 편으로 돌아온다. 플랫폼 7번에 나가서 커피를 손에 쥐고 기다렸다. 저녁 무렵 교육부 일을 끝내고 손녀랑 서울 사돈과 변호사 일을 하는 서울 큰아들이 저녁을 먹으면서 페이스 통화를 해 왔다.

아내가 역에서 나를 만나자마자 손녀 이야기이다. 외할머니가 윤이랑 함께 약속한 식당으로 오는 길에 지나치는 사람들에게

"대구 할머니 오셔요"라며 자랑하더란다. 그리고 대구로 돌아오는 대구 할머니를 따라가려고 울어대던 윤이가 눈에 밟혀 기차에 올라 전화했더니 할머니가 역으로 가는 택시를 타자 금방 울음을 그쳤단다.

식사를 마치고 나오면서 식당 종업원에게도 "잘 먹었어요"라며 일일이 인사하는 윤이가 신기하단다. 그저께 대구에서 아빠 승용차로 6시간 동안 기저귀를 갈지 않아 사타구니가 물러서 병원엘 갔는데 저보다 어린아이가 주사 맞고 울어대니까 근심스러운 얼굴로 "걱정이야. 어쩌면 좋지"라고 했단다. 제 걱정은 않고 다른 아이들을 걱정하는 윤이가 여사치 않다고 은근히 자랑한다. 이야기를 들으면서 금방 집으로 돌아왔다. 하긴 윤이 아빠도 전국 인문계열 수석을 여러 번 할 정도의 우수한 두뇌였고 제 어미도 이화여대와 고려대 MBA를 했으니 여간 머리가 좋지 않을 테지. 사회성이나 인간성이 아주 좋은 아이인 것 같다.

잘 키워서 이 나라를 위해 헌신하는 인재가 될 것으로 믿는다. 제 할배와 할매도 유명한 대학교수를 지냈으니 그 손녀가 어련하겠나.

아이를 통해 바라보는 세상. 참 깨끗하고 아름답다. 이렇게 할머니 할아버지를 기쁘게 해 줄 수 있는 게 무엇이 또 있을까. 윤이의 이야기로 우리는 즐겁게 이 밤을 맞는다. 꿈의 나라로 들어가면서….

2016년 12월 28일

문화계 블랙리스트 문제로 아침부터 시끌시끌하다. 유진룡 문체부장관이 터뜨렸는데 참 이상한 나라이다. 나도 지난한 한글

오래된 불빛

유공자 국가 공훈 심사에 통과되었다가 마지막에 밀려났다. 담당 과장에게 물어봐도 모른다고 했다. 진보 성향의 인사로 분류된 탓에 마지막에 탈락된 것임을 이제야 알겠다.

고은 시인처럼 영광이다. 이 야만적인 박근혜 정부의 무지한 정부 운영에 희생된 것은 차라리 영예라 여기자. 내가 국립국어원장 때 수립한 세종학당. 한글 세계화를 위한 유효한 국가 전략 가운데 하나가 아닌가? 그 설립자에게 줄 국가 유공 훈장을 아무런 이유도 없이 제외되니 눈에 보이지 않는 이유를 이제야 알겠다.

유란 사람도 돌출형 인물이다. 내가 평양에서 열리는 남북 겨레말 큰사전 편찬회의에 참석하기 위해 출장가려고 할 때 내 길을 가로막은 인물이다. 그러나 이번 문화계 블랙리스트 사건은 잘 터뜨린 것 같다. 문제는 이런 결정 과정에 가담한 인물을 면면이 보자. 정창주, 조윤선, 문체부 예술정책국장 등 한심한 인간들이다. 가장 비문화적인 인간들이 문화예술정책 결성에 관여하고 있다.

2016년 12월 29일

오전에 명곡 최석정 연구 원고를 정리한 뒤 오후에는 소담 이일우 관련 자료를 정리하였다. 서성로에서 돌아오는 길에 교보문고에 들러 러시아인인 가린 미하일롭스키가 쓴 여행기 『러시아인이 바라본 1898년의 한국, 만주, 랴오둥반도』를 사서 버스를 타고 오면서 몇 쪽 읽어 보았다. 얼른 봐도 흥미로운 책이다. 나는 그동안 동북아시아에 매력을 느끼고 있었다. 역사적으로 혼돈의 중첩과 점령, 지배가 가장 점철된 곳이다. 중화 쪽에서는 동이, 오랑캐 지역이었으며 몽골과 만주의 다양한 종족과 그들의 문화가 뒤끓어 섞였던 곳이다.

저녁의 어둠이 잔잔하게 묻어오고 여기 저기 네온 불빛이 연말이 가까워오는 분위기를 돋운다. 매일 이처럼 편안한 마음으로 읽고 싶은 책을 읽으며 잔잔한 세월의 너울을 넘길 수 있는 것도 어쩌면 무척 행복한 삶이라 아니할 수 없다.

내가 만일 젊은이라면 비문명 지역을 탐사하는 여행가의 길이나 연구자가 되고 싶다. 지난여름 중국의 사회과학원 쉰버춴 교수의 초청으로 여진·거란 비석을 답사하였다. 헤이룽(黑龍)강과 옌지(延吉), 대몽골 지역을 답사하지 못해서 아쉽다. 언젠가 이들 지역 답사를 마치고 나의 만주여행기를 한번 써 보고 싶다.

정부에서 어린아이나 청소년에게 고정된 학교 교육에만 묶어 둘 것이 아니라 해외 체험교육의 기회를 개발하여 그들의 꿈을 키워주면 좋겠다. 요사이 대학에서는 해외봉사 프로그램을 다양하게 개발하여 활용하는 것처럼 세상을 향한 눈을 일찍 키워 주면 좋겠다.

맏손녀 윤이도 동아시아 역사 연구자가 되었으면 좋겠는데 제 어미를 닮았으면 이공계열이 더 적성에 맞을지도 모르겠다.

이 책의 해제 첫머리의 "유머와 선량함, 모든 것을 이해하고 모든 것을 용서할 줄 알며 놀라울 만큼 고결할 사람"은 가린 – 미하일롭스키가 평가한 조선인을 가리킨다. 그러나 지금 TV에서는 최순실의 국가 농단 관련 특집 뉴스가 세모를 무척 암울하게 만들고 있다. 오늘 저녁 이 책에 난 길을 따라 한국, 만주, 랴오둥반도로 여행에 나설 것이다.

오래된 불빛

「제주의 바다」

먼 바다는 검은색에서
부드러운 연보라색
가까운 쪽은 초록빛이 감돌고
제주 바다가 세로로 일어설 때
모든 빛을 잃어버리고

추수가 끝나지 않은 곳은
황금빛이다.
서쪽으로는 더 화려한 노을이
더욱 선명하게 하늘과 대지를
잇고 있다

바다는 늑대처럼 울며
세로로 일어서면
제주 바다는 빛을 잃고
검게 한 용암바위 틈으로
어둠을 토해내고 있다.

2016년 12월 30일

한 해가 또 저물어 간다. 지난 한 해 나에게는 1년 동안 안식
년을 지나면서 곧 은퇴한 후의 세상과 단절된 생활의 예비 훈련을
하였다. 경제적인 궁색함뿐만 아니라 세상 사람들과 단절된 고요
한 노후의 청빈하고 고결한 생활을 이어갈 것이다. 1년 경험해 보

니 오히려 고적한 삶이 훨씬 더 행복할 것 같다. 보고 싶은 책을 폭넓게 자유롭게 보면서 한적하고 여유로운 시간을 보낼 연습을 해 보았다.

그동안 두 권의 책을 완성하고 또 한국어사와 방언학 2권을 준비하였다. 문제는 건강을 어떻게 관리하여 유지하는가의 문제이다. 계속 책상에 앉아있는 일은 자신이 있지만 더 살기 위해 의도적으로 건강 관리를 하는 것은 오히려 자신이 없다.

2017년 1월 1일

정유년 닭의 해가 밝았다. 계기적인 시간의 한 점으로 의미를 부여하여 한 해가 지나가고 새해가 왔다고 하는 것이다. 변화 속의 새로움이 있어야 덜 지루할 것 같아 흐르는 시간에 의미를 부여한 것이다.

오후 1시 30분 청와대에서 박근혜 대통령이 기자간담회를 연다는 속보에 이어 카메라와 노트북을 지참하지 못하도록 하고 메모도 금지하면서 청와대 상춘제에서 기자들과의 티타임이라니 탄핵정국에 계속 위증과 거짓으로 국민을 속여 오면서 무슨 흉계를 꾸미려고 하는가? 이 대명천지 민주국가에서 기껏 대통령이 하는 짓이 이 모양이니 한심하다.

희망이니 비전이니 하는 것은 박근혜 정부에는 전혀 무의미한 기대일 뿐이다. 어쩌다가 이 지경이 되었을까? 신년 벽두부터 불쾌하고 기분이 무척 상한다.

2017년 1월 2일

아침 일찍 자유학국당 이정현 대표가 이제야 탈당 선언을 하였다. 대통령이 지금 이 지경으로 몰락하도록 일조했던 사람이. 좀 더 일찍 솔직하게 대의의 길을 걷지 않았던 결과이다.

2006년 16대 국회 문광의원 첫 회의에서 나는 문광부 소속 기관장으로 국회 6층 회의실에서 처음으로 이정현 의원을 만났다. 매우 인상적인 일이 벌어졌다. 장관을 상대로 대정부 질의가 시작되었는데 이정현 의원의 차례가 되자 갑자기 의사 진행 발언으로 "나는 국민의 대표로서 이 자리에서 질의할 수 없으니 문광위원장 옆자리에 단상을 설치해 달라" 하고 요청했다. 그래야 질의를 하겠다는 무척 황당한 제안을 하자 분위기가 썰렁해지고 잠시 정회된 후 단상을 설치하자 그 자리로 나아가서 질문을 하였다. 돌출적인 그의 행동을 보고 의아했다. 다른 여야 의원이 약간 조롱하는 눈치였으나 그는 전혀 개의치 않았다. 이 짧은 에피소드가 그의 사람 됨됨이를 보여 준 사건이 아니었을까? 그러나 그의 주군을 위한 충성심은 타의 추종을 불허했던 것 같다.

그해 나는 한글 세계화 전략을 위한 세종학당 설립 추진, 언어의 다원성 유지와 남북 방언 공동조사 추진을 하면서 국회로부터 정책과 예산의 협력을 위해 노력하던 차 전라남도 순천 지역 방언 조사 결과를 책으로 출판하여 이정현 의원에게 주었더니 자기 고향 책이라면서 무척 좋아했다. 그 일이 계기가 되어 비교적 가깝게 지냈다. 개인적으로 나에게는 깍듯이 원장님이라며 예의에 벗어나지 않기 때문에 차츰 괜찮게 그를 평가하였다. 언젠가 코리아나호텔에서 점심을 함께 먹었는데 그날 입은 와이셔츠도 낡아 보였고 허름한 잠바 차림으로 직접 차를 몰고 나왔다. 일요일이어서 그랬는지 시골 출신답게 인간 냄새가 나는 정치인이라 생각하게 된 계기가 되었다.

그 후 내 아내가 민속박물관과 경상북도 공동(전국 경상북도 민속의 해)으로 간행한 책의 일부 집필 책임자가 되었는데 이정옥 교수가 수집한 경북 여성의 내방가사 가운데 안동 지역의 어느 안노인이 쓴 육영수 가사와 박정희 대통령 제문을 책에 싣고 그 원본을 구해 왔기에 이것을 이정현 의원을 통해 박근혜 의원에게 전해 주기로 결정했다.

자료를 이정현 의원에게 전달한 뒤 며칠이 지나 전화가 왔다. 박 의원이 매우 좋아하더라는 말과 고맙다는 인사를 전해 왔다. 이 일이 계기가 되어 더욱 관계가 좋아졌으며 그 후 세종학당 설립 예산 지원에도 예결 소위원이었던 이 의원의 도움을 많이 받았다.

세월이 흘러 2009년 임기를 마치고 다시 학교로 복직하였다. 사실 나는 국립국어원장 재직 시절 매우 청렴하게 직임을 다했다. 판공비 카드는 내가 가지고 다니지 않았고 해외 출장비 역시 몇 십만 원이 남아도 국고에 반납하였다. 그리고 관용차도 비즈니스 외에는 일절 사용하지 않았다. 그 이듬해 지방선거에 출마했다. 대구 수성과 달성군이 내 출마 지역이었다. 국회의원 3명이 나오는 관역지역을 뛰어다니기에는 힘에 벅찼다. 당시 달성군수였던 한나라당 후보는 박근혜 의원의 측근이었던 박모 씨가 3선 후 후임 후보인 이모 씨와 무소속 후보인 김모 후보 간에 격전을 벌이고 있었다. 차츰 한나라당 후보가 여론조사에 밀리고 있었으니 박근혜 전 당 대표께서 보름쯤 대구에 머물며 이 후보를 지원했으나 결과는 실패였다. 선거의 여왕이라는 신화가 무너졌다. 그 기간 이정현은 박 대표를 밀착 수행하고 있었다. 당시에 나는 이정현 의원이 박 대표를 훌륭히 보필하고 있다고 믿었다. 나는 당시 약 53% 지지를 받고 교육위원에 당선하였으나 선거법 위반으로 검찰 조사를 받

오래된 불빛

고 있어서 마음이 우울한 상황이었다.

　어느 날 오전 11시 무렵 귀에 익지 않은 여성에게서 전화가 걸려 왔다. 박근혜 의원의 전화였다. 당신 지역구에 교육위원으로 당선된 자에게 축하를 하기 위한 전화인 것으로 기억된다. 그런데 비서를 통하지 않고 직접 전화를 한 것이 나로서는 예상 밖의 일로 여겨졌으며 그 후 다시 한 번 더 전화를 걸어 왔다. 서울에서 한번 만나자는 말씀이 있었으나 나는 의례적인 인사로 판단하고 만날 생각을 하지 않았다. 이 이야기를 당 관계자에게 했더니 좀처럼 그러시지 않는데 그에 응하지 않은 것을 도리어 섭섭하게 생각하실지 모르겠다고 하였다.

　곧 봄이 지나가고 무더운 날씨가 밀려왔다. 나는 교육위원을 약 두 달 정도 하다가 의원직을 사퇴하고 몇 달을 쉬었다. 임진왜란 관련 책을 읽으며 의병장 곽재우 장군의 발자취를 좇았다. 현풍-의령-창령 등지를 고추잠자리 꽁무니를 좇듯 누렇게 물든 가을 들판을 달리며 『포산들꽃』이라는 소설을 완성하였다.

　꿈을 상실했던 그 시간도 길지 않았다. 다시 대학에 복직하면서 지난 일들을 망각 속으로 다 묻어버렸다. 그 짧은 시간 이름 모를 시민들을 만나 손을 잡고 고난의 이야기를 나누던 일들이 추억의 한 페이지가 되었다. 화원장터, 현풍장터에서 선거운동 중간 허기진 배를 잔치국수 한 그릇 팔아서 세상 사람들, 가난하고 삶에 힘겨운 이들의 정겨움을 섞어 먹던 그 맛은 이루 표현할 수 없었다.

　대선의 막이 올랐다. 이정현 의원과는 전화와 문자메시지로 소통이 지속되었다. 018 전화는 끈질기게 사용하고 있었는데 아마 7~8년은 족히 된 것 같다 이것만 봐도 Only one way의 그의 의지와 삶의 태도를 이해할 수 있을 것 같다.

2017년 1월 3일

윤이가 감기로 저녁이면 열이 39도까지 오른다니 걱정이다. 새벽녘 잠이 깼다. 서울 큰아들, 며느리, 맏손녀 윤이 모두 걱정이다. 아버지의 걱정하는 마음을 이해할 수 있을까?

2017년 1월 22일

안동시립민속박물관에서 〈안동과 훈민정음〉이라는 주제로 특강 발제를 하였다.

2017년 2월 1일

영천 향교에서 평생교육원 개강 명사 초청 특강을 했다. 민풍이 이토록 어지러운 상황을 어찌하면 좋을지. 마치 성리학이 경학 중심의 훈고주의의 논란에 함몰되었던 송나라가 전쟁 준비에 여념 없던 금나라 아구다에게 멸망했던 시대사와 흡사하다. 개혁과 수구의 극한 대립으로 치닫던 송나라는 결국 오랑캐 세력에 밀려 남으로 쫓겨났다. 개인의 인격을 스스로 바로 세우려는 노력이 절실히 필요한 때이다. 개인은 물론 나라의 안녕과 질서를 위해 서로 심한 상처를 주는 논전은 중단되어야 한다.

맏손자 건이와 훗카이도 여행

2017년 1월 5일

12월 10일부터 열흘간 일본 훗카이도대학교를 방문하여 만주 여진 문자 연구 자료를 수집하려고 한다. 그쪽 이연주 교수가 인문대학 초청서를 발급받아서 정성스레 보내 주었다. 고맙고 감사하다. 2003년 도쿄대학 연구교수로 갔을 때 이 교수는 당시 언어학과 조교로 있었다. 한국인이 혼고 도다이에서 조교를 맡는다는 게 쉬운일이 아닌데 이 교수는 매우 학구적이었으며 또 그의 지도교수인 우와노 교수의 배려의 결과였을 것이다. 그는 2006년 무렵 국립 훗카이도대학 동양어문학부 전임교수가 되었다.

몇 년 전 홍사민 교수와 함께 국제 학술회의 발표자로 참석하여 훗카이도를 다녀온 적이 있다. 사케공장과 유리공예점 그리고 하코다테에 창고 맥주를 마시며 눈을 함께 맞췄던 추억도 있다. 지금 이름이 기억나지 않는데 문자학으로 유명한 교수님 댁에 초대받아 값비싼 와인을 마시며 시제를 내고 시를 써 주었던 기억도 희미하게 남아 있다. 귀국하는 날 아침부터 시작된 눈 폭탄에 따른 비행기 결항으로 산치토세 공항에서 하룻밤을 보낸 적도 있다. 멍하게 온통 흰 눈빛 천지를 뒤덮으며 내리는 눈을 바라보면 나는 하늘로 날아오르는 듯한 착각에 사로 잡히기도 하였다.

지난 크리스마스날 서울 큰 며느리가 선물한 카디건을 입어보니 나한테 잘 어울렸다. WC에서 셀카를 찍어 카톡으로 보냈더니 며느리도 좋아한다. 빨리 저축하여 아버님께 BMW 승용차를 사 드리고 싶단다. 말만 들어도 고맙고 행복하다. 아이가 한 명 더 늘어나는데 집이 좁아 불편해 하는 서울 아이들이 안쓰럽다. 빨리 좀 더 넓은 집을 사서 옮기면 좋을 텐데….

2017년 1월 10일

저녁에 홋카이도에 도착하여 삿포로 마이스테이(MYSTAY)호텔에 여장을 풀고 홋카이도대 이연주 교수와 와인바에서 와인을 마시며 여러 가지 지난 이야기를 나누었다.

2017년 1월 11일

홋카이도대학에서 대학원생 대상 특강을 마치고 이연주 교수 연구실에서 글을 쓰면서 담론을 나누었다. 오후 6시 쯤 이시즈카 하루미치 교수 댁에 초대받아 고급 와인을 마시며 교토 고산사에서 발굴된 화엄종조사회전을 4권으로 복원된 자료를 보고 감탄을 감출 수 없었다. 신라시대 한·일 간 불교 교류를 알려 주는 대단한 자료였다. 고문자 특히 한자의 데이터베이스를 구축한 문자학의 대가를 만났다. 그의 부인인 쓰네코 여사가 만들어 내온 음식은 내가 한 번도 먹어보지 않은 진귀하고 맛있는 음식이었다. 호리카와 고보(우엉) 조림과 구조다이 소금절이 구이 등 엄청나게 맛있는 음식을 먹었다.

경주 최양식 시장과 이동우 경주 엑스포 사무총장에게 원효와 의상의 교토 방문 그림 정보를 알려주었으나 답이 없다. 경주로서는 매우 중요한 한·일 불교 교류사를 밝힐 수 있는 결정적인 자료임에도 관료들이 내 말을 알아들을지 의문이다. 호텔에 돌아오

오래된 불빛

니 피곤하다.

2017년 1월 12일

홋카이도대학에 눈을 맞으며 걸어서 갔다. 날씨가 쌀쌀했지만 걸을 만했다. 삿포로역 부근 백화점에 들러 '덴푸라 벤토'를 사서 이 선생과 함께 먹고는 시가지를 돌아다녔다. 서점에 들러 나카미 야마구치가 쓴 『문장과 문체(文章·文体)』라는 이와나미문고를 사서 커피숍에서 잠깐 읽어 보니 무척 재미있었다. 우리나라의 이기문 등이 쓴 「국어사」와는 전혀 다른 시각에서 쓴 것으로 우선 쉽고 간단하여 일반인도 자국의 언어 역사를 쉽게 이해할 수 있을 것 같다.

「눈 내리는 삿포로」

눈은 사람 가슴을 안고
침묵과 고요함을 데리고
당을 향해 내린다

사람들 어깨에 머리에
닿기까지 머나먼 추락을
기억을 지난 추억을 되새김질하며
달려와
아무 말 없이 바람에 날리며
옷깃에 풀풀 날아온다

고층 건물과 고가도로가

껴안고 있는 고요의 흰 바다

바람과 함께

무성의 함성으로 마지막 착지점에 이르러

더욱 빠르게

하늘의 흰바다를 펼치고 있다

눈 속으로 잠겨드는 검은 점들

사람도 눈빛처럼 눈빛으로 잦아든다.

2017년 1월 13일

온종일 MYSTAYS 호텔에서 안동에서 발표할 원고를 완성시켜 보내고 온천에 들렀다. 창밖에는 눈이 펄펄 날리고 있다. 뉴스에서도 최고 추운 날씨가 계속되며 시가지에 쌓인 눈과 빙판길에 교통사고와 안전사고 조심을 당부하고 있다.

네이버뉴스에서는 박근혜-최순실 게이트 사건에서 양파껍질 벗기듯 추한 일들이 불거져 나오고 있다. 그럼에도 박근혜 대통령은 자신은 순결하고 대통령으로서 할 일을 정당하게 했다며 22일 자유로운 토론을 (공개)하려고 한다.

국민이 이 사건으로 얼마나 큰 정신적 고통을 겪고 있는지, 다른 나라에 한국이라는 나라의 신인도가 추락하고 있는지 대통령으로서 제대로 인지하지 못하고 있는 것 같다.

어찌 저런 철면피 같은 사람이 대통령이 되었을까? 한국 정치와 사회를 깊이 멍들게 한 부도덕한 여성이다. 종속적인 정치권력에 물든 친박 세력이 발악하는 모습 또한 우리를 슬프게 한다.

박근혜와의 의리만 중요한 것인가? 백성들의 생각이 자기들과 다르면 선을 그어서 좌파니 종북으로 몰아가는 몇몇 극우파의 극성스러운 모습을 보니 한심하기 짝이 없다.

외국에 나와서도 나라를 생각하면 자괴감에 빠진다.

2017년 1월 14일

아침 일찍 홋카이도대학교 이연주 교수와 차로 오타루로 갔다. 푸르던 하늘이 금방 잿빛으로 변하더니 눈이 펑펑 내렸다. 북일 초장 공예 매장을 구경하고 몸을 녹일 겸 커피 집에 들렀다. 한국인이 많이 온 것 같다. 운하와 창고를 개량한 맥주 집을 들렀다. 맛있는 회전초밥집에서 이곳의 명물인 대게국과 스시를 먹으면서 추위를 녹였다. 과자공장을 들렀다가 눈길로 사코탄이라는 곳으로 갔다. 가라쓰라는 아주 멋진 공원에는 엄청 내린 눈 때문에 들어가지 못하고 차를 돌려 바다가 내려다보이는 온천의 노천탕에 들렀다. 혼자서는 다닐 수 없는 여행을 하였다.

2017년 1월 15일

내일 아내와 둘째 며느리와 손자 건이가 이곳에 온다. 마침 이 교수가 자가용으로 맞이해 준다니 다행이다. 여러 가지 도움을 받게 되어 무척 고맙다.

2017년 1월 19일

어제 둘째 학성이가 일본으로 날아왔다. 아내와 제 아들을 보내고 안심되지 않은지 아침 비행기로 삿포로에 왔다. 나와 아내는 말을 하지 않았지만 마음이 든든하다. 그런데 둘째 며느리의 얼굴

빛이 환하게 바뀌었다. 신랑이 와서…. 곁에서 보니 아이 키우는 일이 만만치 않다. 나는 조금만 안고 있어도 금방 허리가 아프다. 그런데 지금 둘째까지 임신한 상태이니 오죽 힘들겠나. 애처롭고 애달프다. 저녁까지 오도리와 삿포로 시내에서 라면도 먹고 구경하다가 저녁에는 홋카이도대학교 이 교수와 우리 가족이 함께 저녁을 먹고 헤어졌다.

오늘은 일직 오타루로 관광을 갔다. 아침 일찍부터 눈이 펄펄 내리다가 햇볕이 나다가 종잡을 수 없는 날씨다. 새벽녘 삼성 이재용 구속 신청이 기각되었다고 한다. 재벌 총수가 대통령의 강압으로 430억 원을 K스포츠(k-sports)와 미르재단에 공여한 것이 아무 문제가 되지 않는다니 이해가 가지 않는다. 법리적 관점에 따른 판단이라고는 하지만 법의 평등과 균형성이 유지된 것일까? 시간과 권력의 이동에 따라 새로운 해석이 나오지 않을까?

눈 내리는 오타루 초자 골목길을 걸으며 사진도 찍고 커피와 케이크도 함께 먹었다. 손자 건이와 함께하니 너무 행복하고 기쁘다. 점심은 회전초밥집에서 이것 저것 맛있게 먹었으나 이곳의 특산물인 대게국을 먹지 못해 아쉬웠다. 운하를 거쳐 눈 내리는 오타루를 멀리 두고 JR로 삿포로에 다시 돌아왔다.

오늘 하루 동안 찍은 사진을 보며 특히 건이의 환하게 웃음 짓는 모습을 보며 또 하루를 접는다. 명곡 최석정의 『경세훈민정음』 연구의 서문을 쓰고 또 내용 교정을 보다가 잠자리에 든다. 아내가 피곤했는지 아까부터 조용하다. 깊은 잠에 취해 있다. 창밖은 흰 눈이 덮여 흰하다. 일본의 까마귀는 살이 쪄서 한국의 까마귀보다 더 통통하고 크다.

오래된 불빛

2017년 1월 29일

어제 설을 보냈다. 서울 손녀 윤이와 대구 손자 건이와 함께 새해를 맞이했다. 서울 큰 며느리는 곧 둘째 출산 날이 가까워서 오지 못했다. 오후 경주 감포 바닷가에 갔다. 윤이가 태어나서 처음으로 바다 구경을 하였다. 큰 물이 다가온다면서 즐거워한다. 파도를 큰 물이라고 명명하는 윤이는 대단히 창의적인 애인 것 같다. 오늘 서울로 보냈다. 동대구역에서 서울로 가는 기차를 보내고 돌아서니 마음이 허전했다. 아내와 신세계백화점에 들렀다가 점심을 먹고 돌아왔다. "아이들이 오면 반갑고 돌아가면 더욱더 반갑다"라는 아내가 내뱉은 말의 의미를 이해할 것 같다. 낮에는 푹 쉴 겸 한숨 자고 난 뒤에 한영우 교수가 쓴 『양성지』를 읽었다. 성리학적 실학파이다. 조선의 지식인 모두 사대주의에 매몰된 것 같지만 주체적 주관적 지식인도 결코 적지 않았다. 세종이 그 대표적인 인물이 아닐까? 성리학에 매몰된 지식인들에게 반기를 든 비판적 주자학 세력의 평가가 너무 인색한 것은 아닐까?

요사이 젊은이들의 삶이 얼마나 팍팍한지를 알겠다. 서울서 온 큰아들이 자랄 때는 성격이 유순했는데 이번 설에 와서 이틀 함께 지내는 동안 내가 민망할 정도로 성격이 다급하고 성질을 부리는 모습이 내내 마음에 걸렸다. 로클럭 생활과 변호사 생활에서 경쟁의 치열함이 개인의 삶을 변하게 한 것이 아닐까? 서울에 도착하여 전화가 왔기에 성격을 스스로 제어하고 조절하기 위한 노력이 필요하다고 타일렀으나 얼마나 효과가 있을지 의문이다. 지난밤 꿈에 큰아들 모습이 나타날 정도로 쇼크를 받은 것 같다. 서울 며느리의 유순한 성격이 아들에게 영향을 주면 좋을 텐데. 한 가정에 남편이 차지하는 비중이 얼마나 큰 것인가? 돈은 없어도 되지만 유순하고 부드러운 성질을 기르는 일은 자신의 문제일 것 같은데 워낙 세상살이가 각박한 때문은 아닐까?

곧 서울 큰 며느리가 둘째를 낳는다고 한다. 육아전쟁이 시작될 텐데 여러 가지로 걱정이다.

「침묵하지 않는 북」

맹그로브 나무줄기 사이
상상의 수사가 노래한다
노래에 섞인 메시지는 춤의 근원
문딩고족
졸로이프족
폴제이족
플룹족의 언어를 하나로 묶어주는
축제의 북소리가
침묵을 활기찬 춤으로
마을의 평화를 노래한다.

북소리로 주고받는
고요한 밤공기를 걷어내고
들려주는 노래는
머나먼 볼렝게(Bolenge) 마을에
원사 아이가 태어났다네요

힘이 솟아나고 발은 하늘을 향해

오래된 불빛

용수철처럼 튀어오르는

축제의 불꽃이

눈동자 속에서 이글거리네요

동이 트는 아침

촉촉이 젖은 이슬의 풀잎에 누워 잠에 취합니다.

침묵하지 않는 북소리는

빛을 달랠 수 있는 언어입니다.

2017년 2월 1일

참으로 답답하고 우울하다. TV에는 온통 최순실의 범행에 관한 소식과 숱한 대권주자들이 군웅할거하고 있는 모습. 대통령이 일반 국민의 마음을 조금이라도 읽고 있는 것일까? 세금 추징으로 200만 원을 더 내야 한다고 한다. 점점 더 각박해져가는 국민의 삶을 둘러보면 뭐 이런 나라가 어디 있을까? 태극기 부대는 SNS를 통해 선동하고 부정을 비판하는 세력을 몰밀어서 좌경세력으로 치부하고 쌍욕을 해대고 있다.

저녁에는 어머님 기제사를 올려야 한다. 이것 저것 생각하면 가슴이 답답하고 밤에는 악몽에 시달린다. 마음의 평정을 찾기 위해 조용히 눈을 감고 명상에 잠겨 본다.

베트남 하노이에서

2017년 2월 10일

아직 파열된 폭탄의 화약 냄새가 묻어 있는 눅눅한 바람의 살결이 내 얼굴에 와 닿는다. 겨울이라지만 한국에 비해서는 엄청 덥다. 머리카락 낱올이 뒤엉킨 전장의 잔영 속에 쏟아져 나오는 오토바이와 그 소음, 덜 연소된 휘발유 냄새가 하노이 시가지를 진공 상태로 만들었고 붉은색과 노란색 입간판으로 가득 차 있다. 대우빌딩이 이젠 일본으로 팔려 넘어갔다고 한다. 그 곁에 롯데(Lotte)빌딩의 위용이 한국에서 온 나그네를 반기는 듯하다. 공항에서 시내까지 곳곳에 삼성의 갤럭시7 선전판이 고급스레 설치되어 있다.

대미 전쟁의 승리를 이끈 호찌민, 그들 민족의 지도자로 추앙받듯이 호찌민 흉상을 만들어 곳곳에서 팔고 있다. Bason Hotel에 아내와 함께 여장을 풀었다. 4시간 비행기를 탔던 피로가 밀려왔다. 왠지 베트남은 슬퍼 보인다. 바람결에 밀려오는 전장에서 사라진 영혼들의 슬픈 눈물 습기가 아직 남아있는 탓일까? 그 엄청난 죽음, 억울한 죽음의 영혼들이 포화 속에서 한 줌의 재로 산화했을 것이다. 살아 있는 자의 슬픔, 끝없는 대지 속에 떠다닐 슬픔이 거리에 짙게 퍼져 있을 것 같다. 베트남 사람들의 온순하고 순박한 표정 속에서도 읽을 수 있다. 지난 시절의 그 엄청나고 격렬했던 전장의 잔영을….

저녁 무렵 길거리로 나와 나지막한 의자에 앉아 포(쌀국수)를 한 그릇 사서 먹었다. 그들의 오랜 전통 음식인 포에는 그들 삶의 맛이 배어 있는 듯 무척 살가운 맛이다. 절친하고 순박한 농경시대의 맛이 섞였다. 길거리에 노란 들판을 그린 베트남의 풍경 그림이 눈에 들어온다. 농경사회가 대미 항전을 거치면서 몰락해 가고 있음을 읽을 수 있다. 가난하지만 풍요로웠던 사회, 정을 나누며 더불어 살았던 농경사회의 잔영이 그들의 음식에 남아 있다.

저녁 Hue라는 전통음식점에 들러 저녁을 먹었다.

2017년 2월 14일

「하노이에서」

오랜 전장의 두려움에서 벗어난

거리의 사람들

하노이 시가지의 바람결엔

아직 핏물의

비릿한 흔적 같은 게 남아있다.

흩어진 거리에 쏟아져 나온

오토바이 소음

오늘 이 자유를 맞기 위해 버려졌던

헬리콥터, 포탄, 목숨, 절규, 총탄, 울음, 이별

사이공이 추억 속으로 함락되고

그렇게 승리로 끝난

화약 냄새와 고엽제 가루가 퍼져 있는

길거리에 앉아 포(Pho)를 먹는 꾸냥

붉은 입술
붉은 고추
부침을 구워내는
길바닥의 여인네
참으로 순수한 사람의 맛이다.

긴 전쟁이 물려준
두려움 대신 남겨받은
구차한 순결 같은
비가 멈춘 길거리에서
슬픔을 행복과 바꾸는
하노이 사람들을 만난다.

승리, 그 붉은 깃발은 금빛 별처럼 나부낀다.

갑자기 목소리가 변하고 몸이 으슬으슬 아파온다. 지난 아팠던 추억처럼 일몰 무렵 어둠을 타고 가슴 먹먹하게 아파 온다. 두려움으로 느껴지는 묵은 나이처럼 감기조차도 혹시 더 깊은 암 덩어리를 달고 달려드는 듯한 느낌이다.

사실 며칠 무리를 했다. 밤 비행기로 왔다. 새벽에 KTX로 서울을 다녀오고…. 며칠 전 손자 건이와 함께 일요일을 보냈다. 이젠 앉으려고 몸을 가누려고 한다. 세월이 이처럼 아이들을 키워주는데 아비와 어미 그리고 할배와 할매의 사랑이 얼마나 더 커야 할까? 건이가 순하게 잘 노는 모습을 보니 제 어미가 모정을 듬뿍 쏟아 부은 것 같다. 둘째를 임신하고 있는 며느리가 안쓰럽다.

오래된 불빛

둘째 손녀 은의 탄생

2017년 2월 16일

오늘 서울 큰아들의 둘째딸 은이가 1시 30분경 태어났다. 입이 크고 건강하게 3.1kg의 몸으로 나왔다. 엄마가 애를 먹었다. 새벽 5시부터 산고 끝에 귀한 둘째 손녀 은이가 태어났으니 이보다 더 큰 축복이 어디 있을까? 윤이가 창 너머 있는 동생을 애처로운 눈빛으로 바라본다. 엄마로부터의 사랑이 반으로 나누어질 테니 걱정이 될 만도 하다. 오늘 저녁은 대구 할머니랑 주말까지 놀 것이다. 그나저나 워킹맘이 두 아이를 키울 일을 생각하니 아득한 일이다. 국가가 육아보육정책에 많은 지원을 해야 할 듯하다. 감기 기운 때문에 귀한 손녀를 보러 가지 못하고 휴대전화로 보내준 사진을 보고 또 본다.

2017년 2월 17일

오늘은 제자 한 명의 박사학위 수여식. 전문 인력의 일자리, 청년들의 잃어 가는 꿈, 참 고민입니다. 일자리 창출을 성급히 외치지만 말고 기존 일자리의 노동 적정량을 전면적으로 재평가한 다음 노동력 재분배를 통한 일자리를 만들어야 합니다. 일자리 문제는 정부와 기업이 공동으로 생산력을 향상시킬 수 있는 방향으로 연구하면 대안이 만들어질 것입니다. 무조건 공무원을 늘린다든지, 강압적으로 기업에 일자리를 배정할 일이 아니라 합리적인 방안을 모색해야 할 과제입니다. 고용 시간과 노동의 양을 평가하여 집중화되어 있는 노동량을 재분배하는 방안이지요.

겨우 구한 대기업의 일자리, 젊은이들이 가정을 내팽겨쳐야 할 만한 고도의 경쟁 속에 혹사당하고 있지는 않은지, 정부에서 고용의 질적 향상을 도모하는 동시에 효율적으로 일자리를 재분배할 수 있는 방안을 연구하여 표준화할 필요가 있습니다.

정부가 가이드라인을 제시하는…. 예를 들어 자본주의의 설탕인 성과 중심의 인센티브 제도를 전면 개선하여 노동의 질적 향상과 노동자 삶의 가치를 배려하여 공동화된 빈자리를 새로운 일자리로 얼마든지 만들 수 있습니다.

또 고급인력이자 워킹맘인 제 맏며느리가 둘째를 낳았는데 출산 이후 육아와 워킹 사이를 방황하고 힘들어합니다. 또 두 아이의 고통스러운 육아 과정을 어떻게 참고 견딜지 걱정입니다.

진지하게 청년 일자리 해결, 산모와 육아정책, 노동 재분배를 통한 개인 삶의 질적 향상을 위한 국가적인 노력을 해야 할 것입니다. 대학 구조 개혁과 전문 인력의 고용 확대 문제도 해결해야 할 심각한 국가적 과제거리이지요.

오늘 저는 갑자기 어깨가 무거워졌습니다. 사랑하는 제자의 박사학위 취득 축하와 귀한 둘째손녀를 맞이하는 기쁜 날, 꿈을 희망으로 만드는 날입니다.

큰 빗줄기가 구름길 막더니
갑자기 온 계곡이 요란스러워라
남쪽 마을 북쪽 마을
높낮음도 상관없이

하늘에서 내리는 견책 경고
서쪽 들녘에서 거둘 곡식은
남겨 둘 테지
팔월 불볕 더위 태양이
다시 빨갛게 달아오르네

「봄맞이」

바람 마디에
네 모습이 그리운 안개처럼
묻어있고

스쳐가는 햇살 날개에
황금빛 추억어린 색깔이
오래된 기억으로
남아있고

들풀 냄새의 깊은 깊이
낯설지 않은 노래로
춤을 추며 다가온다.

2016년 2월 21일

후배 작가이자 화가인 김서령이 페이스북에 올린 글 한 대목을 읽어 보자.

"모든 것이 지나간다. 지금 내 눈에 보이는 건 그게 뭐든 곧 사라진다. 오른손으로 쓰다듬는 왼팔의 까칠한 감촉? 이게 진짜일까. 가지런히 눕는 솜털…. 손끝이 감지하는 이 탄력마저 순간에 지나갈 것을 나는 안다. 마음이 맥을 탁 놓아 버릴 현재의 감촉은 이따가 자다 깨서 만져보는 것과도 달라질 것이다. 지속은 아무 데도 없다. 눈에 보이는 이 방의 모든 것, 꽃필 풍란, 사과, 벗어놓은 치마, 아이의 세 살 적 모습이 든 사진틀. 그중에 변하지 않을 건 아무 것도 없다. 사진 틀 속의 아이는 벌써 스무 살이 됐고 풍란은 이미 시들기 시작했고 저 사과는 곧 내가 숭치만 남겨놓고 먹어치울 것이다. 벗어놓은 치마? 저게 그중 오래가겠군."

매우 사실적인 묘사이다. 지난 과거와 현존 물상과의 허물어져 가는, 가물거리는 기억 속에서 건져내려고 하는 게 무엇일까? '숭치'라는 낱말이 눈에 속 들어온다. 사과의 속 꼬투리를 뜻하는 안동 사투리이다. 그런데 『표준국어대사전』에 이 낱말이 올림말로 들어 있을 리 만무하다. 사투리이기 때문에. 표준말에 없는 이런 낱말은 서울 말씨가 아니더라도 당연히 표준어로 인정하고 널리 사용할 수 있도록 해야 할 것이다. 그러나 정부의 세금으로 우리의 말과 글을 연구하고 있는 '국립국어원'에서는 이런 내 말을 들으면 펄쩍 내뛸 것이다.

심사위원이 심사하여 '짜장면'을 '자장면'과 함께 표준어로 인정했듯이 엄격한 심의가 필요하다는 주장을 할 것이다. 참 웃기는 일이 아닌가? 언어의 주인인 국민을 표준어와 교화 대상으로 여기는 언어 정책, 언어 관리 행정의 현주소이다.

오래된 불빛

「봄을」

깊지 않은 의식의 여울

허기와 추위 그리고 침묵의 얼음

밀려나는 겨울바람은 그대로

내버려두고

남 몰래 깃던 봄을 맞이하는

아쉬운 환희

충만한 봄 햇살 곁에 쇠퇴하는

따사로운 쾌감

태양의 빛이 할퀴어 놓은

차라리 이 겨울 끝자락의

봄을

우리는 갈망하고 그리워한다.

떠나보내는 겨울처럼

다시 여름을 맞이하며, 지난 가을과

겨울을 보내며

마른 나뭇잎처럼 죽어가는

이 봄을

2017년 2월 22일

대구광역시 보훈정책 토론회에서 독립운동가 애산 이인 선
생의 활동상에 대한 발표를 하였다.

2017년 3월 6일

역사를 뒤돌아보면 이단과의 갈등과 충돌의 연속이었지요. 다만 그 갈등과 충돌이 발전적 전망을 갖느냐 갖지 못하느냐에 딸 역사는 명암으로 드러났지요. 그런데 최근 촛불과 태극기라는 갈등과 충돌이 생겨난 배경을 한번 돌이켜 봅시다. 사건의 발단이나 본질은 어디로 가고 없어지고 참 이상하게도 방향이 서로 다른 화살을 겨누고 일촉즉발의 대립으로 치달아 온 셈입니다.

이러한 정치적 충돌을 완화시켜야 할 책임이 있는 지도자(?)들은 찾아보기가 힘듭니다. 제각기 나름대로의 정치적 목적인 대권 쟁취를 위해 혈안이 되어 좌파몰이와 방어로 수다스럽기만 하네요.

이 두 패거리의 집단 광기와 법질서를 무시하는 태극기부대의 작태를 지켜보면서 내일의 대한민국은 앞으로 어떻게 될까 걱정스럽습니다.

반성과 참회의 눈물은 고사하고 나는 한 푼도 받지 않았다고 항변하는 박근혜 대통령의 뻔뻔스러움, 국고 수백억 원을 빼돌린 최순실은 도리어 특검이 반민주적이라 외치는 이 적막하고 아득한 천박한 현실. 참으로 안타깝고 씁쓸한 오늘의 대한민국, 어떻게 하면 좋을까요?

「전설이 된 고향의 추억」

골 깊이 불어오는 마을 뒤 솔밭 솔바람 소리
어둑하게 밀려든 잠에 빨려드는
내 고향 마을, 아직 삼경에 못 미쳤으나
점점 더 높이 달아나는

오래된 불빛

앞산 마루에 걸쳐 있는 밤 구름

챙그렁 소리 울리는 달빛 사이로
소달구지가 내놓은 고샅길로
몰려오는 북쪽 바람
휘날리는 주희의 백프로 붉은 치맛자락
자랑스레 점점 깊어가는 시골 겨울 밤
화롯불에 발갛게 익어가는 주희 볼 빛
시무룩이 한마디 말도 없이 곁자리를 지키더니

온 산천의 나무가 소리를 그려내면
강 건너 외딴 집 창문에서 흘러 날아오는
호롱빛
봄기운 주체 못해 밤새 뒤척이다가
어느 날 대처로 난질 떠난 주희는
다시는 마을로 돌아오질 않았다.

그해부터 바람 걸친 겨울 입새
멀쩡한 마을 청년이 한 명씩 급살 맞아
죽어나간 유령 같은 이야기가 나돌았다.
이젠 슈퍼가 들어서고 도로 포장이 된
그리운 고향

겨울 사과는 숨태기도 남기잖고 바숴먹던
화롯불에 붉게 익은 터실터실한

주희 입술,

철없는 입맞춤,

추억 같지 않은 그리움만

몹쓸 겨울바람 따라 함께 몰려오고 있다.

매년 이맘때면 마을 뒷산 솔바람 소리 속에

주희의 음성이 섞여 있다.

오래된 불빛

박근혜의 탄핵

2017년 3월 7일

거짓으로 은폐된 열등과 패자의 수치스러운 대면을 타자화하여 치켜든 태극기와 성조기. 민족 자존심을 할퀸 이런 자조적인 집단 행동이 남겨놓은 상혼이 얼마나 깊고 클지. 시간을 두고도 치유 못 할 상처로 남게 될 것이다.

조선시대 중화모화는 사대부 지도층 중심으로 지향했던 가치였지만 이번 박근혜 대통령 구하기를 위해 모든 사법기관의 결정을 부정하고 시비를 거는 비합리주의적 행태로서 치켜든 태극기와 성조기는 민주국가 시민의 행위였다는 점에서 더욱 아픈 수치스러운 역사적 경험으로 남게 될 것이다. 자발적이든 타율적이든 간에….

중국으로부터 사드 보복 조치에 외교적 대응의 부재와 무능력을 그대로 노출하였다. 북 핵무기 억제의 책임을 중국에 부과할 수 있는 절호의 기회도 잃어버린 결과가 되었다.

앞으로 망망대해에 외로운 섬으로 남게 될 대한민국, 북은 한미군사합동훈련을 조롱이나 하듯 오늘 아침에 또 장거리 미사일 4기를 쏘아 올렸다. 즉각 상응하는 타격 조치를 할 것이다 큰소리치며 핵 억제를 주장하던 국방 관계자들은 급기야 핵 전술 재배치를 지원할 조짐마저 없지 않다. 자주국방 능력을 갖추지 못하고 대미 의존 국방의 한계가 가져올 결과는 불본 듯 뻔하다.

미국이 언제까지 우리의 우방으로 남아있을지 미지수이다. 자국 보호주의가 강화된 미국, 우월적 팽창주의로 치닫는 중국, 핵무기와 화학무기로 인류 평화를 위협하는 북, 호시탐탐 침략을 노리는 일본, 사면초가 상황에 처해 있는 우리가 아닌가? 정당과 정파 패거리, 좌우의 프레임 분쟁과 패 가름에 토닥거릴 여유가 있는가? 무너져 가는 국가 경쟁력, 심각한 경제 위기, 청년들의 실업에 따른 무기력과 상실감 등 앞으로 헤쳐 나가야 할 일이 산적해 있지 않은가?

갈등, 이단이 없었던 시대는 결코 없었다. 개혁과 변화의 비전을 가진 촛불과 그렇지 못한 수구에 그냥 주저앉기를 바라는 태극기부대의 상충되는 갈등은 중단되어야 한다. 이런 현실임에도 청와대에서는 태극기부대야말로 구국의 노력을 하는 이들이라 격려하고 시위하도록 경비를 지원한다니 말이나 되는 것인가?

이젠 사법기관의 결정에 따라 신속하게 그동안 벌어졌던 갈등을 봉합해야 할 일이다. 거짓과 사악.

2017년 3월 10일

오늘 박근혜 탄핵 심판 날이다. 어젯밤 꿈에서도 나타나 탄핵이 기각되었다며 안타까워했는데 오늘 어떤 결정이 날지 기다려본다. 오전 11시경 헌재 재판과정을 생중계한다고 한다. 대통령의 무지함, 위증과 거짓, 사법기관의 조사 과정을 전면 부정하고 있어 많은 국민을 안하무인으로 대하는 모습이 지도자로서의 자격은 이미 상실됐다고 볼 수 있는 근거가 될 것이다. 그동안 정치적 편 가르기와 여야, 보수, 진보, 극우극좌와 같이 2분화되어 있는 현실을 타개해야 하는데 대권을 노리는 이들은 이러한 기존의 프레임을 활용해야 무임승차로 대권을 잡을 수 있다는 판단을 하는지 정치 구도 개혁과 국민 분열은 무관심하게 버려두고 있다.

하루 빨리 정치가 안정되어 나라 살림살이가 윤기 날 수 있도록 나라를 이끌 새로운 정치 지도자가 나타나길 바란다.

"피청구인 박근혜 대통령을 파면한다." 10시 28분 헌법재판소 판결 주문.

역사적 심판….

「용천사에 올라」

저녁 연기에

차츰 차오르는 잿빛 어스름

먼 산 지평선이

경계를 지워내는 고요한 적막

멀리 용천사 종소리

별빛처럼 은은히

하늘에서 퍼지누나

더 어둡기 전 저녁 밥 짓는

산 아랫마을 보이는

상계에 올라

막걸리잔 기울이며

넉넉한 주인 인심에

밤늦도록 취하누나

오늘 부는 솔바람

낼 봄비 데려온단 소식이

산 너머 어둠에 묻어오네

2017년 3월 17일

한 주가 무척 빠르게 지나간다. 그저께 서울 여의도에서 김충렬 목사를 만나 김종인을 위한 AMBOSFORUM 홍보물 제작을 도와주고는 큰 며느리와 교보문고에서 만나 윤이를 보러 유아원에 갔다. '할아버지가 웬일로?' 놀란 표정을 지으며 대구 할머니는 왜 없느냐고 묻는다. 살갑고도 귀한 내 맏손녀 윤이를 데리고 집에 왔다. 둘째 은이를 처음 본다. 사진보다 훨씬 예쁘고 매력적으로 자랄 것 같은 예감이 든다. 순둥이라 늘 잠만 잔다고 한다. 아이 보모가 대구 사람이라 아이를 잘 돌봐 준다고 하니 다행이다.

기념 촬영한 사진을 카톡으로 보냈다. 윤이는 무슨 노래인지 작사 작곡 모두 제 멋대로 지어서 노래한다. 아직 감기가 떨어지지 않아 콧물을 흘렸지만 밝고 명랑하게 자라나는 모습을 보는 이 기쁨과 즐거움을 어디에 비할 수 있을까? 제 엄마가 '아버님'이라 부르는 말을 윤이도 배워서 "아버님, 가지 마세요"라며 나에게 와 안긴다. "윤이 할머니 보러 KTX 타고 대구 갈까?"라고 했더니 함께 대구 가겠다고 한다. 헤어질 무렵 슬픈 표정을 짓는 윤이 모습을 가슴에 담고 대구행 기차에 올랐다.

인생이란 만남의 기쁨과 함께 또 헤어져야 하는 슬픔이 함께하는 것 같다. 은이와 윤이 둘 다 건강하게 잘 자라기를 기원한다. 벌써 기차는 동대구역에 도착했다. 배가 고파 가락국수를 한 그릇 맛있게 먹고 집으로 돌아왔다.

2017년 3월 22일

오늘 달성군 현풍 향교에서 11시부터 두 시간 소학을 주제로 특강을 하였다. 유림 300여 명을 대상으로 군주의 권위를 도덕적

질서 속으로 편입시킨 사림 세력들은 지역 자치 교육 기관인 서원과 향교 등을 통해 서민층으로 교육을 확대시킴으로써 조선은 성리학의 질서 속으로 편입되었다. 개인의 수양을 큰 덕목으로 삼았던 조선의 대중교화 방식을 현대의 우리들이 다시 배워야 할 시점이다.

2017년 4월 13일

보름 가까이 몸이 아팠다. 두통과 구토를 그리고 기관지 통증으로 헤맸다. 병원에서 치료받고 약을 먹어도 별 효과가 없다. 시간이 약이다. 그리고 후식이. 명곡 최석정 연구를 4월 말까지 마무리하여 보고를 해야 하는데 너무 무리를 한 것 같다. 좀 쉬어야겠다.

2017년 3월 31일

안동에 경상북도 도청 신청사에 건물 명칭 선정 회의를 하고 돌아오는 길에 의성 도리원에 있는 나의 여수제 서실에 들렀다가 이상헌 조각가 작업실에서 눈 호강을 하였다. 목공예 작가 이상헌 씨는 순수한 리얼리스트이다.

봄비 그윽하게 뿌리는 아침 신청사 이전 도감자문회의 후 첫 걸음인데 감개무량하다. 봄비에 젖은 댓닢처럼 곧곧한 경상북도, 웅비하기를 기원한다.

2017년 4월 16일

지난 금요일부터 손자 건이가 와 있다. 할매가 건이한테 매달려 애를 먹지만 애가 워낙 순하고 잘 웃고 밝아서 돌보는 재미가 쏠쏠한가 보다. 이번 어린이날에는 서울에서 윤이와 은이도 오니까 온 가족이 오랜만에 함께 모이게 된다. 4일에는 경주에서 캠핑하려고 한다. 즐거운 5월이 되기를…. 그런데 북에서는 김일성 생일 기념 열병식을 하면서 군사 무기를 자랑했고 미국에서는 핵실험과 동시에 폭격을 한다고 하니 지극히 평화스러운 남한에 전운이 감돌고 있다.

「주술」

바람이 숨을 쉬며
무수한 바람을 일으킨다
하늘에서 이 땅으로 내려온
북두칠성 별자리
사이로
어려움을 쉬움으로
두려움은 친근함으로
먼 곳을 가까운 곳으로

해 뜨는 동녘에서
달 지는 서쪽 하늘까지
천둥 번개 물리치고
바람아 불어오너라
무수한 바람을 불러다오
별빛 그림자 머무는 곳까지
오래 머물 수 없어
시시각각 몸 비트는

2017년 4월 22일

몸이 좋지 않아 일찍 잠을 잤다. 아내가 윤이가 온다고 하는 말소리에 깼다. 나는 토요일 새벽인 줄 알았는데 아직 밤 11시 30분이다. 어리둥절하여 윤이가 온다니? 아마 저녁에 갑자기 대구 할머니 집에 가자고 해서 아빠가 윤이를 데리고 밤차로 오는 모양이었다.

멍하게 기다리니 12시 20분쯤 저들 부녀가 왔다. 할머니랑 1시 반까지 장난감 놀이를 하다가 겨우 잠들었다. 옛 어른들 말씀처럼 귀하고 유관타. 윤이 오면 주려고 키웠던 딸기를 따서 줘도 먹지를 않는다. 음식을 잘 먹지 않아서 그런지 애가 좀 여리고 약해 보이지만 무척 영리하고 똑똑하다. 제 엄마 아빠를 닮았으면 어련하랴.

내일은 의성 시골 구경을 시켜 줄 예정이다. 도심에서만 자랐기 때문에 시골 자연의 정취를 느껴 볼 수 있게 도리원에 있는 내 책 도서관인 여수제를 구경시켜야겠다.

한국어 방언학 책을 내 연구실 제자들과 일본 홋카이도대학 이연주 교수 등 공동저자로 간행할까 한다. 명곡 최석정의 「경세훈민정음」은 마지막을 정리 중이다.

2017년 4월 25일

나라꼴이 참 이상하게 돌아가고 있다. 대통령 선거 출마자를 면면이 들여다보면 저런 수준으로 어떻게 나라를 통치한다고 할까? 대북 정책이나 경제, 사회, 교육 전반에 걸친 통치 철학을 지닌 인물이 없어 보인다. 최악의 인물난임에도 저마다 당선될 것이라 끝까지 완주한다고 야단들이다. 오늘 북의 창군기념일, 핵실험을 하는 순간 외국으로 원정 타격을 한다고 야단이다. 나라가 풍전등화와 같음에도 어느 누구 자주 외교와 국방 전략을 제시하지 못하고 있다.

2017년 4월 28일

명곡 최석정의 「경세훈민정음」 연구보고서를 오늘 완료했다. 우수 도서 지원 사업으로 650여 쪽의 연구보고서이다. 곧 서울의 유수 출판사에 의뢰하여 출판할 예정이다.

오후에 친구 박이달이 만든 탁자(김춘수의 수련별곡이 새겨진 것)를 찾아왔고 이 화백의 그림과 학근이 다섯 살 때 그린 그림을 액자로 만들어 찾아 왔다. 대통령 후보 토론회를 보니 참 한심하다. 철학 부재의 올망졸망한 후보들에게 대한민국의 미래를 맡긴다고 하니 한심하다.

「침묵의 아침」

미세한 바람에 쓸리는
실크 커튼이 몸을 뒤트는
점점 부풀어 오르는 침묵

쌀쌀한 아침 창턱을
짚고 외발로 딛고 서 있는
눈에 보이지 않는 공기

느낄 수 없는 침묵의 냄새

창 밖 박새 울음
물방울처럼 굴러 떨어지고
비로소 들리는
고요

창 밖 파릇파릇 돋아난
풀빛과 어울려
이미 사라진 박새 울음과
손을 잡고
창 커튼을 살짝 걷어 올린다
쓰나미 같은
봄 바다가 밀려든다.

2017년 5월 4일

　대통령 선거 미리 투표했음(사전투표). 별로 기대하지 않는다. 도덕적으로 망가진 세력들이 다시 결집하여 움직인다. 대구·경북의 한계. 그 미래는 참으로 암담하다. 군사독재에 대항해 그토록 집요하게 투쟁했던 세력들이 3대 세습 김정은 체계를 정치적 협상의 파트너로 인정하는 게 나로서는 이해가 되지 않는다. 핵으로 정밀한 타격을 하겠다는 북의 정치집단을 어떻게 용인할 수 있는가? 평화통일로 민족 독립이 가능한 일인가?

　기침 감기로 애를 먹고 있다. 쿨룩 쿨룩, 어린이날 손자도 만날 수 없다. 아이들에게 감염될까 걱정이 되어서….

2017년 5월 9일

『the T』 제10호에 문자의 이미지성이라는 주제로 한 특집에 특별기고 〈훈민정음, 그 오해의 깊은 뜻〉이라는 나의 글이 실렸다.

2017년 5월 7일

미세먼지가 최악이다. 얼마 전 미세먼지 제거기를 들여다 놓았다. 별로 소용없다. 아침에 일어나자 밀대 청소를 해 보면 바닥에 노란 먼지가 엄청 많이 묻어 나온다. 하루에 서너 번 청소를 하지만 할 때마다 먼지가 엄청나게 나오니 창문을 열 수도 없다. 창밖 하늘을 보면 온통 뿌연 느낌이다. 잠시 창문을 열면 금방 녹색 경고등에 불이 들어온다.

이번 연휴 동안 아무 일도 못하고 감기 치료를 하느라 휴식을 취했다. 감기가 아니라 기관지에 염증이 생겨 누른 가래와 기침, 늑골이 먹먹할 정도로 통증이 따른다. 신종플루와 비슷한 증상인 듯하지만 정부의 보건 당국에서는 무대책이다. 무슨 나라가 이런 나라가 다 있나. 국민의 건강과 안녕을 위해 이처럼 방관하고 있어서 되겠나. 우리 가족 몽땅 기침 감기에 걸려 어린이날 서울 손녀들도 오지 못했다.

2017년 5월 10일

속이 후련하다. 박근혜의 종말을 명징하게 보여준 선거 결과이다. 개인적으로 문재인을 선호하지 않지만 박근혜를 둘러싼 정치세력과 영웅적 추앙 세력의 몰락을 선거를 통해 경험하였다. 정치란 항상 고이고 정체되면 부패하기 마련이다.

어제 잡지 『The T』에 나의 글이 실렸다. 우리나라 최고의 캘리그래피 잡지에 특집으로 내 글이 실렸다. 그리고 제6시집 원고 교정지도 왔다. 밀린 일이 많은데 건강이 좋지 않다. 아침에도 코피를 쏟았다. 김정은을 우상화하는 것을 나무랄 수 없을 것 같다. 박근혜를 추종하는 집단의 행각을 보면 왕조적 통치가 이 나라에서 아직 불가능한 것이 아닐지도 모른다. 사대 모화와 집단 리드에 충성을 맹세하며 추종하려는 동물적 본성이 많이 남아 있는 의타적 민족성 때문일까? 가장 격렬하게 요동친 시간이 이렇게 또 지나간다. 곧 박근혜의 재판이 시작된다.

이번 최순실-박근혜 게이트 사건에서 핵심 인물이 상당수 누락되어 있다. 이정현이 그 대표적인 인물이다. 인수위에서 박근혜 정부로 전환되는 과정에서 가장 지근에 있었던 인물이며 이 작자가 사건을 은폐하는 앞잡이로서 이에 동조하지 않을 인물들을 거세하기 위한 총선공천 파동을 야기했던 핵심 심복이다. 그리고 박근혜의 대선 자금과 관련 있는 인사들을 비롯한 청와대 문고리 3인방 그리고 청와대 비서진 상당수를 대상으로 조사가 확대되어야 할 것이다.

2017년 5월 15일

『박맹호 자서전』, 민음사, 2012

김구룡, 『뇌염』, 솔, 2001

『이승훈 시 전집』, 황금알, 2012

김정한, 『사하촌』, 문학과 지성사, 2010

2017년 5월 22일

지독한 감기로 근 한 달 이상 고생하다가 이제 겨우 살 만하다. 기관지 염증으로 기침과 가래가 나와 고생을 하였다. 나뿐 아니라 온 가족이 감기로 몸살을 치렀다. 서울의 둘째 손녀 은이의 백일잔치에도 참석하지 못했다.

병원이나 학교 강의실에서도 여기저기 기침 소리를 들을 수 있을 만큼 유행성인 것 같지만 정부에서는 아무런 대응을 하지 않는다. 전국 병원을 대상으로 환자의 증감에 따라 신속한 대응을 하는 것이 옳을 듯하지만 기척도 없다. 메르스, 신종플루, AI 등 독감과 중금속, 미세공기 때문에 기관지만이 아니라 눈도 따가워 제대로 뜰 수 없을 정도이다. 국가적 방역 체계가 작동이라도 되고 있는 것일까?

2017년 5월 28일

둘째 며느리가 중이염으로 병원에 입원하였다. 임신 중인데 걱정이다. 건이를 금요일부터 오늘까지 집에서 돌보았다. 아이가 너무 예쁘다. 하는 짓이나 행동이 무척 귀엽다. 할머니가 혹 빠졌으나 아이를 돌보는 데 매우 힘들어 하기에 내가 한 시간 업어주었는데 허리가 무척 아프다. 서울 윤이도 또 감기에 걸려 애를 먹는 모양이다.

건이를 보내고 나니 눈에 삼삼하다. 말을 배우려고 옹알이도 하고 걷기 위해 무엇을 붙들고 이리저리 돌아다니기도 한다.

2017년 6월 1일

어제 둘째 며느리가 병원에 입원하고 있는데 저녁을 사 가서

오래된 불빛

함께 먹었다. 임신 중인데 감기가 심해 중이염이 생겼다고 한다. 걱정이다. 오늘 검사해 보고 백혈구 수치가 안정되면 수술을 안 할 것 같다고 하니 다소 안심이다.

새벽에 일어나 지난 사진을 보았다. 손녀손자들의 모습. 세월이 무상하게도 빨리 흘러간다. 건이 백일 사진을 보니 어제 일인 듯한데 벌써 걸어 다니려고 하니 돌 전에 걸을 것 같다. 아이가 너무 순하다. 잘 웃고 사람 얼굴 가리지 않으니 제 엄마가 잘 키운 것 같다. 벌써 6월이 시작된다. 한 학기가 훌쩍 끝나간다.

대한민국, 사드 뒤에 숨어서 북의 핵을 감당하는 것은 불가능한 일이 아닐까?

2017년 6월 4일

방학이 되기 전에 방언학책 두 권 마무리 교정을 보느라 휴일도 없다. 『한어방언지리학』은 중국 베이징대학교 상멍빙 교수의 저서를 번역한 것이고 『방언학 연습과 실제』는 방언 교과서로 내 연구실의 제자 13명이 함께 집필한 책이다. 다양한 방언의 창틀을 통해 풍요로운 문화의 내면을 해독할 수 있다. 언어 다양성과 문화의 풍요를 강조해 온 나의 학문적 입장을 반영한 책이다.

2017년 6월 8일

이번 학기 강의를 종강한다. 이젠 3학기가 남았다. 정년퇴임할 때까지. 제대 말년을 조심하라는 말이 있듯이 교수 33년을 명예롭게 마감할 수 있게 여러 가지로 조심해야겠다. 최근 페이스북을 통해 바라보이는 세상은 무척 흉흉하다. 이념의 무비판적인 물결이 용솟음치고 있고 이를 제어하거나 조절할 수 있는 통제 장치는 전혀 없어진 느낌이다. 피의 맛을 보고 싶은 이들이 점점 늘어나고 있다. 이젠 KBS2에서 미군 위안부 문제를 폭로하고 있다. 국가적 도덕성을 내부로부터 되찾으려는 노력은 필요하겠지만 이처럼 무비판적으로 남북 통합 논의를 위한 반미 감정을 노골화하는 일이 옳은 일일까?

오늘 학과 교수 공채 심사위원회의가 있다. 대학 안에서도 총장 선출 문제, 교수들 간 이해 문제로 제기된 각종 갈등이 분출되고 있다. 아침 일찍 잠에서 깨어나 이것저것, 이 나라의 미래가, 이 나라의 안위가 풍전등화와 같다는 생각이 든다.

2017년 6월 9일

둘째 미미 출산 준비로 이불, 요, 배내옷, 싸개 등을 구입했다.

2017년 6월 14일

오랜만에 고등학교 동기인 이원배라는 친구와 만나 점심을 같이하고 두 시간 가까이 커피를 마시며 이야기하였다. 사업을 하다 정치계에도 잠시 활동하였으나 모두 좌절하고 건강을 다쳤던 친구이다. 그러나 교회를 다니며 모든 것을 극복하고 이 사회를 위해 살아갈 것이라는 친구의 모습, 무척 평온하고 안정되어 있었다. 큰아들은 의사이고 둘째딸은 중학교 교사인데 모두 잘 키웠다. 일찍 혼자가 된 어머님이 병원에 계시는데 거의 매일 방문하여 기도를 올린다고 한다.

아침 일찍 아내가 베트남으로 출장갔다. 김해공항까지 차로 태워 주고 왔다. 서울 아이들이 내주 토요일 건이 돌잔치에 왔다가 그날 돌아간다고 한다. 하루 쉬다가 가면 좋을 텐데….

저 넓은 벌판

바람 따라 느릿하게

내려앉는 햇살

고개 숙인 들풀

고요히 출렁인다

춤을 춘다

붉은 고추잠자리

나지막하게 바람에 난다

어제와 달라진 게 없는

오늘

햇빛으로 흐르는 저녁노을

서산을 껴안고

하늘의 바람이 되고

들풀이 바람이 된

벌판처럼 늙었으면 좋겠다.

멈추지 않는 몸이 된 바람과 함께

미국 방문, 손자 건 돌잔치

2017년 6월 19일

　　손자 건이 돌잔치를 당겨서 다음 주 토요일 날 한다. 할머니
가 미국 가는 날짜 때문에. 오늘 손자와 서울 손녀 입힐 옷을 사러
시내에 나갔다. 사거리 신호를 대기하다 옆에 서 있는 버스에 '대
한민국 교육의 수도 대구'라는 슬로건이 붙어 있는 것을 보았다.

무심코 보다가 가만히 보니 모든 시내버스에 똑같은 슬로건이 붙어 있음을 알았다. 참 이상하다. 대구가 교육의 수도라니? 이런 허구가 어디에 있나? 상위권 4분의 1의 학생이 전부 서울로 유학가고 지방 국립대학 조사 전국 13위권, 전 세계 500위권에도 들지 못하는 최악의 교육도시이지 않은가? 중고교 자살률 또한 전국 상위권인 도시 대구가 교육의 수도라니 어불성설도 유만부득이다. 가장 정직하고 신뢰를 받아야 할 교육기관마저 이처럼 허위 슬로건을 버젓이 모든 버스에 달고 다니게 하니 어지간히 거짓을 해도 좋다는 말과 무엇이 다른가?

돌아오는 길에 다시 버스 교차로 신호대에 간판을 무심코 쳐다보았다. 경산은 '慶山 Gyeongsan'으로 되어 있는데 향교는 '乡校 Hyanggyo'로 표기되어 있다. 하나는 정자체 하나는 약자체로. 원칙이 흔들리고 도덕과 국가관이 이처럼 흔들리는 나라가 이 세상에서 대한민국 말고 또 어디, 어느 나라가 있을까? 사드 문제로 한미동맹이 균열될 것인가 큰소리치는 대통령의 안보 · 외교 특보인 안정인이라는 사람. 북핵에 대응하는 자위 방위력을 갖추지 못한 상태에서 어찌 저토록 쉽게 한미 방위 문제를 다루고 있을까?

이 나라의 내일이 걱정된다. 특히 국방은 여간 신중하게 처리해야 할 문제가 아니다. 북이 결코 호락호락한 상대가 아니다. 나라 곳곳에 문제가 산적해 있다. 망하지 않고 버티는 것이 신기하다.

2017년 6월 18일

새벽에 일어났다. 꿈에서 다크니스 투어라는 이름으로 대구 중구청에서 1905년 이토 히로부미와 강압적으로 남행길에 오른 순종 어가길을 도심 재생사업으로 선을 보였는데 이를 비판하다가 잠에서 깬 것이다. 참 어처구니없는 짓을 하고 있다. 시민의 혈세를 어떻게 이런 일에 투자하는지. 여기에 들러리선 대학교수 자문관들 제정신인가?

대한제국의 종말을 상징하는 순종의 남행로. 대구역을 출발해 달성공원 안에 신사 건립 낙성식에 참석하기 위해 강압적인 순행길에 나선 슬픈 역사의 한 토막이다. 그 후 대구역 부근은 윤락녀들이 호객하던 창녀촌과 일제가 만든 자갈마당이 있던 곳이기도 하다.

대구 중구청장 윤순영이 김광석길로 재미를 보았는데 근대 골목 도심 재생 사업이라는 명목으로 역사적 고증을 무시하고 마구잡이로 세금을 부어 넣고 있다.

중앙로와 불과 10m도 안 되는데 골목을 뚫으려다 일부 지주의 매입 반대로 세금만 처넣고 실패한 상태의 흉물로 만든 골목길, 소담 이일우가 건립한 계몽교육의 산실 우현서루를 고증도 없이 기와집 흉내를 내어 만든 졸렬한 외장 시설, 이곳을 다녀간 고증도 없는 박은식, 이동휘 이름을 내걸고 시민을 속이는 대구의 문화 행정의 현 주소. 분노를 느꼈던 탓일까? 꿈에까지 나타나다니 대구는 참 서글픈 도시이다. 고뇌하는 사람이 왜 이리도 없을까? 김광석 기념관 건립 현장에 테이프 커팅하는 사람들을 면면이 들여다보면 내일이 보이지 않는다. 무지의 도시 대구, 슬픈 도시이다. 상화, 이인, 삼정, 이인성 등 나라를 위해 항일 투쟁한 거목들을 위해 대구는 과연 무엇을 했는가?

2017년 6월 19일

서울 오세영 시인이 새로 낸 시집을 보았다. 내 시집 오르간 교정지를 오늘 출판사로 보냈다. 북에 억류되었던 미국 워싱턴대 학생이 결국 죽자 온통 세상이 시끄럽다. 문정인이라는 대통령 외교안보특보 하는 이가 아무 개념 없이 떠들어대는 바람에 미국과의 외교 관계가 복마전이 될까 걱정이다. 가뭄과 에너지 장기 대안 없이 원전을 폐쇄한다는 정부의 발표. 국민이 평안할 날이 없다. 속 시끄러워 이민이라도 떠날 수 있으면 좋겠다. 5년 정치를 맡은 이들이 온통 세상을 뒤집어 엎어버릴 듯한 기세다.

2017년 6월 24일

건이 돌잔치를 했다. 서울 아들과 며느리 손녀 윤이, 은이 모두 모였다. 구미 형님 내외도 오시고 둘째 사돈댁 가족과 함께 점심식사를 했다. 가족이 모두 모여서 기분이 매우 좋았다. 아이들 모두 제 나름대로 정직하고 성실하게, 열심히 살아가니 더할 나위 없이 좋았다. 윤이가 저녁에 서울로 떠나면서 할머니랑 헤어지기 싫다면서 아쉽다고 한다. 네 살 먹은 아이가 어찌 저렇게 고급스러운 낱말을 쓸 수 있을까? 역으로 가면서 울다가 너 할머니와 같이 살고 싶으냐고 물으니 그렇게 하고 싶단다.

건이도 건강하고 또 며칠 있으면 둘째 린이를 낳게 된다. 화장을 한 둘째 며느리가 참 이쁘다. 집에서 함께 있다가 일요일 아침 독일에서 온 처제랑 함께 브런치 먹으러 뉴욕에 갔다. 아이들을 다 보내고 텅 빈 집에 있으니 재롱 부리던 아이들 생각에 잠긴다.

2017년 6월 26일

새벽에 난데없이 돌아가신 백강 선생님이 꿈에 나타나셔서 고문서를 해독하시는 꿈을 꾸다가 깨었다. 고려조 한문학사 연구

오래된 불빛

의 대학자이며 인품도 뛰어난 은사였는데 그분이 나를 무척 사랑해 주셨다. 그런데 웬일로 꿈에 나타나셨을까? 긴 가뭄으로 타들어 가는 대지에 촉촉이 내린 빗줄기가 해갈에는 부족하지만 조금은 넉넉해진 느낌이다.

아침 창문을 활짝 열고 흰 구름에 휩싸인 앞산을 바라본다. 돌아가시기 전까지 꼿꼿하던 백강을 생각해 본다. 대학원 종강 무렵 시내에 나가 맥주 마시며 시조창을 하시던 때가 엊그제 일인 듯 그립다.

철이 지나간 시간을 묶는 동아리
그 텅 빈 자리
한 가닥 짙은 태양이 밀려난
그 횅한 빈자리
남아 있는 한기와 어둠
한때 그곳에 머물렀던 활기찬
모습 대신에
고요와 한가로움이 머물고 있다.

탄화한 깊이를 낼 수 없는 존재의 묵은 기억

2017년 6월 30일

국회 오영훈 의원실 주관으로 〈바람직한 지역어 보전 정책〉에 대한 세미나를 가졌다. 이태영, 강정희, 강영복, 김덕호 교수와 송철의 국립국어원장이 함께 하였다.

2017년 7월 6일

오늘 둘째 며느리의 둘째아이 린이가 태어난다. 어제 저녁 효성병원에 출산을 위해 입원하였다. 손자 건이가 엄마와 떨어지기 싫어 울었는데 어미도 함께 울었다고 한다. 두렵기도 하고 큰아이 건이가 애처롭기도 했으리라. 둘째가 결혼한 지 2년 만에 아이를 연이어 둘을 가졌으니 고생이 얼마나 심할까? 도리어 내 마음이 아련하다. 오늘 아이나 산모 모두 건강하기를 빌어 본다.

아침 9시경에 제왕절개 수술을 한다고 하니 10시 전후로 둘째손녀 린이가 이 세상에 태어날 것이다. 복을 가득 안고 태어나 늘 건강하게 자라기를 바라며 우리 둘째 며느리도 몸 건강하기를 기원한다. 이른 새벽에 일어나 우리 손녀의 탄생을 기다린다.

2017년 7월 7일

린이가 하루 만에 말쑥하고 단정하고 안정된 모습이다. 애 어미도 건강하게 회복하기 위해 병원에 있다. 린이가 태어난 날 한어방언지리학이라는 번역서가 출간되었다. 서울 학근이도 질녀가 태어났다고 축하 전화를 했다. 너무 기쁘고 고마워서 잠이 오지 않았다. 애들이 잘 자라서 훌륭하게 성장하기를 기대한다. 건이와 린이, 서울 윤이와 은이 모두. 모두 외국에 유학을 보내면 좋겠는데 하는 생각이다.

2017년 7월 9일

어제 건이와 하루 종일 지냈다. 낮에 브런치를 먹으러 갔는데 계란빵을 맛있게 먹는다. 크게 보채지도 않고 잘 웃고 밝게 자란다. 할머니가 건이를 무척 사랑한다. 저녁에는 일식집에서 스시를

오래된 불빛

먹었다. 밤에 며느리 병실에 들렀는데 저녁하늘의 붉은 노을이 황홀하다. 건이를 안고 있는 할머니와 사진을 찍고 린이를 보러갔다.

아내가 쓴 양아록

2017년 아내가 미국 BYU 방문연구교수로 미국 유타주 프로보에 체류하는 동안 둘째 며느리와 맏손자 건이 그리고 둘째 린이가 미국에 와서 2달 동안 함께 살았다. 2017년 크리스마스를 사랑하는 둘째며느리와 금쪽같은 손자 건이와 손녀 린이와 함께 마을의 축제에 참가 하였다. 그리고 프로보에서 가까이 있는 파크시티와 아치스톤파크를 함께 관광을 하였다. 며느리는 틈을 내어서 BYU에 어학원에서 영어회화도 공부하면서 신나는 미국 생활을 경험하였다.

얼마 전 아내가 카톡으로 문자를 보냈는데 열어보니까 「경북매일」 신문에 쓴 「신양아록」이라는 글이었다. 귀국 후에 주말마다 시간을 내어서 손자와 손녀를 돌보는 솔솔한 재미와 행복감이 느껴지는 글이었다. 이 글의 내용은 다음과 같다.

두 돌이 채 안된 손자가 올 삼월부터 어린이집을 다닌다. 유달리 사람 좋아하는 아이답게 친구도 잘 사귀고 선생님도 잘 따른다고 해서 집단생활을 대견스럽게 잘한다 싶었다. 그러더니 자주 아프다는 소식이 들렸다. 이전까진 잔병치레 한 번 없이 건강한 아이였다. 일주일에 연 삼일은 아프다고 하니 다니지 않는 것이 어떨까 싶다는 생각이 들 정도였다. 몇 주 전엔 심한 기침으로 나흘간 입원하기까지 하여 애를 태우기도 했다. 여기저기 걱정을 풀었더니 이제껏 하지 않았던 집단생활에서 각종 병원

균에 노출이 돼서라고 했다. 면역력을 기르는 이 과정을 거쳐야 튼튼해진 단다. 시간이 지나면 점점 나아질 거라며, 도리가 없다니 할미는 그저 안쓰러워 할 뿐이었다.

그런 손자가 일주일 전에 우리집으로 피접(避接)을 왔다. 손과 발과 입에 수포가 생기는 수족구라는 전염병에 덜컥 걸렸단다. 어린이집 아이들이 집단발병을 했고, 다 나을 때까진 어린이집에도 갈 수 없단다. 더구나 연년생 여동생인 손녀에게까지 전염이 될까 염려돼 아들 내외가 궁여지책으로 피접을 생각한 모양이었다. 피접이란 병이 들었을 때 살던 집을 피해 다른 곳으로 옮겨 요양하던 예전 풍습을 이르는 말이다.

사정을 말하면서 아이를 일주일 정도 돌봐줄 수 있느냐고 조심스럽게 묻는 며느리에게 흔쾌히 대답했다. 바쁜 직장일이 핑계가 되어 주말에나 가끔 만나는 손자였다. 비록 아파서이긴 하지만 온전히 일주일을 먹고 자며 함께 지낸다는 반가움에 잘 돌보지 못하여 다칠까하는 두려움이 겹쳤다. 손수 삼시세끼와 간식을 제대로 해 먹여서 병을 이겨낼 수 있게 해주고 싶은 마음은 더 컸다. 퇴근길에 서둘러 장을 보며 온전히 손자를 위한 일주일을 살 채비를 했다. 원래 할미를 잘 따르던 손자인지라 할아버지 할머니와의 생활을 그다지 낯설어하지 않았다.

한 주일을 참으로 즐겁고 신나게 손자와 지냈다. 다행히 아픈 기색은 별로 없이 잘 먹고 잘 자고 잘 노는 손자와의 일주일은 더할 나위없이 행복했다. 유난히 신명많은 손자는 병색 하나 내지 않고 온갖 재롱으로 할미의 작은 노고에 기쁨으로 답했다. 눈 마주치면 활짝활짝 웃고, 서툰 말로 할미를 불러댔다. 노래하면서 춤추며 사랑을 만들었다. 아침마다 일어나 밥 달라며 웃고, 해주는 밥마다 잘 먹었고 잘 쌌다. 이따금 투정도 예뻤다. 예쁜 짓 할 때마다 사진을 찍고 또 찍었다. 순간순간 모든 것을 잊지 않게 담아두고 싶었다.

'양아록(養兒錄)'이라는 책이 생각난다. 16세기 조선의 양반인 묵재 이문건이 손자를 키우며 직접 쓴 육아일기이다. 손자 수봉의 출생부터 16세가 되던 해까지 시간적 순서에 따라 일기 형식의 시로 기록한 책이다. 묵재는 58세 늦은 나이에 대를 이을 손자를 얻고 매우 기뻤다. 손자가 가통을 잇는 군자다운 인물로 성장할 수 있도록 교육하면서 그의 성장 과정을 기록하고 싶었다. 조선 유일의 할아버지 육아일기에는 육아 과정의 구체적 상황과 체험, 감정 등이 매우 구체적이며 진솔하고 자연스럽게 표현돼 있다. 갓난아기가 젖을 빨고, 일어나 앉고, 이가 나고, 기고 성장하는 생육 과정이 매우 세밀하고 다정하고 또 때로는 엄격하다. 손자가 생후 6개월에 혼자 앉을 수 있게 된 뒤 스스로 일어나고 말문이 트여 할아버지가 글 읽는 모습을 흉내내는 등의 성장 과정을 묘사하는 시구엔 흐뭇함이 배어난다. 천연두나 이질 등의 큰 병에서는 손자의 안위를 염려하는 할아버지의 안타까움이, 다친 손톱이 다시 잘 자라기를 바라는 마음에선 넘치는 사랑이 절절하다. 자라면서 사춘기를 겪는 손자를 훈육하는 할아버지의 한숨과, 학습을 통하여 기울어진 가문을 일으킬 훌륭한 사대부로 성장하기를 바라는 할아버지의 간절함도 있다. 이문건이 경북 성주 유배지에서 쓴 이 양아록을 모티브로 경북의 '할매할배의 날'이 만들어졌다고 한다.

포손(抱孫). 아버지는 자식을 안지 않고 조부모는 손자를 안는다는 말이다. 자식보다 손주가 더 사랑스럽다는 것이 고금이 다르지 않음을 새삼 알겠다. 일주일 후 손자는 다 나았다는 병원의 확인증을 들고 집으로 돌아갔고, 다시 어린이집을 씩씩하게 다니고 있다. 며느리는 아이가 살이 포동포동 올랐다는 말로 시어미에게 고마움을 표했다.

먼 산을 봐라

2017년 7월 20일

아침 질녀인 민정이 안내로 내 가족과 함께 LA에 있는 엘른 브라우닝 스크립스파크 해안을 갔다가 맛있는 샌디에이고 갈빗집에서 점심을 먹었다. 코라나도 델코로나도 호텔 해안과 호텔 구경을 하였다. 작열하는 태양, 푸른 바다와 은빛 모래와 함께 아름다운 추억을 쌓았다.

돌아오면서 올드타운을 들렀다가 민정이네 집 어바인 Portola Springs에 가 보니 괜찮게 살고 있어서 마음이 놓인다. 저녁 서울 윤이가 구내염으로 또 열이 오른다고 하니 걱정이다.

2017년 7월 23일

UCI에 들렀다가 조카인 학본이와 아내와 맛있는 점심을 먹었다. 어제 민정이와 샌디에고 퍼시픽 오션 연안을 따라 드라이브와 관광을 하였다. UCI에 한국학 연구 분위기가 UC 버클리보다 좀 취약한 느낌이 들었다.

2017년 7월 30일

미국에 와서 긴 여행을 마치고 유타 프로보에 안착했다. 아내는 이곳 BYH에서 6개월 비지팅스칼라십으로 체류하기 위해 이곳 Provo Riverside North 3200, 3175 집을 렌트했는데 주인은 한국인 한의사(안주인)와 회계사(남편)인데 인심도 좋은 것 같다. 둘러보니 동네가 대 저택 단지이며 건너편에 스코산이 웅장하게 유타산맥의 흐름을 이어 내고 있다. 어제 도요타 중고차도 준비하고 마트에 들러 미니멀 라이프를 위한 도구를 약간 구입했다. 마침 탈북한 젊은 김 씨 부부가 가이드를 해 주어서 큰 불편 없이 적응하려 하고 있다. LA에 살고 있는 맏조카 학본이의 가이드로 서부 라스베이거스 등지의 여행을 잘했으나 형수의 모습에 엄청 충격과 실망을 금할 수 없었다. 외국의 고립된 생활 탓이기는 하겠지만 걱정이다. 이제 모두 나이가 들어 가면서 좀 더 안정되고 관대하게 살아야 하는데 정신적인 문제가 많은 것 같다.

지금 한국에 손녀손자들이 제일 보고 싶다. 윤, 건, 은, 린, 요 놈들 사진과 동영상 보느라 시간 가는 줄 모른다.

2017년 8월 2일

어제 서울 아들 식구가 제주도 휴가를 간다는 소식과 사진을 몇 장 보내 왔다. 손녀 윤이는 신이 난 듯 공항 짐차 위에 앉아 있다. 한국에는 북의 핵문제로 전운이 돌고 이으나 너무나 평온한 듯하다. 진보적인 인사들은 SNS를 통해 연일 반미주의를 외치고 있다. 무엇이 옳은 것일까? 우리 속담에 방귀를 뀐 놈이 성을 낸다는 말이 있다. 원인을 제공한 것은 비판하지 않고 그들을 옹호하며 평화 보장의 길이 있다고 주장하는 이들의 머릿속은 어떨까? 내가 모자라는 인간인가?

미국이 먼저 북을 공격하겠다는 것이 아님에도 적화통일을 유일한 목표로 삼는 집단을 옹호하는 세력들이 집권을 하자 그 기운이 더욱 세차게 응집하고 있다. 정세현 전 통일부 장관은 절대

북이 핵무장을 하지 않는다고 공언했지만 전혀 그 예상은 빗나갔다. 비핵화를 전제한 대북 지원은 공수표가 되었다. 송나라가 여진을 지원한 결과 무장 세력으로 변한 그들에게 멸망의 길을 걸었듯이 작금의 한국과 국제 정세가 그런 비운의 길로 들어설 공산이 매우 크다.

한국의 정치 지도자들의 선택, 그 가변성이 별로 크지 않다. 그럼에도 북의 인구조사 지원금으로 600만 달러를 보내겠다는 통일부가 과연 올바른 판단인지 의문이다. 강력한 군사적 견제와 더불어 정치, 경제적 압박이 절실한 시점인데 정부는 엇길로 가고 있다. 평화를 보장할 수 있는 지렛대가 되지 않는다. 미국 시장에 진출한 한국 기업의 이익을 생각해 보자. 어찌 한, 미, 일의 관계가 고립 속에서 유지될 수 있겠는가?

2017년 8월 5일

솔트레이크시 템플스퀘어를 방문했다. 매우 근엄하고 성스러운 주님의 은혜가 미치는 땅이라는 생각이 들었다. 끝없는 풍요가 낳은 인간들의 타락한 삶의 모습과 다른 절제와 엄숙함 그리고 인간을 배려하는 마음 등 종교 정신을 느낄 수 있었다. 마크 피트선 교수 역시 이곳 탈북자 가족을 보살피며 한국 아이 둘을 입양하여 벌써 손녀를 보았다 한다.

무덥던 더위가 이지러진다. 저녁이 되니 제법 쌀쌀한 느낌이다. 저녁에 스미스마트에 가서 손자손녀 옷을 샀다. 60% SALE이다. 내수 경기가 좋지 않다는 것을 느낄 수 있다. 식료품은 넘쳐 난다. 사는 사람이 거의 없는데 저 음식 재고는 어떻게 하는지 궁금하다. 지구 한편에는 굶주리는 이들이 있는데 한쪽에는 풍요로 넘쳐나니 공유초지역 불행을 목도할 수 있다.

불공평 불균형의 인간 세상.

노을빛 치마는 가볍게 바람에 날리고 구름 같은 머리는 드높다. 집에 들어온 파리 한 마리를 잡다가 전구를 하나 깨버렸다. 수건으로 내려치다…. 비용의 허용도.

2017년 8월 7일

손녀 린이, 은이, 윤이, 손자 건이가 보고 싶다. 꼼지락거리며 자라가는 아이들. 육아를 위해 고생하는 며느리…. 한국에서 미국에 온 지 불과 한 달도 안 되었는데 아이들이 눈에 삼삼하다. Endless Love. 어제는 Provo에서 40분 거리에 있는 Park city를 관광한 다음 돌아오는 길에 Homestead리조트를 들렀다. 아름답고 평온한 자연 경관과 기획된 도시 개발이 돋보인다. Provo강 줄기를 따라 막바지 여름휴가를 즐기는 캠핑카와 요트를 즐기는 미국 사람들의 모습이 부럽다. 우리 가족들, 손녀와 손자들을 데리고 여름 여행을 와야겠다. 오동통한 린이 사진을 휴대전화 바탕화면에 넣어두고 보고 또 봐도 귀엽고 사랑스럽다.

우리 아이들 모두 훌륭하게 자라길 기원한다. 오늘은 하루 종일 집에서 책을 읽으며 자다가 음악을 들으며 쉬고 있다. 무척 평온하다.

2017년 8월 9일

저녁 먹을 무렵 창밖에는 천둥 번개와 함께 장대비가 쏟아졌다. 그러다가 쌍무지개가 떠올랐다. 전운이 감도는 한국에 평화가 깃들어야 하는데 걱정이다. 점심때에는 탈북자 김두현 씨 내외를 만나 함께 점심을 먹고 월드마트에서 쇼핑하였다.

2017년 8월 10일

새벽에 배가 아파서 깼다. 며칠 전부터 이 시간이 되면 아랫배가 아주 묘하게 아프다. 우리하고 찌릿한 말로 표현할 수 없는 느낌이다. 별별 생각이 다 든다. 일찍 귀국할까? 이러다가 만리 타국에서 죽는 건 아닐까? 따듯한 물에 목욕을 하니 좀 개운해졌다. 커피 한 잔을 마시며 창밖의 여명에 따라 실루엣처럼 보이던 산과 나무 그리고 집, 풀 그리고 푸드덕 날아오르는 새의 윤곽이 선명해져 간다. 시간의 흐름에 따라 산 경계선 넘어서부터 더욱 훤하게 밝아 오는 이른 아침이다.

창문을 여니 어제 깎은 잔디의 풀냄새가 신선한 바람에 묻어 밀려온다. 살아 있다는 행복함. 이제 서서히 저물어 가는 내 삶의 황혼을 조화롭고 여유 있게 보내고 싶다.

2017년 8월 12일

김두현 씨 집에 저녁 초대를 받아가서 Pho를 먹었다.

「바람결처럼」

달궈진 태양빛이
졸듯이 내려앉는다.
잠자리 날개에
해바라기 흔들리는 꽃잎에
화염가은

햇살이 숨죽인

바람결 타고

헤집고 다닌다.

한여름이 지나가는

발짝 소리가 바람 속에

섞여 있다.

2017년 8월 15일

오늘 아처스국립공원을 찾았다. 진짜 장관이었다. 세 시간 정도 걸렸는데 벨선스스톤 악마의 정원, 들끓는 용광로 등은 엄청난 자연의 신비와 하늘로부터 받은 선물인 것 같았다. 아이들이랑 함께 왔으면 하는 아쉬움이 남았다. 곳곳에서 우리 윤이랑 건이랑 손잡고 구경하면 얼마나 좋을까 생각하며 저녁 늦게 Provo로 돌아왔다.

2017년 8월 16일

아침 일찍 눈을 떠서 페북을 보니 김서령이 여승처럼 머리카락을 빡빡 민 사진이 올라 있다. 얼마 전 아프다는 소문을 들었지만 항암치료를 시작할 정도라고는 생각지 못했는데 또 하나의 기사는 정정현이라는 후배가 민원학년의 사건 기사와 함께 무기징역을 선고받고 세상에 적응하지 못하다가 죽은 정문화에 대한 글을 읽었다.

민주화가 되고 촛불 시위로 문재인이라는 진보적인 인사가 대통령이 되어도 나라가 고요해지지 않고 반친일, 민주세력의 영웅화 등의 문제로 사회가 더욱 들끓고 시끄러워지는 느낌이다.

이제는 용서와 화해를 통한 미래를 향해 사회를 통합하려는 자성적 노력이 필요하지 않을까? 영혼과 몸이 합쳐지지 않은 글들이 SNS를 통해 난무하고 있다. 심지어 타락한 인간들이 내뱉어대는 언어, 남을 이해하려는 것이 아니라 짓밟고 뭉개는 토막 난 지식 언어들…. 참 안타깝고 답답하다. 한국의 현실, 북으로부터 핵 위협, 내부에 이념적 갈등과 충동, 정치인들이 어질러 놓은 모순이 용광로처럼 뒤끓고 있다. 언제 안정을 되찾을 수 있을까? 어제 BYU에 다나 스콧 교수와 중국 방언 이야기를 오랫동안 나누었다. 1월에 특강으로 언어지도 제작 시스템 시연을 하기로 하였다.

「먼 산을 봐라」

조용히 하늘을 흔드는
멀리 높이 서 있는 나무를
그 너머 푸른 하늘을
바라보면 햇살이 세월 데려와
바람과 함께 노랠하고
사랑하는 너의 눈웃음 짓는
구름과 함께 노래한다.
하늘 높이 날아오르는
새들처럼 나도 함께 푸른 하늘
두둥실 떠오른다.

어제 저녁은 미국 식당에 갔다. 음식을 주문하고 계산하고 먹다 남은 음식을 포장해 달라고 하는 모든 과정이 새로운 경험이었다. 한 달 정도 쇼핑도 하고 자동차 여행도 다니고 대학에서 학과

장 교수와 만나서 엉터리로 대화하고…. 한 달 동안 처음 불안했던 미국 생활이 어느 정도 적응되는 것 같다.

서령이가 암에 걸려 방사선 치료로 머릴 스님처럼 깎은 모습을 페북에서 사진으로 보았다. 사는 것이 무엇인가? 죽음을 사치스럽고 호사스럽게 생각하는 게 아닌가? 글쟁이니까 숨이 멎기 전까지 리얼하게 삶을, 그 의미를 기록으로 남기면 좋을 듯하다. 그가 쓴 여자전이라는 픽션이 약간 히트를 쳤을 때 글을 읽어보니 구술하듯 한 문법적 글쓰기 덕분에 친근하게 읽을 수 있는 글이었다.

이제 한 달 남짓한 린이가 서너 달 된 아이 같다. 워낙 제 어미가 순해서인지 린이도 무척 건강하고 순해 보인다. 서울 윤이, 은이 모두 보고 싶다. 16일은 서울 윤이 아비 생일인데 광복절 휴일 윤이와 아비 생일을 함께 보냈다고 한다.

나는 다름 사람들에게 의존하지 않고 혼자 독서와 사색을 즐기며 시간을 보내는 것이 사람들과 섞이는 것보다 편안하다. 사회성의 부족이나 대인기피장애가 있는 것일까? 그러나 막상 사람들과 어울리면 곧 잘 적응하여 적극적으로 상황에 적응하며 즐긴다. 그러나 가끔 그런 시간이 아깝고 부질없다고 느낀다.

고독은 기분이 좋아지며 마음의 평온을 느낄 수 있고 생각과 상상을 펼칠 수 있어 좋다. 여기 프로보 집 가까이 있는 프로보피크 산을 바라본다. 먼 산과 하늘을 바라보면 눈이 시원해진다. 늘 복작거리는 도시에서 가까운 거리의 사물만 바라보다가 멀리 있는 사물과 멀리 있는 나무의 나뭇잎과 가지의 잔잔한 미동들을 보면서 스쳐가는 바람결을 느껴본다. 한낮 원색의 패러글라이딩을 산 중턱에서 타고 천천히 내려오는 모습, 햇살에 반짝이는 돌과 여기저기 흩어져 있는 집의 지붕 모습. 한폭의 정겨운 그림이다.

벌써 뜨겁던 여름 바람의 열기가 부스러지고 신선한 가을의 살이 섞인 바람이 천천히 밀려온다. 불과 며칠 사이 처서가 지나자 절기의 변화를 눈으로 느낄 수 있네.

"자유는 거저 얻을 수 없으며, 목적 없이 사는 자는 목적이 있는 자에게 죽임을 당할 수 있다."-마루야마 겐지

"문학은 인간의 본질을 묻고 세계와 일대일로 대결하는 예술이다."

"문학의 언어는 일상의 언어와 다르다."

"예술가는 음지 식물이다."

"국가와 권력에 꼬리를 흔드는 예술인은 예술인이 아니다."

"정의로운 국가 권력은 원래 존재하지 않는다."

"나는 길들여지지 않는다. 어느 누구에게도...."

"문학은 고독한 자식과 싸움이지 떼거리로 하는 것이 아니다."

"채찍에 저항하고 사탕을 거부하는...."

"사람들이 나를 좋아하기를 원하지 않는다. 나는 모든 사람을 평등하게 대하지만, 내 생각과 맞지 않으면 교류하지 않는다."

2017년 8월 19일

솔트레이크호수로 갔다. Provo에서 1시간 거리였다. 소금 호수가 아니라 바다처럼 넓다. 호숫가에는 벌레가 떼를 지어 우글거리는 바람에 근처에 가기도 싫었다. 가지고 갔던 과일을 먹고는 다시 40분 정도 돌아서 호수 안에 있는 Antelope Island로 갔다.

Lady Finger Point Trail을 거쳐 햄버거를 먹었다.

일본에서 온 젊은이를 만났다. 버펄로 햄버거는 크게 맛은 없었다. 경진이가 조지아주 애틀랜타에 산다고 하는데 전화를 해도 받지 않는다. 토요일이어서 어디 휴가를 간 모양이다. 770-654-8113(경진이 폰). 미국은 축복받은 나라이다. 시골로 나가도 아주 깨끗하고 맑은 환경, 윤택한 가옥과 풍요로운 농경지가 그림처럼 펼쳐진다. 삶의 행복지수가 낮을 수가 없을 듯 곳곳에 그림 같은 교회가 커뮤니티를 만들어 주니 사는 사람들의 심성도 밝고 친절해 보인다. 하긴 도심 사회 내부를 들여다보면 자본주의의 모순도 많겠지만 외방인의 눈에는 꿈처럼 보인다.

「Youngsun Pond」

I ran like a vane

Along the bank of youngsun Pond

In the play yard where children met

school, supermarket, pharmacy

stationary, and bakery are over there,

they present me from recollecting the past.

Yet I can still hear breath of time

There is yearning of time

That overflows like

The water of Youngsun Pond

In the yearning raising like wind

There is still warmth in the hearts of Deagu People

2017년 8월 23일

솔트레이크 공항 사우스웨스트 Flight 5750, 2:55 탑승을 위해 게이트 B19에서 대기하고 있다. 탈북자인 김두현 씨가 정옥이와 함께 비행장까지 환송하고 돌아가고 나는 커피, 빵, 사과, 바나나를 사서 점심으로 먹었다. 한 달 6일간 미국 여행을 끝내고 LA를 거쳐 인천공항으로 날아간다. 국내가 전쟁의 공포로 어수선한 시기에 미국으로 여행한 것이 마음이 편치는 않았지만 아내와 나의 BYU 비지팅 계획은 이미 짜인 스케줄이었으니 어쩔 수 없는 일이긴 하다. 한미 관계도 그렇게 쉽게 '양키고홈'이라고 할 수 없을 만큼 이해관계가 복잡한 것만은 사실이다. 미국 내를 달리는 한국산 자동차와 삼성과 LG의 컴퓨터, TV 등 온갖 한국 상품이 여러 마트에 가득 차 있다. 한미 교역의 문제나 국방의 관점에서 보면 한미 동맹의 관계를 어느 부분적 시간으로 평가해서는 안 될 것이다. 사드 문제로 증폭되는 국수주의적 반미주의는 매우 위험한 시각이 아닐까?

한 달 넘어 외국에 나와 있으니 손녀손자들의 모습이 눈에 아른거린다. 윤, 건, 은, 린이 모두 밴드를 통해 노는 모습을 먼 나라에서도 볼 수 있지만 직접 꼬물거리는 모습이 그립고 또 보고 싶다. 그리고 우리 집 베리도 애견 숍에서 동영상을 카톡으로 보내주어서 보고 있지만 그래도 직접 보고 싶다. 한 달 사이 주인을 잊어버린 듯 애견 집 주인에게 재롱 부리는 모습을 보니 좀 서운하긴하다. 정옥이가 여섯 달 동안 건강하게 미국 BYU 방문교수로 생활하고 오기를 희망한다.

어제 저녁 늦게 한국에서 친구의 부음을 받았다. 그저께 아들 장가를 보낸다는 청첩문자를 받은 다음날 부고를 받으니 기분이 참 이상하다. 얼마 전 박재동이라는 동기를 만나 안부를 물었는데 아마도 지병이 있었던 것 같다. 나이가 드니까 갑자기 가까운 이들의 부음을 받으니 젊은 시절과는 전혀 다른 느낌이다. 아마 당뇨증세가 합병으로 급격한 죽음을 부르는 게 아닐까?

2017년 8월 21일

미국 유타 Provo에서 오전 11시 30분 갑자기 하늘이 캄캄해졌다. 해와 달의 공간에서 일직선으로 배열되는 우주쇼가 열렸다. 푸른 하늘이 순간적으로 새벽녘처럼 잿빛으로 바뀌었다. 구름 한 점 없는 하늘에.

2017년 8월 25일

약 12시간 비행, 기다리는 시간까지 합치면 하루 24시간이 넘는 시간 솔트레이크를 출발해 LA를 거치고 인천공항을 거친 뒤 대구공항에 아침 9시 10분 도착했다. 23일 11시에 출발하여 이제 돌아왔다.

솔트레이크공항에는 아내와 김두현 씨가 배웅해 주어서 11시경 출발하여 2시 50분인 예정 시간보다 조금 늦은 3시 30분에 출발해 사우스웨스트항공으로 LA에 도착한 것은 5시 30분경이었다. 어바인에 살고 있는 조카가 공항에 나와 함께 LA 시내 가드너 LA한인촌에서 이른 저녁을 먹고 Angels Gate Park로 갔다. 한미 우정의 종각과 해안의 멋진 공원 여기저기 사람들이 거니는 모습이 너무나 아름다웠다. 로스앤젤레스 해안을 따라가다가 Trump National Golf장에 들렀다. 미국의 부동산의 황제이자 대통령 트럼프의 소유인 골프클럽이었다. 다시 랜초 팰로스 버디스CA는 유리 교회, 깨끗한 해안 숲속 유리로 만든 작은 교회였다. 8시 30분경 LA 국제공항에서 출국 수속을 마쳤다.

2017년 9월 3일

북에서 6차 핵실험을 하였다. 전 세계가 경악하는 인류의 멸망과 재앙으로 치닫는 상황이 참으로 한심스럽고 걱정스럽다. 손자 건이가 저녁에 다녀갔다. 볼에 내 얼굴이 닿으면 전해오는 울림, 체온. 사랑스러운 나의 손자. 이 어린 것들을 보니 더욱 미래가 걱정스럽다.

「세도나, 애리조나」

어둠은 밝아지려 하지 않아도
새벽이 밀려오고 새벽 별빛에 흔들려 흩어지고
대낮은 잠시 머물러 있을 뿐
어둠께 자리를 내준다
어떤 미련이나 아쉬움도 갖지 않고
이 세상 모두 흘러가네
저 산 높이 우뚝한 봉우리도
언젠가 차츰 침강하여
굵은 힘센 뼈대만 남아있듯

꿩의 깃털로 장식한

깃털 모자

검붉은 가슴 태양의 무늬 아로새긴

원주민들은

피가 섞이고 몸이 섞여

산화한 붉은 얼굴

타는 저녁노을

2017년 9월 22일

국회의원회관 제3회의실에서 국회 문광위 김두관 · 정갑윤
· 이명수 의원이 주관한 〈한글 세계화 및 한류 문화 확산〉을 주제
로 주제 발표를 하였다.

2017년 10월 6일

서울 윤이네를 보내고 청소를 다 했다. 참 허전하다. 앞으로
저 귀한 손녀 윤이를 얼마나 더 볼 수 있을까? 처음에는 할아버지
를 낯설어하더니 떠날 무렵 정이 들 만하니 또 떠났다. 마음이 그
렇게 편하지 않다. 아이가 워낙 똑똑하고 감수성이 예민하여 잘 키
워야 할 텐데 걱정이다. 미국에 있는 건이 동생 린이가 백일잔치를
한다고 한다. 둘째 내외는 LA→라스베이거스→그랜드캐니언 관
광을 하고 오늘 Provo에 온다고 한다. 손자 손녀 하나하나 눈에 삼
삼하게 그립다.

주호영 의원이 추석 인사차 전화가 왔다. 나한테 인사를 하기
때문이 아니라 제정신을 가진 정치인으로 주 대표만 한 인간도 잘
없다.

「저 푸른 하늘」

날아가는 흰 구름 따라
아직도 떼를 지어 노래하네
지나간 내 젊음을 그리워하며
끝없이 흘러가는 저 깊은
푸른 바다

2017년 10월 27일

신숙주 탄생 600돌 기념 학술대회에 기조 강연을 하였다. 박현모·김슬옹 교수들과 함께 다양한 관점에서 신숙주를 재조명하는 기회를 가졌다.

2017년 11월 10일

몽골 울란바토르대학교 〈세종학당〉 개원 10주년 기념 초청 특강 발표를 하러 왔습니다. 전 세계 57개국 175개소 세종학당 가운데 1호점인 이곳 세종학당의 설립을 추진한지 10년의 세월이 눈 깜빡할 사이에 흘렀습니다. 새로운 10년을 설계하는 뜻깊은 자리에 송향근 이사장과 함께 참석했습니다.

2017년 12월 11일

오늘 4시 50분 대구공항 출발, 8시 LA로 간다. 내일 저녁 솔트레이크 도착 예정. 윤이랑 건이, 은이, 린이를 두 달 동안 못 본다고 생각하니 아쉽다. 우리 집 베리도 혼자 남겨두고 가려니 마음에 걸린다.

2017년 12월 16일

아직 시차적응이 되지 않아서 낮과 밤의 구분이 분명하지 않다. 김재원 한글박물관장이 고인이 되었다는 소식을 들었다. 며칠 전에 책(이정옥 저)을 보냈는데 받아보지도 못하고 중국 출장 중에 고인이 되었다 하니 무척 안타깝다. 지난 신숙주 탄신 600주년 학술대회에 내가 발제자로 발표하였는데 함께 커피도 마시고 이야기를 나누었는데 안타깝다.

건이와 린이 그리고 윤이와 은이 손녀손자들이 무럭무럭 잘 자라고 있어서 기쁘고 행복하다. 어제 유병우가 결국 구속되었는데 조선조 사화와 같은 일들이 재판으로 벌어지고 있다. 정치화한 문화, 학문, 이념 등 모두 편파적이고 획일적으로 몰아가고 있다. 이 나라의 앞 일이 걱정스럽다. - 미국 유타에서 -

정치권력이 인민의 자유를 박탈해 가고 있다. 도덕적 정의를 방패막이로 앞세운 날라리 패거리가 활개치고 있다.

2017년 12월 31일

2017년 마지막 날을 미국에서 보낸다. 좀 편안한 날이 전쟁의 두려움에서 벗어난 자유로운 나라에서 살고 싶다. 돌이켜 보면 한 해를 보람차게 보낸 것 같다. 손녀가 둘이 생겨났고 가족들 모두 건강하게 1년을 보냈으니 더 바랄게 뭐가 있을까. 이제 2018년은 내가 대학생활을 마무리하는 해이다. 34년간의 대학교수 생활을 접고 일상으로 돌아올 준비를 해야 한다.

오는 새해 무술년 우리 가족 모두 건강하고 열심히 살아가길 기원한다.

2018년 1월 1일

무술년 첫해 첫달을 머나먼 이국 땅에서 맞이한다. 잠을 자다가 갑자기 시 구절이 떠올라 잠에서 깨어났다. 온갖 사물이 품고 있는 소리를 내어지르는 이들이 시인이라는 생각이다. 본질의 노래, 사물이 구성하고 잉태하고 가슴 깊이 간직하고 있는 본래의 모습을 반향의 형태로 콜레스판스하는 울림이 시가 아닐까?

내 인생에서 끝자락 이 황혼녘을 사랑하는 아내와 외국에서 신혼살림을 하는 것같이 행복하다. 아이들 이야기, 손녀와 손자 이야기를 나누며 지극히 인간적인 삶의 중심에 서 있다. 막바지에 있는 저서 명곡 최석정의 경세훈민정음 연구를 정리하면서 미국 유타 Provo에서 새해 아침을 맞이한다.

인체에서 비강이 무척 예민한 기관이다. 갑자기 콧물이 쏟아져 내리고 재채기를 해도 해결되지 않더니 급기야 두통을 수반한다. 자다가 깨어나 코를 훌쩍거리며 물을 한 잔 벌컥벌컥 마셔 보아도 신통치 않다. 세면대에 코를 씻어도 콧물이 계속 흐르더니 비강에서 후두 쪽으로 무슨 이물질이 넘어오는 느낌이 났다. 콧물이 섞여 있는 걸쭉한 침을 뱉어 보니 까만 찌꺼기 같은 것이 있었다. 간질거리던 코가 가라앉고 콧물도 재채기도 멈추었다. 가만히 살펴보니 파씨 같은 작은 날벌레였다. 내가 자는 동안 얼굴 주변을 맴돌다가 내 코를 통해 비강에서 죽어 시체가 된 것이다. 이 죽은 날벌레 시체가 재채기와 콧물을 멈출 수 없게 만든 것이다. 이 섬세한 인간 비강의 구조와 어리석게도 내 콧구멍의 동굴 속으로 겁 없이 날아들어 죽게 된 날벌레. 금방 씻은 듯 기침과 재채기를 멈추고 줄줄 흐르던 콧물 역시 멈추었다.

내 삶 역시 이런 것이다. 거창하거나 위대한 것과 별로 무관한 파씨만 한 작은 날벌레와도 다퉈야 하는 미약한 생명체일 뿐 그것도 어느 날 날벌레처럼 소멸할….

2018년 1월 10일

비, 겨울비가 내리는 레전트솔라 쥬라기 공원에서 아내와 함께 들러 우리 손자와 손녀들과 함께 올 날을 기약하였다.

그 전날 아주 평온한 스프링빌 시골 농장에 계란을 사러 갔는데 다 팔리고 없었다. 아주 순한 개를 안고 사진을 찍었다.

2018년 1월 13일

오늘 BYU에서 방언지도제작 시스템에 대한 대학원 세미나와 학부 특강을 하였다. 학생들이 뜨거운 열정과 관심을 보여주어서 매우 기뻤다. 그 대학에 중국 이주민의 언어 연구의 권위자인 Dana Scott Bourgerie 교수의 관심도 매우 컸다.

오래된 불빛

에필로그

2018년 3월 27일에서 28일 양일 사이에 미국 유타주에 있는 브링검영대학교에서 마크 피터슨 교수가 주관한 조선학연구 국제 컨퍼런스가 개최되었다.

3월 27일날 오전에는 BYU에서 김영기(조지워싱턴 대학) 교수와 필자 그리고 로버트 프로빈(Maryland 대학) 교수의 발표가 있었다. 브루스 풀톤(브리티쉬 컬럼비아대) 교수, 이정옥(위덕대) 등의 발표가 있었고 3월 28일에는 데이비드 맥켄(하바드) 교수와 마크 피터슨(BYU) 교수와 김순주(하바드) 교수, 밀란 헤밋만(서울대) 교수 등 조선의 훈민정음, 음악, 조선방목 등에 대한 발표가 잇었다. 이 행사는 하바드 대학교 와거너(Wabner) 박사를 기리는 추모와 마크 피터슨 교수의 정년 퇴임을 기념하는 컨퍼런스였다. 한국에서 이창섭(코린언타임지 전 사장), 정승욱(세계일보 기자)가 함께 동행하였다. 행사 기간 동안 허용환(유타주 교민 회장)회장의 안내와 도움이 매우 컸다.

행사가 끝나고 귀국한 이후에 세계일보 정승욱(부국장)과의 인터뷰를 2018년 4월 28일자 전면 기사로 실렸다. 이 글을 이 책의 에필로그로 싣는다.

"지금 한국어 어문 규범의 뼈대는 일제강점기인 1933년 제정한 그대로입니다. 당시 일본은 도쿄 언어를 표준어로 했는데, 조선총독부도 서울 중류 사람들이 쓰는 언어를 표준어로 정한 다음 지금껏 그대로입니다. 이는 시대에 맞지 않아요. 표준어란 용어 대신 '대한민국공통어'로 바꿔야합니다."

국립국어원장(2006~2009)을 지낸 이상규 경북대 국문학과 교수는 "일본은 이미 1943년 표준어 정의의 문제점을 인식, 다수의 사람이 쓰는 '공통언어'를 표준어로 정한다고 고친 바 있다." 다음은 이 교수와 주요 일문일답이다.

- 국어학자로서 평생을 매진하셨다. 한국어 사용자가 얼마나 많은가.
"전 세계에 한글과 한국어를 사용하는 사람이 7800만 명이다. 재외국민(교포)이 인구비율에 비해 가장 많은 700만 명이나 된다. 숫자로 보면 한국어 사용자가 전 세계 12위권으로, 프랑스어 사용자보다 한국어 사용자가 더 많다. 그리고 국제결혼을 한 국내 거주 다문화 여성이 40만 명을 넘어섰고 외국의 한국어 학습자 수요가 급증하고 있다. 이러한 여건 변화에서 우리말과 우리글을 우물 안 개구리 식으로 바라보아서는 안 된다."

- 우물안 개구리식으로 보지않아야한다는 말은?
"광복 이후 48년부터 전국 대학에 설치된 국어국문학과를 통해 한국어와 문학에 대한 과학적 연구는 상당한 진전을 보았다. 그런 반면 언어의 다양성에 대한 존중이라는 점이나, 글로벌-정보화라는 언어 환경의 변화에 제대로 적응하지 못하고 있다는 말이다. 이를테면 나의 아버지가 배우던 대학국어책을 내가 배우고, 또 이것을 다음 세대에 마치 유물처럼 가르치고 있으니 도대체 말이 되는가?"

- 현재 우리 어문 정책은 어떤가.

"현재 국어정책의 핵심인 한국어 어문 규범은 대단히 많은 문제를 안고 있다. 예를 들어 '외래어 표기법'의 세부 규정을 들여다보면 국립국어원장을 지낸 나도 잘 햇갈린다. 어려운 규정을 국민에게 강요하고 따르라는 것은 잘못이다. 지나치게 이론화하여 너무 어렵고 복잡하다. 예를 들어 러시아의 국어교과서는 톨스토이, 도스토에프스키, 푸쉬킨 등의 문학작품으로만 구성되어 있다. 학생들은 이를 감상하고 평가하는 정서교육에 목표를 두고 있다. 결론적으로 교육량을 줄여야 한다. 우리가 중고교 시절에 배웠던 국어 교육이 내 삶에 과연 어떻게 도움이 되었는가 자문해보면 알 수 있다. 국어교육 교과과정은 최대한 단촐하게 줄여나가고, 교육의 목표를, 이론보다는 실용적인 감성 교육에 더 두어야 한다는 게 나의 지론이다."

- 앞으로 어떻게 해야하는가.

"세계 속의 한국어와 한글이 어떻게 연구해야 하고 활용할 것인지 연구해야한다. 언어정보라는 빅데이터를 용이하게 처리할 수 있는 새로운 기술과 방안을 개발해야한다. 이를테면 방언 연구를 더 적극적으로 해야한다. 최근 유타주 프로보에서 열린 조선사연구 세미나에서, 미국인 교수가 한글방언을 빅데이터화해 보여줘 충격을 받았다."

- 방언연구에 더 힘써야한다니 무슨 의미인가.

"저는 방언 연구에서 출발하여 훈민정음 연구와 국어 연구의 영역 확장을 위해 노력해왔다. 본인이 개발한 컴퓨터를 활용한 방언지도 제작 프로그램을, 지난 여름 미국의 몇몇 대학에서 소개하기도 했다. 방언을 연구해야 표준어도 이해할 수 있다. 서울말도 넓은 의미에서는 방언이다.

서울사람만 한국어 정체성을 갖고 있는 게 아니다. 여러 방언이 합쳐진 게 표준어 아닌가. 방언 연구가 중요한 이유이다." 방언 기초조사는 향후 남북의 통합언어 정책의 핵심이기도 하다.

- 사실 그렇다. 그토록 방언 연구가 중요한가.

"그래서 수차례 국립방언연구원을 설립할 것을 촉구했다. 절실한 문제다. 표준어를 업그레이드하기 위해서라도 방언 연구를 해야 한다. 이 것이 국어의 새로운 공급원이 되는 것이다. 어떤 말이든 말과 글은 다양하고 귀중한 지적정보를 지니고 있다. 서울과 변두리라는 개념, 경제적으로 앞선 국가의 언어가 우월하고 변두리나 피지배국의 언어가 열등하다는 인식은 곤란하다. 인간 삶의 흔적이 묻어있고 고유한 지식 정보가 담긴 '언어의 다양성'의 중요성을 깊이 인식해야 한다. 나의 이러한 입장에 대해 일부 인사들은 내가 국립국어원장이 아닌 방언연구원장이라는 핀잔도 들었다."

- 남북한 간 활발한 교류가 진행될 터인데, 양쪽 언어의 이질성이 심각하다.

"물론이다. 국어원장 재임 시절에 북쪽의 문영호 사회과학원 언어연구소장을 만나 남국간의 언어의 이질화가 심각하다 하니 동감하더라. 그 역시 현안에 매우 적극적인 해결 의지를 갖고 있었다. 그러나 우리의 경우 정부 담당부서인 문체부 국어민족문화과의 정책적 목표는 매우 불투명하다. 전 세계에서 21개 국가별 외래어 표기법이 존재하는 나라는 아마 대한민국 밖에 없을 것이다. 이 같은 허상의 어문 정책부터 개혁되지 않는다면 남북 언어의 동질화 작업은 허구일 뿐이다."

오래된 불빛

- 그간 진행해 온 남북한 언어 프로젝트를 소개한다면.

"우선 일대 방향 전환이 절실하다. 2007년 중단된 '남북한 지역어조사' 사업이 최우선 재개되어야한다. 2006년 남북 국어학자들이 만나 지역어조사를 추진하자고 약속하고, 공통질문지를 함께 협의하여 만들었고 또 4차에 걸친 예비조사도 진행했던 경험을 가지고 있다. 방언 연구가 절실하다는 사실은 남북의 국어학자들이 공통 인식하고 있었다. 그런데 갑자기 '겨레말큰사전' 사업이 추진되면서 '남북한 지역어조사'사업이 중단되어버렸다. 이웃 일본의 경우 '국립국어연구소'는 민간법인기구임에도 활발히 방언조사를 하고 있고, 전국 각 대학별로 방언조사와 연구를 지속적으로 실시하고 있다."

- 한류의 원천은 사실 한글이 아닌가.

"맞다. 2005년 국어기본법이 발효된 이후, 우리나라에 한류 붐이 일어나기 시작했다. 한류의 원천이 바로 한글과 한국어다. 때마침 중국에서 '공자학당' 설립이 진행되었다. 본인도 한국어와 한글 세계화 프로그램인 '세종학당' 설립을 밀어붙혔다. 현재 전 세계 각국에 157개 세종학당이 설립되어 운영중이다.

- 잘 운영되고 있는가.

"세종학당의 현황을 되돌아보면 문제가 많다. 새로운 발전방안이 절실하다. 예컨대 농공기술과 연계한 세종학당 등의 새 전략이 필요하다.

-명곡 최석정에 평생을 연구해왔는데.

"한글을 연구하면서 명곡 최석정, 병와 이형상, 여암 신경준 등에 대한 연구를 해왔다. 한글 곧 훈민정음은 1443년 세종이 창제한 세계적인 음소문자다. 이 문자에 대한 이론적 연구는 1446년 세종이 8명의 집현전 학사들과 함께 이루어낸 '훈민정음해례'이 처음이었다. 이후 350여년이 흘러 훈민정음을 본격 연구한 분이 숙종 4년(1678) 명곡 최석정이다. 그가 쓴 책이 '경세훈민정음'이다."

- 최석정을 좀 더 소개해 달라.

"명곡은 숙종조에 8차례나 영의정을 지낸 대학자요 선비다. 임·병 양란과 인조반정 이후 피폐해진 조선, 흔들리는 왕권을 굳건히 보위한 인물로 훌륭한 정치인이다. 세종 이후 조선시대 각종 학문연구의 중흥을 이끌어낸 업적이 크다. 그는 노장학과 양명학, 청나라로부터 밀려든 청학과 실학의 기풍을 융합한 신유학의 질서를 잡은 대학자였다. 그로 인해 세종대왕이 한글을 창제한 이후 거의 350여 년간 중단되었던 훈민정음 연구가 새롭게 재개되었다. 이는 조선 전기와 달리 변화된 조선의 시대정신과 사상적 조류를 읽어내는데 매우 중요한 연구 업적이요, 책이라고 할 수 있다."

- 명곡은 훈민정음이 이상적인 정음을 복원하는데 탁월한 도구라고 풀이했다.

"세종은 훈민정음을 28자로 만들었다. 애초 이들을 조합해 80여 글자가 사용되었는데(당시 불경서적이나 동국정운이나 홍무정운역훈과 같은 운서에 쓰임), 세종은 28자만으로도 다양한 외국어를 표기할 수 있어 경제성과 편의성을 고려해 28자로 제한했다. 그러나 오늘날 잘못 이해하고 있다. 한글로 전 세계 모든 언어를 표기할 수 있다고 하지만 그건 아니다. 이를테면 러시아의 'r', 영어의 'f', 'v'는 한글로 표기할 수가 없다. 그래서 어떤 이들은 순경음이나 반치음을 다시 살려서 사용하자는 이들도 있지만 그것은 잘못된 생각이다.

그렇게 확장하면 지금쓰고 있는 24자가 아니라 수백 개의 문자로 늘려야한다. 배우기 어렵고 문자 활용의 경제성이 떨어지기 때문이다. 이미 세종이 이를 헤아려 28자로 제한했다. 물론 4개의 문자가 사라지고 지금은 24자만 사용중이다.

- 한글 보급을 위한 제언이나 방안이 있다면.

"거듭 부연한다면 2007년 설립한 세종학당의 운영기조를 변화시켜야 한다. 한글과 한국어 보급만을 목표로 할 것이 아니라 농업기술이나 공업기술 교육을 병행한다면 상당히 효과적이다. 해외 젊은이들이 세종학당을 통해 기초 한글 교육을 받은 이후, 국내 농촌이나 공장의 현장 인력으로 활용하고, 대학교육까지 연계시킨다면 선순환 구조가 가능하다. 이들에 대한 인권, 노동 착취 시비를 없앨 수 있고, 한국 기술과 한국언어 문화를 가르치는 방안이 될 수 있다."

- 국어학자로서 평생을 걸어오셨습니다. 소회를 간략히 정리하신다면.

전 세계에 한글과 한국어를 사용하는 사람이 7천 8백만 명이지요. 재외 국민(교포)이 전 세계에서 인구비율에 비해 가장 많은 7백만 명입니다. 대한민국은 대단한 나라입니다. 한국어의 사용자가 전 세계 12위권으로 프랑스어보다 한국어 사용자가 더 많습니다. 그리고 국내 국제결혼을 한 다문화 여성이 40만을 돌파했습니다. 전 세계 곳곳에 한국인과 더불어 한국어가 함께 세계 다양한 사람들과 함께 숨쉬고 있지요.

이러한 환경에서 우리말과 글을 우물 안의 개구리 식으로 바라보아서는 안 될 것입니다. 예를 들면 한글은 세계에서 최고로 우수한 문자라는 식으로 말이죠.

돌이켜 보면 일제 광복 이후부터 전국 대학에 설치된 국어국문학과에는 표준화된 국어교육과 한국어와 문학에 대한 과학적 연구라는 목표는 상당한 진전을 보았습니다. 그러한 반면에 언어의 다양성에 대한 존중이라는 점이나 글로벌화와 정보화라는 언어 교육의 환경 변화에 제대로 적응하지 못했던 것이 아닌가 생각됩니다. 나의 아버지가 배우던『대학국어』를 내가 배우고 이것을 또 내가 나의 다음 세대에게 마치 유물처럼 가르쳐 왔으니 말이 될 소립니까?

세계 속의 한국어와 한글이 어떻게 연구되고 활용할 것인지에 대한 새로운 방향 모색을 해야 합니다. 그리고 언어정보라는 빅데이터를 용이하게 처리할 수 있는 새로운 연구 방법의 개발을 보다 적극적으로 추진해 나가야 할 것입니다.

저는 방언 연구에서 출발하여 훈민정음 연구와 그 국어연구의 영역 확장을 위해 노력해 왔습니다. 특히 언어의 다양성에 대한 철학적인 인식과 더불어 언어도 정보의 한다발이라는 면에서 언어 정보의 효율적 처리를 위한 노력을 해왔습니다. 제가 개발한 컴퓨터를 활용한 방언지도 제작 프로그램을 지난여름 미국의 몇몇 대학에서 소개하기도 했습니다.

한편 우리나라 어문정책의 수장의 자리인 국립국어원장으로서 한국어의 해외보급을 위한 <세종학당> 설립, 남북언어 교류를 위해 남북지역어 조사사업, 겨레말큰사전사업 이사 등을 맡아서 국어정책 분야의 일도 함께 해 왔습니다.

앞으로 한국어와 한글을 세계 속에 함께 공유하고 나누는 봉사활동을 펼쳐 나갈 예정입니다. 글로벌 시대에 한국어는 우리문화와 외국의 다양한 문화가 서로 만나는 가교의 역할을 할 수 있도록 기여할까 합니다.

-국립국어원장 재임 시절을 돌아보신다면

대학교수로서 연구에 매진하다가 2006년부터 2009년까지 3년간 우리말과 글을 관리하는 국어정책을 총괄하는 국립국어원장을 지냈지요.

저는 근본적으로 우리말과 글이 다양하고 귀중한 지식정보를 지니고 있다고 봅니다. 서울과 변두리의 대립, 제국과 피지배국의 대립적 관계에서 중심과 제국의 언어가 우월하고 변두리나 피지배국의 언어가 열등하다는 판단은 곤란합니다. 인간 삶의 흔적이 묻어있고 그들의 고유한 지식 정보가 담겨 있는 언어의 다양성을 존중해야 할 것입니다.

지난 시절의 표준어 정책에 고정되어 버린 옳고 그르다는 관점에서 벗어나 중심부나 변두리의 언어도 모두 국어의 다양한 가치를 지닌 것으로 이를 지켜내는 일이 매우 주요하다고 판단합니다.

남북한 방언 조사와 생활어휘 조사 사업 등을 대량 코퍼스로 구축해 나가야 한다고 판단했습니다. 그러다가 보니 국립국어원장이 아닌 방언 연구원장이라는 핀찬도 듣기도 했습니다. 2006년도 남북의 국어학자들이 함께 모여 남북 지역어조사를 추진할 것을 약속하고 공동으로 질문지를 만들고 또 예비조사를 함께 하였지요. 매년 한 두 차례 제3국에서 만나 사업 추진의 문제점과 방향을 재조정하는 학술회의를 추진하였습니다.

민족 언어의 단일성을 존중하기 위해서는 방언 연구가 절실하다는 사실은 남북의 국어학자들이 공통으로 인식하고 있었으나 갑자기 남북협력 사업으로 겨레말큰사전 사업이 추진되면서 남북 지역어 조사사업이 중단되어 무척 안타깝게 생각했습니다. 그러나 남북 화해의 시기가 도래하면 중단 되었던 남북 지역어 조사사업이 다시 재개되기를 희망합니다. 그러한 준비를 위해서도 현재 오영훈 의원(제주, 민주당)이 추진하고 있는 〈국립방언연구원〉(가칭)의 입법화가 필요하다고 봅니다.

2005년 「국어기본법」이 발효된 이후, 우리나라는 한류 붐이 일어나기 시작하였습니다. 한류의 가장 기본이 바로 한글과 한국어이다. 이 때 마침 중국에서는 <공자학당> 설립이 추진되고 있었지요. 이러한 한국어를 둘러 싼 환경의 변화에 맞추어 대한민국의 한국어와 한글 세계화 프로그램인 <세종학당> 설립 추진을 하게 된 것입니다. 현재 전 세계 157개의 <세종학당>이 설립된 기반을 마련한 일과 한글박물관 설립 제안과 그 기초를 놓을 일을 가장 큰 보람으로 생각하고 있습니다.

다만 <세종학당>의 현황을 되돌아보면 문제가 없지 않습니다. 새로운 발전방안이 마련되기를 희망하고 있습니다. 예를 들면 농공기술과 연계한 <세종학당>으로 새로운 발전 전략이 필요하지 않겠습니까?

남북 화해의 시대를 선도하는 일은 물류와 교역의 확대도 중요하지만 제일 먼저 남북한의 언어 교류와 화해를 이끌기 위하여 중단되었던 남북한 방언조사 사업의 지속적인 추진, 전문용어 통일화 사업, 남북 초중등 교과서 통일 방안 등의 사업들이 먼저 추진 될 필요가 있다고 봅니다.

남북 민족의 단일성을 확보해 나가기 위해 이질화된 언어를 재조정하고 통일시키는 일이 가장 선생해서 추진되어야 할 일이 아니겠습니까?

현재 국어정책의 핵심인 한국어 어문 규범의 관리 문제는 대단히 많은 문제를 안고 있습니다. 예를 들어 「외래어 표기법」의 세부 규정을 들여다보면 21개 국가별 철자전사 규정은 국립국어원장을 지냈던 저도 잘 모릅니다. 그런 어려운 규정을 국민에게 강요하고 따르라는 것은 잘못입니다. 외국어음차표기가 우리말을 거의 지배하고 있습니다. 국가의 정체성을 언어로 통해 확인할 수 있지 않겠습니까? 정부에서 책임있는 분들이 이 문제에 대해 보다 깊은 성찰과 관심을 가져야 할 것입니다. 저는 일찍부터 한국어 어문 규범을 기계화하여 아래아 한글이나 마이크로소프사의 워드 프로그램에 자동 검색 기능을 가오하는 쪽으로 발전 시켜 국민들의 피로감을 조금이나마 들어주려는 노력이 필요하지 않을까요?

오래된 불빛

- 조만간 남북교류가 재개될 것인데, 북한쪽과 우리말 통일 작업을 진행하시는지.

사실 2005년도 이후 2009년까지 남북 언어의 단일화를 위한 교류 사업이 활발하게 전개되었습니다. 제가 국립국어원장 재임 시절, 남북한 언어정보화와 관련된 공동 연구, 남북한 공동 지역어 조사사업, 겨레말큰사전 사업 등이 추진되었습니다. 이런 사업들 모두 제가 깊이 관여했습니다.

제가 남북 관련학자들과 여러 차례 국제회의를 통해 남북 공동 방언조사 질문지인 『지역어조사질문지』(태학사, 2006)를 간행하고 예비조사를 5차례 하였습니다. 그러나 아쉽게 중단되고 말았지요. 남쪽의 서울 중심의 표준어와 북쪽의 평양 중심의 문화어라는 이질적인 두 가지 목표와 그 규범의 이질성을 뛰어넘기 위한 방안이 무엇이겠습니까? 우리말의 다양성이라는 공동의 목표에서 출발한다면 서울이 중심이냐 평양이 중심이냐 다툴 일이 아닙니다. 많은 사람들이 알고 있는 공통어를 남북의 기준으로 삼는 다면 쉽게 해결될 문제입니다.

언어의 정치성을 뛰어넘어 민족어의 통일이라는 관점에서 남북의 다양한 방언 조사를 통해 남북 공통어를 설정할 기준을 마련하는 일이 매우 시급한 일이 아닐 수 없지요. 그래서 저는 <국립방언연구원>의 설립 법안 마련이 빨리 이루어져야 한다고 봅니다.

이러한 기반 위에서 남북한의 교과서 통일, 사전의 통일, 남북 규범의 통일이라는 문제뿐만 아니라 남한에서 과도하게 사용하는 외래어와 외국어 음차표기어를 어떻게 줄여나갈 것인가?

이처럼 남북이 공동으로 해결해야 할 과제거리가 있습니다. 제가 만난 문영호 북쪽의 사회과학원 언어연구소장은 저가 제안하는 이러한 현실적 과제에 대해 매우 긍정적이고 우호적인 해결 의지를 가지고 있습니다. 그러나 남쪽의 학자들이나 문화체육관광부 국어민족문화과의 정책적 목표는 매우 불투명합니다.

전 세계에서 21개 국가별 외래어 표기법이 존재하는 나라는 아마 대한민국 밖에 없을 것입니다. 이러한 허상의 어문 정책부터 개혁되지 않는다면 남북 언어 통일이라는 문제는 허구일 것입니다. 현재까지 진행해 온 <남북겨레말큰사전> 사업 역시 마찬가지로 일대 방향 전환이 필요하다고 봅니다. 2007년 중단되었던 남북한 지역어조사 사업이 최우선적으로 재개되기를 희망합니다. 한국어 정책 담당자들은 언어다양성 유지와 보존이라는 철학적 사유를 통해 분단된 공동체 민족어의 통일방안을 수립하고 꾸준히 실천해야 할 것입니다.

- 한글 보급을 위한 제언이나 방안이 있다면.

인류의 언어문화 상호존중이라는 기치 아래 2007년에 처음 설립한 <세종학당>이 현재 전 세계 174개소에서 한글과 한국어 세계화 전진기지 역할을 하고 있지요. 그동안 우리말과 글의 보급을 위해 많은 기여를 해 왔습니다. 그러나 이제 <세종학당>의 운영기조를 좀 변화시킬 필요가 있다고 봅니다. 한글과 한국어 보급만을 목표로 할 것이 아니라 농업기술이나 공업기술 교육을 전제하여야 할 것입니다.

기초적인 한글 교육이 이루어진 해외 노동자 인력을 우리나라의 농촌이나 공장의 현장 인력으로 활용하면서 이들에게 대학교육으로 연계시켜 배출하는 쪽으로 발전되기를 바랍니다. 현재 해외 노동인력의 유입을 일시적인 방편으로 생각할 일이 아니라 우리말과 글 그리고 우리문화를 가르치고 또 고급의 기술과 학문을 가르치는 순환적인 교육프로그램으로 활용해야 할 것입니다. 해외 유입 노동인력을 한국을 진정 사랑하는 인재로 키워낼 수 있는 교육 프로그램 개발과 추진 계획 수립이 필요하다고 봅니다. 우리나라를 다녀간 외국 노동자나 인력이 인권문제나 노동력

오래된 불빛

착취, 인종 차별 등의 문제로 반한 인사로 변한 사례들을 많이 볼 수 있습니다. 이들에 대한 국가차원에서 인권이나 노동력 착취를 근절하고 문화교류로서의 선진 한국 기술과 한국언어문화를 가르치는 방안을 모색해야 할 것입니다.

일방적 노동 착취나 인권침해 등으로 인한 혐한류가 상당히 팽배되어 있는 것도 사실입니다. 그리고 국내 다문화 2세대의 사회적응 능력의 신장을 위한 노력도 해야 할 것입니다.

한글 세계화 위해 정체성부터 찾아야

2017년 9월 22일 국회에서 열린 '한글세계화 및 한류 문화확산 세미나'에 발제자로 참석한 이상규 경북대학교 교수(前 국립국어원장)가 현재 '한글 세계화' 정책을 펼치고 있는 각 정부부처들에게 쓴 소리를 마다하지 않았다. 이 교수는 "한글이 진정으로 세계화가 되기 위해선 갈등보다는 화합, 역사적 고찰, 소수민족의 다양성을 존중하는 등 갈 길이 멀다"면서도 "그런데도 각 정부 부처들은 한글교육을 두고 밥그릇 싸움이나 하고 있다. 제대로 된 정책 지원이 꼭 필요하다"고 역설했다. 〈브레이크뉴스〉는 세미나 참석 전 이 교수를 만나 그가 가지고 있는 한글 세계화에 대한 생각과 현재 산적해 있는 문제점들에 대해 들어봤다. 한편, 이상규 교수는 노무현 정부때 국립국어원장에 취임해 2006년부터 2009년까지 국어원장직을 맡았고 재임동안 세종학당 설립에 앞장섰다.

다음은 이 교수와의 인터뷰 일문일답이다.

-오늘 발표주제가, 한글세계화와 한류의 미래이다. 한글전문가로서 오래 활동해 왔는데, 한글의 세계화에 대한 철학을 듣고 싶다.

지난 20세기에 언어가 식민지배의 도구였기 때문에 한글의 세계화는 조심스러운 문제이다. 외국인들이 우리 언어를 받아들이는 것에 대해 조심스럽게 접근해야 한다. 대표 브랜드로서의 한글은 역사적 성찰이 필요하다. 특히 문화의 상호존중을 바탕으로 해야하는데 기본적으로 다양성을 인정해야 한다. 영어만 우월한 언어가 아니라 소수의 언어도 중요하다는 공감대 형성이 중요하다.

-이 세미나에서 구체적으로 문화체육관광부 산하 국외 한국어, 한국
문화 교육기관인 세종학당 문제를 거론할 예정인데 세종학당 창설
의 장본인으로서 세종학당이 나야가할 방향을 어떻게 보는지?
세종학당의 한국어 교육은 굉장히 문화적이여야 하지만 너무 어렵게
한국어를 교육한다. 그림과 영상으로 가득 찬 흥미 위주의 문화적인 학습
을 해야 하지만 실패했다. 그 이유가, 국제교육학회나 한글교육전담교수
들의 외국의 교육이론을 직수입해 교육부, 외교부, 문화부나 다 똑같은 교
육방식을 채택하고 있기 때문이다. 세종학당의 정체성을 찾아야 한다.

-지금 세종학당에 문제점은 무엇인가. 운영상의 문제점을 말해달라.
제일 큰 문제는 정부지원이 부족하다는 것이다. 정부의 장기적인 비
전과 전략이 없었고 현지와 경영 마찰까지 빚어지면서 미국과 몽골에서
는 세종학당이 폐쇄됐다. 또한, 세종학당의 핵심은 교사, 교과내용, 교과
서 이 세가지에 중점을 둔 교과과정인데 지금의 세종학당에는 이 세가지
모두 문제가 있다.
첫째, 세종학당 교사나, 한국어 대학 교수나 똑같다. 세종학교가
한국어전공자의 실험장이 돼가고 있다. 차별성이 없다.
둘째, 목표, 과정, 교과서 내용도 문화상호주의로 가야한다. 우리는
영어를 배울 때 탐과 줄리가 텍스트에 나온다. 그러지 말고 탐
과 영희, 세종대왕과 징기스칸과 같이 반반씩 이렇게 재구성
돼야 한다. 세종학당의 텍스트는 일방적이다. 이런 식으로는
실패한다.

셋째, 교재 가격을 비싸게 책정해놓아 개발도상국에서는 배울 엄두도 못내는 사례가 많다. 문화적인 교재 및 오디오와 비디오를 결합시키고 쉽고 재밌게 교재를 개발한 뒤 무상으로 보급해야 한다.

-오늘 세미나에 국회의원들도 참석을 하는데 국회의원들에게 하고 싶은 이야기는 무엇인가 궁금하다.

외교부, 교육부, 문체부가 각각 부서에 따른 한글교육에 대한 정체성을 찾자는 얘기를 하고 싶다. 외교부와 교육부, 문화체육관광부에서 중점적으로 한글의 세계화 전략을 추진하고 있다. 외교부에서는 코이카(KOICA)를 통해서 해외 한국문화의 지원. 자산적 지원을 목표로 한다. 교육부는 해외동포 등 재외동포를 다른각도에서 한국어 교육을 다루려고 한다. 문체부는 한국문화를 연결하는 역할이다. 하지만, 내가 보기에는 2005년부터 시작한 한글 세계화는 아직 그런 정체성은 확보하지 못하고 서로 밥그릇 챙기기에 바쁘다.

국가에서 각 부서에 업무조정협의회를 만들었지만 그것은 실패할 수 밖에 없었다. 각 부서별로 예산 때문에 싸운다. 갈등이 아니라 각 부처의 정확한 정체성을 확보해야한다. 정부부처의 역할은 다양하다. 경쟁의 관계가 아니라, 부처별 정체성을 확보해야한다.

-한글 사이버대학교에 대해서 어떻게 생각하나?

내가 2009년도에 용역비를 줘서 온라인 세종학당을 설계를 다했다. 당시 3억8000만원이 들었다. 그렇지만 정책집행자들은 제대로 하지 못했다. 앞으로는 아프리카라든지, 중동, 동남아시아, 인도 진출해야한다. 아랍권, 아프리카. 오프라인으로도 조금씩 거점을 둔 후에 거점을 통

오래된 불빛

해 온라인으로 퍼뜨리는, 다단계적 전략을 채택했어야 했다. 그것을 세종 학당에서 설계해야한다.

-개발도상국에 인프라가 부족해서 진출하기 힘들다는 지적에 대해서 는 어떻게 생각하나?

한글이 어플리케이션으로 진출하기 위해서는 통신회사에서 개발도 상국에 인프라를 구축해줘야 한다. SKT나 KT, LGU+ 같은 이통사들이 세종대왕한테 통신료 일부를 떼서 준다는 마음으로 임해야 한다. 일종의 한글 지적 저작권료인 셈이다. 그걸 정부에게 줘서 개발도상국에 인프라 구축에 도움을 줘야한다. 그렇게만 된다면 진출 할 수 있다.

-한글 검정시험에 대한 문제점이 제기되고 있다. 한글검정시험은 KBS와 노동부에서 진행하는 것이 있다. 그렇지만 잘 진행되지 않 고 있다. 권위있는 검정시험이 만들어져야한다는 의견에 대해 어떻 게 생각하는지 알고 싶다.

원래는 KBS에만 한글검정시험이 있었는데 노무현 정부때 노동부 에서 외국인에서 들어오는 노동자들을 위해서 한글자격시험을 시행했다. 실질적으로 해외에 나가보면 그 한글자격시험의 관리는 엉망이다. 한국 어 시험본다고 전형료만 받는 경우가 많다. 실제로 한국 능력시험 본다고 상하이에서 전형료 걷고 도망가는 경우도 있었다. 다시는 이런 일들이 발 생하지 않도록 정부 부처에서 논의하고 협업 노력을 해야한다.

저자 소개 이상규

경북 영천 출신으로 경북대학교와 동 대학원을 졸업, 현재 경북대학교 교수이다. 한국정신문화연구원 방언조사연구원, 울산대학교 조교수를 역임하였고 제7대 국립국어원장을 역임하였다. 교육부 인문학육성위원, 통일부 겨레말큰사전편찬위원 및 동 이사와 대학민국 국회입법고시 출제위원을 역임하였다.

한국어문학회 회장, 국어학회 평의원, 한국방언학회 부회장 등 학회 활동과 더불어『경북방언사전』(2002 학술원우수도서),『언어지도의 미래』(2006년 문화체육관광부 우수도서),『훈민정음 통사』(2014년 한국연구재단 우수도서),『증보훈민정음발달사』,『한글고문서연구』,『사라진 여진어와 문자』(2014문화체육관광 우수도서),『한글공동체』(2015세종도서 학술부분 우수도서),『명곡 최석정의 경세훈민정음』(2018 한국연구재단저술출판지원사업) 등의 저서와 국어학 관련 다수의 논문을 발표하였다. sgl5117@naver.com

오래된 불빛 - 이상규의 추억 산문집

초판 1쇄 인쇄 2018년 10월 17일
초판 1쇄 발행 2018년 10월 29일

저자 　 이상규
펴낸이 　 이대현
편집 　 홍혜정
디자인 　 홍성권

펴낸곳 　 도서출판 역락
주소 　 서울시 서초구 동광로 46길 6-6 문창빌딩 2층
전화 　 02-3409-2058, 2060
팩스 　 20-3409-2059
등록 　 1999년 4월 19일 제03-2002-000014호
전자우편 youkrack@hanmail.com
블로그 　 youkrack@hanmail.net
홈페이지 www.youkrackbooks.com

ISBN 979-11-6244-303-3 03810

「이 도서의 국립중앙도서관 출판예정도서목록(CIP)은 서지정보유통지원시스템 홈페이지(http://seoji.nl.go.kr)와 국가자료공동목록시스템(http://www.nl.go.kr/kolisnet)에서 이용하실 수 있습니다.(CIP제어번호: CIP2018033055)」